Kira Licht

A Spark of Time – Rendezvous auf der Titanic

Weitere Titel der Autorin:

Gold & Schatten – Das erste Buch der Götter
Staub & Flammen – Das zweite Buch der Götter

Kaleidra – Wer das Dunkel ruft
Kaleidra – Wer die Seele berührt
Kaleidra – Wer die Liebe entfesselt

Ich bin dein Schicksal – Dusk & Dawn 1
Wir sind die Ewigkeit – Dusk & Dawn 2

KIRA LICHT

RENDEZVOUS AUF DER TITANIC

Die Bastei Lübbe AG verfolgt eine nachhaltige Buchproduktion. Wir verwenden Papiere aus nachhaltiger Forstwirtschaft und verzichten darauf, Bücher einzeln in Folie zu verpacken. Wir stellen unsere Bücher in Deutschland und Europa (EU) her und arbeiten mit den Druckereien kontinuierlich an einer positiven Ökobilanz.

Originalausgabe

Dieses Werk wird vermittelt durch die Michael Meller Literary Agency GmbH, München

Textredaktion: Christiane Schwabbaur, München
Umschlaggestaltung: Massimo Peter-Bille, Köln
Umschlagmotiv: © Tarzhanova/shutterstock; LedyX/shutterstock, sondem/shutterstock, Android Boss/shutterstock, Likanaris/shutterstock, Dewitt/shutterstock, Helenaa/shutterstock, Xiao Chen studio/shutterstock, Ekaterina I/shutterstock, © mauritius images / Rob Stark / Alamy / Alamy Stock Photos
Satz: 3w+p GmbH, Rimpar
Gesetzt aus der Adobe Caslon Pro
Druck und Einband: GGP Media GmbH, Pößneck

Printed in Germany
ISBN 978-3-8466-0217-1

5 4 3

Sie finden uns im Internet unter: one-verlag.de
Bitte beachten Sie auch luebbe.de

Liebe Leser:innen,
dieses Buch enthält potenziell triggernde Inhalte. Dazu findet ihr genauere Angaben auf S. 479.
ACHTUNG: Sie enthalten Spoiler für das gesamte Buch.
Wir wünschen uns für euch alle das bestmögliche Leseerlebnis.

Eurer Team vom ONE-Verlag

»A single dream is more powerful than a thousand realities.«

Nathaniel Hawthorne

Für euch!
Wir sind Träumer.
Für uns sind die Grenzen der Realität
nur Mauern aus Zahlen,
hinter denen das Abenteuer beginnt.

Der Kodex der Familie deGray

Die Reisenden beschützen das Zahnrad mit ihrem Leben.

Die Reisenden verpflichten sich außerhalb der Familie zum Stillschweigen über ihre Fähigkeiten.

Die Reisenden verpflichten sich zu einer sorgfältigen Vorbereitung der Reise und eignen sich Sprachkenntnisse, einschlägiges Wissen und kulturelles Verständnis an.

Die Reisenden müssen immer einen Auftrag haben. Sie dürfen nicht aus rein persönlichen Gründen in die Vergangenheit reisen.

Die Reisenden vermeiden es, Aufmerksamkeit auf sich zu lenken, während sie sich in der Vergangenheit aufhalten.

Die Reisenden hinterlassen keine Spuren oder Beweise ihrer Anwesenheit in der Vergangenheit.

Die Reisenden dürfen die Vergangenheit und die Zukunft durch ihre Handlungen nicht verändern.

TEIL 1

Es beginnt mit Hass und Sehnsucht.

Prolog
Lilly

1957, USA, Rhode Island

Mary-Lou Elisabeth Vanderbilt hatte sich in einer Kabine der Mädchentoilette verbarrikadiert und heulte wie ein Schlosshund.

»Und dann habe ich gesagt …« Lautes Naseputzen. »Und dann hat er gesagt …« Schniefen und Nase hochziehen. »Und dann habe ich gesahahaaaaagt …« Schluchzen, gefolgt von einem Hustenanfall.

Ich kam schon nicht mehr mit, wer was wann gesagt hatte, hörte aber weiter zu, während ich vorgab, meinen erdbeerroten Lippenstift vor dem Spiegel aufzufrischen. Neben mir wusch sich ein Mädchen die Hände und zupfte dann ordnend an ihrem weit schwingenden Tellerrock, unter dem die Spitze eines Petticoats hervorlugte.

Aus der Turnhalle hallte jetzt der aktuelle Platz zwei der Charts *Bye Bye Love* von den Everly Brothers zu uns herüber. In der Kabine wurde das Weinen prompt lauter. Mary-Lous Freundinnen Nancy-Ann Ford und

Bernadette DuPont lehnten außen an der Tür und taten ihr Bestes, um Mary-Lou zu beruhigen.

»Du bist auf dem Abschlussball, und Zehntklässler wie du dürfen nur mit Einladung kommen.« Die hellblonde Bernadette richtete den schmalen Lackgürtel, der sich um ihre Taille schmiegte. »Du wirst unglaublich beliebt sein im nächsten Schuljahr. Das ist doch auch etwas.« Sie betrachtete ihre dunkelrot lackierten Nägel. »Billy und James haben in der Limousine auf dem Weg hierher schon so viel getrunken, dass sie zu nichts zu gebrauchen sind. Wir drei machen uns einfach einen schönen Abend. Wer braucht schon Jungs?«

Nancy-Ann, gehüllt in einen babyblauen Traum aus Taft und Tüll, verdrehte die Augen und nickte. »Genau. Dein Date hat immerhin *einmal* mit dir getanzt. Billy und James sind solche Dummköpfe.«

Mary-Lou hatte keinerlei Mitgefühl für ihre Freundinnen und deren verpatzte Dates übrig. »Aber er hat mich abserviert.«

Da ich bereits seit Beginn des Balls dabei war, wusste ich, wovon sie sprach. Ihr Date, der Elftklässler John Jacob Walton der Dritte, hatte nach dem ersten Tanz vorgeschlagen, sich ein *ruhiges Plätzchen* zu suchen. Dass das *ruhige Plätzchen* ein Synonym für *knutschen und fummeln im Dunkeln* war, war Mary-Lou nicht bewusst gewesen. John hatte ihre Absage sportlich genommen, ihr ein letztes Mal die Hand geküsst und sich dann ein anderes Mädchen für sein *ruhiges Plätzchen* gesucht.

Plötzlich schwang die Tür der Kabine auf. Nancy-Ann und Bernadette taumelten nach hinten, fingen sich aber im letzten Moment.

»Lasst uns etwas Verrücktes tun.« Mary-Lous Nase war rot vom Schnäuzen und ihre Hochsteckfrisur leicht verrutscht, dennoch blitzte Entschlossenheit in ihrem Blick auf.

»Zum letzten Mal.« Bernadette verschränkte die Arme vor der Brust. »Ich schneide dir keinen Pony.«

»Nein.« Mary-Lou strich sich eine wirre Strähne ihres dunkelbraunen Haars aus der Stirn. »Ich meine etwas *wirklich* Verrücktes. Verschwinden wir von hier.«

»Du weißt, dass die Aufsicht am Eingang uns nicht einfach so gehen lässt? Die Veranstaltung geht bis dreiundzwanzig Uhr, und bis dahin sitzen wir hier fest.« Nancy-Ann klang nicht begeistert. »Die Schule gleicht dank der Hartfield einem Hochsicherheitsgefängnis, und abgesehen von den vielen Anstandswauwaus gibt es noch das offizielle Sicherheitspersonal, das überall patrouilliert.«

Mary-Lous Blick glitt kurz zu mir. Ich hatte meinen Lippenstift wieder verstaut und tat jetzt so, als hätte ich etwas im Auge und wäre vollauf mit der Rettung meines Lidstrichs beschäftigt.

»Wir verschwinden aus dem Fenster. Ich kenne einen Weg durch die Hecke«, zischte Mary-Lou. »Ein bisschen die Straße runter nehmen wir uns ein Taxi zu *Beat Burger*. Da hängen die Jungs der öffentlichen Schule herum.« Ihre Augen wurden noch etwas größer. »Ein paar von ihnen haben Motorräder.«

Bernadette seufzte. »Mom und Dad bringen mich um.« Sie lachte auf. »Los geht's!«

Mary-Lous Blick streifte mich erneut. Sie kannte mich nicht, und ich spürte, dass sie warten wollte, bis ich ging.

Also tat ich ihr den Gefallen. Ich verließ den Waschraum und hörte Kichern, kaum dass die Tür hinter mir zufiel.

Als ich das Scharren auf dem Fensterbrett hörte, drückte ich die Tür langsam wieder auf. Mary-Lou hatte ihren Freundinnen den Vortritt gelassen. Jetzt sah ich nur noch den wehenden Saum ihres pinkfarbenen Kleids, der in Richtung der Blumenbeete verschwand.

Ich beeilte mich, denn das Fenster schwang wieder zu, und durch das blickdichte Milchglas konnte ich sie nicht beobachten. Vorsichtig öffnete ich das Fenster weiter.

Hinter mir betrat jemand die Toilette, und ich tat so, als müsse ich frische Luft schnappen.

Das Knallen einer sich schließenden Kabinentür erklang hinter meinem Rücken.

Die drei Mädels rannten kichernd über die ordentlich getrimmte Rasenfläche, die durch dezent in den Beeten integrierte Lampen erleuchtet wurde.

Mary-Lou stieß einen triumphierenden Laut aus und riss den rechten Arm hoch. Etwas löste sich von ihrem Handgelenk und flog in hohem Bogen durch die Luft. Ein Lichtschein brach sich in den Hunderten Facetten und ließ das Armband aufleuchten wie eine Supernova.

Bingo.

Ich raffte meinen bauschigen Petticoat und schwang mich auf die Fensterbank. Weich landete ich auf dem Rasen. Zum Glück trug ich flache Ballerinas. Kurz sah ich mich um, denn Nancy-Ann hatte nicht übertrieben, als sie die Schule als ein Hochsicherheitsgefängnis bezeichnet hatte. Gerade heute, an einem Abend, an dem knapp einhundert Teenager zusammenkamen, war es auf diesem großen Gelände kaum möglich, sie alle zu überwachen.

Deshalb hatte die Schule die Zahl der freiwilligen Aufpasser großzügig aufgestockt. Die Schüler sollten im Inneren der Gebäude bleiben, denn hier draußen gab es zu viele Möglichkeiten, sich ein wie von John Jacob Walton dem Dritten so passend bezeichnetes *ruhiges Plätzchen* zu suchen.

Die drei Freundinnen schafften es tatsächlich bis zur Hecke. Noch während ich auf das Blumenbeet zuging, zog Mary-Lou einen Ast zur Seite, hinter dem sich ein Durchgang befand. Dann schlüpften sie hindurch, und ihr Kichern drang bis hin zu mir ins Blumenbeet.

Schon in knapp einer Woche würde die Schulleitung die gerade begonnenen Sommerferien nutzen, um das Gelände etwas umzugestalten. Die Beete würden einem gepflasterten Weg weichen, der zu einem neu errichteten Tennisplatz führte.

Das funkelnde Diamantarmband der Familie Vanderbilt, nach dem ich mich nun bückte, würde unbemerkt von den Bauarbeitern in ihren Baggern für immer im Erdreich verschwinden.

»Hab ich dich«, flüsterte ich, als ich es hochnahm und bewundernd betrachtete. Das Schmuckstück besaß lupenreine Diamanten von knapp vier Karat und würde in der Gegenwart einen Wiederbeschaffungswert von knapp Dreißigtausend Dollar haben. Geld, das die Reparatur unserer uralten Heizungsanlage sofort wieder verschlingen würde.

Ich riss meinen Blick von dem Schmuckstück los.

Laut Mary-Lous Tagebuchaufzeichnungen, die sich in unserem Archiv befanden, war sie nicht mal auf die Idee gekommen, dass sie es hier draußen verloren hatte. Gut, dass ich ihr den ganzen Abend gefolgt war.

Ich warf einen schnellen Blick zurück, während ich das Armband in meine winzige Abendtasche schob. Die Gebäude der *Newport Hills Private School* spiegelten den Wohlstand ihrer Schüler wider. Die massive Architektur Neuenglands wirkte einschüchternd, und selbst die silbern glänzenden Transparente mit dem *Abschlussball 1957*-Schriftzug konnten diesen Eindruck kaum auflockern. Im Bundesstaat Rhode Island lebten die reichsten Familien der USA, und dementsprechend sahen sogar die Außenanlagen der Privatschule aus, als wäre man in einem Fünfsternehotel gelandet.

»Entschuldigen Sie«, erklang plötzlich eine Stimme seitlich von mir. Eine Frau in mittleren Jahren mit streng zurückgekämmten Haaren kam mit energischen Schritten auf mich zu. Sie musste mich von der Auffahrt aus gesehen und die Abkürzung über die Grünfläche genommen haben.

Dank meiner Recherchen erkannte ich sie sofort. Das kantige Kinn, die zu beiden Seiten des Gesichts spitz zulaufende Brille, der altmodische Haarknoten. Ihr in undefinierbaren Brauntönen gemusterter Rock reichte bis weit übers Knie, die Schluppen der Bluse, die sie dazu trug, waren zu einer perfekt symmetrischen Schleife gebunden.

Hatte ich ein Glück. Vor mir stand die Direktorin dieser Einrichtung. Miss Patricia Hartfield, mit Betonung auf *Miss*, darauf legte sie Wert.

»Guten Abend, Miss Hartfield.«

Sie stutzte und musterte mich erneut. »Kennen wir uns?«

»Ich helfe bei dem Abschlussball aus«, erwiderte ich mit einem strahlenden Lächeln. »Tiffany Errington. Ich bin die Cousine einer Ihrer ehemaligen Schülerinnen.«

»Ich weiß nicht, wer *Sie* sind«, erwiderte Patricia Hartfield ruhig. »Aber eine Miss Tiffany Errington ist verspätet eingetroffen und serviert seit einer Viertelstunde Punsch am Buffet.«

Verflixt. Laut unseren Aufzeichnungen hatte Tiffany den Ball abgesagt, weil sie sich eine Erkältung zugezogen hatte. Doch das war das Risiko, wenn man sich aus Mangel an Informationen auf Berichte Dritter verlassen musste. Manchmal waren sie schlicht und einfach falsch.

»Sicherheitsdienst!«, rief die Direktorin im nächsten Moment. Sie wollte nach meinem Arm greifen, doch ich wich geschickt zur Seite aus und nahm die Beine in die Hand.

Hinter mir hörte ich sie laut rufen. »Sicherheitsdienst! Unbefugte Person auf dem Campus!«

Zum Glück war sie in ihren Absatzschuhen ein ganzes Stück langsamer als ich und konnte mir nicht so schnell über die Wiese folgen. Schon hatte ich das versteckte Loch in der Hecke erreicht. Während ich den Ast zu Seite bog, sah ich mich kurz um. Zwei Männer, beide deutlich übergewichtig, kamen schnaufend angetrabt. Die Hemden ihrer Uniformen spannten gefährlich über ihren Bäuchen. Wenn *das* alles war, was sie hier aufboten, hatte ich leichtes Spiel.

Ich schlüpfte durch die Hecke und auf den Gehweg, der daran angrenzte, und verlangsamte meine Schritte. Dem Sicherheitspersonal war sicher schon vor der Hecke die Puste ausgegangen.

Zeit, nach Hause zurückzukehren.

Mein Petticoat mit den vielen Stofflagen erschwerte mir das Gehen. Ein offener Ford Mustang wurde neben mir langsamer, und einer der Jungs auf der Rückbank pfiff auf zwei Fingern. Seine vier Freunde, alle in den gleichen Collegejacken und mit zu Tollen gegelten Haaren, johlten zustimmend, bevor der Fahrer lachend Gas gab und das blaue Auto davonjagte.

Ich verdrehte die Augen. *Jungs!*

In *Bobs Diner* saß Dad über einem riesigen Milchshake mit Sahnehaube und orangeroter Cocktailkirsche. Auf dem Dessertteller daneben machte ich Reste von Käsekuchen mit Blaubeersoße aus.

Aus einer bunt blinkenden Jukebox erscholl *All Shook Up* von Elvis Presley.

»Hat es uns geschmeckt, Mr deGray?« Ich stemmte die Hände in die Hüften, als ich mich vor seinem Tisch aufbaute.

Dad deutete auf seinen leeren Teller. »Die Kuchen haben einfach besser geschmeckt, bevor sie angefangen haben, überall diese Chemikalien reinzuschmuggeln.« Er sah mich lächelnd an. »Hast du es gefunden?«

Ich klopfte auf meine kleine Abendtasche, die ich mir quer umgehängt hatte. »Habe ich.«

Ich überlegte gerade, unseren Ausflug in die Vergangenheit zu nutzen, um mir auch so einen Milchshake zu bestellen, da entdeckte ich durch die lange Fensterfront des Diners die beiden Männer des Sicherheitsdienstes. Ihre Gesichter waren zwar hochrot, und sie waren total verschwitzt, aber sie waren mir bis hierher gefolgt. Da drehte der eine den Kopf, und natürlich entdeckte er mich in dem hell erleuchteten Raum.

»Zeit zu gehen«, raunte ich Dad zu. »Wir bekommen Besuch.«

Dad seufzte und legte ein paar Scheine auf den Tisch. »Plan A oder Plan B?«

»Plan B.«

Er seufzte noch mal. »Ich hatte wirklich gehofft …«

»Komm schon, Dad.« Ich zog ihn hoch.

Hinter der Theke war gerade viel los, und niemand hielt uns auf, als wir Richtung Küche spazierten. Eine Kellnerin, schwer beladen mit einem großen Tablett, wich uns mit einem spitzen Schrei aus, als wir durch die Tür traten. Ein junger Typ mit langer Schürze, der Burgerpattys auf einer riesigen Bratplatte wendete, rief uns etwas hinterher. Zuletzt passierten wir zwei sehr überraschte Küchenhelfer, die Obst für die Milchshakes schnippelten.

Ich hatte mir vorab die Baupläne des Diners genau angesehen, deshalb wusste ich, wie wir durch die Küche in den Hinterhof kamen.

Dad griff in seinen Hemdausschnitt, und ich wusste, dass er nach dem Anhänger griff, in dem er unser magisches Zahnrad versteckte.

Hinter uns wurde es laut. Nicht nur das Küchenpersonal nahm die Verfolgung auf, auch die Sicherheitsleute hatten unsere Flucht beobachtet und schienen noch mal alles zu geben.

Dad riss ein Regal um, aus dem große Eimer mit Mayonnaise und Ketchup mit lautem Getöse auf den Boden fielen und aufplatzten.

Endlich traten wir auf den Hof. Hier erschreckten wir

nur ein paar Ratten, die in den Schatten der großen Mülltonnen nach Speiseresten suchten. Dad hatte das Zahnrad bereits in der Hand, und ich spürte die Magie, als er mich berührte. Seine Finger schlossen sich um meine, als wir einen Schritt aus dem Lichtkegel vor der Tür in die Dunkelheit machten.

Im Diner hörte ich die Männer hinter dem umgefallenen Regal fluchen.

Der wohlbekannte Wirbel baute sich um uns auf. Die Deckel der Mülltonnen klapperten, und die Magie nahm Fahrt auf. Sie riss an meinen Haaren und drückte mir die Lagen meines Rocks gegen die Beine. Ein erwartungsvolles Kribbeln durchlief mich.

Auf geht's nach Hause.

Wir drehten uns in dem Wirbel, schneller und immer schneller. Ich wollte Dad noch zulächeln, da verschwamm die Welt zu einem Meer aus Farben. Wir lösten uns auf, alles wurde ganz federleicht, laut und still, wild und friedlich zugleich. Dann hatte der Wirbel uns verschluckt.

Kapitel 1
Lilly

Die Gegenwart, USA, New York

»Sie sind ein Künstler, Mr deGray. Nein, ein Zauberer! Sie wurden uns wärmstens von den Vanderbilts empfohlen. Vielleicht erinnern Sie sich?«

»Hm …«, brummte Dad, ohne hochzusehen. Dann schob er seine goldgerahmte Nickelbrille etwas weiter die Nase hinauf, um die unscharfe Fotografie in seiner Hand näher zu betrachten.

Er war weder ein Künstler noch ein Zauberer, und besonders charmant war er auch nicht. Also sprang ich ein.

»Vielen Dank, Mrs Fortune. Natürlich erinnern wir uns an den Vanderbilt-Auftrag. Ein wertvolles Diamantarmband, das in den Sechzigerjahren verloren ging.« Natürlich erzählte ich nicht, wie wir das Armband wirklich aufgetrieben hatten. »Wir fanden es unter dem doppelten Boden eines Überseekoffers in der Scheune eines Farmers in Montana. So hat es unbemerkt die Jahrzehnte überstanden.«

Mrs Fortune gab ein entzücktes Geräusch von sich und stupste ihren Ehemann auffordernd in die Seite. Dann endlich ließ sich auch dieser zu einer Reaktion überreden.

»Klingt wie aus einem Indiana-Jones–Film.«

»Nicht wahr?« Mrs Fortunes Stimme wanderte noch eine Oktave höher, was Dad zu einem weiteren Brummen veranlasste. In unser Gespräch brachte er sich nicht mehr ein, seit er sich in die Betrachtung des Fotos vertieft hatte.

Die Fortunes warfen ihm irritierte Blicke zu.

»Erzählen Sie mir doch noch mehr über die antike Halskette, die wir für Sie wiederfinden sollen«, sagte ich schnell. »Jedes noch so unbedeutende Detail kann für unsere Suche wichtig sein.«

Die Fortunes wechselten einen Blick und schienen zu überlegen, was sie uns noch nicht erzählt hatten.

Ich schätzte Mrs Fortune auf Anfang fünfzig. Als sie unser Antiquitätengeschäft betreten hatte, hatte ich sie von den Fotos aus dem Gesellschaftsteil des *New Yorker* sofort erkannt. Mary Constance Fortune war eine Grande Dame der High Society und engagierte sich in unzähligen karitativen Projekten.

Ihr Ehemann Hamish Fortune war etwa im gleichen Alter, kahlköpfig und mit einem sympathischen Lächeln. Dass es sich bei ihm um einen der reichsten Männer der Stadt handelte, verriet nur seine teure Uhr. Und vielleicht noch der graue Bentley, der vor dem Laden geparkt war.

»Mehr weiß ich leider nicht darüber«, sagte Mr Fortune und wirkte aufrichtig zerknirscht.

»Wie schade, aber da kann man nichts machen.« Ich lächelte und warf dann einen kurzen Seitenblick zu Dad. »Ein weiterer Beweis, dass die Kette nicht beim Sinken der

Titanic verloren gegangen ist, wäre für uns sehr hilfreich. Nicht wahr, Dad?«

Dad brummte ein drittes Mal, doch jetzt nickte er immerhin.

Die Fortunes schienen dem Künstler beziehungsweise dem *Zauberer* so einiges zu verzeihen, denn sie wirkten nicht mehr so irritiert wie vorhin.

Nebenan schepperte es plötzlich laut. Wir alle hielten inne. Dann drang Rubys Stimme durch die schwere Holztür, die Dads Büro von dem Verkaufsraum des Antiquitätengeschäfts trennte. »Nichts passiert!«

Die Fortunes lachten höflich. Dad verdrehte die Augen und ließ endlich das Foto sinken.

»Alles klar, Ruby!«, rief ich. Ruby war unsere Aushilfe, sie war Schülerin an der Juilliard und angehende Balletttänzerin. Trotz der Eleganz, die in jeder ihrer Bewegungen lag, war sie der ungeschickteste Mensch, den ich kannte.

Ich wollte noch etwas zu der Fotografie sagen, doch die Blicke der Fortunes ruhten erwartungsvoll auf Dad. Der nahm die Brille ab, verschränkte die Finger ineinander und stützte dann den Kopf darauf ab. »Das Foto ist leider von sehr schlechter Qualität.«

Die Gesichter der Fortunes wurden gleichzeitig immer länger. Eine enttäuschte Stille hing gefühlt ewige Sekunden zwischen uns.

»Aber …«, begann Mrs Fortune schließlich.

Dad, völlig immun gegen die Schwingungen im Raum, unterbrach sie sanft, aber bestimmt. »Warum wollen Sie die Kette zurückhaben? Warum gerade dieses Stück? Die Fortune-Schwestern sind in großem Reichtum aufgewachsen. Jede von ihnen muss Dutzende vergleichbare, wenn nicht sogar wertvollere Schmuckstücke besessen haben.«

»Dad«, raunte ich durch zusammengebissene Zähne. Ein Auftrag war ein Auftrag, und er brachte uns Geld ein. Geld, das wir gut gebrauchen konnten, seit der Laden wegen der Pandemie Verluste gemacht hatte. Wenn die Fortunes ihrem Namen alle Ehre machen und ein kleines Vermögen für die Wiederbeschaffung der Kette ausgeben wollten, dann sollten wir nicht groß diskutieren.

Ich rückte am Schreibtisch noch etwas näher zu meinem Vater und schenkte den Fortunes, die auf zwei antiken Holzstühlen aus der Biedermeierzeit auf der gegenüberliegenden Seite der Platte saßen, mein nettestes Lächeln.

»Wie gesagt, in einem Gespräch über die Beweggründe fallen unseren Klienten manchmal noch Details zu dem Suchobjekt ein.« Ich sah erst zu Mrs Fortune, dann zu ihrem Ehemann und hoffte, dass diese Ausrede Dads Worte abschwächen würde. Wie konnte er sich nur so im Ton vergreifen?

»Ich organisiere zurzeit eine Ausstellung mit dem Titel *Schmuckstücke, die Geschichte schrieben.*« Mrs Fortune wirkte verärgert über Dads barsche Fragen. »Es geht hier nicht um Stücke aus Museen. Ich möchte auch die persönliche Geschichte einer Familie darstellen. Sämtliche Erlöse, also die der Gala zur Eröffnung und die des Eintrittskartenverkaufs, werden Hilfsorganisationen hier in New York gespendet. Natürlich möchte ich als Organisatorin auch mit der Geschichte meiner Familie vertreten sein. Mit der Geschichte *unserer* Familie«, korrigierte sie sich hastig und sah kurz zu ihrem Mann.

»Mein Vorfahre John Fortune erbte als Bruder von Mark Fortune einen großen Teil seines Vermögens«, ergänzte Mr Fortune, seine Miene zeigte keine Verärgerung. »Mark ist 1912 beim Untergang der Titanic gestorben, von ihm gibt es keine Erinnerungsstücke. Aber seine Tochter Ethel überlebte das Unglück, und ihre Kette ist so ein besonderes Stück, so außergewöhnlich, dass ich weiß, dass sie noch irgendwo da draußen sein muss. Ich glaube ganz fest daran.«

Mr Fortune sprach mit so viel Leidenschaft und Überzeugung, dass mir ein leichter Schauer die Arme hinabjagte. Plötzlich verstand ich, warum er so ein erfolgreicher Geschäftsmann war. Seine Überzeugung war ansteckend.

»Sehr interessant. Vielen Dank für diese Einblicke.« Dad erhob sich. »Und danke, dass Sie heute hier waren. Es handelt sich ohne Zweifel um ein schönes Schmuckstück mit einer sehr bewegten Geschichte. Lassen Sie uns bitte Ihre Unterlagen hier, damit wir weitere Nachforschungen anstellen können. Wir melden uns, ob wir eine Chance sehen, die Kette zu finden.«

Die Fortunes erhoben sich gleichzeitig mit mir.

»Das klingt doch nach einem Plan.« Mr Fortune lächelte breit. »Danke für Ihre Zeit, Mr deGray. Ich freue mich, bald von Ihnen zu hören. Miss deGray.« Er streckte auch mir die Hand hin, und ich schüttelte sie.

Nachdem Dad und ich uns auch von Mrs Fortune verabschiedet hatten, brachten wir beide noch durch das Ladengeschäft zur Tür. Die kleine Glocke, die über dem Ausgang angebracht war, gab ihr unverkennbares Klimpern von sich, als das Ehepaar Fortune den Gehweg betrat. Ich war erleichtert, dass das Gespräch doch noch gut verlaufen war. Mein Blick glitt hinter ihnen her und zu dem großen grauen Wagen.

Ein Chauffeur Mitte zwanzig in schwarzer Uniform lehnte lässig an dem Bentley. Sein blondes Haar war locker nach hinten frisiert, und seine deutlich dunkleren Augenbrauen boten einen interessanten Kontrast dazu. Mit seinem perfekt geschnittenen Gesicht sah er aus, als könne er nebenher modeln. Er schien genau zu wissen, wie gut er aussah, bedachte man die Art, wie er die bewundernden Blicke der Passanten genoss. Er riss die hintere Tür des Wagens auf, um die Fortunes Platz nehmen zu lassen. Dad und mir, die in der Tür standen, schenkte er keinen Blick.

Dad hob die Hand, als der Wagen sich in den dichten Feierabendverkehr New Yorks einreihte.

»Ich bin dann auch mal weg.« Ruby erschien aus dem Lager, kaum dass ich die Tür hinter Dad und mir geschlossen hatte. Sie hatte sich den Riemen ihrer Messenger Bag quer umgehängt und das dunkle Haar in einem Pferdeschwanz gebändigt. Die weichen Sohlen ihrer Turnschuhe machten kein Geräusch auf dem Holzboden.

»Danke, Ruby«, sagte Dad. »Dann bis übermorgen.«

»Schönen Abend, Mr deGray. Bis dann, Lilly!« Sie lächelte mich an und streifte eine chinesische Vase mit ihrer Tasche. Das Porzellanmeisterwerk aus dem 18. Jahrhundert schwankte auf dem kleinen Beistelltisch zweimal gefährlich von rechts nach links, bevor es über die Kante kippte. Ruby fing die Vase im letzten Moment auf.

»Nichts passiert«, keuchte sie. Es war ihr Standardspruch. Sie strich sich eine verirrte Strähne aus dem Gesicht, nickte uns noch mal zu und huschte mit flammenden Wangen aus dem Geschäft.

Ich sah ihr nach, wie sie mit federndem Gang über die Straße Richtung U-Bahn ging.

»Wer hat diesem Mädchen gesagt, dass sie für den Job in einem Antiquitätengeschäft geeignet ist? Wer hat sie eingestellt?«

»Das warst du.« Ich küsste Dad im Vorbeigehen auf die Wange. »Du warst ganz entzückt von dem Gedanken, dass eine Ballerina bei uns arbeiten würde.«

Dad folgte mir in sein Büro. »Erinnere mich bitte nicht daran.« Er reichte mir eine Zeichnung aus der Akte, die die Fortunes hiergelassen hatten. Es war ein Stück vergilbtes Papier, das ich jetzt zum ersten Mal sah. »Und? Was sagst du dazu?«

Ich lehnte mich an ihn, und er legte den freien Arm um mich. Wie immer roch er schwach nach den kubanischen Zigarren, von denen er sich nach einem langen Tag gern eine gönnte. Es war ein herber und zugleich würziger Geruch, der mich durch mein ganzes Leben begleitet hatte und in mir für immer ein Gefühl von Heimat auslösen würde.

»Früher Jugendstil«, sagte ich, als wir die Zeichnung nun gemeinsam betrachteten. »Sie passt also in die Zeit.« Es handelte sich bei dem Papier um eine Zeichnung von Ethel Fortune. Sie zeigte eine schlichte Kette, deren Metall Ethel mit »Gold« angegeben hatte, ebenso wie bei dem großen Anhänger, der sich in der Mitte befand. Sein typisch florales Design, verziert mit Steinen, die Ethel mit »dunkelblaue Saphire« beschriftet hatte, sah aus wie ein Paradebeispiel des Jugendstils. Die Zeichnung wirkte gestochen scharf und sehr realistisch. Ethel hatte wirklich Talent gehabt.

Dad drückte mich kurz an sich, ein sicheres Zeichen dafür, dass ich mit meiner zeitlichen Einschätzung richtiglag.

»Und ist sie das?«

Jetzt nahm er wieder das Foto hoch, das er vorhin schon so lange betrachtet hatte. Es zeigte die drei Fortune-Schwestern Ethel, Mable und Alice auf dem Deck der Carpathia, einem der Schiffe, das der sinkenden Titanic zu Hilfe geeilt war. Alle drei Frauen trugen dicke Pelzmäntel. Ethel hielt immer noch die Rettungsweste in der Hand, die sie im Rettungsboot getragen hatte. Die Aufnahme war nicht aus nächster Nähe aufgenommen worden, dennoch konnte man in den undeutlich abgebildeten Gesichtern der Frauen den Schrecken der vergangenen Nacht ablesen. Sie alle hatten tiefe Ränder unter den Augen, wirkten müde und erschöpft. Ihre Mutter, die sich im Hintergrund befand, hatte gemeinsam mit ihnen in einem Rettungsboot gesessen. Noch wussten sie nicht, dass Vater und Bruder ertrunken waren. Noch waren sie voller Hoffnung, dass dieses Unglück ihre Familie nicht auseinandergerissen hatte.

Ich nahm Dad das Foto aus der Hand und strich mit dem Daumen über die verblichene dünne Pappe. Erneut ließ ich meinen Blick zu Ethel gleiten. Der Pelzmantel schien zu ausladend und schwer für ihre schmalen Schultern. Sie hatte ihn nur nachlässig geschlossen, und er offenbarte ein gutes Stück Dekolleté und Hals. Dennoch war die Qualität des Fotos einfach sehr schlecht. War da ein Kratzer auf dem Papier, oder war es der Schatten eines

Anhängers? Hatte sie ihn in jener verhängnisvollen Nacht getragen?

Die Fortunes schienen sich da ganz sicher. Und wenn man auf diesem Foto eine Kette am Hals von Ethel sehen wollte, dann sah man sie auch. Irgendwie.

Ich ließ das Foto sinken, und wir sahen uns an. Dads dunkle Augen wirkten müde. »Ich habe mich im Ton vergriffen. Danke, dass du die Situation gerettet hast.«

Ich hatte also recht gehabt. Er wusste genau wie ich, wie sehr wir diesen Auftrag brauchten.

»Schon okay.« Ich lächelte ihn liebevoll an, obwohl ich mir Sorgen machte. Dad wirkte nicht nur müde, er wirkte regelrecht erschöpft. Und dennoch ging von ihm eine subtile Unruhe aus, die ich zuvor nicht bemerkt hatte. Was war mit ihm los? Ich kannte die Geschäftsbücher und unseren aktuellen Kontostand. Wir brauchten einen neuen Suchauftrag, so viel war sicher. Dennoch war unsere Situation nicht so schlecht, dass wir beunruhigt sein mussten. Warum also wirkte mein Vater so besorgt?

Kapitel 2
Lilly

»Die Fortunes haben Glück, dass der Nachlass von Ethel so umfangreich erhalten ist.« Einen Moment noch betrachteten wir beide die Aufnahme der drei Schwestern, die nun auf dem Tisch lag, dann löste Dad sich sanft von mir. Er griff in seine Westentasche und holte die altmodische Taschenuhr hervor, die er einer Armbanduhr vorzog. »Es ist zehn Minuten nach Ladenschluss. Machen wir hier die Lichter aus und essen oben noch den Rest deiner vegetarischen Lasagne. Die war wirklich ausgezeichnet.«

Dagegen hatte ich nichts einzuwenden. Ich freute mich auf den Feierabend und darüber, dass Dad meine laienhaften Kochversuche immer so sehr lobte.

Zusammen mit der Mappe verließen wir das Büro, und ich wartete hinter der Theke, während Dad das Gitter vor der Ladentür herunterließ. Wie automatisch griff meine Hand nach einem Staubtuch und wischte über das leicht milchige Glas. Es war nicht verkratzt, es war einfach nur sehr alt. Und die Schmuckstücke, die in unserer zur Ladentheke umgebauten Vitrine lagen, standen dem in nichts nach. Auf einem Bett aus dunkelblauem Samt funkelten Broschen, die zwei Weltkriege miterlebt hatten. Goldene Armreifen, die von adligen Damen getragen worden, und Solitär-Ringe aus Platin, die über Generationen hinweg der Angebeteten als Verlobungsgeschenk an den Finger gesteckt worden waren.

Dad kam zu mir hinter die Theke, steckte Bargeld und Kassenbons in eine dunkle Tasche und gemeinsam betraten wir das Lager.

Feine Staubpartikel flirrten durch die Luft und tanzten im Schein der zwei Kronleuchter, die an der hohen Decke über uns angebracht waren.

Wir passierten antike Beistelltische aus Indien, und die Luft war plötzlich von einem intensiven Geruch nach Sandelholz erfüllt. Als kleines Mädchen hatte ich mit Mom hier zwischen gestapelten chinesischen Stühlen aus Rosenholz, japanischen Schränken aus Lack und Ebenholz-Truhen aus der Kolonialzeit Verstecken gespielt. Ich kämpfte gegen die Traurigkeit, die mich sofort umfing, als ich an ihr unbeschwertes Lachen dachte.

Wir hatten die Stahltür zum Treppenhaus erreicht, und Dad drehte sich kurz zu mir um. Schnell setzte ich ein Lächeln auf.

Er schloss hinter uns ab, und gemeinsam gingen wir die Treppe hinauf. Erst da schien ihm aufzufallen, was ich unter dem Arm trug.

»Du hast die Fortune-Akte mitgenommen?«

»Seit ich keine Hausaufgaben mehr habe, weiß ich nicht, was ich abends machen soll.«

Dad schüttelte lächelnd den Kopf. »Aber du musst dir keine Arbeit suchen.«

DeGray Antiques braucht diesen Auftrag, Dad. Wir brauchen ihn dringend, und ich frage mich, warum dir das nicht klar ist.

»Das Recherchieren macht mir Spaß.« Ich zuckte die Schultern und rang mir ein unbekümmertes Lächeln ab.

Er strich mir kurz über die Wange. »Ich weiß, kleine Wühlmaus. Soll ich dir helfen? Zu zweit sind wir schneller.«

Kleine Wühlmaus. Mom hatte damit angefangen, und Dad hatte es übernommen. So nannten sie mich, weil ich mich in ein Thema hineinwühlte und dann alles um mich herum vergaß und unglaublich hartnäckig sein konnte.

»Ruh dich aus, ich gehe alles durch und berichte dir morgen, was ich gefunden hat.«

»Das ist lieb, danke, Lilly.« Dad schnaufte, so wie immer, wenn er die zwei Treppen erklommen hatte. Ich betrachtete ihn besorgt von der Seite, während er sich hinabbeugte, um den Schlüssel ins Schloss der Wohnungstür zu stecken.

Mom war gerade mal zwanzig Jahre alt gewesen, als sie sich kennenlernten, und Dad schon zweiundvierzig Jahre, doch der Altersunterschied hatte nie eine Rolle zwischen ihnen gespielt. Aber seit Mom nicht mehr da war, merkte ich Dad an, dass er über sechzig war. Außerdem ließ er sich seitdem gehen, und nicht nur sein Bauchumfang machte sich auf der Treppe bemerkbar.

»Soll ich die Lasagne aufwärmen?«, fragte er, als wir die Wohnung betraten. Er legte den Schlüssel auf die Kommode neben der Garderobe und sah dann zu mir.

»Ich mache das schon.« Ich schob mir schnell die Schuhe von den Füßen und folgte ihm dann durch den kleinen Flur.

Unsere Wohnungseinrichtung bestand aus bunt zusammengewürfelten Möbeln aus allen Erdteilen und Epochen der Welt. Ein Chippendale-Sofa aus England, die Essgruppe aus der Biedermeierzeit Frankreichs, Bodenvasen aus dem alten China und nicht zusammenpassendes Meissener Porzellan aus Deutschland. Die Mischung war leicht chaotisch, aber ich empfand den Stil als gemütlich.

Während ich die Reste der Lasagne auf zwei Teller verteilte, dachte ich an die Fortunes. Wir wurden oft weiterempfohlen, und gerade die Mundpropaganda der oberen Zehntausend brachte uns die lukrativsten Aufträge ein. Ich musste lächeln, als ich erneut daran dachte, wie und wo ich das Diamantarmband der Familie Vanderbilt tatsächlich aufgetrieben hatte.

Als die Mikrowelle meldete, dass die erste Portion Lasagne heiß war, brachte ich sie zu Dad an den Esstisch. Er machte gerade die Abrechnung der Tageseinnahmen und würde nach dem Abendbrot seine *New York Times* lesen, weil er das morgens nicht schaffte. Ich hingegen wollte mich unseren Finanzen widmen und mir danach den Nachlass von Miss Ethel Fortune gründlich vornehmen.

*

»Ich bin dann oben, Dad. Bis später!«

Dad spülte unsere Teller ab und hob nur kurz eine Hand, die in einem pinkfarbenen Gummihandschuh steckte.

Unser Zuhause war ein schmales Eckhaus, dessen langgezogene Grundfläche knapp vierzig Quadratmeter bot. Im Erdgeschoss waren das Geschäft und der Lagerraum untergebracht. Direkt über dem Laden befanden sich die Wohnräume, dann folgte die Etage, die meinen Eltern gehörte, und die dritte Etage war mein Reich.

Die Holztreppe, die sich wie das Innere eines Schneckenhauses in vielen Windungen bis ganz nach oben schraubte, quietschte leise, als ich die letzte Stufe überwand.

Ich mochte die offene Atmosphäre, die auf meiner Etage herrschte. Außer dem kleinen Badezimmer gab es keine Wände, die den Raum unterteilten. Blickfang war der gemauerte Kamin mit einer Feuerstelle, die so hoch war, dass man fast aufrecht darin stehen konnte. Mein weißes Doppelbett thronte unter einem Fenster. Mein Schreibtisch stand an der angrenzenden Wand, ebenfalls einem Fenster zugewandt, und bog sich unter Büchern.

Ich schlüpfte in eine gemütliche Yogahose, schob ein weiteres Fenster hoch und kletterte über eine Fußbank auf meinen improvisierten Balkon auf der Feuertreppe. Dort knipste ich die Lichterkette an, bevor ich mich auf einem Sitzkissen niederließ und die Fortune-Akte aufschlug.

Noch mal schweiften meine Gedanken kurz zu Dads komischem Verhalten. Ich hatte unsere Konten schon während des Abendessens geprüft, aber nichts Beunruhigendes gefunden. Wir hatten mit Dreitausendsechshundert Dollar zu wenig Rücklagen für ein altes Haus, in dem ständig etwas kaputtging. Aber das war nichts Neues, und diese Zahl hatte sich seit letzter Woche nicht verändert. Leider war ich zu feige gewesen, Dad direkt anzusprechen, weshalb ich das Ganze auf morgen verschoben hatte.

Ich ließ meinen Blick kurz über die beeindruckende Skyline von New York wandern, bevor ich mich wieder in das Material vertiefte, das die Fortunes uns überlassen hatten.

Die sehr wohlhabende Familie hatte sich 1912 samt einer ganzen Entourage von Dienstboten von Kanada aus auf eine Weltreise begeben. Ein Tagebuch aus dem Jahr 1910 brachte keine neuen Erkenntnisse, die anderen waren sogar noch älter. Doch sie zeigten, dass Ethel schon immer eine talentierte Zeichnerin gewesen war, denn überall fanden sich Skizzen von Menschen und Landschaften. Alle anderen Unterlagen waren jünger und verrieten nichts über den Verbleib der Kette.

Doch dann stieß ich auf einen Briefumschlag, der zwischen die Seiten eines Tagebuchs aus dem Jahr 1916, also vier Jahre nach dem Unglück, geschoben war. Der Brief darin trug das Datum »Paris im Februar 1912«.

1912? Das war das Jahr des Untergangs der Titanic.

Ich überflog Ethels sanft geschwungene Handschrift, und mein Herz begann schneller zu schlagen. Die Zeilen waren an eine Freundin namens Josepha gerichtet. Ethel beklagte sich erst über die unerwartete Kälte in Paris und schwärmte dann von den ortsansässigen Modesalons. Danach erzählte sie von den beeindruckenden Juwelen, die sie am Hals diverser Damen im Theater gesehen hatte. Schnell las ich weiter.

Stell dir vor, liebste Josepha, Papa hat mir gestattet, eine Halskette nach meinen Wünschen zu gestalten. Es ist sein Geburtstagsgeschenk. Ich habe schon eine Zeichnung angefertigt, und übermorgen werden wir einem berühmten Juwelier einen Besuch

abstatten. Ich lege diesem Brief eine Kopie meiner Zeichnung bei. Was sagst du? Leider reisen wir schon in einer Woche weiter nach Wien, doch Papa hat arrangiert, dass die Kette geliefert wird, noch bevor wir uns im April in Southampton auf die Titanic einschiffen. Stell dir vor, an einem Abend sitzen wir sogar mit dem Captain an einem Tisch. Mama ist ganz verzückt über diese Aussicht. Ich freue mich auch schon sehr darauf. Was dieser Mann wohl alles zu erzählen hat!
Aber was schwärme ich nur von der Titanic, hier in Paris würde es dir gefallen, liebe Freundin. Wir haben schon jetzt zu viel gekauft, und Papa schickt Smithers mit zwei Schrankkoffern zurück in die Heimat. Ich muss dir unbedingt noch erzählen, wie köstlich hier alles schmeckt und …

Ich ließ die Schultern sinken, als Ethel nun von dem französischen Essen schwärmte. Schade, dass sie nicht den Namen des Juweliers erwähnt hatte. Vorsichtig faltete ich das brüchige Papier wieder zusammen, und mein Blick glitt erneut zu der Skyline aus Hochhäusern, die sich grau gegen den immer dunkler werdenden Himmel abzeichneten.

Ethel hatte den Brief nie abgeschickt. Vermutlich war er zwischen Kleidungsstücken in einen der Schrankkoffer geraten, die ein gewisser Smithers, vermutlich ein Diener der Fortunes, ins heimische Kanada eskortiert hatte. Und so war der Brief samt der Zeichnung irgendwann in Ethels Nachlass gelandet.

Ich seufzte lautlos.

Wir brauchten den Auftrag der Fortunes, aber das Material reichte nicht, um ein konkretes Datum einzugrenzen.

Ich sah kurz auf mein Handy. 21:17 Uhr. Dad wäre sicher noch in seine Lektüren vertieft.

Ich kletterte samt Unterlagen zurück in mein Zimmer. Nachdem ich das Licht eingeschaltet hatte, marschierte ich zur Treppe.

»Ich bin unten, Dad!«, brüllte ich in Richtung erster Etage. Da Dad der Typ Mensch war, der sein Handy abends neben das Festnetz legte, hatte ich es aufgeben, ihm zu texten. Quer durchs Haus zu brüllen hatte sich als weitaus effektiver erwiesen.

»Okay!«, erscholl es von unten.

Ich nickte zufrieden, obwohl er mich nicht sehen konnte. Dann schloss ich Gardine für Gardine vor meinen insgesamt acht Fenstern. Für das, was nun folgte, konnte ich keine Zuschauer gebrauchen.

Bewaffnet mit der Mappe und einer kleinen Flasche Wasser ging ich zum Kamin. Die Feuerstelle wurde von aus Stein gehauenen Raubvögeln umrahmt, die entfernt an Drachen erinnerten. Ich drehte am schlanken Hals eines Falken, dessen Schnabel drohend geöffnet war. Lautlos glitt die hintere Wand der Feuerstelle zur Seite. Im Dunkel dahinter sprang ein Licht an und enthüllte eine schmale Wendeltreppe aus Travertin. Ich zog den Kopf ein, trat in die Feuerstelle und drückte im Gehen einen Knopf, der oben rechts von mir aus dem Mauerwerk ragte. Mit einem leisen Zischen schloss sich die Rückwand des Kamins hinter mir.

Die Wendeltreppe schraubte sich in einem engen Schacht scheinbar endlos nach unten. Meine Vorfahren hatten sie kurz nach dem Bau des Hauses einbauen lassen, und die beeindruckenden Kamine auf allen drei Wohnetagen waren offiziell immer nur Dekoration gewesen. Die Luft hier roch intensiv nach Backstein und dem Mörtel, der das Haus seit so langer Zeit zusammenhielt. Ich passierte den ersten Kamin, die Schlafetage meiner Eltern, und dann die Wohnetage. Die Bewegungsmelder sprangen an und erloschen mit einem leisen Klicken hinter mir.

Der Keller, der unter dem Ladengeschäft lag, war feucht, und hier schimmelten sogar die Reifen von Fahrrädern. Aber dieses Haus besaß eine zweite, geheime Kelleretage, die noch tiefer im Erdreich lag. Und genau hierhin führte die Treppe in dem Kaminschacht.

Wieder fand ich den Schalter im Gemäuer, und eine schlichte Tür öffnete sich, während hinter mir die letzten Lichter erloschen. Hier unten war es angenehm kühl, aber trocken, also genau das richtige Klima für alte Bücher.

Der Boden des Raums, den ich nun betrat, bestand aus dem gleichen grüngoldenen Travertinstein, der auch die Treppe bildete. Bücherregale aus schwarzem Holz teilten ihn in sechs Reihen. Dazwischen hingen achtarmige Kronleuchter aus dunkel schimmernder Bronze, die unsere Bibliothek in ein warmes Licht tauchten. Rechts an der Wand befanden sich zwei Arbeitsplätze mit Computern. Ich nahm an einem von ihnen Platz und knipste den PC an, während ich die Fortune-Akte und die Wasserflasche auf der Tischplatte abstellte. Schon war der Computer hochgefahren. Unsere Fotodatenbank war vermutlich größer als die des amerikanischen Universitätsnetzwerks. Meine Familie hatte schon immer die Geschichte der Welt in Bild, Text und Kunst archiviert. Es war unser Arbeitsmaterial, es war die Grundlage, auf der unser Geschäft beruhte.

Ich öffnete die Suchmaske der Bilddatenbank. Beim Stichwort *Titanic* öffneten sich Dutzende Fotos, die sich immer wieder wiederholten. Sie alle waren von einem Francis Browne an Bord aufgenommen und über die Jahre immer wieder abgedruckt worden. Ich entdeckte die Saphirkette am schlanken Hals von Ethel sofort. Die Aufnahme war gestochen scharf und zeigte sie, wie ich vermutete, im Speisesaal, da sie ein elegantes Abendkleid trug.

Jetzt hatte ich den Beweis, dass Ethel die Kette vor der Abreise erhalten hatte. Ich lehnte mich in meinem Stuhl zurück und runzelte die Stirn. Wie hatten es diese Aufnahmen von Bord geschafft? In der Nacht des Untergangs waren die Menschen mit kaum mehr als dem, was sie am Körper trugen, in die Rettungsboote geflüchtet. Ich googelte Francis Browne und fand heraus, dass er die Titanic nur bis Queenstown gebucht hatte. Bevor die Titanic Kurs auf das offene Meer nahm, hatte sie im französischen Cherbourg und irischen Queenstown gehalten, wo Passagiere zugestiegen oder von Bord gegangen waren. So also hatten es die Aufnahmen von Bord geschafft.

Jetzt musste ich nur noch herausfinden, ob Ethel die Kette auch nach dem Untergang noch besessen hatte.

Die Carpathia war das Schiff, das der sinkenden Titanic zu Hilfe geeilt war und die Menschen aus den Rettungsbooten aufgenommen hatte. Für sie gab es ein konkretes Datum, denn sie war am 18. April 1912 in New York eingelaufen. Und dort wurde sie bereits von besorgten Angehörigen und neugierigen Journalisten erwartet. Ich lächelte. Neugierigen Journalisten mit Fotografen im Schlepptau.

Ich gab die Eckdaten in die Suchmaske ein:

Carpathia, 1912, New York.

Ich erhielt knapp hundertfünfzig Ergebnisse. Ein Foto zeigte eine Mutter mit ihrem Baby, und halb auf dem Bild war eine junge Frau, deren Pelzmantel ich sofort wiedererkannte. Es war eindeutig Ethel, aber an ihrem Hals sah ich keine Kette.

Ich klickte mich weiter durch die Bilder. Ein Fotograf hatte Passagiere fotografiert, als sie von Bord gingen. Und wieder war da Ethel, halb hinter ihrer Mutter, beide blass und mit ernsten Gesichtern und wieder ohne Kette. Ich seufzte resigniert und klickte mich weiter durch den Katalog.

Irgendwann schloss ich das letzte Foto. Verflixt. Doch so schnell gab ich nicht auf. Ich suchte nach Fotos von Ethel aus den Jahren nach dem Unglück. Doch auch hier hatte ich kein Glück. Ich rief ihre Biografie auf. Sie hatte zwei Söhne bekommen. Ich recherchierte die Namen der Schwiegertöchter, sah mir auch Fotos von ihnen an.

Nichts.

Weil mir nichts mehr einfiel, ging ich alle Fotos ihrer Schwestern Alice und Mabel durch.

Kein Treffer.

Es war schon nach Mitternacht, mir war kalt, und mein Rücken war verspannt, als ich aufgab. Ich lehnte mich im Stuhl zurück und ließ meinen Blick ins Leere gleiten. Anhand der gefundenen Informationen ließ sich nur ein konkreter Zeitraum eingrenzen: die Jungfernfahrt der Titanic.

Kapitel 3
Damien

Silicon Valley, USA

»Diese Familie kennt kein Versagen!« Die wütende Stimme meines Vaters hallte durch den hohen Raum. Sein Büro war eine Festung aus Chrom und Stahl. Es war sein Thronsaal, seine Kommandozentrale, seine Bühne. Hier war er der totalitäre Herrscher, und so hatte er es immer gewollt.

Ruby war vor seinen ausladenden Schreibtisch zitiert worden wie ein kleines Kind. Ihre Schultern bebten, und sie weinte leise. Ich hätte sie gern in den Arm genommen und getröstet, doch das würde den Jähzorn meines Vaters nur anstacheln. Also räkelte ich mich weiter betont gelassen in dem kleinen Sessel der Sitzgruppe nahe der Tür und tat so, als ließe mich der Weinkrampf meiner Schwester kalt.

»Es tut mir leid, Vater. Ich habe alles …« Ruby brach ab, als ein ohrenbetäubendes Krachen durch den Raum hallte.

Mein Vater hatte mit einer unwirschen Handbewegung alle Gegenstände von seinem Schreibtisch gefegt. Ruby wich zwei Schritte zurück, ihr Zittern wurde noch stärker.

Hinter uns wurde an die Tür geklopft. Vaters Sekretär steckte seinen Kopf durch die Tür. »Bitte entschuldigen Sie die Störung, Mr Belmont, ich wollte nur nachsehen, ob …«

»Raus!«

Der Sekretär duckte sich und schloss lautlos die Tür.

Ich sah wieder zurück zu meinem Vater und Ruby, deren Schluchzen lauter geworden war.

»Fünf Monate.« Vater kam um den Schreibtisch herum und baute sich von meiner Schwester auf. »Fünf verdammte Monate!«

Ich richtete mich in dem Sessel auf, meine Muskeln spannten sich an, ich war bereit. *Fass sie an, und ich breche dir dein verdammtes Genick,* schoss es mir durch den Kopf.

»In dieser langen Zeit war es dir nicht möglich, dieses Ding aufzutreiben? Ich habe doch keine Versager aufgezogen.« Mein Vater machte eine ausladende Geste mit beiden Händen. »Was habe ich falsch gemacht? Sag es mir, Ruby. An welchem Punkt in deiner Ausbildung habe ich versagt? Bitte, ich lerne gern aus meinen Fehlern. Tu mir den Gefallen, denk scharf nach und sag es mir.« Sein süßes Lächeln war so falsch, dass ich die Fingernägel in das weiche Leder des Sessels grub.

»Es ist allein meine Schuld«, schluchzte Ruby. Sie hatte beide Hände vor ihre Augen gepresst. »Du hast damit nichts zu tun.«

So flink wie eine Kobra hatte Vater ihre beiden Handgelenke umfasst und nach unten gerissen. In der gleichen

Sekunde war ich aufgesprungen. *Lenk ihn ab, leite seine Wut auf dich. Du hältst das aus.* »Vater.«

Er riss den Kopf zur Seite. Sein Blick war so stahlhart und kalt, dass ich erkannte, dass ich ihn nicht mal mehr mit Logik erreichen konnte. Er löste eine Hand, um dann mit dem Finger auf mich zu zeigen. »Du hältst dich da raus.«

Mit der anderen riss er an Rubys Arm, als wolle er sie hin und her schütteln. »Und du hör auf zu flennen. Das ist ja unerträglich.« Er schlug ihr mit der flachen Hand mitten ins Gesicht.

Ich war in der nächsten Sekunde bei ihnen. Nur mit allergrößter Willenskraft schaffte ich es, mich nicht auf meinen Vater zu stürzen.

»Ich mache es«, knurrte ich.

Nur ein Schniefen von Ruby durchbrach die Stille, die folgte. Dank der schallisolierten Panoramafenster blieben die Geräusche des Silicon Valley ausgesperrt.

Während mein Vater zurück zu seinem Schreibtischstuhl ging, legte ich sanft eine Hand auf Rubys Rücken. Es war eine deutliche Geste der Verbundenheit, die meinen Vater zu einem angeekelten Gesichtsausdruck verleitete.

»Ich mache es«, wiederholte ich, kaum dass er wieder saß.

»Nein«, flüsterte Ruby plötzlich und drehte sich abrupt zu mir. »Du wolltest doch …«

Die Stimme meines Vaters klang schneidend. »Wenn mich nicht alles täuscht, brichst du in weniger als einer Woche zu deiner Australien-Rundreise auf, die ich dir zu deinem Schulabschluss geschenkt habe.«

»Und jetzt übernehme ich stattdessen Rubys Auftrag.«

Scheiß auf Australien. Klar, ich hatte mich riesig darauf gefreut. Ich wollte diese verrückte, bunte und zugleich gefährliche Tierwelt dort kennenlernen. Mich nur ein paar Wochen länger dem Traum hingeben, dass ich dank meines guten Abschlusses alles werden konnte, was ich wollte. Nur ein paar Tage länger diese Illusion leben … Aber für Ruby würde ich darauf verzichten. Sie war meine Schwester und die einzige Familie, die ich hatte.

»Verstehe ich nicht, Damien.« Vater lehnte sich in seinem Drehstuhl zurück und legte affektiert die Fingerspitzen aneinander. »Keine niedlichen Tierbilder fürs Familienalbum? Ich dachte, das war dein großer Traum.« Er kicherte.

Als würden dich meine Träume kümmern. »Ich springe gern ein, wenn Not am Mann ist.« Zum Glück klang meine Stimme immer noch kühl und beherrscht.

Ruby wollte mich umstimmen, ich hörte ihr nervöses Wispern nahe meinem Ohr, doch ich beachtete sie nicht. Stattdessen versuchte ich einzuschätzen, was in meinem Vater vorging. Das hatte ich in meinen achtzehn Jahren nur ein paar Mal geschafft. Dieser Mann war unberechenbar. Er war gefährlich wie ein Tsunami, der plötzlich immer höher wurde. Er war hinterlistig wie eine Schlange, die zuschlagen würde, sobald sie konnte. Dass ich ihn noch nicht umgebracht hatte, verdankte er nur meinem Anstand.

Vater wippte in seinem Stuhl nach vorn und nach hinten.

»Ich weiß deinen Einsatz zu schätzen, Champ.« Er ließ sich in seinem Stuhl wieder nach vorn sinken, stützte die Ellenbogen auf dem Tisch ab und sah uns beide an. Er deutete erst mit dem Finger auf Ruby, dann auf mich. »Du bist raus, er ist drin. Sei so lieb und schicke mir eine Kopie deiner Kündigung, Kleines.« Das böse Lächeln, das er Ruby schenkte, bedeutete nichts Gutes.

»Meine Kündigung?«, stieß sie hervor.

Vater tat bestürzt. »Wie? Was soll das für eine Frage sein?«

»Was soll sie kündigen?«, fragte ich kühl. Ich ahnte, worauf er hinauswollte. Unauffällig rückte ich noch etwas näher zu Ruby.

Vater zuckte die Schultern und sah jetzt so unschuldig aus wie ein frisch gewaschener Hundewelpe. Er liebte diese Psychospielchen. »Na, ihre Tanzausbildung an dieser Uni. Ich unterstütze keine Versager.« Dann schnalzte er mit der Zunge und streckte eine Hand in Rubys Richtung aus. Er schnippte ungeduldig mit den Fingern. »Ach, und gib mir doch auch deine Kreditkarten. Die Wohnung in New York gehört ja eh mir, da werde ich jemanden engagieren, der sie morgen ausräumt.«

Erst da schien Ruby zu verstehen. Sie gab ein unterdrücktes Geräusch von sich, dann knickten ihr die Beine weg. Ich fing sie auf. Sanft stützte ich sie, bis sie wieder einigermaßen sicher auf den eigenen Füßen stand.

»Ich soll die Juilliard kündigen? Und aus der Wohnung raus? Und meine Karten …« Weiter kam sie nicht, denn ihre Stimme brach.

»Kleines«, sagte mein Vater betont geduldig. »Du kennst das doch. Sieger bekommen Daddys Geld, Verlierer müssen wieder zu Hause einziehen.«

Ich hätte ihm gern gesagt, wohin er sich seine Scheinchen stecken konnte. Mir war das Geld so egal. Aber jeder ging anders mit dem Druck um. Ruby kompensierte ihn mit Dingen, die sie sich kaufte. Schuhe, Klamotten, Handtaschen, sie liebte diesen ganzen Krempel, sie hielt sich daran fest. Und sie hatte immer Tänzerin werden wollen. Dass Vater ihr jetzt diesen Traum nahm, war kaum mehr als *grausam* zu beschreiben. Um ehrlich zu sein, es fehlte mir das passende Adjektiv dafür. »Ich übernehme ihren Auftrag, wenn für Ruby in New York alles beim Alten bleibt. Ich verzichte dafür auf meinen Urlaub.«

Vater hob die Brauen. »Ernsthaft, Champ?«

Ruby war *Kleines*, ich war Champ. Wir fanden beide Namen zum Kotzen.

Ich nickte, obwohl es in meinem Herzen unangenehm stach. Wenn es nach mir ginge, wäre ich schon längst abgehauen. Ich hätte ihn einfach aus meinem Leben gestrichen. Aber ich konnte hier nicht weg, weil Ruby den Absprung nicht schaffte. Weil sie Angst vor ihm hatte und weil ihr das dumme Geld so viel bedeutete. Deshalb blieb ich. Deshalb duckte ich mich. Und deshalb machte ich nicht einfach einen Abflug, wie ich es schon drei Jahre lang geplant hatte.

»Damien, du musst das nicht …«

»Ruhe«, unterbrach Vater Ruby. »Ich schätze es, wenn jemand hart verhandelt.« Sein Blick glitt wieder zu mir. »Und ich bin gespannt, wie es ausgeht.« Er grinste. »Natürlich bin ich darauf vorbereitet. Ich wäre nicht Grayson Belmont, wenn ich nicht einen Plan B in der Hinterhand hätte. Die Nummer mit der Aushilfe ist durch. Aber da es dank deiner Inkompetenz nicht schwer war, abzusehen, dass du versagen würdest, Ruby, habe ich vorausgeplant. Ich habe das Ass in meinem Ärmel bereits ausgespielt.« Er grinste böse. »Ich hatte da ein paar Informationen, die uns jetzt sehr nützlich sein werden.«

Nun war ich es, der einen angeekelten Gesichtsausdruck unterdrücken musste. Vater liebte es, andere Menschen auszuspionieren. Vorzugsweise Menschen, die in der Öffentlichkeit standen und deren gesellschaftlicher Einfluss ihm bei seinen Geschäften nützlich sein konnte.

Da Vater auch sein Telefon vom Tisch gefegt hatte, pfiff er nun ohrenbetäubend auf zwei Fingern. Dienstbeflissen streckte wieder der Sekretär den Kopf durch die Tür. »Sir?«

Er war das Pfeifen wohl schon gewöhnt. *Was für ein menschenverachtendes Verhalten.*

»Die Akte *Fortune*, aber zügig.«

»Sofort, Sir.« Der Sekretär verschwand, nur um eine Minute später mit einem Tablet bewaffnet auf uns zuzueilen. »Bitte sehr, Sir.«

Vater riss ihm das Tablet aus der Hand. »Das wäre dann alles.«

»In Ordnung, Sir.« Der junge Mann, der vielleicht fünf Jahre älter war als ich, warf uns einen kurzen Seitenblick zu und wieselte dann aus dem Zimmer. Ich kannte ihn nicht. Die Leute arbeiteten nicht lang für Grayson Belmont.

Vater war aufgestanden, und sein Zeigefinger flog über das Tablet, um den Code einzugeben, während er um den Schreibtisch herum zu uns kam. Ich schob Ruby ein Stückchen hinter mich. Es war schon fast zu einem Reflex geworden. *Verschwinde endlich*, leuchtete wieder dieser warnende Schriftzug in meinem Kopf auf. *Verschwinde und nimm sie mit.*

Vater schien meine Geste nicht zu bemerken. Er hielt mir das Tablet unter die Nase. »Da hat sich jemand einen jungen Liebhaber gegönnt.« Schon wieder so ein ekelhaftes Kichern. Innerlich schüttelte ich mich.

Das Tablet zeigte die gestochen scharfe Aufnahme eines Paars in einer eindeutig intimen Situation. Die dunkelhaarige Frau trug nur noch wenig Stoff am Körper, der blonde Mann war komplett nackt. Ich schätzte ihn auf Mitte zwanzig, sie war in mittleren Jahren.

Vater scrollte durch die Bilder, aber irgendwann wandte ich den Kopf ab. »Verstehe«, gab ich knapp zurück. Ich wusste, womit er diese Aufnahmen gemacht hatte. Eine seiner Firmen baute winzige Drohnen, die wie Insekten aussahen und die man im Alltag gar nicht bemerkte. In ihnen war die allerneueste Technik verbaut, und die Aufnahmen waren besser als von so mancher Profikamera. Vater machte sich nicht die Mühe, nach Geheimnissen zu graben. Er behielt einfach alle einflussreichen Leute permanent im Auge, was ihm dank dieser Technik mühelos gelang.

»Das ist Mary Constance Fortune. Sie ist eine prominente Wohltäterin und Liebling der New Yorker Presse«, erklärte mein Vater, während er das Tablet wieder zu sich drehte. »Ihr Liebhaber Jamie Fallons ist ein mehr oder weniger erfolgloses Unterwäschemodel, Möchtegernschauspieler und hauptberuflich ihr Chauffeur. Und das …« Er tippte mit einem Fingernagel auf den mittlerweile ausgeschalteten Bildschirm des Tablets. »… machen sie, wenn der Ehemann auf Geschäftsreise ist.«

»Vielleicht ist der Ehemann ein Arschloch, der mit ihr

keine zwei Worte mehr wechselt, und sie tröstet sich deshalb mit einem anderen«, erwiderte ich.

»Herrgott, du klingst wie ein Psychologe.« Mein Vater verdrehte die Augen und warf das Tablet auf den Schreibtisch. »Es kann uns völlig egal sein, wer was fühlt. Fakt ist, dass wir mit ihrer Hilfe den Hasen aus dem Bau locken werden.«

Seine kryptischen Worte sagten mir nichts. Ich hatte bis gerade eben nicht mal gewusst, dass Ruby in New York einen Auftrag hatte. Eigentlich erzählten wir uns alles, deshalb machte ich meinen Vater für ihr Schweigen verantwortlich.

Dieser pfiff gerade erneut ohrenbetäubend auf seinen zwei Fingern. Wieder erschien der Kopf des blassen Sekretärs. »Sir?«

»Die Akte *deGray.*«

»Sofort, Sir.«

»Was hast du vor, Vater?« Ich hörte die Sorge in Rubys Stimme und drehte mich überrascht zu ihr um. Jetzt war ich neugierig. Ruby war wählerisch, wem sie ihre Sympathie schenkte, was kein Wunder war bei dieser Kindheit.

Der Sekretär durchschritt den Raum auf lautlosen Sohlen. »Sir.«

Vater nahm ihm das Tablet ab und entließ ihn mit einem Nicken. Er wartete, bis die Tür geschlossen war, bevor er das Tablet anknipste. »Die deGrays sind Reisende.«

Wie bitte? Ich hob die Brauen, und mein Blick glitt erneut zu Ruby.

Vater lachte. »Da guckst du, was? Ich hatte deiner Schwester befohlen, mit niemandem über ihren Auftrag zu sprechen. Wenigstens das hat sie hinbekommen.«

Reisende … Das Wort hallte in mir nach. Die deGrays waren wie wir. Sie konnten in die Vergangenheit reisen. Jene Geheimnisse, die die vergangenen Jahrhunderte sicher hüteten, waren auch für sie keine Mysterien.

Vater wischte auf dem Tablet herum, als suche er nach etwas. »Vater und Tochter«, erzählte er nebenher im Plauderton. »Geben vor, Antiquitäten zu verkaufen, doch das Geschäft läuft schlecht, und sie überleben nur dank der Zeitreisen. Er gilt als Spezialdetektiv, wenn es darum geht, verloren gegangene Kunstschätze wiederzufinden. In Wirklichkeit reisen die beiden in die Vergangenheit und holen sie von dort.« Vater lachte glucksend. »Der Menschheit kann man auch echt alles erzählen. Bisher ist sie nur mit ihm zusammen gereist. Daddy hält die schützende Hand über sein kleines Töchterchen, seit seine Gattin das Zeitliche gesegnet hat.« Jetzt drehte er das Tablet zu mir. Es zeigte ein Antiquitätengeschäft, das direkt an einer Straßenkreuzung lag. Zwei Schaufensterfronten liefen im schmalen Winkel auf eine Tür zu, deren Messing altmodisch verschnörkelt war. Darüber prangte ein Schild. »De-Gray Antiques«. Das dunkelrote Backsteingebäude wirkte alt, aber massiv.

»Das ist der Herr des Hauses.« Vater wischte weiter, und der Bildschirm zeigte einen etwas beleibten kleinen Mann mit grauem Haar, der auf den Stufen vor dem Eingang mit einem Postboten sprach. »Und das Töchterchen …«

»Sie heißt Lilly«, unterbrach Ruby ihn. Als wir uns beide überrascht zu ihr umdrehten, senkte sie den Kopf und murmelte: »Ihr Name ist Lilly.«

»Danke für diesen wertvollen Beitrag«, schnauzte Vater

sie an. »Du bist raus, schon vergessen? Also halte dich bedeckt. Ich betreibe hier Schadensbegrenzung. Ohne meinen Plan B könnten wir wieder ganz von vorn anfangen.«

Wieder machte ich unbewusst einen kleinen Schritt vor meine Schwester. Sie hatte vielleicht nicht so funktioniert, wie er es verlangte, aber war das ein Grund, noch weiter auf ihr herumzuhacken?

»Ich soll also ihr Zahnrad stehlen?« Meine Ablenkungstaktik funktionierte.

Vater nickte. »Die deGrays sind eine harte Nuss«, knurrte er. »Ich habe ihre Geschichte über die Jahrhunderte hinweg recherchiert, bin in die Vergangenheit gereist, um eine Gelegenheit zu finden, ihnen das Zahnrad zu entwenden. Ich kenne ihr verdammtes Haus in- und auswendig und doch …« Die letzten Worte hatte er zischend hervorgestoßen. Ich erkannte, wie groß seine Frustration bereits war. Und das machte ihn gefährlich. Wie gesagt, diese Familie kannte kein Versagen.

Vater schien sich auf meine Frage zu besinnen. »Richtig. Du stiehlst ihr Zahnrad.« Er wischte erneut auf dem Tablet herum. »Mein Plan B ist bereits aktiv, und ich habe eine Falle vorbereitet, mit der wir den Hasen …« Er stockte und räusperte sich dann. »Mit der wir *Lilly* aus dem Bau locken.«

Vater war weicher zu Ruby als zu mir. Vermutlich lag es daran, dass sie ihm ähnlich sah. Wir waren beide von Leihmüttern ausgetragen worden, denn für eine Frau in seinem Leben hatte mein Vater niemals Platz gehabt. Ruby und mein Vater besaßen beide das goldbraune, leicht gewellte Haar und die dunkelbraunen Augen. Ich hingegen ähnelte ihm kaum. Wir waren zwar beide groß und hatten die breiten Schultern eines Quarterbacks, doch mein Haar war glatt und sehr viel dunkler als seins, fast schwarz. Meine Augen waren grau und mein Gesicht um einiges kantiger.

Ich räusperte mich. »Kannst du das weiter ausführen?« *Lilly aus dem Bau locken.* Es klang absolut makaber. Auf was hatte ich mich hier nur eingelassen?

»Ich habe dafür gesorgt, dass Mrs Fortune in mir ihren Retter sieht.«

Ruby neben mir gab ein erschrockenes Geräusch von sich, so als wüsste sie plötzlich, was Vater plante. Er ignorierte sie und sprach einfach weiter.

»Ich habe ihr angeboten, dass diese kompromittierenden Aufnahmen eines *Reporters* …« Er rahmte das letzte Wort in imaginäre Anführungszeichen. »… vernichtet werden, wofür ich sie nur um einen klitzekleinen Gefallen gebeten habe.«

»Du erpresst sie also«, stellte ich fest.

»Lass mich ausreden«, zischte er. »Mrs Fortune hat für mich Mr Fortune überredet, sich auf die Suche nach einer besonderen Saphirkette seiner Vorfahrin Ethel Fortune zu begeben. Ich habe nämlich dafür gesorgt, dass ihrem Mann Hamish der Nachlass besagter Vorfahrin zugespielt wurde. Die Dokumente stammen aus meinem Archiv, aber ich habe es so aussehen lassen, als wären sie kürzlich auf einem Dachboden gefunden worden. Und natürlich hat Mrs Fortune ihrem Gatten auf meine Weisung hin die deGrays für die Suche nach der Kette vorgeschlagen, bei denen sie bereits zu einem Termin erschienen sind. Die deGrays sind nicht dumm und werden früher oder später darauf kommen, dass die Titanic die einzige heiße Spur ist. Und damit es spannend bleibt, werde ich Mr deGray zusätzlich noch in gewaltige Schwierigkeiten bringen, ich habe bereits alles arrangiert.« Er grinste wie eine hämische Raubkatze. »Ich spekuliere nämlich darauf, dass Lilly allein reisen wird.«

»Was, wenn diese von dir arrangierten Schwierigkeiten die deGrays gar nicht sosehr aus der Bahn werfen?«, warf ich ein. »Oder wenn sie den Fortune-Auftrag ablehnen?«

Vater mochte es nicht, wenn man seine Pläne infrage stellte. »Halt doch einfach die Klappe und höre zu.« Er deutete mit einem Finger auf mich. »Du reist ebenfalls auf die Titanic. Wenn mein Plan aufgeht, ist Lilly dort verletzlich und abgelenkt zugleich, denn sie hat einen wichtigen Auftrag und ist weit weg von zu Hause. Das Zahnrad muss sich in ihrer unmittelbaren Umgebung befinden, was es einfach machen sollte, es zu finden. Ich habe bereits ein Schlupfloch in der Geschichte gefunden, das dir eine perfekte Rolle bietet. Du lässt deinen Charme spielen, wickelst sie ein bisschen ein und stiehlst das Zahnrad der Familie deGray. Ganz einfach.«

Ganz einfach. Ich würde ein Mädchen aus der Gegenwart in der Vergangenheit ohne Rückreisemöglichkeit zurücklassen, einem trauernden Ehemann auch noch die Tochter nehmen und eine ganze Familie ins Unglück stürzen. *Ganz einfach.* Die Logik meines Vaters. Innerlich krümmte ich mich.

»Ich hatte erst vor, die deGrays um ihr Zahnrad zu erpressen. Aber dafür müsste ich unser Geheimnis preisgeben.« Vater klang, als rede er übers Wetter. »So bleiben wir incognito, und wenn mein Plan aufgeht, haben wir noch ein wenig Spaß dabei.« Schon wieder so ein Grinsen.

Ich fand ihn zu siegessicher. Der Plan war nicht nur moralisch absolut verwerflich, er war auch kompliziert, und obwohl ein Teil bereits aufgegangen war, zweifelte ich an seinem Erfolg. Doch er zeigte mir auch, wie verzweifelt mein Vater bereits versuchte, den deGrays ihr Zahnrad abzujagen.

Ich empfand Respekt und Hochachtung für dieser Familie, die sich meinem Vater so lange erfolgreich widersetzt hatte.

»Und das ist Lilly deGray, deine Zielperson.« Er drehte das Tablet um. Der Bildschirm zeigte die Nahaufnahme einer blonden jungen Frau in meinem Alter, die auf dem Absatz einer Feuertreppe saß. Ich erkannte das Haus, in dem sich auch das Antiquitätengeschäft befand. Der Absatz war zu einer Art gemütlichem Balkon umgestaltet, mit Kissen, ein paar Topfpflanzen und einer Lichterkette. Sie trug Leggings und einen dicken cremefarbenen Sweater. Es sah fast so aus, als würde sie direkt in die Kamera sehen. Dennoch ging ihr Blick ins Leere, ihre Augen waren groß und schimmerten feucht. Sie presste ein dickes, in Leder gebundenes Buch an die Brust. Ihre Knöchel traten weiß hervor. Auch ihr Gesicht verriet Anspannung, und zugleich war da dieser Hauch von Traurigkeit in ihrem Blick. Ich betrachtete sie, und irgendetwas in meinem vernarbten Herzen regte sich. Mein Puls nahm Fahrt auf, die Stimme meines Vaters verschwamm zu einem undeutlichen Brummen.

Ich konnte einfach nicht mehr wegsehen. Ich sah nur noch sie. *Lilly*.

Kapitel 4
Lilly

»Sie will ab jetzt mit Willow Magnolia angesprochen werden, kein Witz.« Rachel schwankte leicht, als die U-Bahn um eine scharfe Kurve fuhr. »Ich bin mit Holly schon zur Grundschule gegangen, wie zur Hölle soll ich mir das merken?«

Brenda hakte sich bei Savannah unter. »Nicht ihr Ernst.«

Sie sprachen über unsere Mitschülerin Holly Wilson, die mit Tiktok-Videos zum Thema Cottagecore zu einer kleinen Berühmtheit geworden war. Ich kannte ein paar ihrer Videos, und sie gefielen mir. Besonders den Dachgarten mit den Gemüsebeeten, den sie im letzten Schuljahr angelegt hatte, fand ich großartig.

»Sie hat sich jetzt ein Tiny House in diesen improvisierten Garten gestellt und ist dort eingezogen.« Rachel zog ein verächtliches Gesicht. »Man muss ja schon ein wenig größenwahnsinnig sein, um in den Hochhausschluchten von New York das Landleben auszurufen.«

»Im mag ihren Idealismus«, sagte ich. »Sie hat sich

selbst die Welt geschaffen, in der sie leben will. Wer von uns kann das schon von sich behaupten?«

Die anderen starrten mich an. Zum Glück wurde die Bahn gerade langsamer.

»Das ist meine Haltestelle.« Ich lachte nervös. »Macht's gut!« Die Waggons hielten mit einem lauten Quietschen, und ich stürzte auf den Bahnsteig, während die drei halbherzige Abschiedsworte hinter mir herriefen.

Ich eilte die Treppen der Haltestelle *Hudson Yard* hinauf, und wie immer schien der Stadtteil Chelsea am Abend erst richtig aufzublühen. In vielen der über zweihundert Kunstgalerien war an jedem Tag unter der Woche etwas los. Obwohl der Freitagnachmittag mit Bummeln und dem Abendessen danach in der Cheesecake Factory nett gewesen war, hatte es mich überrascht, von Rachel, Savannah und Brenda zu hören. Ich hatte keine echten Freunde, und eigentlich hatte ich erwartet, dass meine Klassenkameradinnen mich direkt nach unserem Highschool-Abschluss vergessen würden.

Ich überquerte die Straße und ging auf unseren Laden zu. Es war schon nach einundzwanzig Uhr, und wie selbstverständlich wollte ich zum Hintereingang gehen. Ein Lächeln umspielte meine Züge, der Tag war wirklich schön gewesen.

Doch dann blieb ich abrupt stehen. Im Geschäft brannten noch alle Lampen, und auch das Gitter war nicht heruntergelassen. Neugierig kam ich näher und rüttelte an der Tür. Sie war abgeschlossen, immerhin, und davor hing das *closed*-Schild. Ich schloss auf und betrat das Geschäft.

»Dad?«

Die Tür zu seinem Büro stand einen Spalt offen, und auch hier brannte Licht. Ein leises Röcheln erklang.

Eine Gänsehaut jagte mir den Rücken hinab. »Hallo? Da…« Mir blieb das letzte Wort im Hals stecken, als die Tür aufschwang und ein großer Mann in dunkler Lederjacke im Türrahmen erschien. Die Aggressivität, die von ihm ausging, war körperlich spürbar.

Voller Sorge dachte ich an Dad. Erschrocken wich ich ein paar Schritte zurück, doch besann mich auf das, was ich im Kampfsporttraining gelernt hatte. Ruhig bleiben, die Situation überblicken, den Angreifer einschätzen. »Wer sind Sie? Wo ist mein Vater?« War das ein Überfall?

Ein fieses Grinsen malte sich auf das Gesicht des Mannes. »Du bist seine Tochter.« Er ließ seinen Blick an mir hinab- und wieder hinaufwandern. »Komm ruhig näher.«

»Nein. Was machen Sie hier?« Meine Stimme klang leise, aber bestimmt, obwohl mein Herz wie wild klopfte. Wo war Dad? »Sie verlassen jetzt sofort dieses Geschäft. Das ist Hausfriedensbruch.«

»Große Worte.« Er lehnte sich lässig in den Türrahmen. »Vielleicht ist es ja bald mein Laden.«

»Verschwinde, Lilly!«, erklang plötzlich die Stimme meines Vaters. »Verschwinde von hier! Schnell!«

Dad und ich hatten solche Situationen besprochen. Ich überlegte nicht lange, schwang herum und rannte los, um draußen Hilfe zu holen.

Im nächsten Moment traf mich etwas Schweres am Rücken, und ich fiel der Länge nach hin. Schmerz explodierte in meiner Lunge, ich rang nach Luft. *Hatte er ernsthaft ein Buch nach mir geworfen?*

Schon wurde ich grob auf den Rücken gedreht, was

meinen Luftmangel nicht besser machte. Der Mann war über mir und tätschelte meine Wange. »Dummes kleines Ding.«

Ich rang immer noch nach Luft, die pfeifend in meine Lunge strömte. Vor meinem inneren Auge tanzten Sternchen. Ich hörte Dads Stimme, doch sie verklang in einem Schmerzenslaut. Der Mann kam wieder hoch und zog mich grob mit sich. Mir knickten die Beine weg, doch er packte mich fest um die Taille. Ich wollte mich wehren, doch ich bekam immer noch zu schlecht Luft. Draußen gingen Leute vorbei, doch niemand warf einen Blick ins Innere. Unendlich große Angst um meinen Dad stieg in mir auf.

Im Büro bot sich mir ein Anblick des Grauens. Dad war auf einen Stuhl gefesselt. Sein Gesicht war blutig und angeschwollen. Ein Auge lief bereits blau an. Blutspritzer sprenkelten sein helles Oberhemd und die Weste. Und da war ein zweiter Mann, klein, aber muskelbepackt und mit dunklem Vollbart, der gerade die Knöchel seiner rechten Hand an seiner Jeans abwischte.

Ich schrie auf und wollte zu Dad stürzen. »Oh mein Gott!« Ich trat nach dem Mann. »Lassen Sie mich los!«

Er lachte. Es schien ihm zu gefallen, wie ich zappelte. Jetzt schlug ich mit der freien Hand nach ihm, und endlich zog er den Arm weg.

Ich stürzte zu meinem Vater. »Dad! Alles okay?« Tränen stiegen mir bei seinem Anblick in die Augen. »Geht es dir gut? Was ist passiert?« Ich ging vor seinem Stuhl in die Hocke.

»Alles gut, Lilly.« Dad rang sich ein Lächeln ab. »Es ist

meine Schuld.« Sein Gesicht war schmerzverzerrt. »Es tut mir leid.«

»Was? Wie meinst du das?«, stieß ich hervor. *Was sollte das heißen? Wieso entschuldigte er sich?* Ich kam nicht mehr mit.

Die beiden Männer lachten. Als der, der mich mit dem Buch zu Fall gebracht hatte, die Hände in die Hosentaschen schob, sah ich seine Waffe. Dad und ich wechselten einen entsetzten Blick.

Der Mann spazierte zur Tür des Büros und warf sie zu. »Genug der Familienvereinigung.« Er deutete mit dem Finger auf mich. »Hinsetzen und Mund halten.«

»Was wollen Sie von uns?« Ich ließ mich neben Dads Stuhl auf dem Boden nieder.

Der Mann gab dem Kleineren ein Zeichen. Der war im nächsten Moment bei mir. Er packte mein Kinn, und seine Finger drückten unangenehm fest zu. »Hast du was an den Ohren?« Er fixierte mich, bis ich den Kopf schüttelte, so weit sein Griff das zuließ.

»Also, Mr deGray. Wir haben hier ein kleines Problem.« Der Mann in der Lederjacke legte affektiert alle zehn Fingerspitzen aneinander, während er vor uns auf und ab spazierte. »Sie haben Geld verspielt, das Sie nicht haben.«

Ich riss die Augen auf und sah hoch zu Dad. Was hatte er getan? Das konnte nur ein Missverständnis sein.

Dad wandte beschämt das Gesicht von mir ab. Fassungslos sah ich ihn an. Was hatte das alles zu bedeuten?

»Aber ich bin ein großzügiger Mann«, sprach der Mann weiter. »Die kleine Abreibung heute Abend war für ihre mangelnde Liquidität. Aber Sie haben ein Geschäft, das ist eine gute Grundlage.« Er blieb stehen, und sein Blick wurde kalt. »Sie haben genau zwei Wochen.« Er schob die Jacke nach hinten, damit wir wieder seine Waffe sahen. »Gehen Sie zur Polizei, werden Sie und Ihre Tochter es bereuen. Und glauben Sie mir, meine Kontakte sind gut genug, dass ich davon erfahren werde. Sie verlassen die Stadt nicht, nein, Sie verlassen diesen Laden nicht häufiger als nötig. Sollten Sie fliehen, Mr deGray, dann werde ich Sie finden, und dann werde ich Schlimmeres mit Ihnen anstellen, als nur Ihr Gesicht ein wenig neu zu arrangieren.« Er kam zu uns, legte beide Hände auf die Lehnen des Stuhls und beugte sich nah zu meinem Vater. »Diese alten Häuser brennen so schrecklich leicht.« Seine Stimme war nur noch ein Flüstern. »Sie werden alles verlieren, das verspreche ich Ihnen.«

Dad nickte mechanisch. »Ich werde das Geld so schnell es geht besorgen. Danke für den Aufschub.«

Der Mann richtete sich wieder auf. »Wunderbar.«

Sein Lächeln machte mir Angst. Ich traute ihm einen Mord zu, umso schlimmer klang seine Drohung.

»Ich nehme Sie beim Wort.« Er schnippte, und der kleinere Mann kam zu ihm herüber. »Mr deGray, Miss deGray.« Er nickte uns zu, dann verließen beide Männer den Raum.

*

Ich starrte ins Leere. Ein leichter Wind zerrte an meinen Haaren, und reflexartig presste ich das dicke, in Leder gebundene Skizzenbuch an mich. Es war schon kurz vor Mitternacht, doch die Stadt unter mir pulsierte vor Leben.

Ich wandte mich ab, denn ich konnte das vermeintlich fröhliche Gelächter der Passanten einfach nicht ertragen.

Was hast du uns nur angetan, Dad? Ich wandte mich von der niedrigen Brüstung ab. War er in Erwartung dieses Pokerspiels so komisch gewesen?

Der Boden des Dachs war nur nachlässig mit Teerpappe ausgelegt, und überall schimmerte abgestandenes Regenwasser in Pfützen. Mein Blick fiel auf das verfallene Gewächshaus, das meine Großmutter angelegt hatte. Es waren kaum mehr als fünf Quadratmeter, sein Glas war schmutzig und das Dach bereits etwas schief. Dennoch ging ich zielstrebig darauf zu. Im Innern befanden sich keine Pflanzen mehr, sondern ein Zeichentisch und Dutzende von Farben in allen Ausprägungen. Öl-, Acryl-, Wasser- und Aquarellfarben. Buntstifte stapelten sich in Kästen. Papierblöcke hatten sich bereits unter der Feuchtigkeit gewellt, und der kleine Läufer in der Mitte roch etwas muffig. An den Wänden hingen Dutzende Illustrationen von Tieren. Hasen in kleinen blauen Latzhosen. Gänse mit Hüten und großen Schleifen um den Hals. Ein Fuchs in der Uniform eines Schornsteinfegers.

Das hier war das Reich meiner Mutter gewesen. Mom hatte Kinderbücher illustriert. Ich strich mit der freien Hand über das Holz des Zeichentischs. Wie oft hatte sie hier oben gearbeitet. Sie hatte immer behauptet, die Skyline von New York inspiriere sie.

Ich lächelte, als ich daran dachte, wie Dad und sie sich kennengelernt hatten. Sie waren sich auf einer Auktion für seltene Bücher begegnet. Dad hatte ein paar antike Kinderbücher verkaufen wollen, Mom hatte sich für eins interessiert. Er hatte ihr das Buch geschenkt, sie waren einen Kaffee trinken gegangen und der Rest war Geschichte.

Entschlossen wandte ich mich ab. Ich strich über den glatten Ledereinband ihres Skizzenbuchs, das ich immer noch an mich gepresst hielt. Es war ihr größter Schatz gewesen, und es bedeutete mir so viel. Es gab mir das Gefühl, mich an etwas festhalten zu können, wenn das Gewicht schwer in meinen Armen lag und ich das kühle Leder an mich drückte. Ich öffnete es und betrachtete die vertrauten Zeichnungen. Minouche, die kleine schwarze Katze, die unbedingt nach Paris ziehen wollte. Emmet, der Hase, der davon träumte, Lehrer in seinem Dorf zu werden. Und Celine, der verwöhnte Kanarienvogel, der unfreiwillig Abenteuer in fremden Ländern erlebt. Ich liebte sie alle. Sanft strich ich über eine Zeichnung von Minouche, als mein Handy in meiner Hosentasche brummte. Die Nachricht war von meinem Vater. Unsere Welt musste schon gewaltig in Schieflage sein, wenn er mir eine Textnachricht schickte.

Bitte komm wieder runter.

Ich seufzte und verließ das Gewächshaus. Über die Feuertreppe ging ich hinunter bis zu meinem Balkon und stieg dann durch das Fenster zurück in mein Zimmer. Mein Rücken tat weh, dort, wo dieser Kerl mich mit einer Gesamtausgabe von Grimms Märchen am Rücken getroffen hatte.

Ich legte Moms Skizzenbuch aufs Bett. Noch einmal strich ich darüber, bevor ich mich entschlossen abwandte, doch die Erinnerungen überwältigten mich bereits. Der

Moment, als Dad den Anruf angenommen hatte. Es war ein strahlend schöner Morgen gewesen, und ich hatte gerade in der Küche gestanden, um mir ein wenig Obst für die Schule zu würfeln.

Ich sah noch genau vor mir, wie er ganz grau im Gesicht wurde. Wie seine Hände zitterten, als er das Telefon auf die schmale Kücheninsel legte. Wie sehr er um Beherrschung rang. Und da hatte ich es gewusst.

Ich schloss kurz die Augen, als mir ein Stich durchs Herz jagte.

Ach, Mom. Wir sagen, dass wir die Stunde des Todes nicht voraussagen können. Aber wenn wir das sagen, dann stellen wir uns vor, dass diese Stunde in dunkler und ferner Zukunft liegt. Es kommt uns nie in den Sinn, dass es etwas mit dem schon begonnenen Tag zu tun haben könnte.

Ich strich mir unter den Augen entlang, um die hervorquellenden Tränen fortzuwischen. Ich wollte nicht verheult aussehen. Prüfend betrachtete ich mich im Spiegel, der über meiner Kommode hing. Ich sah ihr so ähnlich. Das gleiche rotblonde Haar, die gleiche schmale Nase, die gleichen hellbraunen Augen mit dem schwarzen Ring um die Iris. Schnell sah ich weg.

*

»Wir reisen auf die Titanic. Uns bleibt keine Wahl.«

Ich betrachtete meinen Vater, sein verletztes Gesicht, die blutunterlaufenen Augen und das Haar, das so aussah, als habe er alle zehn Finger hineingewühlt.

»Ist das dein Ernst?« Ich hatte Dad geraten, den Auftrag nicht anzunehmen. Die Fortunes waren mit sehr viel

Personal gereist, auch auf der Titanic. Die Chance, ihre Kabinen leer, beziehungsweise ohne Angestellte vorzufinden, ging gegen null. »Du darfst die Stadt nicht verlassen, schon vergessen?« Ich ließ mich ihm gegenüber am Tisch nieder. Ärger und Sorge stiegen in mir auf, denn ich fand seinen Plan, trotzdem zu reisen, verantwortungslos. »Sie werden dich umbringen.« Ich beugte mich zu Dad, um ihn eindringlich anzusehen. Mittlerweile wusste ich, dass es sich bei dem Mann in der Lederjacke um einen gewissen Jonny handelte, einen Kredithai und Geldeintreiber, der meinem Vater während des Pokerspiels diese horrende Summe geliehen hatte. »Dieser Jonny war da sehr deutlich.«

»Wie soll Jonny das schon bemerken? Ich verlasse schließlich nicht mit einer Reisetasche das Haus.« Dad nahm ein paar Blätter Papier hoch, nachdem er Taschenrechner und Telefon zur Seite geschoben hatte.

»Nein, das ist leichtsinnig und …«

»Ich habe Hamish Fortune eine Mail geschickt und für die Wiederbeschaffung von Ethels Kette dreißigtausend Dollar verlangt, zahlbar mit zwanzigtausend Dollar als Vorschuss und zehntausend bei Lieferung«, unterbrach Dad mich. »So eine Summe sollte für ihn kein Problem sein. Ich habe mit Stammkunden telefoniert, mit Sammlern, ja sogar mit anderen Antiquitätenhändlern. Wenn du auf die Schnelle etwas verkaufen willst, machst du immer Verluste. Mit den Gemälden und dem Schmuck, den ich kurzfristig loswerden kann, kommen wir nicht auf hunderttausend Dollar, selbst wenn wir unsere Rücklagen darauflegen.«

Hunderttausend Dollar. Die Zahl hallte in meinem

Kopf wider. Das war das Geld, das mein Vater bei dem illegalen Pokerspiel verloren hatte. Eine Summe, die mir Schwindel verursachte.

»Warum fragst du die Fortunes nicht nach dem Geld? Sie sind Millionäre. Hunderttausend Dollar sind nicht viel für sie.«

»Niemand gibt einem Fremden Geld. Und zusätzlich werden sie mir den Auftrag entziehen, weil die denken, dass ich pleite bin. Womöglich erzählen sie es herum, und wir bekommen gar keine Aufträge mehr.«

Das klang logisch.

Dad schien fieberhaft zu überlegen. »Wir holen uns den Koh-i-Noor, lange bevor er als Diamant des Sultans von Malwa berühmt wurde. Dann wären wir alle Sorgen los.«

»Was? Dad!« Ich schüttelte entsetzt den Kopf. Wie verzweifelt war mein Vater, dass er sich über unseren Kodex hinwegsetzen wollte? »Wir dürfen die Zukunft nicht auf diese Art verändern.« Wieso erklärte ich ihm das? Er musste es am besten wissen, denn schließlich hatte er mir all das beigebracht. Natürlich war das, was wir taten, nie moralisch einwandfrei. Wir stahlen fremdes Eigentum. Aber wir recherchierten lediglich, wie und wann ein Suchobjekt verloren ging oder vergessen wurde, und rissen es nicht einem Sterbenden vom Hals.

»Wir finden eine andere Möglichkeit. Vielleicht kommt in den nächsten Tagen noch eine Anfrage für ein Suchobjekt rein.«

»Das ist doch reines Wunschdenken.« Dad verschränkte die Finger ineinander. »Wie kommen wir schnell an eine größere Summe? Ich kann keine weitere Hypothek auf das Haus aufnehmen.«

»Nein«, erwiderte ich, und meine Stimme klang schärfer als beabsichtigt. »Du hättest gar nicht erst spielen dürfen.«

Dad sackte in sich zusammen. »Du hast recht. Und es tut mir unendlich leid. Aber ich hatte so ein gutes Blatt, und ich war mir absolut sicher …«

»Es gibt kein ›sicher‹ bei einem Kartenspiel.«

Dad schloss kurz die Augen. »Ich weiß.« Er streckte seine Hand über den Tisch aus und legte sie über meine, bevor ich etwas erwidern konnte. »Ich verspreche dir, ich rühre nie wieder eins an.«

»Okay.« Ich lächelte, wollte ihm glauben. Doch dann musste ich daran denken, wie leichtsinnig er sich Jonny gegenüber verhalten wollte. Die Erkenntnis war schmerzhaft, aber ich konnte sie nicht verdrängen. Fürs Erste hatte er mein bedingungsloses Vertrauen verloren, und tief in meinem Inneren spürte ich, dass es nie wieder so sein würde wie vorher.

Kapitel 5
Lilly

»Es hat sich bereits herumgesprochen.« Dad saß wieder am Esstisch, und seine Verletzungen sahen im Licht der hellen Morgensonne schlimm aus. Er hatte ein blaues Auge, eine aufgeplatzte Braue und je einen großen Bluterguss am linken Wangenknochen und am Kinn. Die tiefen Augenringe ließen vermuten, dass er die ganze Nacht nicht geschlafen hatte.

»Was meinst du damit? Und wie geht es dir? Hast du Schmerzen? Sollen wir nicht doch ins Krankenhaus? Du könntest eine Gehirnerschütterung haben.« Eigentlich brauchte ich nach den wenigen Stunden Schlaf dringend einen Kaffee, doch ich nahm ihm gegenüber Platz und rechnete mit weiteren Hiobsbotschaften.

Dad winkte ab, dann rieb er sich über beide Augen, bevor er sprach. »Bloß kein Krankenhaus. Mir geht es gut. Ich habe gestern noch ein paar befreundete Antiquitätenhändler kontaktiert, um ein paar Stücke zu verkaufen, für die ich im Moment keine Kunden habe. Es hat heute Nacht schon die Runde gemacht, und jetzt drücken alle die Preise. Spätestens morgen wissen es auch die einschlägigen Sammler.« Er strich sich durch das wirre Haar. »Und zwei Wochen ist zu wenig Zeit, um unsere besten Stücke in eine Auktion zu geben. Ich muss sie an denjenigen verkaufen, der mir überhaupt etwas bietet.« Dad presste die Lippen aufeinander. »Hamish Fortune hat mir bereits geantwortet. Ich habe den hohen Preis mit der Schnelligkeit der Wiederbeschaffung gerechtfertigt, die ihm gelegen kommen sollte, da seine Frau diese Ausstellung plant.« Er schnaubte freudlos. »Er war begeistert. Wenigstens ein Plan ist aufgegangen. Die Zwanzigtausend sind schon auf unserem Konto.«

Ich erstarrte. »Du hast den Auftrag angenommen? Du willst auf die Titanic reisen? Ist das dein Ernst?« War ihm sein Leben so egal?

»Es führt kein Weg daran vorbei. Wir kommen sonst niemals auf die hunderttausend Dollar.« Dad schob mir ein paar eng beschriebene Blätter zu. »Ich recherchiere schon für unsere Geschichte, was nicht einfach ist, da wir zusammen reisen. Hier ein Schlupfloch in der Geschichte zu finden, ist …«

Wir zuckten beide zusammen, als es klingelte. Dad hatte sich als Erster gefangen. »Vielleicht ist jemand früh dran.« Er erhob sich. »Es wollten ein paar Leute vorbeikommen, um sich verschiedene Stücke anzusehen, und der Laden ist ja noch geschlossen.«

Das war nichts Ungewöhnliches. Dad kannte die meisten Händler und Sammler persönlich, und wir hatten immer mal wieder Besuch. Ich beschloss, mir endlich einen Kaffee zu nehmen, während Dad zur Tür ging.

Kaum hielt ich meinen vollen Becher in der Hand,

wurde ich misstrauisch. Es war so still. Ich wollte gerade nachfragen, da stand plötzlich wieder der Kerl von gestern Nacht vor mir. Fast hätte ich meinen Kaffee fallen gelassen, was Jonny zu einem Lachen veranlasste.

»Und täglich grüßt das Murmeltier.« Er zwinkerte mir zu. »Einen wunderschönen guten Morgen, Miss deGray. Oder darf ich Lilly sagen?«

»Dürfen Sie nicht«, erwiderte ich kühl. *Was wollte dieser Kerl schon wieder hier? Hatten wir nicht zwei Wochen Zeit?*

Ich schoss einen Blick zu Dad mit der stummen Frage, ob ich Jonny angreifen sollte, doch er schüttelte hektisch den Kopf. Schweißperlen bildeten sich auf seiner Stirn, und er räusperte sich nervös. Jonny spazierte in unseren Wohnbereich, als gehörte er ihm. Ohne ihn aus den Augen zu lassen, stellte ich meinen Kaffeebecher auf die Theke. *Warum war er hier?*

Jonny nahm den Papierbogen mit Dads Titanic-Plänen vom Tisch hoch, und sein Blick verfinsterte sich. »Was soll das denn sein? Ein Fluchtplan? Sie wollen Tickets für ein Schiff kaufen?«

»Das sind meine Unterlagen«, erwiderte ich schnell. »Ich schreibe an einem Roman. Der Roman soll 1912 spielen, und mein Dad kennt sich in Geschichte besser aus als ich.«

Jonny schien nicht überzeugt. »Hier steht, dass sie englische Pfund mitnehmen.« Er durchquerte den Raum und stieß meinen Vater grob gegen die Wand. Im nächsten Moment hatte er ein Messer gezückt, das er an seine Kehle drückte. Ich wollte eingreifen, doch Dad bedeutete mir mit einem Blick, es nicht zu tun. Jonny grinste. »Vorsicht,

Prinzessin. Ich schlage keine Frauen, aber es gibt für alles ein erstes Mal.«

Oh bitte, trau dich, dann darf ich dich nämlich endlich zusammenfalten …

Ich biss die Zähne aufeinander, wich aber zurück. Dad hingegen war mittlerweile schweißgebadet und kalkweiß, als sich Jonny ihm wieder zuwandte.

»Lag ich doch richtig mit meiner Vermutung, dass es besser wäre, ein Auge auf Sie zu haben. Wissen Sie, Mr deGray, ich bin ein einfacher Mann. Und meine Instinkte sagen mir, dass ich Ihnen, Mr deGray, ab jetzt morgens und abends einen Besuch abstatten sollte.« Sein Blick glitt zu mir, während er das Messer noch etwas enger an Dads Kehle drückte. »Nur zur Sicherheit und damit der alte Mann hier keine Dummheiten macht.« Er grinste mit seinen gelben Zähnen. »Dann sehen wir uns heute Abend nach Ladenschluss. Ich wünsche Ihnen einen erfolgreichen Tag.« Er zwinkerte mir noch mal auf seine ekelhafte Art zu, dann ließ er von Dad ab und stiefelte aus der Wohnung.

Dad rutschte an der Wand entlang, bis er mit einem Plumps auf dem Boden saß.

Ich stürzte voller Sorge zu ihm. Er sah so schrecklich bleich aus. »Alles okay? Er ist weg. Geht es dir gut?«

»Es geht schon.« Dad atmete schwer, doch er legte eine Hand auf meinen Arm. »Aber es war ein ziemlicher Schreck.« Ich nickte und streichelte seine Hand, während ich mich neben ihn auf den Boden setzte. Die große Geldsumme war schon eine enorme Herausforderung gewesen, aber jetzt war es für uns noch schlimmer geworden. Denn durch Jonnys tägliche Kontrollbesuche hatten wir jetzt ein riesengroßes Problem: Wir konnten unmöglich zusammen auf die Titanic reisen.

*

Ich lehnte mit den Unterarmen auf unserer gläsernen Ladentheke und starrte durch das Schaufenster hinaus ins Leere. Dad war noch oben und machte sich frisch, also hatte ich aufgeschlossen. Aber morgens war nie viel los, und auch die von Dad angekündigten Kunden ließen sich noch nicht blicken.

Gedankenverloren spielte ich mit dem kleinen Holzkreuz, das unser magisches Zahnrad in sich versteckte. Es hing an einem Lederband um meinen Hals, und ich strich noch mal darüber, bevor ich es wie automatisch zurück unter den Kragen meines Shirts schob.

Ich wandte den Blick vom Schaufenster ab und sah auf mein Handy, weil das Display aufleuchtete. Es war eine Nachricht von Instagram. Ich war zwar dort angemeldet, lud aber kaum etwas hoch. Brenda hatte mich auf einem Foto markiert. Doch zuerst öffnete ich WhatsApp.

Ich hatte unserer Aushilfe Ruby mittlerweile sechs Nachrichten geschickt. Sie alle waren ungelesen geblieben.

Ich hatte sie auch angerufen, denn ich machte mir große Sorgen, weil sie einfach nicht zur Arbeit erschienen war. Dieses Verhalten passte nicht zu ihr. Ansonsten wusste ich nur, dass sie Tanz an der Juilliard studierte. Ich fand bei Instagram ein paar Juilliard-Studenten und schrieb sie an, ob sie eine Ruby Belmont kannten.

Dann wandte ich mich um und betrat das Lager, um eine Rolle Tesafilm und einen Rechnungsblock zu holen.

Das Licht ließ ich aus, denn ich kannte den Weg im Schlaf.

Während ich, ohne hinzusehen, in der Kiste mit den Bürotensilien wühlte, gab ich dem Foto, auf dem Brenda mich markiert hatte, ein Herz und kommentierte es. Das, was ich beim Betrachten ihres Feeds empfand, war kein Neid.

Meine Mitschüler lockte es in ferne Länder, oder sie machten Praktika in anderen Bundesstaaten, zogen fürs College ans andere Ende des Landes. Ich hingegen würde hier um die Ecke an der University of New York Kunstgeschichte studieren und natürlich zu Hause wohnen bleiben, Dad im Laden helfen und unsere Aufträge gemeinsam bestreiten. Dad war gegen alles gewesen, was mich von zu Hause fortführte. Das Praktikum bei Sotheby's in England, das Auslandssemester an der Sorbonne, wie es Mom getan hatte. Ich runzelte die Stirn. Ich hatte es zugelassen, weil ich mich nach Moms Tod immer mehr in mich selbst zurückgezogen hatte. Die Erkenntnis lief siedend heiß durch meinen Körper. Dad war bereits mit sechzehn Jahren allein gereist, aber als ich so alt gewesen war, war Mom gestorben, und so hatten wir nie wieder darüber geredet.

Endlich hatte ich eine Rolle gefunden und starrte nun in die fahle Dunkelheit. Es war unfair, Dad die Schuld daran zu geben. Es lag an mir, selbstständig zu werden. Es lag an mir, mein selbstgeschaffenes Schneckenhaus zu verlassen. Und jetzt hatte ich die Gelegenheit dazu.

Ich umklammerte die Kleberolle und den Rechnungsblock fester, während ich mein Telefon entschlossen in die Tasche meiner Jeans schob. Durch die täglichen Besuche des Geldeintreibers war der Titanic-Auftrag unmöglich geworden? Falsch. Er war *nur* für meinen Vater unmöglich geworden.

Ich straffte die Schultern und sprach mir selbst Mut zu. *Deine Familie braucht dich jetzt. Du schaffst das. Heute ist ein guter Tag, um mutig zu sein.*

Ich kannte niemanden in meinem Alter, der mehr über das Thema Geschichte wusste als ich, ich würde es sogar als mein Hobby bezeichnen. Und weil ich in einem Haushalt von Zeitreisenden aufgewachsen war, hatten mir nicht nur meine Eltern, sondern auch meine Großeltern alles beigebracht, was sie wussten.

Mein Herz beruhigte sich, der Puls wurde langsamer.

Ich hatte eine Entscheidung getroffen. Dad brauchte mich jetzt. Mom wäre stolz auf mich. Zart berührte ich das Holzkreuz unter meinem Shirt.

Ich würde nicht länger wie ein kleines Kind an der Hand meines Vaters reisen. Ich würde mich etwas trauen und …

Das Glöckchen über der Ladentür bimmelte.

»Thaddeus, altes Haus!«, erklang eine dröhnende Stimme, die ich sofort als die von Dads Freund und Kunstsammler Winston Klavic identifizierte. »Was habe ich gehört? Du bist pleite? Kann mir mal jemand erklären, was hier los ist?«

Na super. Ein Hoch auf die Gerüchteküche. Ich verdrehte die Augen und eilte aus dem Lager.

»Das kommt überhaupt nicht infrage!« Dad war so aufgebracht, dass er einen hochroten Kopf hatte.

»Meine Entscheidung steht fest.« Ich stieß schwungvoll die Tür zum Lager auf.

»Lilly! Komm sofort wieder her.«

Dad konnte mir nicht folgen, denn jetzt war er ganz allein im Geschäft, also ignorierte ich seine Worte. Ich flitzte durchs Treppenhaus und nahm die Tür im Kamin auf der Wohnetage, um über die Wendeltreppe in unser Archiv zu gelangen. Schnell setzte ich mich vor einen der PCs. Im Katalog fand ich die Namen aller Passagiere der Titanic.

Ich wollte so unsichtbar wie möglich bleiben. Ich starrte auf die Namensliste. In einem Mikrokosmos zahlender Gäste, eingezwängt auf einem Luxusliner, auf dem es kaum etwas zu tun gab, außer den neuesten Klatsch und Tratsch zu verbreiten … wie konnte ich da nahezu unsichtbar sein? Wen nahm man nicht wahr? Wer konnte sich praktisch überall frei bewegen und wurde doch kaum beachtet?

Ich setzte mich unwillkürlich etwas auf. Die Dienstboten. Sie waren überall und dennoch kaum mehr als Statisten in der Geschichte der anderen.

Dad rief mich auf dem Handy an, doch ich ignorierte ihn.

Ich konzentrierte mich auf die Damen der ersten Klasse. Die meisten reisten mit Kammerzofen, Dienstmägden, ja sogar Sekretärinnen. In den Biografien und Scans persönlicher Dokumente fand ich zunächst keine Hinweise, die für mich nützlich waren. Doch dann stieß ich auf ein Telegramm von Noël Leslie, Gräfin von Rothes, das sie an ihre Freundin Louise, Gräfin von Argyll, geschickt hatte. Zwei Tage nach ihrer Ankunft im Polygon Hotel in Southampton am 6. April entschied sie, dass sie ein weiteres Dienstmädchen für ihre Kreuzfahrt benötigte. Die Gräfin bat ihre Freundin, die gerade im knapp zwei Stunden entfernten London weilte, ihr ein Mädchen auszuleihen.

Und dann erinnerte ich mich, dass ich darüber bereits gelesen hatte. Wir besaßen ein paar Tagebücher der Gräfin von Argyll. Also stand ich auf und ging an den Bücherregalen entlang, bis ich das Gesuchte gefunden hatte. Schnell fand ich das entsprechende Datum und erfuhr, dass die Gräfin von Rothes sich aus Zeitmangel dafür entschieden hatte, ein Mädchen der renommierten Dienstboten-Agentur »Sennet & Cobb« zu beschäftigen. Es sollte sich pünktlich einen Tag vor Abreise der Titanic bei ihr im Hotel in Southampton vorstellen. Diese junge Frau war zwar erschienen, aber nur, um der Gräfin mitzuteilen, dass sie im Zug einen wohlhabenden Kaufmann kennengelernt hatte und die beiden sich verliebt hatten. Ich lächelte triumphierend. Das war meine Chance. Ich würde die Frau abfangen und ihr Geld bieten, damit sie der Gräfin nicht absagte. Und dann würde ich ihre Stelle antreten.

Ich erhob mich schwungvoll, denn jetzt war ich so was von motiviert. Das Schlupfloch war gut, und ich rechnete mir große Chancen auf Erfolg aus.

Eins der großen Bücherregale an der Wand verbarg einen Durchgang zu unserer Kleiderkammer. Ich zog an dem dunklen Holz des Rahmens, und die Tür schwang federleicht auf. Der Begriff »Kleiderkammer« war eine Untertreibung. Der Raum stand dem der Bibliothek in nichts nach. Auch hier hingen Kronleuchter an der Decke, und es roch ganz leicht nach Puder und Waschmittel. Ich ging an den vielen Metern Kleiderstangen entlang. Hier fand man alles, um sich als Zeitreisender in der Vergangenheit zu bewegen. Kleidung aus allen Epochen, teilweise original, teilweise für uns geschneidert. Wir hatten eine pensionierte Kostümschneiderin an der Hand, die jahrelang für die großen Filmproduktionsfirmen gearbeitet hatte. Es gab die passenden Accessoires wie Schuhe, Hüte, Handtaschen, Schmuck und Uhren, aber auch Dinge des täglichen Lebens wie Kosmetika, Medikamente und natürlich Geld in allen Währungen.

Ich ging in den Bereich »1900–1920«. Zwischen aufwendigen Tageskleidern und mit Perlen bestickten Abendroben fand ich ein einfaches braunes Kleid mit Unterrock, das etwa meine Größe hatte. Ich wählte zwei Garnituren Nacht- und Unterwäsche samt Korsett, lange Strümpfe und ein Paar Schnürstiefel aus. Sie waren eine halbe Nummer zu klein, doch ich fand keine anderen, die einfach und abgetragen genug wirkten. Zuletzt nahm ich mir eine Uhr, ein paar Toilettenartikel und steckte gut ein Dutzend Haarnadeln aus Messing in ein Zigarrenkästchen. Außerdem fügte ich zur Sicherheit eine zweite Verstaumöglichkeit für mein Zahnrad hinzu. Eine Haarspange mit einem Geheimfach. Zuletzt fand ich einen dicken dunkelblauen Wollumhang, der mich an den kalten Tagen warm halten würde. Ich stopfte alles bis auf den Umhang in eine Reisetasche aus grobem Webstoff, deren verblichene Holzgriffe klapperten, als ich sie hochhob. Zufrieden sah ich mich um. Mein Blick blieb an einer Dienstmädchenuniform hängen, doch die Gräfin würde ihre eigene Kleidung für ihre Angestellten haben. Zum Schluss packte ich genug Geld ein, um alle Personen zu bestechen, die für mich hilfreich sein konnten.

Ich klappte gerade einen Frisuren-Katalog aus den Jahren 1880 bis 1920 zu, als ich Schritte hörte. Dad war zwar nicht mehr so rot im Gesicht, wirkte aber immer noch wütend.

»Ist Ruby wieder da?«, fragte ich überrascht.

»Ich habe den Laden für eine halbe Stunde zugemacht.« Er sah mich grimmig an. »Was ist nur los mit dir? Du bist noch nie allein gereist. Und so eine heikle Mission ist kein guter Anfang.«

»Da bin ich anderer Meinung.« Ich griff nach meiner Reisetasche und verschwand hinter einem Paravent, dessen Seidenstoff mit Kranichen bestickt war. »Das ist meine Chance, mich zu beweisen, und ich rette dich vor Jonny.«

»Wir finden eine andere Lösung.« Jetzt klang seine Stimme gequält. »Das kann doch nicht dein Ernst sein.«

Ich zog meine Klamotten aus und legte sie auf einem Stuhl ab. »Du brauchst das Geld, ich brauche eine Herausforderung.«

»Was?« Er klang, als würde er die Welt nicht mehr verstehen.

Ich schlüpfte in die antike Unterwäsche und mühte mich dann ziemlich damit ab, die Wollstrümpfe daran zu befestigen, nachdem ich das Korsett bereits geschlossen hatte. »Ich bin mehr als bereit«, antwortete ich, als ich wieder Luft bekam.

»Aber du brauchst ein Schlupfloch, und das ist…«

»Ich werde als Dienstmädchen im Gefolge der Gräfin von Rothes reisen.«

»Wie bitte?« Jetzt überschlug sich Dads Stimme fast.

Er brauchte einen Moment, um sich zu fangen. »Nein«, sagte er dann, und seine Stimme klang wieder entschlossen und fest. »Kommt überhaupt nicht in Frage. Diese Frau war das Paradebeispiel einer verwöhnten Adligen. Für sie waren Dienstboten keine Menschen, sondern Wesen, die nur existierten, um anderen zu dienen. Gut möglich, dass sie dir die Kehle durchschneidet, wenn du ihre Strümpfe falsch zusammenlegst.«

Auch ich hatte schon einige Geschichten über das exaltierte Verhalten der Gräfin gehört, dennoch war ich mir sicher, mich gut genug auszukennen, um mit ihr klarzukommen. »Das klappt schon.« Meine Stimme klang dumpf unter dem schweren Wollstoff des Kleids, das ich gerade über meinen Kopf zog.

»Ich verbiete es dir.« Dad klang eher hilflos als autoritär.

Ich hätte gelacht, wäre ich nicht gerade vollauf damit beschäftigt gewesen, mich in die zu engen Stiefel zu zwängen. Das Korsett drückte auf den großen blauen Fleck auf meinem Rücken, und ich keuchte.

»Ich kann das nicht zulassen.« Ich hörte, wie Dad sich darum bemühte, verbindlich zu klingen. »Ich trage eine Verantwortung für dich, und ich bestimme jetzt, dass …«

»Sei nicht albern.« Ich kam hinter dem Paravent hervor, drückte meinem Vater mein Handy in die Hand und zog samt Reisetasche weiter zu einem plüschigen Schminktisch. Dort toupierte ich mir das Haar oben am Kopf, während Dad mir mit einer Mischung aus Entsetzen und Fassungslosigkeit dabei zusah. Er umklammerte mein Telefon wie einen Rettungsanker und schien das alles immer noch nicht fassen zu können. Ich klemmte mir ein paar

Haarnadeln zwischen die Zähne. Vorsichtig schlug ich mein Haar am Ansatz in zwei Wellen. »Jetzt sieh mich nicht so an«, murmelte ich zwischen zusammengebissenen Zähnen. Ich steckte das toupierte Haar zu einem lockeren Knoten fest und betrachtete meinen Vater in der Reflexion des Spiegels. Gerade wollte ich noch etwas sagen, da bemerkte ich, dass er Tränen in den Augen hatte.

»Dad.« Erschrocken drehte ich mich zu ihm um.

Er kam zu mir, nahm meine Hand und ich erhob mich. Dads Blick wanderte über mein Gesicht. »Du siehst aus wie sie.« Zart strich er meine Wange hinab. »23. September 1911, London, Belgravia Square. Ein Fabergé-Ei, verborgen in den verschütteten Kellerräumen eines baufälligen Wohnhauses. Ich wollte aufgeben, aber deine Mutter hat es nicht zugelassen. Sie hat mit bloßen Händen Backsteine aus den morschen Wänden gegraben.« Seine Stimme zitterte ganz leicht. »Sie war so schön, wie sie mutig war.« Er schluckte. »Und genau das sehe ich jetzt in dir.« Noch einmal strich er über meine Wange. »Versprich mir, dass du vorsichtig bist.«

»Das bin ich«, erwiderte ich gerührt. »Vier Tage, mehr brauche ich nicht, okay?« Ich legte mir den Umhang um.

Dad nickte, doch ich spürte, wie er immer noch um Fassung rang.

»Es wird alles gut gehen.« Ich sagte es zu ihm, doch ich sprach auch mir selbst Mut zu. Jetzt wurde es ernst.

Ich umarmte Dad ein letztes Mal, dann machte ich ein paar Schritte weg von ihm. Die Magie brauchte Platz, doch die Kleiderkammer war groß genug. Die Henkel meiner Reisetasche schienen sich in meine Handfläche zu bohren, als ich mit den Fingern nach dem Holzkreuz um meinen Hals tastete. Ich drückte hintereinander an den richtigen Stellen, und schon fiel das kleine Zahnrad aus seinem Versteck.

Ich betrachtete es kurz auf meiner Handfläche, bevor ich es durch eine leichte Bewegung an seinen Platz schob. Jetzt berührten drei Zacken des Zahnrads die drei winzigen Muttermale auf meiner Handfläche.

Diese Verbindung war essenziell wichtig. Das Metall brannte auf meiner Haut, und sofort spürte ich, wie die Magie mich durchströmte. Es war ein Kribbeln, das sich in meinem ganzen Körper ausbreitete.

Ich sah zu Dad, lächelte ihn an, dann schloss ich die Faust um das Zahnrad. Die Magie ließ mich den Rücken durchdrücken, so mächtig war sie nun. *8. April 1912, sechzehn Uhr Ortszeit, Polygon Hotel, Southampton.* Ich visualisierte die Daten vor meinem inneren Auge, so, wie ich es gelernt hatte.

Jede Reise mit der Magie war ein klein wenig anders. Aufregung durchflutete mich.

Die Magie nahm an Fahrt auf und steigerte sich zu einem Wirbelsturm. In ihrem Zentrum war es ruhig, doch um mich herum raschelten Kleider, und die Deckel kleiner Kosmetiktöpfchen klapperten. Mein Körper gab der Magie nach. Ich spürte, wie ich immer weniger wurde, mich auflöste, und schließlich verschwamm wie Aquarellfarbe auf einer Leinwand. Farben explodierten vor meinen Augen, der Strudel drehte mich immer schneller, ich fiel und fiel, bis ich mich selbst vergaß.

Kapitel 6
Damien

»Hör auf zu labern und schieß ihm den Kopf weg.«

»Fresse, du Lauch.« Neil, Rugby-Spieler und so breit wie ein Schrank, stieß Brantley freundschaftlich den Ellenbogen in die Seite, ohne die Hände vom Controller zu nehmen.

Brantley, technikbesessener Geek und nur halb so breit wie Neil, schaffte es, trotz schmerzverzerrtem Gesicht zu grinsen.

Es war später Samstagnachmittag, und wir saßen mit der Konsole und zwei Tüten Chips zwischen uns auf dem Teppich vor meinem großen Flatscreen. Seit einer Stunde zockten wir irgendein neues Spiel, das Brantley überraschend mitgebracht hatte, aber ich war nicht richtig bei der Sache.

Ich hatte schon so lange über den Tag nachgedacht, an dem ich mich von meinem Vater lossagen würde. Jetzt war er gekommen. Nach diesem neuen Auftrag, der noch skrupelloser war als alle anderen zuvor, hatte ich gleich mehrere Entscheidungen getroffen. Erstens: Mein Australienurlaub war hiermit Geschichte. Zweitens: Wir mussten von hier verschwinden, solange wir noch konnten.

Ruby und ich würden heute Abend so tun, als gingen wir auf eine Party. In Wirklichkeit würden wir zum Flughafen fahren. Und sobald wir den Bundesstaat verlassen hatten, würde ich die deGrays vor ihm und seinem widerlichen Plan warnen.

»Ey, Belmont, jemand zu Hause?« Eine Hand wedelte vor meinem Gesicht.

Ich schob Neils Pranke aus meinem Sichtfeld. »Nerv nicht rum, Nelly.« Neils Mom hatte ihn mal so genannt, seitdem zogen wir ihn konsequent damit auf. Ich zielte auf den Kopf eines Zombies, und der zersprang wie eine reife Melone.

»Belmont ist wieder im Spiel«, sagte Neil, als würde er ein Baseballspiel kommentieren.

»Hast du schon für Australien gepackt?« Brantley killte einen weiteren Zombie und beugte sich dann nach hinten, um an Neil vorbei zu mir zu sehen.

»Nee.« Ich hatte gepackt, aber nicht für eine Reise, sondern für eine Flucht. Und dieses Treffen mit meinen Freunden war ein Abschied, doch davon wussten sie nichts.

Seit drei Jahren legte ich Bargeld zur Seite und verfügte nun über einen Betrag, der Ruby und mir einen finanziell abgesicherten Start ermöglichen würde. Ich hatte mich für Philadelphia entschieden, eine anonyme Großstadt auf der anderen Seite des Landes. Wir würden untertauchen und hoffen, dass Dad uns irgendwann abschreiben würde wie ein verlorenes Paar Handschuhe.

»Wann schlägst du da auf?«

Neils Stimme riss mich erneut aus meinen Gedanken. »Hm?«

»Wann tauchst du heute Abend auf?« Er sprach extra langsam. »Auf der Party bei Clarisse?«

Ich blinzelte. »Kein Plan. So gegen zweiundzwanzig Uhr?« Ich hatte schon jetzt zu wenig Zeit für all das, was ich mir noch vorgenommen hatte.

»Kommt Ruby auch?« Brantley war schon seit Jahren in Ruby verschossen, die ihn nicht mal bemerkte.

»Du solltest dir echt mal eine andere Vorlage suchen für deine…«

»Vorsicht«, unterbrach ich Neil. »Du redest von meiner Schwester.«

Er verdrehte die Augen, sprach aber nicht weiter. Brantley war feuerrot geworden.

»Ruby kommt auch«, sagte ich. *Lüge,* hämmerte es in meinem Kopf. In diesem Moment wünschte ich mir mal wieder, ich hätte mit ihnen über alles reden können, über das Zeitreisen, über Dad, über Ruby. Doch das war mir immer zu riskant gewesen. Dads Rache für so einen Vertrauensbruch würde so viel Schaden anrichten, und ich hatte Angst, dass sie auch meine Freunde treffen könnte.

*

Ruby sprang hektisch vom Bett auf, als hätte ich nicht geklopft und gewartet, bevor ich ihr Zimmer betrat. Und natürlich ließ sie ihr Handy fallen.

Neil und Brantley waren kurz nach unserem Gespräch aufgebrochen, und die Zeit danach war wie im Flug vergangen.

»Mach dir bitte keine Sorgen«, sagte ich, während sie sich hektisch nach dem Telefon bückte. »Er wird uns nicht finden. Unsere neuen Pässe sind wasserdicht, glaub mir. Wir fangen ganz neu an.« Ich lächelte. »Wir werden frei sein.«

Ruby senkte den Kopf. »Frei.« Sie lachte leise, doch es klang traurig. »Das fühlt sich noch so unwirklich an.« Sie ließ sich wieder auf das Bett sinken. »Die Juilliard wird mir fehlen. Ich war sehr gern dort.«

»Und trotzdem hast du auf Abruf bereitgestanden, Tag und Nacht. Er hat dir die Juilliard nur zugestanden, weil du in Pearl Harbor fast gestorben bist.«

Ruby presste die Lippen zusammen. »Ich weiß.«

Mir lief es immer noch kalt den Rücken runter, als ich daran dachte, wie sie mitten in dem Bombenangriff der japanischen Kampfflugzeuge im Jahr 1941 von einem herumfliegenden Metallteil am Hals getroffen worden war. *So viel Blut …*

»Wir müssen die deGrays warnen. Sie waren immer so lieb.« Ihr Blick glitt zu den Scherben eines zerbrochenen Blumentopfs, die sie auf einem Kehrblech zusammengefegt hatte. Ruby tanzte zwar wie eine Elfe, aber sie war unfassbar ungeschickt in allen Dingen des Alltags.

Ich rang mir erneut ein Lächeln ab. »Wir warnen die DeGrays, sobald wir genug Entfernung zwischen ihn und uns gebracht haben, okay?« *Und ganz gewiss würde ich alles daransetzen, Vaters Plan nicht aufgehen zu lassen.* Ich stahl Zahnräder für ihn, seit ich vierzehn Jahre alt war, aber ich könnte niemals jemanden in der Vergangenheit zurücklassen. Ich dachte an Lilly, deren Gesicht immer wieder vor meinem inneren Auge aufgetaucht war. Ich hatte sie sogar auf Instagram gefunden, doch ihr Account verriet nicht viel über sie. Und obwohl ich im Moment genug um die Ohren hatte, ging sie mir nicht aus dem Kopf. So etwas war mir noch nie passiert.

»Alles klar.« Ruby seufzte leise. »Aber wir werden uns zu erkennen geben müssen. Wenn die deGrays uns glauben sollen, müssen wir es ihnen sagen.« Sie schluckte. »Ich glaube, sie denken, dass sie die Einzigen sind.« Ruby betrachtete die drei kleinen Muttermale auf ihrer Hand, die uns zusammen mit dem Zahnrad das Zeitreisen ermöglichten. »Wir haben schon so viele Zahnräder gestohlen. Aber noch niemals hat Dad …« Sie brach ab, doch ich wusste, worauf sie hinauswollte. Noch niemals hatten wir jemanden aus unserer Zeit in die Vergangenheit gelockt, um ihn dort nach dem Entwenden seines Zahnrads zurückzulassen. *So etwas könnte ich niemals tun.*

»Ich hätte gedacht, er wäre … er wäre so, wie er eben ist, aber er wird …« Ruby knetete ihre Finger, dann sah sie zu mir.

»Er wird immer schlimmer«, ergänzte ich ihren Satz. Und Ruby hatte recht. Dads Verhalten, seine Grausamkeit, hatte sich in den letzten Monaten noch gesteigert.

Mir kam der Gedanke, jetzt spontan aufzubrechen, aber dann würde Dad es wahrscheinlich zu früh bemerken. Die Party verschaffte uns genügend Zeit.

»Ich muss noch mal kurz los, aber ich bin in einer Stunde wieder da, okay? Denk dran: Du freust dich auf die Party. Verhalte dich möglichst normal.«

Ruby nickte. »Ich gehe jetzt duschen, dann packe ich die Tasche zu Ende und mache mich fertig.«

Ich warf ihr einen letzten prüfenden Blick zu. Sie hatte

nicht die Kraft, sich allein von unserem Vater zu lösen. Doch zusammen waren wir stark, waren es immer gewesen. Und ab heute Nacht brach für uns ein neues Leben an.

*

Schon als ich unsere Auffahrt hinauffuhr, spürte ich, dass etwas nicht stimmte. Ich hatte so viel Bargeld wie möglich mobilisieren wollen und auf den letzten Drücker noch einen Käufer für die ungetragene Rolex gefunden, die mein Vater mir zu meinem sechzehnten Geburtstag geschenkt hatte. Das Geschäft fand in einem Starbucks in San José statt, und jetzt steckte das dicke Bündel Hunderter in meiner Hosentasche. Ich bremste mein E-Auto ab und runzelte die Stirn, als ich neben dem protzigen Mercedes von Dads *Leibarzt* anhielt. Daneben stand ein Rettungswagen mit laufendem Motor, der in diesem Moment rückwärtsfuhr und wendete. *Ob es meinem Vater nicht gut ging?* Oben auf dem Flachdach des Hauses parkte sein Heli, er war also zu Hause.

Im ersten Moment überlegte ich, den Rettungswagen anzuhalten, um nachzufragen. Doch da traten mein Vater und Dr. Murray durch die breite Eingangstür.

»Hallo, Damien!« Der Arzt hob grüßend die Hand, als er hektisch die Tür zu seinem Mercedes öffnete. Als ich den Gruß erwiderte, lächelte er, doch es wirkte gestellt.

Irgendetwas war hier faul.

Dad war zwar ein absoluter Hypochonder, und es war ihm nicht zu peinlich, einen persönlichen Arzt zu beschäftigen, der 24/7 auf Abruf für ihn bereitstand, aber jetzt schrie mir jede Faser meines Körpers entgegen, dass dies nichts mit einem seiner Wehwehchen zu tun hatte.

Der Arzt gab so viel Gas, dass die weißen Kiesel der Auffahrt durch die Gegend flogen, als er wendete.

»In mein Büro, Damien.« Dad drehte sich um und ließ mich stehen.

Was zur Hölle? Mein Herzschlag beschleunigte sich, als ich an meine Schwester dachte. »Gab es einen Notfall? Ist etwas mit Ruby? Warum war ein Rettungswagen hier?«

Er ignorierte mich, ging einfach weiter durch die scheinbar endlosen steril eingerichteten Gänge, die mehr wie ein Firmengebäude wirkten als wie ein Zuhause.

»Dad! War Ruby dadrin?« Ich warf die Tür seines Arbeitszimmers hinter mir zu. Mein Herz klopfte jetzt noch heftiger. »Rede mit mir. Was ist hier los?«

Dad setzte eine übertrieben überraschte Miene auf. »Was los ist? Das sollte ich wohl eher dich fragen, Champ.«

Er zog einen Briefumschlag aus seiner Hosentasche, griff hinein und warf mir Dutzende Hundertdollarnoten entgegen.

Eine Kralle griff in meine Eingeweide und drückte schmerzhaft zu. Alles war umsonst gewesen. Ich schluckte hart, denn es bestand kein Zweifel. Dies war einer jener Umschläge, die ich in dem selbstgebauten Geheimfach in meinem Zimmer versteckt hatte. Wir waren aufgeflogen.

Dad zog einen Mundwinkel ganz leicht nach oben. Das hier machte ihm Spaß. Er sah der ins Wasserglas gefallenen Fliege dabei zu, wie sie zappelte. »Wer sollte hier also wem etwas erklären?« Dad ließ sich in seinen Drehstuhl fallen.

Innerlich war ich kurz davor, zu explodieren. Vor Wut, Resignation und Angst.

Dad grinste und wippte in seinem Stuhl. Ich ging über das Geld hinweg bis zu seinem Schreibtisch, stützte beide geballten Fäuste auf der Platte ab und beugte mich zu ihm. »Was hast du mit Ruby gemacht?« Mein Temperament ging mit mir durch, ich konnte mich einfach nicht mehr bremsen. Ich schlug mit der Faust auf den Tisch. »Wo ist meine Schwester?«

Dad sprang auf und packte mich an der Kehle. »Wage es nicht, mich anzuschreien.« Ich hatte genug Kampftraining gehabt, um blitzschnell zu reagieren. Ich hebelte seinen Arm weg und stieß ihn grob nach hinten. Mein Vater taumelte, Überraschung spiegelte sich auf seinem Gesicht. Er ruderte mit den Armen und stieß gegen eine Karaffe mit Wasser, bevor er zurück in seinen Schreibtischstuhl plumpste. Das erste Zischen erklang, noch bevor mir klar wurde, was passiert war. Das Wasser schwappte über die elektronischen Geräte auf seinem Schreibtisch, PCs, Tablets, Telefone und Fernbedienungen. Und dann ging alles ganz schnell. Ein Knistern lief durch den Raum, bevor alle Rollos vor den breiten Fensterfronten gleichzeitig nach unten jagten. Die Deckenluke zu den privaten Räumen meines Vaters öffnete und schloss sich in einem schnellen Takt. Eine Fernbedienung sprühte Funken. In dem jetzt stockdunklen Raum formte sich ein Hologramm in der Mitte des Zimmers, während klassische Musik aufbrandete und dann wieder leiser und erneut lauter wurde. Von irgendwoher wiederholte eine Stimme immer wieder »Habt Dank, Sire. Habt Dank, Sire«, als befänden wir uns im Mittelalter. Die in der gegenüberliegenden Wand eingebaute Minibar öffnete sich und schloss sich immer wieder in einem viel zu schnellen Takt. Flaschen und Gläser zersprangen auf dem Boden. Das Crescendo aus Rachmaninow, der quäkenden Computerstimme und dem zerspringenden Glas war ohrenbetäubend in der Dunkelheit. Ich jedoch hatte nur Augen für das filigrane Objekt, das sich anmutig in der Zimmermitte drehte. Es war eine goldene Taschenuhr, und ihr Abbild war so stark vergrößert, dass ich die Zahnräder in ihrem Inneren erkennen konnte, als sich der Uhrendeckel wie von Zauberhand ablöste. Klar, mein Vater war mit verschiedenen Technikfirmen sehr reich geworden, aber dass so etwas bereits möglich war?

Hinter mir fluchte Dad laut.

Ich jedoch war wie gebannt von dem Anblick, denn ich kannte viele dieser Zahnräder. Ich hatte sie selbst gestohlen. Plötzlich erwachte die Uhr zum Leben. Ihre Zahnräder drehten sich, während sich der Uhrendeckel langsam wieder schloss.

Ein lautes Klicken erklang. Das Hologramm verschwand, und die plötzliche Stille wurde nur von einem letzten Zischen aus Richtung Schreibtisch unterbrochen. *Was zur Hölle hatte ich da gesehen?*

Dad kam hinter seinem Schreibtisch hervor, dann war ein lautes Reißen zu hören, und ein Strahl von Helligkeit flutete den Raum. Ich drehte mich zu ihm, immer noch zu überrascht von dem, was ich gesehen hatte, und schockiert von dem Schauspiel, das sich mir nun bot. Dad ging nacheinander an den großen Fenstern entlang und riss nun ein Rollo nach dem anderen gewaltsam aus der Verankerung.

»Was war das gerade?« Meine Stimme war kaum mehr als ein raues Flüstern.

»Das hat dich nicht zu interessieren.«

Dad kam auf mich zu, der Geruch nach dem ausgelaufenen Alkohol hing schwer im Raum. Er hatte sich verletzt, denn die Hand, mit der er auf mich deutete, war blutverschmiert. »Es hat dich nie interessiert, und jetzt, mein Sohn …« Er blieb nah vor mir stehen. »… ist es zu spät.« Er legte den Kopf schief, und ich sah den Wahnsinn in seinen Augen tanzen. »Du willst wissen, wo deine Schwester ist?«

Ich starrte ihn an, entsetzt darüber, wie sehr ich ihn unterschätzt hatte. Es zischte erneut, und irgendwo tropfte Wasser. Diese zerstörte Umgebung passte gut zu dem apokalyptischen Funkeln in seinen Augen.

»Ruby hatte einen Nervenzusammenbruch. Zu ihrer eigenen Sicherheit habe ich sie in ein privates Sanatorium einweisen lassen.« Er griff in seine andere Tasche.

Ein Mix aus Schock und Machtlosigkeit lief durch meinen Körper, als er mir Rubys Handy reichte. *Was hatte dieser sadistische Mistkerl mit ihr gemacht? Ich musste sie finden!*

»Gib dir keine Mühe, du wirst sie nicht finden, es sei denn, ich will es.« Schon wieder so ein wahnsinniges Lächeln.

Meine Stimme hatte jede Klangfarbe verloren. »Was willst du?« Panik stieg in mir auf, als ich an Ruby dachte. *Wo war sie jetzt? Ging es ihr gut?* Sie war labil, und umso mehr brauchte sie vertraute Menschen um sich. Dass Dad mich so schachmatt gesetzt hatte, ließ mich innerlich rasen vor Wut.

Ich ballte erneut die Fäuste, um zu verhindern, dass ich zitterte. Rubys Telefon bohrte sich in meine Handfläche.

Dad schnalzte mit der Zunge. »Ich weiß, dass ihr die deGrays warnen wolltet.« Er beobachtete die Wirkung seiner Worte auf mich.

Ich schaffte es, keine Miene zu verziehen, obwohl ich innerlich kurz davor war, zu zerbrechen. Hatte Ruby ihm das verraten? Freiwillig? Oder hatte er …? Ich wollte es mir nicht vorstellen. Seinen Hang, die eigenen Kinder zu schlagen, hatte ich schon immer verabscheut.

Dad seufzte dramatisch. »Ich bin so enttäuscht von dir, mein Sohn.«

Ich verzog den Mund zu einem abschätzigen Lächeln. »Das tut mir jetzt aber leid.«

Dad kam mir unangenehm nah. »Du glaubst, du bist mir überlegen?« Er schnaubte verächtlich. »Dann kommt hier deine Lektion, mein Sohn.« Er sah mir direkt in die Augen. »Willst du deine Schwester jemals wiedersehen, dann besorgst du mir die letzten zwei Zahnräder.« Er grinste und tippte mir mit einem Finger spielerisch auf die Brust. »Und zuerst reist du auf die Titanic zu der reizenden Miss Lilly deGray.«

Kapitel 7
Lilly

1912, England, Southampton

Ein fauliger Geruch stieg mir in die Nase und verstärkte meine Übelkeit. Noch war meine Sicht verschwommen, doch anscheinend befand ich mich in einer schmalen Gasse.

Im nächsten Moment machte mein Magen eine Rolle rückwärts. Ich krümmte mich und stürzte zur nächstgelegenen Hauswand, wo ich mich auf einen Haufen verfaultes Gemüse übergab. Schwer atmend stützte ich mich mit der einen Hand an den rauen Backsteinen ab, während die andere das Zahnrad umklammerte. Mein Herz raste, und in meinem Kopf drehte sich alles. Noch mal hob sich mein Magen. Ich würgte, musste mich jedoch nicht mehr übergeben. Ich krallte die Fingerspitzen in die Fugen, um Halt zu finden. *Bleib ruhig, atme durch, lass die Übelkeit verfliegen.*

Mein Herz nahm noch mal gefährlich Fahrt auf, und sein Takt wurde unregelmäßiger. Wüsste ich nicht, dass dies eine Nebenwirkung des Zeitreisens war, wäre ich in Panik ausgebrochen. Doch jetzt hielt ich einfach still und lehnte meine Stirn an die kühle Wand.

»He! Du da!«

Ich hob träge den Kopf und drehte mich zu der Stimme. Zur Sicherheit hielt ich mich weiter an der Mauer hinter mir fest. Die Bewegung sorgte dafür, dass ich schon wieder Sternchen sah. Ich schwankte gefährlich, konnte mich aber mit einem Ausfallschritt vor einem Sturz retten.

Vor mir ragten Treppenstufen auf, die zu einer unauffälligen Tür in der Hauswand führten. Und dort auf dem Absatz stand eine rundliche Frau in einem grauen Kleid und langer weißer Schürze. Sie hatte die Hände in die üppigen Hüften gestemmt und funkelte mich wütend an.

»Ich glaube es nicht. Es ist noch nicht mal Zeit für den Fünfuhrtee, und sie ist schon voll wie eine Haubitze! Verschwinde, liederliches Weibsbild, bevor ich dir Beine mache.«

Ich brauchte einen Moment, um zu realisieren, dass die Frau mit mir sprach.

»Los doch!«, keifte sie prompt weiter. »Das hier ist ein ehrbares Haus. Hier wird weder herumgelungert noch gebettelt.« Sie streckte einen Arm auffordernd zur Seite aus. »Sieh zu, dass du Land gewinnst.«

»Nur einen Moment, bitte.« Ich musste erneut ein Würgen unterdrücken.

Sie runzelte finster die Brauen. »Was ist das für ein Akzent? Du bist nicht von hier.« Das ließ mich wohl noch verdächtiger wirken, denn prompt machte sie ein paar Schritte die Treppe hinunter.

Verflixt. Ich hatte bei all der Übelkeit vergessen, mit

englischem Akzent zu sprechen. »Amerika«, stieß ich hervor. Ich musterte sie unauffällig. Sie war gekleidet wie eine Köchin in einem gut situierten Haus. Vermutlich befehligte sie eine ganze Schar Küchenmädchen, was ihren herrischen Ton erklärte.

Jetzt deutete sie mit dem Kopf in Richtung Straße. »Na los.«

Mittlerweile war der Schwindel so weit verflogen und mein Herz hatte sich so weit beruhigt, dass ich in meine Rolle fand.

»Entschuldigung.« Ich nickte unterwürfig und klaubte meine Reisetasche vom Boden. Langsam ging ich Richtung Straße. Als ich mich umsah, war die Frau verschwunden. Ich stellte sicher, dass niemand mich beobachtete, dann verstaute ich das Zahnrad wieder in der Kette mit dem Holzkreuz, in dem sich das Geheimfach befand. Ärgerlich schob ich es in meinen Ausschnitt. Die Magie des Zeitreisens richtete es für gewöhnlich so ein, dass man an einem ungestörten Fleck landete. Dad und ich waren noch niemals so schnell entdeckt worden. Und ausgerechnet auf meiner ersten Soloreise musste mir so etwas passieren.

Ich fluchte leise, während ich mich mit entschlossenen Schritten der Straße näherte. Lärm drang mir entgegen. Ich trat aus der Gasse und war überwältigt von dem Anblick, der sich mir bot. Vor mir erstreckte sich eine breite Straße ganz aus Kopfsteinpflaster. Sie wurde von mehrstöckigen Häusern gesäumt, viele von ihnen mit Ladenzeilen im Erdgeschoss. Southampton war in den Zwanzigern eine pulsierende Hafenstadt, ein Tor zum Atlantik, und hier gab es alles, was die Passagiere der großen Überseeschiffe benötigten.

Ein Bekleidungsgeschäft folgte auf das nächste. Daneben reihten sich Drogerien, Geldwechsler und Apotheken, deren große Schilder im Eingang Medikamente gegen die Seekrankheit anpriesen. Möwen jagten im Tiefflug über die Köpfe der Passanten hinweg, und ich konnte das nahe Meer riechen.

Gerade ratterte eine doppelstöckige Straßenbahn vorbei, und ich sah ihr fasziniert nach. Ich wollte weitergehen und die Straße überqueren, da stand ich plötzlich Auge in Auge mit einem großen braunen Pferd.

»Pass auf, wo du hintrittst, Mädchen!«, schnauzte mich ein Mann an und rückte sich dann die Schiebermütze zurecht, die aufgrund des abrupten Halts etwas in seine Stirn gerutscht war.

»Entschuldigung«, sagte ich schnell und machte einen Schritt zurück.

Der Mann ließ die Zügel knallen, und sein Holzkarren, der voll beladen war mit Tauen verschiedener Größen, setzte sich wieder in Bewegung.

Ich umgriff meine Reisetasche mit beiden Händen, überquerte die Straße und sah mich weiter um. Erst da erkannte ich, wie präzise mich die Magie an meinen Wunschort gebracht hatte.

Ich war direkt neben dem Polygon Hotel gelandet und hatte augenscheinlich mit einer Köchin des Hauses Bekanntschaft gemacht. Mein Mund stand ein wenig offen, als ich meinen Blick daran hinauf- und wieder hinabgleiten ließ. Dieses Hotel war die erste Adresse am Platz und mit seiner beeindruckend aufwendigen Fassade wirklich ein Hingucker. Davor hielten luxuriöse Automobile, deren in Uniform gekleidete Chauffeure aus der Fahrerkabine sprangen, um den Eigentümern die Türen zu öffnen.

Pagen in Livree eilten herbei, um das Gepäck zu tragen. Es herrschte ein ziemlicher Trubel, und ich zuckte zusammen, als eins der Automobile laut hupte. Die Fahrzeuge sahen so anders aus als heutzutage und erinnerten mehr an Kutschen, die wie von Zauberhand ohne Pferde fuhren. So viel Gold und Prunk, ich konnte den Blick kaum abwenden.

Jetzt fuhr ein schneeweißes Auto vor, und eine Dame mit riesigem Hut stieg aus. Ihre drei kleinen Hunde wurden von zwei Dienstmädchen getragen, die nach ihr aus der Passagierkabine schlüpften.

Genau wie ich hatten ein paar Schaulustige gebannt innegehalten und beobachteten das Treiben vor dem Luxushotel. Innerlich atmete ich auf. Ich würde also morgen nicht allzu sehr auffallen, wenn ich nach dem Dienstmädchen der Agentur Ausschau hielt.

Ich wandte mich ab und blickte die Straße hinunter. Ein Hotelzimmer der etwas einfacheren Kategorie zu finden war jetzt meine Priorität. Ich brauchte einen Ort, an dem ich mein Gepäck lassen konnte, bevor ich mit der Titanic reiste. An vielen Häusern waren Schilder angebracht. Die günstigsten Fremdenzimmer. Die schönsten Fremdenzimmer. Die saubersten Fremdenzimmer. Offenbar musste man sich entscheiden, auf welchen Luxus man am meisten Wert legte.

Ich ging die Straße entlang und ließ meinen Blick über die Auslagen in den Schaufenstern gleiten. Besonders bei den wunderschönen Kleidern konnte ich kaum wegsehen. Die Taillen waren hoch und schmal geschnitten, die Röcke bedeckten die Knöchel. Riesengroße Hüte waren sehr en vogue, die mit Hutnadeln lang wie ein Taktstock an ihrem Platz gehalten wurden.

Ich betrat das Haus mit den angeblich saubersten Zimmern. Der Mann am Empfang wies mich ab, weil er nur an Männer oder Eheleute vermietete. Auch im zweiten Haus hatte ich kein Glück. Schließlich fand ich in einer Nebenstraße ein unauffälliges Schild. *Damenzimmer.* Ich hoffte inständig, dass damit nicht gemeint war, dass man ein Zimmer samt Dame mieten konnte, ich also in einem Bordell landen würde.

Doch schon die Einrichtung der Rezeption verriet mir, dass ich hier richtig war. Mit leicht abgewetztem Chintz bezogene Sessel standen um einen niedrigen Holztisch, auf dem die Porzellanfigur einer Schäferin stand. An den Fenstern hingen schneeweiße Gardinen, und auf der Rezeptionstheke entdeckte ich auf einem gehäkelten Deckchen eine verschnörkelte Öllampe aus Messing. Daneben saß eine graue Katze, die mich mit ihren gelben Augen kritisch musterte.

Als ich mich räusperte, tauchte eine grauhaarige Frau hinter der Theke auf und rückte ihr Schultertuch zurecht. »Ja? Sie wünschen?«

»Ich brauche ein Zimmer, gute Frau.« Dieses Mal saß mein englischer Akzent perfekt.

Die Frau schlug ein dickes Buch auf. »Wie lange wollen Sie bleiben?«

»Ich reise mit der Titanic.«

Sie hob eine Braue, nickte dann aber. »Tragen Sie sich hier ein. Bezahlt wird im Voraus.«

»Jawohl.« Ich ergriff den mir dargebotenen Stift. Während ich meinen Namen eintrug, beobachtete die Hausherrin mich ungeniert. Als ich bemerkte, wie sehr sie meine flüssige Handschrift betrachtete, bemühte ich mich, etwas langsamer zu schreiben. Die Zeilen über mir waren teilweise nur in Druckbuchstaben ausgefüllt.

Ärger stieg in mir auf. Ich musste wirklich darauf achten, in meiner Rolle zu bleiben. Viele Menschen in dieser Zeit konnten weder lesen noch schreiben, und Frauen waren noch benachteiligter als Männer.

Doch die ältere Frau stellte mir keine Fragen, stattdessen hielt sie die Hand auf. »Drei Schilling pro Nacht, macht also sechs.«

Ich nickte schnell und ging vor meiner Reisetasche in die Hocke. Ich achtete darauf, dass sie nicht sehen konnte, wie ich den Geldbeutel öffnete. Schließlich verwahrte ich dort mehrere Jahresgehälter.

Ich kam wieder hoch und reichte ihr die Münzen. Sie betrachtete sie einen Moment lang, dann ließ sie sie in einen Geldbeutel gleiten, der an einem Gürtel an ihrer Taille befestigt war. Schließlich musterte sie mich streng. »Keinen Herrenbesuch, Frühstück ist inklusive, der Abtritt ist auf dem Hof. Am Abreisetag sind Sie um acht Uhr aus dem Zimmer raus.«

Ich nickte knapp.

Die Frau griff nach einem Schlüssel und kam hinter der Theke hervor. Ich folgte ihr durch einen schmalen Flur und dann zwei Treppen hinauf, deren Stufen ächzten wie gequälte Seelen. Mein Zimmer lag unter dem Dach, und obwohl es leicht nach feuchtem Holz roch, wirkte die Einrichtung sauber und nicht allzu verschlissen. Auf einem

Schminktisch standen ein winziger, fast blinder Spiegel und eine Schale zum Waschen samt Wasserkrug.

Kaum, dass ich allein war, ließ ich die Tasche fallen, stürzte zu dem schmalen Fenster und öffnete es.

»Wow«, raunte ich leise. Ich hatte einen großartigen Blick über die Stadt mit ihren rauchenden Schornsteinen bis hinüber zu den Docks. Ozeanriesen lagen dort vor Anker, und ihr Anblick war so beeindruckend, dass Aufregung durch meinen Körper jagte. Ich würde es schaffen. Trotz meiner kleinen Startschwierigkeiten war ich optimistisch. *Ich mache euch stolz, Mom und Dad. Und ich beweise mir selbst, dass ich mutiger bin, als ich gedacht habe.*

*

Es wurde früh dunkel, was für England zu dieser Jahreszeit nicht ungewöhnlich war. Da ich mich selbst um mein Abendessen kümmern musste, hatte ich mein Zimmer verlassen und die alte Frau an der Rezeption um einen Tipp gebeten. Sie empfahl mir das Ol'Ditty, das durch gute Qualität und große Portionen bestechen sollte. Als ich jetzt die High Street entlangging, musste ich lächeln, obwohl mir der typisch englische Nieselregen das Gesicht benetzte. Ditty war das altenglische Wort für ein kurzes Lied. Das Restaurant hieß also *altes Lied.* Das fand ich irgendwie sympathisch.

Als ein Kirchturm in Sicht kam, prüfte ich meine Uhr, doch die Zeit stimmte. Eine Windböe jagte über das Kopfsteinpflaster, das durch die Feuchtigkeit glatt geworden war. Die Dunkelheit senkte sich nun wie ein blauschwarzer Schleier über die Stadt. Kleine Nagetiere huschten quer über die Straße, und Kaufmannslehrlinge mit langen weißen Schürzen trugen die Werbetafeln zurück in die Geschäfte. Die Stadt läutete ihren wohlverdienten Feierabend ein.

Ich beobachtete alles, als sich ein Mann dicht an mir vorbeischob.

»'tschuldigen Sie«, brummte er. Mein Blick folgte ihm interessiert, als er unter der nächsten Straßenlaterne stehenblieb. Erst da erkannte ich, wer beziehungsweise *was* er war. Ein Laternenanzünder. Der Mann benutzte den langen Stab, den er bei sich trug, und schon flammte das Gaslicht auf. Fasziniert betrachtete ich das Schauspiel.

Einen Moment lang wollte ich ihn nach dem Ol'Ditty fragen, doch dann war er bereits zu weit entfernt. Eigentlich sollte das Restaurant in einer der vielen Nebenstraßen liegen, die von der High Street abgingen. Doch bis jetzt hatte ich kein Schild entdeckt. Aus der nächsten Nebenstraße drang mir irische Musik entgegen. Ich hörte Fiedeln, Flöten und Bodhráns, die irischen Trommeln. In ihrer Melodie schwang eine wilde Leidenschaft mit, die mich wie magisch anzog. Drei Matrosen, die sich in den Armen lagen, schwankten mir entgegen und sangen mit.

Die Musik führte mich zu einem Pub namens Three Bells, der eine kleine Speisekarte außen angeschlagen hatte. Die vielen unterschiedlichen Stews klangen appetitlich, und drinnen schien es brechend voll zu sein. Durch eins der Fenster konnte ich einen genaueren Blick ins Innere werfen. Dort waren viele Paare, aber auch Einzelpersonen, die vor großen Gläsern Bier und dampfenden Schüsseln saßen. Ich sprach mir Mut zu und betrat den Pub.

Die freundliche Bedienung namens Hettie räumte meine leere Schale ab. »Darf's noch was sein, Miss?«

Mein Stew mit Schweinefleisch, Wurst, Steckrüben und Kartoffeln war köstlich gewesen. Jetzt hatte ich Lust auf ein warmes Getränk. »Haben Sie auch Tee?«

Die Live-Band machte gerade Pause, weshalb eine Unterhaltung überhaupt möglich war, ohne zu schreien.

Hettie nickte und drückte sich die leere Schüssel vor den Bauch. »Na klar, Miss. Schwarzen Tee?«

Ich strahlte sie an. »Das wäre wunderbar.«

»Mit Milch oder ohne?«

»Mit Milch, bitte.«

Sie wollte sich gerade abwenden, da fiel mir noch etwas ein. »Könnten Sie mir sagen, woher der Lärm kommt?«

»Da drüben, Miss.« Hettie deutete quer durch den Pub. »Die Jungs von den Docks sind einmal die Woche da unten. Ist immer ein Spektakel, und man kann auch Wetten abschließen.«

Die Band begann wieder zu spielen.

»Verstehe. Danke!«, rief ich. Ich musste mich halb erheben, um am anderen Ende des Raums die Treppe auszumachen, die nach unten führte. Was dort genau passierte, hatte Hettie nicht erzählt, also beschloss ich, nachzusehen.

Ich wartete, bis sie mir meinen Tee brachte, ein robuster Becher aus Steinzeug, der bis zum Rand gefüllt war. Als ich bezahlte, sah Hettie neugierig in meinen Geldbeutel, doch ich hatte absichtlich nur einen kleinen Betrag dabei und den Rest unter einer losen Bodendiele meines Zimmers versteckt.

Ich trank einen Schluck, während ich mir meinen Weg

durch den Pub bahnte. An der Treppe angekommen, warf ich einen kritischen Blick nach unten. Ich verabscheute das Glücksspiel, aber neugierig war ich trotzdem.

Am Fuße der Treppe erwartete mich ein Raum gänzlich ohne Tische und Stühle, dafür mit jeder Menge Männern und nur wenigen Frauen darin. Es roch nach Pfeifentabak, Leder und Schweiß.

»Möchten Sie auf den nächsten Kampf wetten, Miss?«, sprach mich ein kleiner Mann in kariertem Hemd und Knickerbocker an. Eine fast abgebrannte Zigarre hing ihm seitlich im Mundwinkel, und er sah mich nicht an, stattdessen zählte er Geldscheine.

»Nein danke«, erwiderte ich und schob mich an ihm vorbei. In der Mitte des Raums hatte sich ein Kreis aus Menschen gebildet, und je lauter ihr Geschrei wurde, desto mehr Pub-Besucher schienen aus dem oberen Bereich nach unten zu laufen. Es wurde mir zu voll, also beschloss ich, einfach wieder zu gehen. Den Geräuschen nach zu urteilen, fand hier ein Boxkampf statt, und für so etwas hatte ich nichts übrig. Ich wandte mich zur Treppe und erklomm die ersten drei Stufen, als der Jubel erneut aufbrandete. Ich blieb stehen und konnte von meinem erhöhten Platz direkt in den Kreis sehen.

Zwei Männer kämpften miteinander. Beide hatten ihre Hemden ausgezogen, und ihre Oberkörper waren nackt. Der Kampf musste schon eine Weile gehen, denn ihre Haut glänzte vor Schweiß, und ihr Keuchen hallte bis zu mir. Sie waren beide groß, doch der eine überragte den anderen noch um gut einen halben Kopf. Sein Schädel war kahl rasiert, das Haar auf seiner Brust und den Armen karottenrot. Die Faust, die er jetzt vorschnellen ließ, war ungefähr so groß wie ein Amboss. Er brüllte auf, als er all seine letzte Kraft in den Schlag legte. Der Kerl musste gut zwei Meter groß sein, und wie automatisch empfand ich Mitleid für seinen Gegner.

Der andere war kleiner, aber breitschultrig, mit den schlanken, definierten Muskeln eines Zehnkämpfers. Er war ungefähr so alt wie ich, und sein Haar war dunkel, fast schwarz, und am Oberkopf länger als an den Seiten. Mit einer schnellen Kopfbewegung warf er es regelmäßig lässig nach hinten. Gerade war er dem Schlag des Riesen leichtfüßig ausgewichen. Die Art, wie er sich bewegte, gefiel mir. Gegen ihn wirkte der Kahlköpfige plump und schwerfällig. Ich nahm noch einen Schluck von meinem Tee und beobachtete ungeniert, wie sich die Muskeln unter seiner Haut bewegten. Mein Blick wanderte wieder hoch zu seinem Gesicht. Er besaß ein klassisch geschnittenes Profil, eine gerade Nase, ein eckiges Kinn, ausgeprägte Wangenknochen. Ich lächelte. Er gefiel mir.

Gerade sprang der Dunkelhaarige blitzschnell vor, holte aus und schaffte es, den Kahlköpfigen hart an der Schläfe zu treffen. Dessen Kopf flog halb nach hinten und halb zur Seite, ein Winkel, der in jedem Fall nicht gesund war.

Er taumelte und fing sich ab. Seine Augenbraue war durch den Schlag aufgeplatzt, und Blut lief ihm von der Wunde ins Auge. Er brüllte auf, doch jetzt wurde sein Schwanken stärker. Er ruderte mit den Armen, als wolle er verzweifelt das Gleichgewicht halten. Im nächsten Moment verdrehte er die Augen und sank mit einem letzten gurgelnden Laut in sich zusammen.

Einen ewigen Moment lang herrschte atemlose Stille.

Doch dann brach Jubel los, und ein paar Männer liefen

zu dem bewusstlosen Riesen, der gerade die Augen wieder aufschlug.

Der Dunkelhaarige wischte sich mit dem Unterarm über die Augen, dann ließ er seinen Blick über die Menge gleiten, als habe er den meinen gespürt. Ich wollte wegsehen, doch ich war wie gebannt. Unsere Blicke trafen sich, und etwas flammte in seinen dunklen Augen auf. Er hielt meinen Blick, und dann … lächelte er.

Es war ein Lächeln, das in einem auffallenden Kontrast zu dem brutalen Schlag stand, denn es wirkte freundlich und sympathisch. Ich wich seinem Blick aus, sah hinab auf seine Hand mit den blutverschmierten Knöcheln und fragte mich, wie oft er so einen Kampf schon gewonnen hatte. Ich betrachtete seinen nackten Oberkörper und entdeckte silbrig schimmernde Narben. Noch mal trafen sich unsere Blicke. Ein Mann war in den Kreis gestürmt und riss den linken Arm des Dunkelhaarigen zur Siegerpose in die Höhe. Jubel brandete erneut auf. Doch der Dunkelhaarige schien das alles gar nicht wahrzunehmen. Sein Blick ruhte auf mir, das Lächeln unverändert, als gäbe es nur uns beide in diesem Moment.

Ich wollte sein Lächeln gerade erwidern, da rief Hettie von oben: »Runter oder rauf, Miss. Sie stehen im Weg.«

Ich murmelte eine Entschuldigung. Mit einem letzten Blick auf den Dunkelhaarigen, der jetzt von einer Traube Menschen umringt wurde, ging ich die Treppe wieder hinauf. Bedauern stieg in mir auf, denn ich hätte ihn gern noch ein wenig länger betrachtet. Doch dann rief ich mich energisch zur Ordnung. Ich war nicht hier, um zu flirten. Ich hatte einen Auftrag, und der war für meinen Dad und mich überlebenswichtig. Ich sollte nicht meine wertvolle

Zeit verschwenden, einen Typen anzuhimmeln, den ich nie wiedersehen würde.

Kapitel 8
Lilly

Geschrei weckte mich, und im ersten Moment wusste ich nicht, wo ich war. Ich drehte mich auf der dünnen Matratze zur Seite, und erst als salzige Meeresluft in meine Nase drang, war ich mit einem Schlag hellwach.

Ich richtete mich auf, um durch das halb geöffnete Fenster zu sehen. Ein blauer Himmel strahlte über den Dächern von Southampton. Ich schlug die Decke zurück, und sofort hüllte mich kalte Luft ein. Ein Frösteln lief mir unter dem dünnen Nachthemd die Wirbelsäule hinab. Schnell griff ich wieder nach der Bettdecke, schlang sie um meine Schultern und sah auf meine Uhr. Es war kurz vor sieben.

Erleichterung durchflutete mich, denn ich war mit der Angst eingeschlafen, zu spät aufzuwachen und nicht rechtzeitig beim Hotel zu sein.

Draußen wurde das Geschrei lauter. Ich stand auf, zog die Decke noch etwas enger um meinen Körper und durchquerte das Zimmer, um nachzusehen, was los war. Ich drückte das Fenster ganz auf, beugte mich stirnrunzelnd vor und entdeckte direkt unter mir in der Gasse zwei junge Männer Anfang zwanzig, deren hölzerne Handkarren sich ineinander verkeilt hatten. Auf der Ladefläche des einen stapelte sich Obst, auf der des anderen Werkzeug. Die jungen Männer schubsten einander, und der Streit drohte zu eskalieren. Plötzlich löste sich ein Stein von meinem Fensterbrett und landete mit einem Knall auf den gestapelten Werkzeugen. Zwei Augenpaare wanderten neugierig nach oben.

Die jungen Männer, einer blond mit einem ziemlich abgerissenen Hut und Kniebundhosen, der andere im verknitterten Matrosenhemd aus grober Wolle und mit flammend rotem Haar, grinsten sich an. Von ihren Differenzen war plötzlich nichts mehr zu spüren.

Ich musste wohl immer noch verärgert geschaut haben, denn der Blonde riss sich den Hut vom Kopf und deutete eine ziemlich krumme Verbeugung an. »Oh, verzeihen Sie bitte, Myladyschaft«, rief er sarkastisch. »Haben wir Euren Schlaf gestört?«

»Das tut uns aufrichtig leid, Eure Hochwohlgeborenheit.« Der mit den roten Haaren zupfte an seinem weiten Hemd, als wäre es ein Kleid, und machte einen Knicks. »Wenn Ihr gern im Bett liegt, ich habe auch eins!«

Passanten in der Nähe brachen in Gelächter aus.

Haha. Doch ein Witz auf meine Kosten war okay, also lächelte ich schief. »Vielen Dank, aber ich bin versorgt.« Hastig verschwand ich vom Fenster, während unten wieherndes Gelächter erklang. Zumindest stritten die beiden nicht mehr.

Mein Magen knurrte vernehmlich, und ich warf erneut einen Blick auf meine Uhr. Es war kurz nach sieben Uhr, also noch genug Zeit, um bis zum Polygon Hotel zu gelangen. Die meisten Adligen schliefen bis in den Vormittag, und ganz gewiss würde die Gräfin kein Vorstellungsgespräch vor neun Uhr führen. Ich rechnete eher damit, mir bis mittags die Beine in den Bauch zu stehen. Umso wichtiger war es, etwas im Magen zu haben. Ich legte die Decke zurück aufs Bett, ging zur Tür und öffnete sie. Wie erwartet stand dort ein Tablett. Ich hob es vorsichtig hoch und schleppte es zu meinem Bett. Dort schlüpfte ich noch mal unter die Decke und platzierte das Frühstück auf meinen Knien. Ich schlug das helle Leinentuch zurück und war positiv überrascht. Es gab ein hart gekochtes Ei, eine Scheibe helles Brot, belegt mit Käse, und eine Schüssel Porridge, das leicht nach Äpfeln duftete. Dazu eine Kanne mit passender Tasse. Ich hob den Deckel und schnupperte. Es war schwarzer Tee, so stark, dass er fast wie flüssiger Teer aussah. Ich lächelte zufrieden. Das würde definitiv ein guter Start in den Tag werden. Blieb nur zu hoffen, dass auch weiterhin alles nach Plan verlief. Sollte die Gräfin mich ablehnen, musste ich improvisieren.

*

Obwohl es erst zwanzig vor acht war, ging ich auf direktem Wege zum Polygon Hotel. Ich war nervös, es stand viel auf dem Spiel für mich.

Heute Morgen hatte ich keinen Blick für die hübschen Kleider und die exaltierten Hüte in den Schaufenstern. Kurz glitten meine Gedanken zu dem jungen Mann von gestern Abend. Ich dachte an den brutalen Schlag, den er seinem Gegner versetzt hatte, die Art, wie sich die Muskeln unter seiner Haut bewegt hatten, und dieses kurze Aufblitzen in seinen Augen, als er mich direkt angesehen hatte. Doch ich verbot mir, mich von einem Mann ablenken zu lassen, den ich niemals wiedersehen würde. Und das Knistern zwischen uns war vermutlich Wunschdenken, weil er mir so gut gefallen hatte.

Ich reckte entschlossen das Kinn, um diese Gedanken beiseitezuschieben. *Konzentrier dich, Lilly. Dein einziges Ziel für heute ist, eine Anstellung bei der Gräfin zu bekommen.*

Das Polygon Hotel kam in Sicht. Zahlreiche luxuriöse Automobile standen davor Schlange. Kaum kam ich näher, entdeckte ich auch die Schaulustigen auf der gegenüberliegenden Seite.

Ich mischte mich unauffällig unters Volk, hielt den Kopf betont gesenkt und ließ doch die gegenüberliegende Straßenseite nicht aus den Augen. Die junge Frau der Agentur sollte einen langen braunen Wollumhang mit dem Emblem von Sennet & Cobb tragen.

Eine geschlagene Stunde lang passierte rein gar nichts, außer dass die Schar der anreisenden Gäste nicht abriss. Ein Junge von knapp zehn Jahren kam mit einem Bauchladen vorbei, auf dem sich allerlei Backwaren stapelten. Einige Schaulustige kauften etwas, und auch ich hatte plötzlich Hunger auf etwas Süßes. Ich erstand einen kleinen Kuchen mit Marmelade für mich und je ein Milchbrötchen für die zwei Straßenkinder, die dem Jungen mit großen hungrigen Augen gefolgt waren. Ihre Gesichter waren dreckverkrustet und ihre Schuhe nur Lumpen, die sie sich um die Füße gebunden hatten. Die beiden bedankten sich gerade bei mir, als ich aus dem Augenwinkel etwas wahrnahm. Ich drehte den Kopf, um hinauf zur breiten Prachttreppe des Hotels zu sehen … und da stand er. Sehr aufrecht, mit leicht gespreizten Beinen und gereckten Schultern, als überblicke er sein Königreich. Sein rabenschwarzes Haar glänzte in der Sonne, und der elegante hellbraune Tagesanzug stand ihm ausgezeichnet. Ich ließ meinen Kuchen sinken, so gebannt war ich von seinem Anblick. Im nächsten Moment spürte ich etwas Feuchtes an meiner Hand. Ein struppiger grauer Straßenhund hatte sich meinen Kuchen geschnappt und kaute begeistert darauf herum.

»Entschuldige mal?«, fuhr ich ihn an, doch er reagierte nicht. Schnell wischte ich mir die feuchte Hand an meinem Kleid ab. Als ich wieder zum Hotel sah, war der Junge nicht mehr allein. Ein Mann Mitte dreißig mit fast ebenso dunklem Haar hatte einen Arm um ihn gelegt, und die beiden unterhielten sich lächelnd. Meine Augen wurden immer größer, als ich erkannte, um wen es sich handelte.

Das war eindeutig Thomas Andrews. Ich starrte ihn an. Der Mann, der die Titanic konstruiert hatte. Der Mann, der erbittert darum gekämpft hatte, die Zahl der Rettungsboote nicht zugunsten einer besseren Aussicht von den Promenadendecks zu minimieren. Der Mann, der an der Eitelkeit der Reedereieigner gescheitert war und dessen Weitblick so viele Leben mehr gerettet hätte.

Jetzt gingen die beiden Männer die Stufen hinunter, und ich wich automatisch etwas nach hinten. Sie schienen sehr vertraut miteinander, sie lachten und Thomas Andrews malte irgendetwas mit seinem Spazierstock in die Luft. Ich kam immer noch nicht darüber hinweg, wie sehr der Junge von gestern Abend sich verwandelt hatte. In dem Pub hatte ich ihn für einen Dockarbeiter gehalten. Seine Narben und sein Talent mit den Fäusten hatten zu diesem Eindruck beigetragen. Und nun, da er in diesem feinen Anzug steckte, schienen diese gegensätzlichen Eindrücke fast unvereinbar. *Wer war er?*

Eine elegante schwarze Limousine überholte die anderen und hielt rechts von den Treppen. Thomas Andrews und sein Begleiter gingen zielstrebig darauf zu. Als sie eingestiegen waren und losfuhren, sah ich ihnen nach und hätte fast die junge Frau in dem braunen Umhang übersehen. Da war sie! Sie war noch ein gutes Stück entfernt, also bestand noch die Chance, sie vor dem Hotel abzufangen. Ich dachte nicht groß nach, sondern eilte auf sie zu. Hoffentlich würde mein Geld sie überreden, mir ihren Job abzutreten.

*

»Du möchtest bitte was?«, fragte mich mein Gegenüber mit deutlich französischem Akzent.

»Ich möchte deine Anstellung.« Natürlich konnte ich offiziell nicht wissen, dass sie den Job bei der Gräfin gar nicht antreten wollte. Also musste ich so tun, als wollte ich ihn ihr abschwatzen, indem ich ihr eine große Geldsumme bot.

Die junge Frau musterte mich, als hätte ich den Verstand verloren. »*Excusez-moi?* Ich verstehe nicht.« Sie sah unbehaglich in die Gasse abseits der Hauptstraße, in die wir ein paar Schritte hineingegangen waren. Hier waren

Kisten gestapelt, und es roch unangenehm nach verfaultem Fisch.

Die junge Frau wirkte nervös, und ich befürchtete schon, dass sie mich im nächsten Moment stehen lassen würde. Schnell öffnete ich meinen Geldbeutel und hielt ihr die Pfundnoten hin. Die Geldscheine waren größer als in unserer Zeit und sehr viel aufwendiger verziert.

Das Dienstmädchen starrte auf mein kleines Vermögen. »Was soll das bedeuten?« Sie war blass geworden. Wieder wanderte ihr Blick zu dem Geld, und sie schluckte gierig wie ein Kind vor der Süßwarentheke.

Jetzt hatte ich sie am Haken. »Meine Freundin arbeitet für die Gräfin, und ich möchte auch eine Stelle bei ihr. Wir wollen zusammen nach Amerika reisen. Wenn du mir …«

Plötzlich erklangen schlurfende Schritte aus der Gasse. »Hast du auch etwas Geld für mich?« Ein verwahrlost wirkender Mann mit vernarbten Gesichtszügen kam auf uns zu. Er musste unser Gespräch versteckt hinter den hohen Kisten belauscht haben. »Hab dich mal nicht so. Nur ein paar Pence, kleines Fräulein.« Gierig streckte er die Hände aus.

»Komm mit!«, rief ich dem Mädchen zu. Ich rannte los und verbarg die Geldscheine unter meinem Umhang. Das Dienstmädchen schloss zu mir auf. Wir überquerten die Straße und tauchten hinter einer haltenden Straßenbahn unter. Jetzt würde der Mann nicht sehen, dass wir in eine Nebenstraße abbogen. In einem von einer Mauer verborgenen Lieferanteneingang blieben wir stehen.

»Wenn du mir die Stelle überlässt, bekommst du fünfundzwanzig Pfund von mir«, wiederholte ich und zeigte ihr erneut die Scheine. Das waren eineinhalb Jahresgehälter für ein Dienstmädchen.

Ihre Augen weiteten sich. »D'accord«, stieß sie hastig hervor, als befürchte sie, dass ich es mir doch noch anders überlegte. Sie streckte die Hand nach dem Geld aus.

»Ich brauche auch deinen Umhang und die Haube.«

Sie runzelte die Stirn, dann nickte sie. »Bekomme ich deinen? Es ist kalt.«

»Natürlich.« Ich behielt das Geld noch, während wir unsere Umhänge tauschten. Dann half sie mir, die Haube auf meinem Haar zu befestigen.

Als ich ihr die Scheine reichte, musterte sie mich erneut. »Wenn du so viel Geld hast, warum arbeitest du dann für sie? Sie soll eine … eine …« Sie suchte nach dem Wort, während sie das Geld zählte. »… eine Drache sein.«

Ich lächelte kurz. »Das habe ich dir doch schon erklärt.«

Ihr Blick wurde abweisend, dann zuckte sie mit den Schultern. »Wie du meinst.«

*

»Du bist keine Französin. Ich hatte eine Französin angefordert.« Noël Leslie, Gräfin von Rothes, hatte sich auf einer Chaiselongue aus auberginefarbenem Samt drapiert und funkelte mich wütend an. Sie passte hervorragend in diese Umgebung aus Stuck und Gold, teurem Mobiliar und unbegrenztem Reichtum. Alle ganz in Cremefarben gehaltenen Räume ihrer Suite rochen nach ihrem schweren Rosenparfüm. Ihre persönliche Kammerzofe Adèle, eine hübsche junge Frau Mitte zwanzig mit dunkelbraunen Locken und natürlich eine Französin, stand dienstbeflissen hinter ihr und bemühte sich um eine möglichst ausdruckslosc Micnc.

»Es tut mir leid, Eure Ladyschaft.« Ich senkte den Kopf.

»Warum hat man mir keine Französin geschickt?«

»Das weiß ich nicht, Eure Ladyschaft.« Ich ärgerte mich mal wieder über mich selbst, obwohl ich dieses Detail nicht hätte wissen können, denn es wurde weder im Tagebuch noch in dem Telegramm erwähnt.

»Sprichst du wenigstens Französisch?«

Ich hob den Kopf. Die Gräfin war eine schlanke Frau von Mitte dreißig, mit gerader spitzer Nase und einem kleinen, aber energischen Kinn. Ihr vanillegelbes Tageskleid war aufwendig bestickt und stammte vermutlich direkt aus Paris. Sie trug farblich passende Schuhe aus Seide und hatte die Sohlen auf dem Stoff der Chaiselongue abgelegt, als gehöre das gesamte Mobiliar ihr.

»Antworte mir.« Ihre Laune schien minütlich zu sinken.

»Ein bisschen, Eure Ladyschaft.«

»Sag etwas.« Sie wedelte ungeduldig mit einer von Ringen geschmückten Hand. »Na los.«

»Je suis heureuse de vous rencontrer«, stammelte ich.

Die Gräfin verdrehte die Augen. »Um Himmels willen.« Sie wedelte erneut mit der Hand. »Raus mit dir, aber ganz schnell.«

Das war das Zeichen für Adèle, ihren Stammplatz hinter der Lehne der Chaiselongue zu verlassen. Ihr Lächeln war freundlich, als sie mit dem Kopf zur Tür deutete. »Wollen wir?«

Verdammt. Scheitern gehörte nicht zu meinem Plan. Und jetzt?

»Gib Adèle deinen Namen, ich möchte mich über dich beschweren«, rief die Gräfin mir hinterher.

Ich hatte auf ganzer Linie versagt. Die Niederlage nagte an mir, und ich nickte nur knapp, um dann der freundlichen Adèle zu folgen.

»Ich bin übrigens Adèle Lyon, die Kammerzofe von Madame«, stellte sie sich im Flüsterton vor. »Wie lautet dein Name?«

Wir hatten den mit viel Gold geschmückten Salon verlassen und standen jetzt in einem Flur, der gesäumt war von luxuriösen Schrankkoffern. Weil es mich in dieser Zeit eigentlich nicht gab, nannte ich ihr meinen echten Namen.

Sie runzelte die Stirn. »Wie bitte?«

»Hast du etwas zu schreiben?«

Die Kammerzofe zog einen schmalen Block und einen Bleistift aus einer Tasche ihres dunkelgrauen Kleids. Sie nickte, nachdem ich ihr meinen Namen aufgeschrieben hatte, dann verabschiedeten wir uns.

Schon schloss sich die Tür hinter mir. Ich war wie versteinert. Versagen, dein Name war Lilly.

*

Auf den breiten Treppenstufen des Eingangs fiel es mir schwer, meine Enttäuschung zu verbergen. Ich hielt einen Moment inne und ließ meinen Blick über die Straße schweifen. Von hier oben aus war der Ausblick wahrhaft königlich. Kein Wunder, dass alle Gäste ihre Nasen so hoch trugen.

Was hatte ich mir nur eingebildet? Ich hatte mich selbst komplett überschätzt und war aufgrund des Zeitmangels schlecht vorbereitet gewesen. Mit etwas mehr Recherche wäre ich garantiert auf diesen speziellen Wunsch der Gräfin gestoßen.

Na, wunderbar.

Ich seufzte und war ganz gefangen in meinen negativen Gefühlen. Sollte ich jetzt etwa zurückkehren mit nichts als einem Misserfolg im Gepäck? Bilder jagten vor meinem inneren Auge entlang, Erinnerungen, Gesprächsfetzen. Ich war noch klein, als Mom mir die drei Muttermale auf meiner Handinnenfläche, das magische Erbe meiner Familie, gezeigt hatte. Wie überrascht war ich gewesen, dass sie selbst keine Muttermale besessen hatte, in die die Spitzen des Zahnrads perfekt passten. Es waren noch ein paar Jahre vergangen, bis ich verstanden hatte, dass Dad Mom mitnahm, weil nur er das Erbe der Familie deGray in sich trug. Dass ihre ineinander verschränkten Finger das Zeitreisen auch für sie möglich gemacht hatten. Dass es nicht mehr als die Muttermale und dieses kleine Zahnrad brauchte. Und dann waren wir zu dritt gereist. Dad oder ich in der Mitte, je an einer Hand ein Familienmitglied und das Zahnrad zwischen unseren verschränkten Händen eng an die Muttermale gepresst. Es waren die schönsten Erinnerungen, die ich besaß, neben denen, in denen ich ganze Abende lang mit meinem Großvater über den Ursprung des Zeitreisens spekuliert hatte. Woher kam unsere Magie? Was war das für ein Metall, aus dem das Zahnrad gemacht war? Und wer hatte den ursprünglichen Kodex erstellt? Vieles war in den Schatten der Vergangenheit verloren gegangen, und dennoch war es uns nie langweilig geworden, darüber zu mutmaßen. Ich lächelte, als ich an sein runzliges Gesicht und das liebevolle Lächeln dachte.

Jemand rief meinen Vornamen, doch ich drehte mich nicht um. Es gab bestimmt noch mehr Frauen, die so hießen wie ich. Irgendwann tippte mir jemand auf die Schulter. Ich schwang herum, und vor mir stand Adèle.

»Madame möchte dich noch mal sehen.«

»Warum?«

Adèle zuckte die Schultern. »Das weiß ich nicht.«

Doch durch Adèles Akzent klang selbst so ein gelangweilt dahergesagter Satz wie pure Poesie. Ich rekapitulierte kurz. Was hatte ich schon zu verlieren? Also folgte ich ihr zurück in die Suite der Gräfin.

»Hast du das geschrieben?« Die Gräfin wedelte mit dem Blatt von Adèles Block.

Ich knickste. »Ja, Eure Ladyschaft.«

»Wo hast du gelernt, so zu schreiben?«

»Mein Vater war Hauslehrer und hat es mir beigebracht.«

Sie nickte langsam, und ihr Blick wanderte zwischen dem Zettel und mir immer wieder hin und her. »Kannst du mehr schreiben als deinen Namen?«

»Jawohl, Eure Ladyschaft.«

Ein fast durchtriebenes Lächeln umspielte ihre Züge. »Adèle, etwas zu schreiben.«

Adèle knickste formvollendet. »Tout de suite, Eure Ladyschaft.« Kurz darauf kam sie mit ein paar Bögen Briefpapier und einem goldenen Füllfederhalter aus einem angrenzenden Zimmer zurück.

»Nimm Platz.« Die Gräfin deutete auf eine kleine Sitzecke nahe ihrer Chaiselongue. »Ich werde dir diktieren, was noch besorgt werden muss vor meiner Abreise.«

Ich knickste wieder. »Wie Ihr wünscht, Eure Ladyschaft.« Ich nahm eilig Platz und sah sie dann erwartungsvoll an.

Die Gräfin diktierte mir eine Liste mit allerlei Aufgaben. Einen reparierten Hut abholen, Medikamente in der Apotheke kaufen, einen bestimmten Körperpuder aus einer Parfümerie besorgen, ein paar Schuhe besohlen lassen. Dann streckte sie mir lediglich die Hand entgegen.

Das war mein Zeichen, aufzuspringen, und ihr den Zettel zu geben. Sie überflog die Worte, und zum ersten Mal spielte fast so etwas wie ein echtes Lächeln um ihre schmalen Lippen.

»Ein schönes Schriftbild und keine Fehler.« Sie sah hoch zu mir. »Das gefällt mir.«

Ich hätte fast erwidert, dass ich auch im Rechnen ganz passabel wäre, aber ich konnte es mir gerade noch verkneifen. Schließlich wollte ich nicht schon wieder riskieren, dass sie mich rauswarf. Also tat ich so, als würde ich verlegen auf den Boden sehen. »Vielen Dank, Eure Ladyschaft.«

»Deinen Lohn habe ich bereits mit der Agentur vereinbart, also brauchst du nur noch eine Uniform. Wir nehmen immer ein paar mehr mit als nötig und werden zwei davon für dich anpassen lassen. Wo wohnst du jetzt?«

Erleichterung durchflutete mich. Ich hatte die Anstellung doch bekommen! »In einem Zimmer ein paar Straßen weiter, Eure Ladyschaft«, sagte ich schnell.

»Dann holst du jetzt deine persönliche Habe und bist

in einer Stunde wieder hier.« Sie stand auf und verließ den Salon, als wäre ich schon nicht mehr da.

Ich schaffte es noch, ein weiteres »Vielen Dank, Eure Ladyschaft« zu sagen, da war Adèle bereits bei mir und drehte mich an den Schultern herum. »Trödele nicht, Petite«, raunte sie mir zu. »Du hast großes Glück. Es ist eine Ehre, ihr zu Diensten zu sein. Sie ist hoch angesehen in der feinen Gesellschaft.«

»Danke«, murmelte ich. Ich war immer noch überwältigt davon, dass ich es tatsächlich geschafft hatte.

Adèle lächelte. »Lass dir keine Fehler zuschulden kommen und nimm dich vor ihren Nägeln in Acht.«

Ich wollte nachfragen, wie sie das meinte, da hatte Adèle die Tür schon geschlossen.

Ich soll mich vor den Nägeln der Gräfin in Acht nehmen? Was um Himmels willen hatte das zu bedeuten?

Kapitel 9
Damien

Ich hatte mich strategisch günstig in der Lobby des Polygon Hotels platziert, einem hohen Saal mit schwarzweißem Marmorboden, einer fünf Meter langen, auf Hochglanz polierten Rezeptionstheke aus Walnussholz und Glastüren in eleganten Messingrahmen. Pagen und Kellner in weißen Uniformen schwirrten um die verwöhnten Gäste herum. Elegante Paare mit Schrankkoffern checkten ein, und Kinder in ihren niedlichen Matrosenuniformen jagten umher und wurden von ihren gestresst wirkenden Gouvernanten, erkennbar an den langen dunkelblauen Kleidern, wieder eingefangen. Rüstige Senioren, die ihre Haustiere mitgebracht hatten, genossen einen ersten Tee, während sie darauf warteten, dass ihr Gepäck ausgeladen wurde. Zuletzt war eine Großfamilie samt sechs Dienstboten angereist.

Die zwei Aufzüge mit den aufwendig gestalteten Kabinen in Gold und rotem Samt fuhren im Minutentakt hinauf und hinab. Der süße Duft der großen Blumengestecke auf der Theke mischte sich mit dem Geruch nach frisch aufgebrühtem Earl Grey.

Ich saß gerade nah genug entfernt vom Eingang, um alle eintreffenden Gäste sehen zu können. Gleichzeitig war ich von einem ausladenden Zierfarn abgeschirmt, um nicht sofort entdeckt zu werden. Ich rechnete damit, Lilly erst an Bord wiederzusehen, doch ich wollte auf Nummer sicher gehen. Schließlich war sie zu meiner Überraschung bereits in der Stadt. Ich war bereits drei Tage vor der Abfahrt der Titanic angereist, weil mein Schlupfloch in der Geschichte es nicht anders zuließ. Aber welchen Plan verfolgte Lilly?

Ich ließ meinen Blick ziellos umherschweifen, und wie von selbst glitten meine Gedanken zu dem seltsamen Objekt, das ich im Büro meines Vaters gesehen hatte. Eine Taschenuhr, in die alle magischen Zahnräder verbaut waren. Ich wusste, dass es nur eine begrenzte Anzahl gab, aber was hatte das zu bedeuten? Besaß mein Vater so ein Objekt? Oder hatte er vor, es zu bauen? Und was bezweckte er damit? Sobald ich wieder zu Hause war, würde ich herausfinden, was es damit auf sich hatte. Zu Hause … Ein bitteres Gefühl machte sich in mir breit. Ich dachte an Ruby. Hoffentlich ging es ihr gut. Als ich an meine Schwester dachte, wurde ich mir wieder der Zwickmühle bewusst, in der ich steckte. Wessen Leben sollte ich über das andere stellen? Wie könnte ich so eine Entscheidung treffen? Jetzt spielte ich nur auf Zeit. Ich sagte mir, ich würde erst mal herausfinden, wo Lilly das Zahnrad versteckte. Dann würde ich schon irgendwann einen Geistesblitz haben, wie ich ihr Zahnrad bekommen konnte, ohne dass ich sie in der Vergangenheit zurücklassen musste. Es war riskant, denn sie würde abreisen, sobald sie die Kette von Ethel Fortune an sich gebracht hatte. Aber im Moment hatte ich einfach keine bessere Idee, und da ich dank der Infos meines Vaters wusste, dass die Fortunes mit sehr viel Personal reisten, würde dieser Auftrag für Lilly nicht einfach werden. Und wie immer, wenn ich ihr Gesicht vor Augen hatte, schien mein Verstand Pause zu machen.

Ich dachte an den Moment zurück, als sich unsere Blicke im Three Bells getroffen hatten. Kein Foto dieser Welt war ihrem Anblick gerecht geworden. Sie war schön, aber sie hatte etwas an sich, das ihr Aussehen noch überstrahlte. Etwas von Grund auf Gutes und ich war seit dem ersten Moment fasziniert davon. Meine Neugier auf sie wurde stündlich größer, und noch war genug Zeit, um den schrecklichen Grund, der uns zusammengebracht hatte, in den Hintergrund zu drängen.

Lilly würde mit der Titanic reisen, deshalb war ich darauf gefasst, sie wiederzusehen. Das hatte ich mir zumindest eingebildet. Doch als sie jetzt durch die Tür trat, ihr rotblondes Haar in der Mittagssonne strahlend wie Gold, ihre Wangen zart gerötet und ihre Lippen leicht geöffnet, da konnte ich meinen Blick nicht abwenden. Ich blinzelte und verbot mir, sie anzustarren.

Und starrte sie dennoch weiter an.

Sie war schwer mit Einkäufen bepackt und trug mehrere Kartons übereinandergestapelt vor sich her. Als sie an der Rezeption mit einem Angestellten sprach, flammte etwas in meinem Inneren auf. Etwas Forderndes, schwer Kontrollierbares, das ich noch nie gefühlt hatte. Ich rückte an die Kante des mit grünem Twill bezogenen Sessels, um einen noch besseren Blick auf Lilly zu haben. Da sie wieder das schlichte Tageskleid trug, der Angestellte sie jedoch zu kennen schien, ging ich davon aus, dass sie sich mittlerweile eine Anstellung bei einem wohlhabenden Gast gesucht hatte. Es imponierte mir, dass sie den härteren Weg gewählt hatte. Das Leben eines Dienstboten in diesen Zeiten war eine echte Herausforderung, denn man war mehr Leibeigener als Angestellter.

Ihre zarte Gestalt drohte unter den vielen Paketen fast zusammenzubrechen. Instinktiv wollte ich aufspringen und ihr helfen, doch ich hielt mich zurück.

Als sie dem Hotelangestellten noch mal zunickte und dann loslief, erkannte ich erleichtert, dass ihr das Gewicht doch nicht so viel auszumachen schien. Ihr Gang war leichtfüßig, und die Art, wie das lange Kleid ihre schlanke Taille betonte, gefiel mir sehr. Ich ertappte mich dabei, wie ich ihr versonnen nachsah, bis sie in einem der Fahrstühle verschwand und mit dem Liftboy sprach. Der Junge, kaum älter als dreizehn Jahre und einen halben Kopf kleiner als sie, lief tomatenrot an.

»Master Rayford.« Ich war so in meine Betrachtung versunken, dass ich zusammenzuckte. Ein Kellner in weißgoldener Livree neigte respektvoll den Kopf, bevor er ein Silbertablett auf dem niedrigen Tisch vor mir abstellte. Es war elf Uhr, doch da ich noch keine Lust auf ein frühes Mittagessen hatte, hatte ich mich für ein zweites Frühstück entschieden.

»Ich danke Ihnen.« Ich gab dem Kellner ein großzügiges Trinkgeld, und er entfernte sich von meiner Sitzgruppe. Auf goldgerahmtem Porzellan mit Logo des Hotels waren gebratene Würstchen, zwei Spiegeleier, Frühstücksspeck, Hash Browns und weiße Bohnen in Tomatensoße appetitlich arrangiert und angerichtet. Die gebratenen Champignons und gegrillten Tomaten lockerten die fettigen Speisen ein bisschen auf. Das Essen war zu gut, um es stehen zu lassen, und ich wusste jetzt, dass Lilly hier im Haus wohnte. Also würde ich mein zweites Frühstück genießen und dann dem Liftboy etwas Geld zustecken und ihn über das hübsche blonde Dienstmädchen ausfragen.

Ich fragte mich, bei wem der Upper-Class-Passagiere Lilly eine Anstellung gefunden hatte. Madeleine Astor? Lady Duff Gordon? Ich war gespannt.

*

Ein Ober hatte gerade mein Frühstück abgeräumt, und ich wollte zu dem Liftboy gehen, um ihn auszufragen, da erschien Lilly plötzlich wieder in der Eingangshalle. Sie trug immer noch das braune Tageskleid, weil ihre Uniform vermutlich noch für sie angepasst wurde. Ich ließ mich langsam zurück in meinen Sessel sinken und beobachtete, wie sie die Lobby zielstrebig verließ. Spontan beschloss ich, ihr zu folgen.

Sie bewegte sich durch die dicht bevölkerte High Street, als habe sie schon immer hier gelebt. Ich betrachtete ihr helles Haar, ihren schlanken Hals und die Art, wie sie die schmalen Schultern selbstbewusst gerade zog. Ein paar interessierte Blicke folgten ihr, doch sie bemerkte es nicht. Sie schien nicht zu wissen, wie hübsch sie war, und das reizte mich noch mehr.

Dann betrat Lilly den Laden eines Hutmachers und kam nach kurzer Zeit mit drei großen runden Schachteln wieder heraus. Ich hatte mich an einer Hausecke herumgedrückt und ein paar bettelnde Straßenkinder mit einer Handvoll Pence abgewimmelt. Lilly überquerte die Straße und betrat jetzt einen Schuster. Als sich auf den drei Hutschachteln auch noch ein Schuhkarton stapelte, war sie mal wieder so schwer bepackt, dass sie kaum etwas sah. Natürlich geschah das Unweigerliche: Jemand rempelte sie an, und der ganze Turm brach in sich zusammen.

Das war meine Chance. Ich bremste einen herannahenden Wagen aus und rannte über die Straße.

»Brauchen Sie Hilfe, Miss?« Ich ging neben ihr in die Hocke.

»Nein, das geht …« Sie brach ab, und ihre Augen weiteten sich in dem Moment, als sie mich wiedererkannte. »Oh«, war alles, was sie hervorstieß. Sie schien zu überlegen, ob sie zugeben sollte, dass sie mich beim Kämpfen beobachtet hatte oder nicht. Also nahm ich ihr die Entscheidung ab.

»Wir haben uns im Three Bells gesehen, richtig?«

Sie nickte hastig und senkte den Kopf. »Das ist richtig, Sir.«

Ich nahm die größte Schachtel und streckte ihr dann die freie Hand hin, um ihr aufzuhelfen. Sie ignorierte sie, stattdessen stapelte sie die restlichen Kartons übereinander.

»Wo wohnen Sie? Ich könnte Ihnen tragen helfen.«

»Das ist nicht nötig, Sir. Danke.« Obwohl sich ihre Wangen leicht gerötet hatten, wirkte sie nicht verlegen.

»Es wäre mir eine Freude.«

»Es steht mir nicht zu, Ihre Zeit zu beanspruchen.« Sie schluckte und leckte sich dann kurz über die Lippen. »Außerdem wäre es nicht angemessen.«

»Ich möchte es aber.« Um dies zu beweisen, nahm ich

einen weiteren Karton von ihrem Stapel und stellte ihn auf die Hutschachtel. »Zu zweit ist es viel leichter. Ich bestehe darauf.«

Sie schüttelte fast tadelnd den Kopf, dann lächelte sie und ihre Augen blitzten. »Wie Sie wünschen, Sir.«

Ich versank einen Moment in ihrem Blick. »Wohin gehen wir?«

»Zum Polygon Hotel.«

»Da wohne ich auch. Was für ein Zufall.« Unauffällig betrachtete ich sie von der Seite. Sie trug keinen Schmuck, der das Zahnrad verstecken konnte. Ob es sich in ihrem Geldbeutel befand? Das konnte ich mir nicht vorstellen, denn es war zu offensichtlich und zu riskant.

Lilly lächelte wieder und nickte, erwiderte aber nichts. Ich brauchte dringend noch etwas Zeit, um sie genauer anzusehen. Also feuerte ich weitere Fragen auf sie ab.

»Wie lautet Ihr Name, Miss?«

»Ich heiße Lilly, Sir.«

»Was für ein schöner Name.« Ich hatte mich einen Moment lang nicht im Griff und vergessen, an den lockeren Flirtton von gerade anzuknüpfen. Stattdessen war meine Stimme eine Nuance tiefer geworden. Ich meinte, was ich sagte.

Sie sah mich im Gehen kurz von der Seite an. Als sich unsere Blicke trafen, flammte da wieder etwas zwischen uns auf. Doch dann senkte sie schnell den Kopf und murmelte einen kurzen Dank.

»Mein Name ist Rayford Andrews, aber meine Freunde nennen mich Ray.« Ich hielt die Pakete nur mit einer Hand und streckte ihr die andere hin. »Freut mich, Lilly.«

Sie sah auf meine Hand, als wüsste sie nicht, was sie

damit tun sollte. Ich bewunderte, wie konsequent sie in ihrer Rolle blieb. »Sir, das wäre unangemessen.«

Ich spürte, dass sie nicht mit sich verhandeln ließ, also gab ich es auf. »Ich reise mit meinem Vater auf der Titanic.«

Sie zuckte zusammen, fing sich aber erstaunlich schnell. »Ich reise auch auf der Titanic.«

»Wie nett, dann sehen wir uns bestimmt an Bord. Für wen arbeiten Sie?«

»Meine Herrin ist die Gräfin von Rothes.«

»Ach«, gab ich zurück und sah genau, wie sie sich daraufhin ein Lächeln verkniff.

»Es ist eine Ehre, für Ihre Ladyschaft zu arbeiten. Und ich sehe die Welt.« Jetzt klang sie fast trotzig. Sie war großartig in ihrer Rolle. Ich kaufte ihr jedes Wort ab.

»Die Welt zu sehen, ist in der Tat eine große Chance. Stehen Sie schon lange in den Diensten der Gräfin?«

»Nein.« Mehr Informationen bekam ich nicht, aber ich hätte es genauso gemacht. Erzähle so wenig wie möglich und so viel wie nötig. Jedes Detail konnte einen in Schwierigkeiten bringen.

Wir hatten die große Treppe des Hotels erreicht, und Lilly fasste nun den Saum ihres langen Kleids, um ihn ein wenig beim Gehen anzuheben. Sogar diese kleine Geste wirkte anmutig. Ich musste mich wieder ermahnen, sie nicht immerzu sehnsüchtig anzustarren. Es war wie ein innerer Zwang, der mich seltsam hilflos machte.

Oben angekommen öffnete man uns die Türen.

»Master Rayford. Miss.« Einer der Portiers grüßte höflich und tippte sich an seine Mütze. Er nickte mir zu, und in seinen Augen stand die stumme Frage, was für ein ungewöhnliches Duo wir beide waren. Er schnippte mit den Fingern, und ein Page sprang herbei.

»Darf ich Ihnen etwas abnehmen, Sir?«

Ich fand es extrem unhöflich, dass er mir Hilfe anbot und Lilly ignorierte. Aber so waren die Konventionen der Zeit, und darüber eine Diskussion anzufangen, wäre mehr als verdächtig. Deshalb lehnte ich dankend ab und ging mit Lilly zu den Aufzügen.

»Das schaffe ich jetzt wirklich allein. Danke für Ihre Hilfe, Sir.« Sie wollte mir eine der Schachteln abnehmen.

»Unsinn«, erwiderte ich mit einem Lächeln. »Ich habe heute sowieso nichts mehr vor. Welche Etage?« Die Enge im Aufzug würde es mir erlauben, sie noch mal von Nahem zu betrachten. Bis jetzt hatte ich keine Ahnung, wie oder wo sie das Zahnrad versteckt hatte. Vielleicht trug sie es in einer schmalen Tasche aus Stoff nah am Körper?

Der Liftboy öffnete uns die Türen und erinnerte sich an Lilly. »Für Sie die dritte Etage, Miss?« Dann sah er zu mir. »Und für Sie, Sir?«

»Ebenfalls, danke.«

Das Gesicht des Jungen verfärbte sich erneut rot, als er einen kurzen Seitenblick zu Lilly warf. Ich konnte mir ein Grinsen kaum verkneifen. Lilly hingegen schien die Bewunderung mal wieder nicht zu bemerken. Ich bewohnte ein Zimmer auf der zweiten Etage, und die Steigerung des Luxus auf der dritten Etage war deutlich zu sehen. Der Boden bestand aus schwarzem Ebenholz, das so blank poliert war, dass ich mein Abbild beim Laufen darin erkennen konnte. An den Wänden hingen großformatige Gemälde in geschmackvollen Pastelltönen.

Ein Page kam uns entgegen, ohne uns zunächst zu bemerken. Er zählte sein Trinkgeld, was ein ziemlich beachtlicher Haufen Münzen war. »Sir«, murmelte er, als er mit gesenktem Kopf an uns vorbeieilte.

Vor einer Tür unterhielten sich drei Leute, und Lilly wurde immer langsamer, je näher wir kamen. Ich erkannte die Gräfin sofort. Sie war groß und hager, mit hellbraunem Haar und einer auffallend spitzen Nase. Ihre hochmütige, leicht gelangweilte Art zu sprechen passte hervorragend zu dem arroganten Blick, mit dem sie mich nun musterte.

»Na, geh schon«, zischte sie Lilly entgegen, wich zur Seite und deutete mit dem Kopf in Richtung der Tür, vor der sie gestanden hatte. Einem Dienstmädchen Platz zu machen, schien ihr ganz und gar nicht zu gefallen.

»Sofort, Eure Ladyschaft.« Lilly knickste gekonnt und drehte sich dann zu mir, damit ich ihr die restlichen Kartons geben konnte.

Die fadendünn gezupften Augenbrauen der Gräfin wanderten in die Höhe. »Was hat das zu bedeuten?«

In diesem Moment war ich dankbar, dass ich keine so unterwürfige Rolle spielen musste wie Lilly. »Ihr Dienstmädchen war schwer beladen, und ich habe mir erlaubt, ihr zu helfen.«

Das ältere Ehepaar und die Gräfin musterten mich ein zweites Mal. Ganz sicher fielen ihnen mein maßgeschneiderter Anzug und die Lederschuhe auf, die das dreifache Jahresgehalt eines Arbeiters kosteten.

»Ich fürchte, wir wurden einander noch nicht vorgestellt.« Die wässrig blauen Augen der Gräfin wanderten an mir hinab und wieder hinauf. Dann glitt ihr Blick zu Lilly.

»Hast du nichts zu tun?« Jetzt hatte ihre Stimme jede Freundlichkeit verloren. »Verschwinde, aber schnell.«

»Sehr wohl, Eure Ladyschaft.« Lilly verschwand mit gesenktem Kopf in der Suite und ohne mich noch mal anzusehen.

Die Gräfin hingegen streckte mir graziös eine behandschuhte Hand entgegen. »Noël Leslie, Gräfin von Rothes.«

Ich küsste pflichtschuldig den zarten Stoff. »Rayford Andrews. Sehr erfreut, Gräfin.«

»Andrews wie Thomas Andrews?«, fragte der ältere Mann. Er und seine Frau waren zwar auch gut gekleidet, aber lange nicht so luxuriös wie die Gräfin.

Ich nickte ihm freundlich zu. »Ganz recht. Thomas Andrews ist mein Vater.«

»Das ist ja entzückend.« Die ältere Frau sah mich mit strahlenden Augen an. »Ihr Vater ist ein so talentierter Mann. Was für ein spektakuläres Schiff, diese Titanic.«

Bevor ich etwas erwidern konnte, schlug der ältere Herr die Hacken zusammen. »Sie gestatten, Thomas Dyer-Edwardes. Und das ist meine Frau Clementina. Wir sind die Eltern.«

Natürlich kannte ich die Namen. Obwohl die Gräfin sich alle Mühe gab, so zu tun, als wäre sie als eine kosmopolitische Adlige geboren worden, war sie doch die Tochter eines Industriellen und auf dem Land in Gloucestershire groß geworden. Ihren klangvollen Titel hatte sie durch ihre Heirat mit Norman Leslie, dem 19. Earl of Rothes, erworben.

»Es freut mich, Ihre Bekanntschaft zu machen.« Ich schüttelte beiden die Hände, während die Gräfin aussah, als habe sie auf etwas sehr Saures gebissen. Die Gesellschaft ihrer bürgerlichen Eltern schien ihr unangenehm zu sein. Ein Umstand, der sie noch unsympathischer machte, und der Gedanke, dass Lilly für diese Frau arbeitete, gefiel mir immer weniger. Sie galt als launisch und temperamentvoll. Eine Kombination, die gegenüber Dienstboten eine gefährliche Mischung sein konnte. Schon wieder konnte ich mich nicht dagegen wehren, dass ein wilder Beschützerinstinkt in mir aufflammte, als ich an Lilly dachte. Ich kannte sie kaum, und eigentlich durfte ich mir keine Gefühle für sie erlauben, und dennoch …

»Wir werden dann mal losgehen.« Mr Dyer-Edwardes lächelte mir gutmütig zu. »Wir wollen noch einmal durch die Stadt flanieren, bevor es morgen mit dem großen Kahn losgeht. Nicht wahr, altes Haus?« Er schenkte seiner Frau einen Blick, der verriet, wie gern er Zeit mit ihr verbrachte. Für eine Epoche, in der arrangierte Ehen in der Oberschicht an der Tagesordnung waren, war das eher ungewöhnlich.

»Sehr gern, mein Guter.« Sie hakte sich bei ihrem Ehemann unter. »Dann sehen wir uns spätestens an Bord wieder, lieber Mr Andrews.«

»Rayford, bitte«, erwiderte ich. »Und ja, es wäre mir eine Freude.«

Als ihre Eltern nicht hinsahen, verdrehte die Gräfin die Augen.

Ich räusperte mich. »Dann werde ich mich auch empfehlen.« Ich wollte mich von der Gräfin verabschieden, doch sie warf mir einen eisigen Blick zu.

»Auf ein Wort, Mr Andrews.«

Wir warteten, bis ihre Eltern außer Hörweite waren.

»Was kann ich für Sie tun, Gräfin?« Die Frage war absichtlich unverschämt, einfach nur, um ihr zu zeigen, dass sie mich nicht beeindruckte.

Ihr linker Mundwinkel zuckte ganz leicht, dann hatte sie sich wieder im Griff. »Sind Sie ein hilfsbereiter Mann, Mr Andrews?«

Ich tat ungerührt. »Hilfsbereitschaft ist eine der Tugenden, die mir auf dem Internat in Schottland beigebracht wurden.«

»Hm.« Sie nickte langsam und betrachtete mich noch einmal von oben bis unten. Dem Blick nach zu urteilen, genügte ich ihren Ansprüchen nicht. »Ich weiß, dass junge Männer sich gern mit Dienstmädchen vergnügen, um …« Sie wedelte mit der Hand, als wolle sie einen Schwarm Stechmücken vertreiben. »Nun ja, um Erfahrungen zu sammeln.«

»Ich fürchte, ich verstehe Sie nicht, Gräfin.« Das war gelogen, denn natürlich wusste ich, worauf sie anspielte.

Ihre Haltung wurde noch etwas steifer. »Doch, Mr Andrews. Sie verstehen mich ganz genau. Und glauben Sie mir, mein Einfluss in dieser Gesellschaft ist groß genug, um Sie in einem Rettungsboot auf hoher See aussetzen zu lassen, sollten Sie sich meinem Dienstmädchen erneut nähern.« Sie beugte sich ein klein wenig vor. »Habe ich mich klar genug ausgedrückt, Mr Andrews?«

Zugegeben, sie war knallhart. Sie hätte auch jemanden vorschicken oder mich bei meinem Vater anschwärzen können. Aber sie regelte die Dinge selbst, und sie wollte Lilly vor mir schützen, was ihr hoch anzurechnen war.

»Ich habe verstanden, Gräfin.« Ich neigte respektvoll den Kopf. »Ich wollte einfach nur höflich sein.«

»Ich bin mir sicher, Sie hatten nur Gutes im Sinn.« Sie lächelte nicht gerade freundlich, und die Drohung war unüberhörbar. »Aber ich will Sie nie wieder in der Gesellschaft meines Dienstmädchens antreffen.«

Kapitel 10
Lilly

Ich hatte schon viel über die Titanic gelesen. Ich hatte Dokumentationen über sie gesehen, und natürlich kannte ich den berühmten Film von James Cameron. Aber nichts, nein, wirklich gar nichts, wurde ihrem realen Anblick gerecht. Sie war riesig, einschüchternd und dennoch so elegant, dass ich mit offenem Mund bis hinauf zu ihren vier Schornsteinen sah. Ihre Architektur spiegelte die perfekte Ausgeglichenheit aus Kraft und Eleganz wider. Thomas Andrews hatte als Chefkonstrukteur ganze Arbeit geleistet und sein großes Talent bewiesen.

»Mon dieu«, hauchte Adèle neben mir. Sie bekreuzigte sich erst leidenschaftlich, dann hakte sie sich bei mir unter, als suchte sie Halt.

Ich legte eine Hand über ihren Arm. »Sie ist unbeschreiblich.«

»Oui.« Adèle und ich ließen unsere Blicke gleichzeitig an dem Schiff hinauf- und hinabwandern, das vor der Kulisse eines strahlend blauen Himmels und einer ruhigen glitzernden See einen Anblick wie auf einer Postkarte bot.

Da die Passagiere der zweiten und dritten Klasse bereits an Bord gegangen waren, befanden sich unzählige Personen auf den Außendecks. Sie winkten mit Hüten und Taschentüchern ihren Verwandten am Dock zu. Angestellte der White Star Line eilten umher und versuchten, den nun an Bord gehenden Passagieren der ersten Klasse einen möglichst angenehmen Start der Reise zu ermöglichen. Dutzende Kofferträger kümmerten sich um das Verladen des Gepäcks. Gerade wurde das Auto von Mr William Carter, ein Renault Type CB Coupé de Ville und das einzige Automobil an Bord, unter großem Geschrei der Matrosen mittels eines Krans an Bord befördert. Ich erkannte das Auto, denn in meinen Recherchen über die Titanic war ich immer wieder darüber gestolpert. »Was für ein Anblick«, erklang hinter mir die Stimme von Mrs Dyer-Edwardes, der Mutter der Gräfin, einer wirklich herzlichen Frau. Sie und ihr Mann würden uns bis zum Zwischenstopp im französischen Cherbourg begleiten.

»Wir sollten schleunigst an Bord gehen, Mutter«, sagte die Gräfin. »Das Gedränge hier draußen ist einfach unerträglich.« Die Gräfin hatte eine Hand an ihren ausladenden Hut gelegt und tat betont angewidert. »Bei dem Pöbel hier unten muss man doch damit rechnen, bestohlen zu werden.«

Dass der Pöbel, oder besser gesagt die Verwandtschaft der Passagiere, zu sehr damit beschäftigt war, ihren Liebsten letzte Abschiedsgrüße entgegenzurufen, schien sie nicht zu bemerken. Stattdessen rümpfte sie die Nase.

»Kommt.« Sie sah sich kurz zu uns um, guckte aber keine von uns beiden wirklich an. »Habt ihr mein Gepäck?«

»Jawohl, Eure Ladyschaft«, erwiderten Adèle und ich im Chor. Natürlich trugen wir als ihre Dienstmädchen keine Koffer. Adèle schleppte eine Reisetasche mit ein paar Kleidern zum Wechseln, sollten wir vor dem Mittagessen nicht dazu kommen, das gesamte Gepäck der Gräfin auszupacken. Ich hatte eine Tasche dabei, in der sich alle Utensilien zum Frisieren und Schminken befanden. Die unzähligen Schrankkoffer waren bereits heute Morgen abgeholt worden.

Jetzt war es kurz nach elf Uhr, und da wir mittags ablegen würden, wuchs meine Aufregung ins Unermessliche. Wir gingen eine schräge hölzerne Gangway hinauf und wurden an Bord von Offizieren in weißen Uniformen begrüßt. Die Passagiere der ersten Klasse standen zusammen und genossen den ersten Drink. Zahlreiche Ober huschten umher und nahmen die Getränkebestellungen auf.

Man schien sich zu kennen, denn die meisten unterhielten sich angeregt, als würden sie einander öfter treffen. In einer Ecke entdeckte ich Francis Browne, der eifrig Fotos machte. Er war es gewesen, der all die Aufnahmen aufgenommen hatte, die heute noch in vielen Zeitschriften veröffentlicht wurden.

»Mon dieu«, murmelte Adèle erneut neben mir.

Ich sah mich staunend um. Von innen wirkte die Titanic wie ein luxuriöses Hotel. Sie war ganz im aktuell so angesagten Art déco eingerichtet, mit verschnörkelten Türbogen, floral geschnitzten Wandverzierungen und echtem Marmorboden. Es gab sogar Aufzüge an Bord, die nun im Minutentakt die Gäste zu ihren Zimmern brachten. Das Schiff roch neu. Der Geruch von Lack und frischer Farbe mischte sich in die Seeluft. Sogar der typische

Geruch von jungem Holz lag im Empfangsraum in der Luft. Die Titanic war so unberührt wie frisch gefallener Schnee. Noch niemand hatte in ihren Betten geschlafen. Nach niemand hatte von ihrem Geschirr gegessen. Und noch niemand hatte zum Klang der Kapelle die Nächte durchgetanzt.

Ich drehte mich einmal um mich selbst, um all diese unglaublichen Eindrücke aufzunehmen. Und sah dann direkt in das blasse Gesicht von Ethel Fortune. Einen Moment lang war ich so überrascht, dass ich nicht die Augen senkte, so, wie es sich für ein Dienstmädchen gehörte. Ethel zog die Brauen hoch, doch sie wirkte eher neugierig als verärgert und schien zu überlegen, woher wir uns kannten. Schnell drehte ich mich weg und strich mit gesenktem Kopf meine frisch angepasste Uniform glatt, deren Wollstoff fast so weich war wie Kaschmir. Im Hotel hatte ich mich erkundigt, ob eine Familie Fortune hier abgestiegen war. Dies war nicht der Fall gewesen, womit ich mit meiner Einschätzung recht behielt, dass die Familie direkt zur Abfahrt der Titanic angereist war.

Ich entdeckte weitere bekannte Persönlichkeiten der ersten Klasse. Der bereits betagte John Jacob Astor mit seiner gerade achtzehn Jahre alt gewordenen Ehefrau Madeleine. William Ernest Carter samt seiner Ehefrau und ihren zwei Kindern im Teenageralter. Er war derjenige, der mit seinem Auto reiste. Und das ältere Ehepaar Ida und Isidor Straus, denen die Macys Warenhäuser gehörten. Dann ließ ich meinen Blick unauffällig wieder zu Ethel gleiten. Sie stand mit ihren Schwestern Alice und Mabel zusammen, und die drei unterhielten sich angeregt. Ethel hatte sich kurz vor der Weltreise mit einem Banker verlobt und wollte die Zeit vor ihrer Hochzeit mit ihrer Familie verbringen. Ihr Bruder, ein gutaussehender junger Mann etwa in meinem Alter, unterhielt sich laut lachend mit dem Oberhaupt der Familie, Mark Fortune, der wie üblich seinen Bison-Mantel trug. Der Selfmademan aus Kanada galt als exzentrisch, aber öffentlichkeitsscheu. Dementsprechend wurde die Familie von vielerlei Augenpaaren neugierig betrachtet.

Ethels Mutter sah ich nicht. Vielleicht war sie mit den Dienstmädchen bereits in die Kabinen gegangen. Ethel wirkte aufgeregt und nippte an einem Drink. Dann löste sie einen grünen Seidenschal von ihrem Hals, und da war sie. Die Kette, die sie selbst entworfen hatte, ein echtes Kunstwerk aus Gold und Saphiren.

Dieses Mal schaffte ich es, Ethel nicht anzustarren, dennoch triumphierte ich innerlich. Die Kette existierte tatsächlich, und sie war hier an Bord. Jetzt musste ich alles daransetzen, sie an mich zu bringen. Aufregung überkam mich, dennoch war ich optimistisch. Die Familie bewohnte drei Kabinen ganz in der Nähe der Gräfin. Ich würde so bald wie möglich unauffällig dort vorbeispazieren und überprüfen, mit wie viel Personal die Familie reiste und wie ich mich am besten unbemerkt in die Kabine schleichen konnte.

Aufgeregte Stimmen rissen mich aus meinen Gedanken. Die Gräfin wurde natürlich sofort erkannt, und man sprach sie an. Mit einer Champagnerschale in der einen Hand und einer langen Zigarettenspitze in der anderen scheuchte sie Adèle und mich davon. »Macht euch nützlich, Mädchen. Mein Gepäck packt sich nicht von allein aus.«

Wir knicksten, und ein Steward war so freundlich, uns zu der Kabine der Gräfin zu führen. Das Schiff war so riesig, dass wir uns garantiert verlaufen hätten. Auf den Fluren war Teppichboden ausgelegt, der so hochflorig war, dass meine Stiefel darin versanken. Überall kam uns Personal entgegen, und ein wahres Heer an Angestellten schien nur darauf zu warten, den Gästen zu Diensten zu sein.

Auch hier auf dem Schiff bewohnte die Gräfin wieder die Luxusklasse. Der Steward verbeugte sich, nachdem er sichergestellt hatte, dass wir alles hatten, was wir brauchten, und das Gepäck vollzählig war. Adèle bedankte sich und reichte ihm dann eine Münze, woraufhin der Mann sich erneut verbeugte und verschwand.

Adèle und ich nutzten die Zeit, in der wir unbeaufsichtigt waren, um die Kabine zu erkunden. Ganz anders als in der Gegenwart der Gräfin war Adèle sehr offen und redete gern und viel.

»Mon dieu, schau dir das an, Lilly. Es gibt eine Badewanne.« Adèle betätigte einen der Hähne und kicherte. »Auf einem Schiff!«

»Na ja, genug Wasser haben sie hier ja.«

Adèle brach in Gelächter aus und deutete mit dem Finger auf mich. »Du kleiner Schlingel.«

Ich stimmte in ihr Gelächter mit ein.

Die große Kabine war in rostrotem Holz gehalten und mit Tapeten aus Seide ausgekleidet. Ich strich über die schneeweiße Bettwäsche und ließ meinen Blick dann durch das Zimmer gleiten. Obwohl sich ganz normale Möbel darin befanden, war an der Wand neben dem Bett eine Art Netz befestigt. Hier konnte man Dinge verstauen, die bei stärkerem Seegang nicht zu Bruch gehen sollten.

Ich fand dieses Detail nicht nur sehr nützlich, sondern es verstärkte den maritimen Eindruck des Raums, den man sonst leicht für ein gewöhnliches Hotelzimmer halten konnte.

Adèle seufzte und stemmte die Hände in die Hüften, als sie ihren Blick über die vielen Schrankkoffer gleiten ließ. Dann sah sie kritisch auf die zwei Kleiderschränke, die rechts und links neben den zwei großen Bullaugen standen. »Ich hoffe wirklich, wir bekommen alles darin unter. Ihre Ladyschaft wird erbost sein, wenn ihre Kleidung verknittert.«

»Dort drüben ist auch noch eine Kommode.« Ich deutete neben die Tür.

»Man kann doch keine Kleider in den Schubladen aufbewahren.« Sie sah mich so entsetzt an, als hätte ich vorgeschlagen, in den Kleidern der Gräfin Verkleiden zu spielen.

»Besser, als wenn sie in den Koffern bleiben müssen?«

»Mon dieu, nein.« Adèle schüttelte den Kopf. »Das mag Madame nicht.«

»Wo werden wir schlafen?«, fragte ich, um sie abzulenken. Der fehlende Stauraum war schließlich das Problem der Gräfin.

»Das müsste hier sein.« Adèle ging auf die gegenüberliegende Wand zu. Sie blieb kurz davor stehen und öffnete dann eine Tür, die so nahtlos mit der Wand verschmolz, dass ich sie glatt übersehen hatte.

Das Zimmer war deutlich einfacher gestaltet als das der Gräfin. Zwei schlichte Betten aus Metall standen an den jeweils gegenüberliegenden Seiten. Es gab einen Waschtisch und einen Schrank. Unser Gepäck stand auf den Betten.

Obwohl das Zimmer geradezu spartanisch anmutete, war es dennoch auf schlichte Art funktionell und gekonnt eingerichtet.

Wir sahen uns darin um, und Adèle schien zufrieden. Da ich mir nicht vorstellen konnte, dass wir das Badezimmer der Gräfin benutzen durften, fragte ich Adèle danach.

»Das Personal hat einen eigenen Bereich auf dem Schiff«, erklärte sie. »Dort gibt es einen Speisesaal und natürlich auch Waschräume.« Sie sah mich überrascht an. »Hast du etwa gedacht, wir dürften bei Madame …?« Neugierig legte sie den Kopf schief. »Du hast noch gar nicht erzählt, wo du herkommst. Wo warst du vorher in Anstellung? Du sagst manchmal Dinge, die …« Sie war so höflich, nicht weiterzusprechen, und ihr weicher Akzent machte alles gefälliger.

Ich hatte mir natürlich eine Geschichte zurechtgelegt. »Ich war das Mädchen einer Dame, die mit einem alten Colonel verheiratet war. Er war Beamter der Krone, und wir reisten durch die Kolonien, um überall auf der Welt nach Recht und Ordnung zu sehen. Der Colonel prüfte die Bücher der Diplomaten und sorgte dafür, dass das Geld Seiner Majestät nicht in die Tasche der Diplomaten wanderte. In vielen Teilen der Welt geht es noch recht …« Ich machte eine extralange Pause, als wäre es mir unangenehm. »Es geht noch recht rustikal zu, und man muss eng zusammenrücken.«

Adèle wirkte beeindruckt und nickte. »Jetzt wird mir vieles klar. Das ist aufregend, aber das wäre nichts für mich.« Sie schüttelte sich fast und schenkte mir dann ein entschuldigendes Lächeln. »Ich bin mit zwölf Jahren in meinen ersten Dienst getreten und war seitdem immer nur für eine adlige Herrschaft tätig. Um die Welt zu reisen, nein, nein, das könnte ich mir nicht vorstellen. Ich habe sogar gezögert, Madame auf dieser Reise zu folgen. Amerika ist doch sehr weit weg. Aber Madame hat mir sehr viel über die Titanic erzählt und wie sicher und modern diese Reise sein wird. Da habe ich zugestimmt.«

Der Gräfin musste eine ganze Menge an Adèle liegen, wenn sie sich dazu herabgelassen hatte, einer Angestellten diese Luxusreise schmackhaft zu machen. Doch es sprach für Adèle, also lächelte ich sie an. »Das Schiff ist wirklich sehr modern und luxuriös.« *Und in vier Tagen auf dem Grund des Meeres.*

Ein Schauer lief mir die Wirbelsäule hinab, als ich daran dachte, wie vergänglich dieser Luxus war. In weniger als vier Tagen würde all das auf den Grund des Meeres sinken und über die Hälfte seiner Passagiere mit in einen eiskalten Tod reißen.

In diesem Moment fragte ich mich, wie ich diesen Auftrag hatte annehmen können. Ich wusste, dass die Gräfin und Adèle überleben würden, dennoch befand ich mich auf einem Schiff, das unweigerlich dem Untergang geweiht war. So viele Menschen, deren Blicke ich nur flüchtig gestreift hatte, würden nur noch ein paar Sonnenaufgänge sehen. Und ich war hier an Bord und wollte einen von ihnen bestehlen.

Ich kämpfte mit dem schlechten Gewissen, und unwillkürlich dachte ich bei dem Stichwort »wenige Sonnenaufgänge« an Ray. Es war geschichtlich nicht überliefert, dass Thomas Andrews einen Sohn gehabt hatte. Dennoch waren die beiden Männer extrem vertraut miteinander umgegangen. Ray klang, als habe er eine vornehme Ausbildung genossen, wahrscheinlich auf einem Internat. Der fast unmerkliche schottische Akzent ließ ebenfalls darauf schließen. Viele wohlhabende Oberschichtleute ließen ihre männlichen Nachkommen in Internaten in Schottland ausbilden. Auch seine Sportlichkeit sprach dafür, weil diese Erziehungsanstalten für ihre extremen körperlichen und geistigen Anforderungen bekannt gewesen waren. Hatte er die Narben dort bekommen?

Sein Vater musste ihn spontan mitgenommen haben, was ihm als Chefkonstrukteur jederzeit möglich gewesen wäre. Die Titanic war nicht ausgebucht, es standen genügend Zimmer leer.

Ich hatte einen Kloß im Hals, als ich daran dachte, dass Rays Name nie auf einer Opfer- oder Vermisstenliste aufgetaucht war. Er schien einfach in den Wirren der Geschichte verschwunden zu sein.

Unwillkürlich berührte ich meine Halsbeuge, als ich daran dachte, wie wenige Tage Vater und Sohn nur noch blieben. Ich hatte Thomas Andrews immer bewundert, und ich mochte Ray. Er sah nicht nur gut aus, er hatte etwas an sich, das mich faszinierte. Es war nicht nur sein Selbstbewusstsein, er wirkte wie jemand, der zu seinem Wort stand. Wie ein Mann der alten Schule, der für die, die er liebte, durch jedes Feuer gehen würde.

Es erschreckte mich, als ich spürte, dass mir bereits etwas an ihm lag. Denn das durfte nicht sein. Ich hatte einen Auftrag zu erfüllen, und meine Heimat war in der Zukunft.

Ich musste verhindern, dass er sich noch mehr in mein

Herz schlich. Ich musste ihn auf Abstand halten, koste es, was es wolle. Er und ich hatten keine Zukunft.

Und in nur vier Tagen würde er sterben.

Kapitel 11
Lilly

»Da sind ja meine Hutschachteln größer.« Die Gräfin war so damit beschäftigt, einen möglichst dramatischen Auftritt hinzulegen, dass sie das Ablegemanöver im Hafen von Southampton verpasste.

Adèle und ich hatten unsere Nasenspitzen an die Bullaugen gepresst und beobachteten fasziniert, wie sich das riesige Schiff vom Pier löste und das Brummen der Motoren immer lauter wurde. Von irgendwoher erklang die Musik einer Kapelle. Hunderte Schaulustige winkten und hüpften auf und ab vor Begeisterung. Adèle winkte durch ihr Bullauge zurück.

»Ich bekomme hier keine Luft.«

Als ich mich jetzt umwandte, fächelte die Gräfin sich mit ihrem Hut Luft zu, während zwei leicht überfordert wirkende Stewards ihr dabei zusahen.

»Meine Liebe, geht es dir nicht gut?« Eine rundliche Frau, etwa im gleichen Alter wie die Gräfin, erschien in der geöffneten Tür.

Ich hatte erst vor knapp einer Stunde erfahren, dass die

Gräfin nicht nur mit ihren Eltern, sondern auch mit der Cousine ihres Mannes reiste. Die rustikal wirkende Gladys Cherry schien ihr ebenso peinlich zu sein wie ihre bürgerlichen Eltern.

»Ich kann hier nicht bleiben.« Ihren Worten zum Trotz warf die Gräfin ihren Hut auf das unbenutzte Bett und ließ sich dann auf die Kante sinken. »Und wo sollen alle meine Kleider hin? Die Mädchen haben versucht, sie in diese beiden ...« Sie deutete angewidert mit einem Finger auf die zwei Möbelstücke. »... diese Schränke zu stopfen. Sind wir in einer Militärkaserne? Meine Garderobe wird am Ende dieser Reise ruiniert sein.«

Gladys Cherry, die das Zimmer neben der Gräfin bewohnte, wirkte nun genauso überfordert wie das Personal. »Aber wo willst du deine Sachen denn sonst verstauen?«

Die Gräfin sprang vom Bett auf. »In einem Ankleidezimmer. Ich bin doch kein Tier. Sonst könnte ich doch gleich in der dritten Klasse reisen.«

Einer der Stewards schluckte deutlich hörbar.

Gladys Cherry riss die Augen auf. »Noël-Liebes, das kannst du nicht wirklich so meinen. Diese Menschen reisen mit großen Hoffnungen auf ein besseres Leben. Es gehört viel Mut dazu, mit kaum mehr als den Sachen am eigenen Leib in eine neue Welt aufzubrechen.«

Die Gräfin verdrehte die Augen. »Oh bitte, verschone mich mit solchen Reden. Ich bekomme Kopfschmerzen davon.« Sie legte sich affektiert eine Hand an die Stirn. »Willst du dir nicht irgendetwas auf dem Schiff ansehen? Und nimm doch meine Eltern gleich mit. Ich kümmere mich allein um das Problem.«

Gladys Cherry kämpfte dagegen an, ihre Gesichtszüge

nicht entgleisen zu lassen. Sie verlor den Kampf. »Wie du wünschst, liebe Noël.« Sie schwang sichtlich beleidigt herum und war im nächsten Moment verschwunden. Die Stewards zogen die Köpfe ein, als der schneidende Blick der Gräfin jetzt zu ihnen schwenkte.

»Ich wünsche eine Suite. Bruce Ismay bewohnt eine Deluxe Parlor Suite, hat er erzählt. Was auch immer das ist, ich möchte auch so eine.«

Der ältere der beiden Stewards räusperte sich unbehaglich. »Ich fürchte, das wird ein Problem, Eure Ladyschaft. Es gibt nur vier Parlor Suiten auf der Titanic. Diese sind alle ausgebucht.«

Die Gräfin sprang auf. »Dann werfen Sie jemanden raus. Oder sind diese Leute alle adlig?«

»Eure Ladyschaft, das wird nicht möglich sein. Es tut mir sehr leid, Euch zu enttäuschen. Hier auf dem C-Deck gibt es noch gewöhnliche Suiten. Ich weiß, dass einige von ihnen frei sind. Ich werde mich erkundigen und sie Euch dann vorführen.«

Die Gräfin rümpfte die Nase. »Eine gewöhnliche Suite? Was ist der Unterschied?«

»Die zwei Deluxe Parlor Suiten haben ein eigenes Promenadendeck. Es ist überdacht und somit bei jedem Wetter zugänglich. Sie verfügen außerdem genau wie die zwei Parlor Suiten über ein Schlafzimmer, ein Wohnzimmer, ein großes Badezimmer und ein Ankleidezimmer. Diesen Suiten schließen sich Kammern für insgesamt vier Dienstboten an. Die gewöhnlichen Suiten hier auf dem C-Deck haben einen Wohnschlafraum, ein Ankleidezimmer und Kammern für zwei Dienstboten.«

»Nur ein Ankleidezimmer?«, war alles, was die Gräfin erwiderte. »Ich weiß wirklich nicht, ob das passt.«

»Eure Ladyschaft können natürlich auch zwei Suiten buchen«, erwiderte der Steward ungerührt.

»Jetzt werden Sie mal nicht frech.« Die Gräfin warf ihm einen verachtenden Blick zu. »Ich werde jetzt meinen Lunch einnehmen, und danach erwarte ich Sie mit passenden Vorschlägen zurück.«

Der Steward deutete eine Verbeugung an. »Sehr gern, Eure Ladyschaft. Erlaubt mir, Euch zum Speisesaal der ersten Klasse zu geleiten.«

Die Gräfin erwiderte nichts, sondern neigte nur ihr Haupt. Dann hob sie ganz leicht ihren linken Arm an. Der Steward scheuchte seinen Kollegen davon, dann ging er zu der Gräfin und hakte ihren Arm bei sich unter. »Ihr gestattet.«

Ohne uns zu beachten, verließen die beiden den Raum.

Adèle behielt wie immer die praktischen Dinge im Blick. Sie strahlte mich an. »Dann bekommen wir jeder eine eigene Kammer.« Sie klatschte in die Hände. »Ist das nicht großartig, ma petite?«

Ich linste noch ein letztes Mal durch das Bullauge, wo der Pier immer kleiner wurde. »Und vorher dürfen wir ihr ganzes Zeug wieder einpacken.«

Adèle zuckte die Schultern. »Aber das ist doch unsere Aufgabe. Was sollen wir sonst tun?«

Damit hatte sie den Nagel auf den Kopf getroffen. Doch in diesem Moment rumorte mein Magen vernehmlich. Wir waren sehr früh aufgestanden, um die Kleider der Gräfin erst kurz vor der Abholung der Koffer einzupacken. Somit verhinderte man, dass die wertvollen Stoffe knitterten. Dementsprechend zeitig hatte ich gefrühstückt, und jetzt war es schon nach Mittag.

»Sollen wir etwas essen?«

Adèle strahlte. »Gute Idee. Wenn die Gräfin jetzt speist, haben wir Zeit. Und wir packen die Koffer nicht, bevor Madame weiß, wo sie hinwill.« Sie durchquerte das Zimmer. »Komm, wir fragen jemanden vom Schiffspersonal, wo sich der Speiseraum der Dienstboten befindet.«

Als Erstes kam uns ein anderes Dienstmädchen auf dem Gang entgegen. Ich sprach sie an.

»Der Speiseraum ist da drüben den Gang runter. Beeilt euch, ich glaube, sie wollen gleich dichtmachen«, sagte sie mit schwerem irischem Akzent.

Ich lächelte sie an. »Danke dir.«

Kurz darauf erreichten Adèle und ich einen Raum, der mit langen Tischen und Stühlen eingerichtet war. Hier mussten wir richtig sein. Männer und Frauen, alle in Uniform, saßen vor dampfenden Schüsseln.

Ein junger Mann in schwarzer Livree sprang auf und winkte. »Hallo. Setzt euch zu uns.«

Adèle und ich wechselten einen Blick, gingen dann aber zu dem Tisch hinüber.

Das blonde Haar des jungen Mannes war ordentlich zur Seite gescheitelt, und er deutete eine kleine Verbeugung an. »Ich bin James. Kammerdiener von Bruce Ismay. Wer seid ihr?«

Ich stellte uns vor.

»Sehr erfreut.« Der junge Mann lächelte breit, dann deutete er nacheinander mit dem Finger auf die am Tisch sitzenden Personen. »Emma, die Kammerzofe von Mrs Cardeza. Hélène, die Dienstmagd von Mrs Cardeza. Warner, der Diener von Mr Guggenheim. Victor, Kammerdiener von Mr Astor, und Rosalie, die Kammerzofe von Mrs Astor. Elsie, eins der Dienstmädchen der Damen Fortune, und Marguerite, Kammerzofe von Mrs Gibson.« Die meisten Dienstboten nickten uns zu.

Bei dem Namen »Fortune« horchte ich auf und warf dem Dienstmädchen einen neugierigen Blick zu. Sie war etwa so alt wie ich, hatte dunkles Haar und wirkte mürrisch. Sie hatte nicht mal hochgesehen, als ihr Name fiel.

James hingegen sprühte vor Charme und zog uns zwei Stühle zurück. »Bitte sehr, die Damen.« Er war wirklich reizend.

Wir bedankten uns beide, während schon ein Ober nahte und je eine große Schale mit Eintopf vor uns abstellte. Hélène schob uns zwei Löffel zu, die in der Tischmitte auf einem Stapel Stoffservietten lagen.

Adèle war entzückt, hier auf so viele Landsfrauen zu treffen, und sofort entspann sich eine angeregte Konversation auf Französisch. Ich hatte die Sprache zwar gelernt, doch die Frauen sprachen viel zu schnell. Also sah ich wieder zu Elsie, dem Dienstmädchen, das für die Fortunes arbeitete. Sie schob gerade ihre leere Schüssel von sich und machte dann Anstalten, aufzustehen.

»Gefällt es dir auf dem Schiff?«, fragte ich schnell und pustete auf meinen Löffel mit heißem Eintopf.

Sie zuckte die Schultern. »Hab noch nicht viel gesehen.«

»Bist du schon viel herumgekommen?« Natürlich wusste ich, dass die Familie Fortune sich auf Weltreise befand, und deshalb rechnete ich mit einer ausführlichen Erzählung dazu. Doch wieder zuckte Elsie nur die Schultern. »Geht so.«

»Wo warst du zuletzt?«

»Paris und Wien«, antworte sie, dann schob sie energisch ihren Stuhl zurück. »Ich muss noch etwas vorbereiten.«

Ohne sich zu verabschieden, ging sie davon. Doch mich schreckte ihre unfreundliche Art nicht ab. Jetzt kannte ich eine Dienstmagd der Fortunes, was mein Auftauchen in der Nähe ihrer Zimmer nicht mehr allzu verdächtig wirken lassen würde.

*

Wir ließen uns Zeit beim Mittagessen, da die Menüs der ersten Klasse aus mehreren Gängen bestanden und wir die Gräfin nicht allzu bald zurückerwarteten.

Der Eintopf mit viel Fleisch machte herrlich satt und schmeckte wirklich gut, unsere neuen Bekannten erwiesen sich als sehr nett, und Adèle strahlte immer noch, als wir zurück zu unserem Zimmer gingen. »Es soll hier sogar ein Café geben«, erzählte sie, und ihre dunklen Augen leuchtete vor Begeisterung. »Café Parisien. Ist das nicht magnifique, ma petite? Es ist nach einer Stadt in meinem Heimatland benannt. Auf einem englischen Schiff!«

»Das klingt wunderbar. Wir müssen es uns mal ansehen.« Ich freute mich wirklich für sie und drückte ihren Arm.

Wir hatten gerade das Zimmer betreten, als die Gräfin schon wieder da war.

»Ich habe mir auf dem Rückweg vom Speisesaal die anderen Suiten angesehen.« Sie klatschte in die Hände. »Hopphopp, Mädchen, wir ziehen um. Verlassen wir dieses grausige Loch. Tragt schon mal meine Kleider hinüber in die Suite. Aus dem Zimmer hinaus rechts ist es die vorletzte Tür am Gang.«

Adèle und ich griffen uns jeder ein paar der bodenlangen Kleider und bogen dann rechts in den Gang ab.

In einem der offen stehenden Zimmer sahen wir Warner und nickten ihm zu. Dann passierten wir weitere Zimmer, deren Türen noch geöffnet waren.

Das hier mussten die Räume der Familie Fortune sein. Und richtig, neben den Zimmern befanden sich die Nummern 23, 25 und 27. In der 23, die von Ethels Bruder Charles bewohnt wurde, lag ein geöffneter Koffer auf einem Bett. In der Nummer 25, die von den Schwestern bewohnt wurde, trug Elsie einen Stapel Unterkleider zu einer Kommode. Ich winkte ihr zu, doch sie nickte nur knapp.

Vor der Nummer 27 stand ein knapp zwei Meter großer Mann, der etwas Furcht einflößend wirkte. Er trug keine Uniform, dennoch hielt ich ihn für einen Diener. Da ich gelesen hatte, dass die Familie aufgrund der Weltreise mit einer großen Menge Bargeld reiste, war es vermutlich klug, jemanden zu engagieren, der auch eine Art Bodyguard-Funktion innehatte.

Der Mann tippte sich grüßend an die Stirn und verzog keine Miene, als wir ihm freundlich zunickten. Im Zimmer selbst sah ich zwei weitere Dienstboten herumwerkeln.

Die Familie reiste wirklich mit sehr viel Personal. Das gefiel mir gar nicht. Bei dieser Menge an Leuten würde es geradezu unmöglich sein, die Räume zu durchsuchen.

Ich kaute grübelnd auf meiner Unterlippe. So, wie es aussah, würde ich mir einen anderen Plan überlegen müssen.

Kapitel 12
Damien

Ich stand am Bullauge meines Erste-Klasse-Zimmers auf dem A-Deck und beobachtet das Ein- und Ausbooten der Passagiere im Hafen von Cherbourg. Dass wir die französische Küste so schnell erreichen würden, hätte ich nicht erwartet. Ebenso wenig, dass wir nicht am Pier anlegen würden, sondern dass die Passagiere in robust wirkenden Holzbooten transportiert wurden.

In einem der Boote erkannte ich die wohlhabende Amerikanerin Margaret Brown, die in die Geschichte als die »unsinkbare Molly Brown« eingehen würde. Sie gestikulierte wild, und jede Geste verriet ihre überschäumende gute Laune. Ich konnte es nicht erwarten, live mitzuerleben, wie sie auf die steife High Society der Alten Welt prallte.

»Mein Sohn.«

Beim Klang der Stimme drehte ich mich von dem Bullauge weg. Thomas Andrews stand in der Verbindungstür, die die Zimmer 35 und 36 miteinander verknüpfte. Die Räume waren gleich eingerichtet und die einfachsten Zimmer, die man in der ersten Klasse buchen konnte. Viel dunkles Holz, ein schmales Bett, ein winziges Bad und das alles für eine Summe, die heute fast viertausend Dollar entsprechen würde.

Thomas Andrews war ein Mann ohne Allüren, der für alle ein offenes Ohr zu haben schien. Erneut meldete sich mein schlechtes Gewissen, als er mich jetzt mit einem liebevollen Blick musterte.

»Vater.« Ich zwang mich zu einem Lächeln. »Der Lunch war sehr gut. So viel besser als das Essen im Internat.« Wir hatten zusammen mit Captain Smith und der Millionärsfamilie Carter gespeist. Die Carters machten keinen Hehl daraus, dass sie sich freuen würden, wenn ich ihre Tochter etwas besser kennenlernte. Lucile, laut Angabe der Eltern fast fünfzehn Jahre alt, war ein gelangweilt wirkendes junges Mädchen, das mehr Interesse an der Nachspeise gezeigt hatte als an mir.

Thomas Andrews kam in mein Zimmer. »Das glaube ich sofort. Hast du dich schon etwas eingerichtet?«

Da von einem jungen Mann, der gerade an einem der strengen Internate in Schottland seinen Abschluss gemacht hatte, nicht erwartet wurde, dass er mit mehreren Schrankkoffern reiste, beschränkte sich mein Gepäck auf einen Lederkoffer.

»Ich habe schon ausgepackt, damit meine Anzüge nicht leiden. Gleich werde ich mich ein wenig auf dem Schiff umsehen und vielleicht auf einem der Promenadendecks die Ausfahrt aus dem Hafen beobachten.«

Er klopfte mir freundschaftlich auf die Schulter, und in seinen Augen lag so viel Zuneigung, dass ich schluckte. Thomas Andrews hatte keine Ahnung, was wirklich geschehen war, und er würde sein Geheimnis mit in den Tod nehmen.

»Es ist schön, dass du jetzt hier bist. Du wirst sehen, Helen ist eine gute Frau, und ich bin mir sicher, du wirst der kleinen Elba ein wunderbarer großer Bruder sein.« Er zog mich in seine Arme, und ich erwiderte die Umarmung.

Ich kannte Thomas Andrews erst wenige Tage, ich belog ihn, ich hatte mich in sein Leben geschlichen. Und doch war er der Vater, den ich nie gehabt hatte. Offen, herzlich und liebevoll. Es interessierte ihn, was ich dachte, wie ich mich fühlte und ob ich alles hatte, was ich brauchte. Es ging ihm um mich, nicht um das Werkzeug, das ich war. Ich schloss kurz die Augen, und meine Wange lag an dem leicht kratzigen Wollstoff seines Anzugs. Wir waren fast gleich groß, dennoch strich er mir übers Haar wie einem kleinen Kind.

»Wir werden ein gutes Leben haben«, sagt er leise. »Denn wir werden eine richtige Familie sein.«

In diesem Moment wollte ich ihn schütteln und anschreien. Das Ehrgefühl in mir wurde so übermächtig, dass ich einfach nicht ertragen konnte, diesen guten Mann in so einem falschen Glück zu wiegen. Ich wollte mich gegen jede Vernunft, jede Logik stellen und ihn warnen. Vor dem Eisberg, der Katastrophe, seinem eigenen Tod.

Doch dann dachte ich an das Chaos, das ich verursachen würde, dachte an Ruby und an Lilly. Mein Vater würde mich kaltstellen, und dann wären ihm beide schutzlos ausgeliefert. Ich durfte nicht so egoistisch sein, durfte sie nicht diesem herrlichen Gefühl von Geborgenheit opfern. Also löste ich mich von Thomas Andrews, und meine Stimme klang belegt, als ich ihn anlächelte. »Das werden wir, Vater.«

Zugegeben, mein leiblicher Erzeuger hatte ganze Arbeit bei der Recherche geleistet. Thomas Andrews hatte nämlich tatsächlich einen Sohn mit Namen Rayford gehabt. Mit einundzwanzig Jahren hatte Thomas mit einem Dienstmädchen seiner Tante ein Kind gezeugt. Er befand sich mitten in einer steilen Karriere bei der Schiffsbauwerft Harland & Wolff, und eine Ehe mit einem Dienstmädchen stand sowieso außer Frage. Dennoch sorgte er finanziell für beide und schickte den Jungen schon mit zarten sechs Jahren weit weg in ein Internat nach Schottland, wo er eine ausgezeichnete Ausbildung genoss. Mit fünfunddreißig Jahren heiratete Thomas Andrews die Tochter eines seiner Direktoren bei Harland & Wolff.

Vier Jahre später, er war inzwischen Vater einer kleinen Tochter, beschloss er, den Zeitpunkt des Schulabschlusses seines unehelichen Sohnes Rayford zu nutzen, um seiner Frau Helen endlich von seinem unehelichen Kind zu erzählen. Helen weilte gerade bei Verwandten in Amerika, und die Eheleute wollten sich in New York treffen. Thomas Andrews wollte die Gelegenheit nutzen, seinem Sohn nach seinem Schulabschluss die Welt zu zeigen. Doch kurz vor seiner Abreise nach Southampton erkrankte Rayford Andrews an einer Lungenentzündung und verstarb kurz darauf in Schottland.

Sein Vater, der im Auftrag der White Star Line reiste, hatte die Reise notgedrungen ohne seinen Sohn angetreten, und als die Nachricht vom Tod Rays an die Titanic per Funk übermittelt werden sollte, war das Schiff bereits gesunken. Rayford Andrews Spuren verschwanden mit dem Tod seines Vaters, und weder die Ehefrau noch die Tochter erfuhren jemals von ihrem Verwandten.

»Mir scheint, die Carters sehen dich als gute Partie für ihre Tochter.« Thomas Andrews grinste schief. »Obwohl ich sie noch etwas jung finde. Natürlich, früher wurden die Mädchen schon mit fünfzehn Jahren verlobt, aber wir leben in modernen Zeiten, und ich denke, eine junge Frau sollte genug Zeit haben, erwachsen zu werden, bevor sie sich ein Leben lang an einen Partner bindet.«

Das waren erstaunlich aufgeklärte Ansichten für die Zwanzigerjahre, aber sie passten hervorragend zu Thomas Andrews. Er war ein genialer Kopf, ein Wissenschaftler und Tüftler und jemand, den ein brillanter Geist mehr beeindruckte als ein dickes Bankkonto.

Ich legte scheinbar nachdenklich den Kopf schief. »Du meinst also, ich soll mich nicht mit einer schlecht gelaunten Vierzehnjährigen zum Nachmittagstee treffen?«

Er lachte auf und klopfte mir auf die Schulter. »Ich bin mir sicher, wir haben auch junge Damen der Gesellschaft an Bord, die nicht mehr mit Puppen spielen.«

Ich ergriff die Gelegenheit beim Schopf. »Weißt du zufällig, in welchen Räumen die Gräfin von Rothes untergebracht ist?«

Er stutzte und zog die eine Augenbraue steil nach oben. »Also, erstens ist sie verheiratet, und zweitens ist sie doch wirklich etwas zu alt für dich. Oder …« Er stockte und wirkte plötzlich verlegen. »Wir haben uns zwar immer Briefe geschrieben, aber ich habe dich fünf Jahre lang nicht gesehen und weiß natürlich nicht, welche Art Gedanken dir so durch den Kopf gehen …« Er räusperte sich. »Ich meine, was die Damen in deinem Umfeld anbelangt. Eine Frau, die etwas älter ist, kann natürlich auch …«

Jetzt war ich es, der auflachte. »In meinem Internat in Schottland gab es überhaupt keine Damen in meinem Umfeld. Ich habe mich einfach nur so erkundigt.«

Doch natürlich war Thomas Andrews zu schlau, um mir auf den Leim zu gehen. »Sie reist mit zwei jungen hübschen Dienstmädchen, eine blond, eine dunkelhaarig. Sag mir nicht, dass du auf eine von ihnen ein Auge geworfen hast.«

Wie automatisch dachte ich an Lillys Gesicht. Und hatte prompt meine Züge nicht hundertprozentig unter Kontrolle.

Thomas Andrews seufzte. »Rayford, du bist ein Kind aus so einer Verbindung, und ich bin dankbar und glücklich, dass ich dich habe. Aber dennoch möchte ich dich davor warnen, einer dieser jungen Frauen näherzukommen. Sie glauben an die Liebe, sie glauben, dass sie geheiratet werden und gesellschaftlich aufsteigen. Es ist einfach nicht fair, ihnen …«

»Es geht mir nicht um die Dienstmädchen, Vater«, unterbrach ich ihn schärfer als beabsichtigt. »Ein Verwandter der Gräfin war bei mir auf der Schule, und ich wollte mich einfach nur vorstellen und ein wenig plaudern.«

Thomas Andrews wirkte erleichtert, auch wenn das Misstrauen in seinen Augen nicht gänzlich verschwunden war. »Die Gräfin wohnt auf Deck C in einem der Zimmer in der Mitte des Gangs. Die genaue Nummer weiß ich nicht, aber das lässt sich sicherlich dort herausfinden. Allerdings wirst du sie vermutlich schon heute Abend beim Dinner treffen. Ich denke nicht, dass es sich gehören würde, bei ihren Räumen vorbeizuschauen. Du könntest sie unvorbereitet antreffen, das wäre peinlich für euch beide.«

Er hatte den Köder also nicht geschluckt.

»Natürlich, Vater.« Ich senkte den Kopf, als wäre es mir unangenehm. »Ich sehe die Gräfin dann beim Dinner.« Was nach ihrer Ansage im Polygon Hotel vermutlich kein herzliches Wiedersehen werden würde.

Thomas Andrews holte spürbar Luft. »Ich habe dafür gesorgt, dass du zu einem Ehrenmann erzogen wurdest, Rayford. Ich kann mir gut vorstellen, dass dir nach der Einöde in Schottland diese Welt hier wie ein Spielplatz erscheint. Aber besinne dich auf deine gute Erziehung. Mache keinem jungen, unbedarften Mädchen Hoffnungen, die du nicht erfüllen kannst.«

*

Die Standpauke meines *Vaters* zeigte tatsächlich so viel Wirkung, dass ich das Zimmer der Gräfin nicht sofort aufsuchte. Stattdessen sah ich mir das Schwimmbad an, ein Palast aus meerblauen Kacheln und echten Palmen in großen Übertöpfen. Dann machte ich kurz in der Squashhalle am Bug im G-Deck halt, wo sich bereits zwei Männer bei einem Match verausgabten. Auch ich nahm mir vor, dort mal ein paar Bälle zu schlagen. Ich war verrückt nach jeder Art von Sport und liebte es, mich körperlich zu verausgaben.

In dem verwinkelten Lese- und Schreibzimmer dagegen roch es nach Papier und Leder, und es herrschte gähnende Leere. Es war mit seinen bestimmt siebzig Quadratmetern großzügig angelegt und wirkte dennoch so gemütlich, dass ich beschloss, noch mal wiederzukommen und mir die hier versammelte Literatur anzusehen. Es erinnerte mich an die Lesesäle der alten Bibliotheken, an die kleinen Nischen, in denen man als Leser Stunden verbringen konnte. Unter den großen Bullaugen befanden sich zierlich geschnitzte Schreibtische, an denen die Reisenden ihre Korrespondenz verfassen konnten.

Während des Mittagessens hatte Captain Smith von dem Café Parisien geschwärmt. Das wollte ich mir als Nächstes ansehen. Es lag auf dem B-Deck und versprühte mit seinen gemütlichen Korbstühlen und den winzigen Tischen so viel französischen Charme, dass der Captain nicht übertrieben hatte. Alles war ganz in Weiß gehalten, nur ein dunkelgrüner Teppich, lang genug, dass er sich durch den kompletten rechteckigen Raum zog, sorgte für einen interessanten Kontrast. Fast alle Tische waren belegt, und während ich meinen Blick neugierig über die Passagiere gleiten ließ, übersah ich, wer ganz in meiner Nähe saß.

»Huhu! Rayford!« Mrs Carter winkte und stieß dann ihrer Tochter unauffällig den Ellbogen in die Seite. Diese hob missmutig den Blick von einem Eclair und musterte mich dann wie etwas sehr Haariges, das sie gern über Bord gestoßen hätte.

Ich hob die Hand und wollte andeuten, dass ich weitermusste, da war Mrs Carter schon aufgesprungen. »Kommen Sie zu uns, mein Mann ist auch gleich wieder da.« Sie kicherte, während sie auf einen freien Stuhl an ihrem Vierertisch deutete. »Er muss nach seinem Auto sehen. Männer! Na ja, Sie kennen das ja.« Noch ein Kichern. Die zwei ausladenden Straußenfedern auf ihrem Hut wippten im

Takt. »Leisten Sie uns ein wenig Gesellschaft. Lucile hat schon nach Ihnen gefragt.«

Luciles Blick verriet, dass das eindeutig nicht der Fall gewesen war. Als ihre Mutter sie anstupste, verzog sie ihren Mund zu einem Lächeln, das eher ein Zähneblecken war.

Mir fiel auf, dass sich ihre Kleidung verändert hatte. Beim Mittagessen war sie noch mehr wie ein Kind gekleidet gewesen, in einem formlosen Hängerchen mit großem Kragen und einer Schleife um den Hals. Jetzt trug sie etwas, das aussah, als gehöre es eigentlich ihrer Mutter. Die Bluse war etwas zu groß, und Lucile kratzte sich unauffällig an der Borte am Hals, die mit Spitze abgesetzt war. Außerdem trug sie ihr Haar jetzt hochgesteckt, was eigentlich nur jungen Frauen vorbehalten war, die bereits debütiert hatten.

Ich ahnte Böses, und in diesem Moment wünschte ich mir, ich würde in Thomas Andrews hineinrennen, der genau wie ich vorgehabt hatte, eine Runde über das Schiff zu drehen. Er wollte jede Menge technische Daten sammeln und mit der Besatzung sprechen. Jetzt würde ich sogar für ihn Notizen anfertigen und mir weitere Moralpredigten zum Thema Dienstmädchen anhören. Alles, nur keine Eclairs mit einer überengagierten Mutter und einem Mädchen, das mich zum Teufel wünschte.

Mittlerweile hatte ich ihren Tisch erreicht. »Ich danke Ihnen für diese reizende Einladung, Mrs Carter. Miss Lucile.« Ich nickte ihr zu. »Dennoch bin ich im Auftrag meines Vaters unterwegs. Wir wollen einige Vorgänge hier auf dem Schiff überprüfen und gewisse Kinderkrankheiten ausmerzen.« Ich lächelte möglichst jovial. »Ich plane, in seine Fußstapfen zu treten, und es ist eine gute Gelegenheit, bei einem Meister wie ihm zu lernen.«

»Ach nein, das ist absolut reizend.« Mrs Carter hob die rechte Hand, die in einem weißen Spitzenhandschuh steckte, und streckte sie mir anmutig entgegen. »Sie sind so ein vorbildlicher junger Mann.«

»Ich danke Ihnen.« Ich nahm die Hand und küsste sie. »Doch wenn die Damen mich jetzt entschuldigen würden. Wir sehen uns bestimmt beim Dinner. Es wäre mir jedenfalls eine Freude.« Ich deutete eine kleine Verbeugung an und schlug leicht die Hacken zusammen. »Wenn ich mich empfehlen darf.«

Ich hörte noch, wie Mrs Carter Lucile etwas zuzischte, doch da war ich zum Glück schon zu weit weg, um etwas zu verstehen.

Ich beschloss, über die große Prachttreppe ein Deck tiefer zu gehen.

Thomas Andrews hatte nur Vermutungen über das Zimmer der Gräfin angestellt. Ich hingegen wollte es genau wissen. Ich eilte die Stufen hinab. Wäre doch gelacht, wenn ich nicht herausfinden könnte, wo genau Lilly und ihre Herrin untergebracht waren.

Kapitel 13
Lilly

Ich gähnte, während ich eins der Abendkleider der Gräfin mit einem Plätteisen glättete. Die neue Suite hatte der Gräfin sofort gut gefallen. Es war ein deutlich größeres Zimmer samt Kingsize Bett, Sitzecke, Schreibtisch und Schminktisch. Das Ankleidezimmer war schmal, aber mit vielen Kleiderstangen an allen Wänden geschickt eingerichtet.

Gestern Nachmittag hatten wir Cherbourg erreicht, und die Eltern der Gräfin waren von Bord gegangen. Ich bedauerte es, denn sie waren mir sympathisch gewesen. Die Gräfin hingegen schien froh, zwei von drei peinlichen Verwandten losgeworden zu sein. Eine Einstellung, die ich nicht nachvollziehen konnte. Was hätte ich darum gegeben, noch eine Mutter zu haben.

Im Morgengrauen hatte die Titanic im Hafen von Queenstown in Irland angelegt. Meine erste Nacht auf dem Schiff war sehr angenehm gewesen. Das Bett war weich, das Essen gut und die Gräfin noch zu fasziniert von der Umgebung, als dass sie uns viel beachtet hatte.

Queenstown war der letzte Halt, bevor es auf die offene See gehen würde. Zuerst waren Hunderte Postsäcke verladen worden. Das RMS in RMS Titanic stand nicht ohne Grund für »Royal Mail Ship«. Durch das Bullauge konnte ich den schwenkenden Ladekran sehen. Kurz war ich abgelenkt gewesen, sodass ich ein winziges Loch in den zarten rosa Stoff des Kleides gebrannt hatte. Ich betete, dass die Gräfin es nicht bemerken würde. Natürlich gab es für diese Tätigkeit einen Service an Bord. Doch ihre Ladyschaft bestand darauf, dass ihre Sachen mit ihrem eigenen Plätteisen behandelt wurden und natürlich von ihren eigenen Dienstmädchen. Also durften entweder Adèle oder ich immer wieder zur Wäscherei laufen, dort das Eisen über dem Feuer aufwärmen lassen und dann damit über diverse Gänge und Korridore eilen, immer darauf bedacht, uns an dem heißen Metall nicht zu verbrennen. Ich hatte bereits eine riesige Brandblase zwischen Daumen und Zeigefinger davongetragen.

Wieder ließ ich meinen Blick aus dem Bullauge gleiten. Jetzt gingen hauptsächlich Dritte-Klasse-Passagiere an Bord. Sie waren gut an ihrem Gepäck zu erkennen. Viele hatten Kisten mit Hausrat dabei, Porzellan, Vorräte, einige sogar Möbel. Diese Passagiere besaßen ein One-Way-Ticket. Sie brachen auf, um in Amerika ein neues Leben zu beginnen. Meine Gedanken schweiften zu meinem Vater. Seine Schulden hatten uns in große Schwierigkeiten gebracht, und diesem Jonny traute ich alles zu. Aber Dad hatte mir sein Versprechen gegeben, und ich wollte daran glauben.

»Autsch!« Ich zog die Hand zurück und schüttelte sie, dann pustete ich auf meinen Zeigefinger. Ich hatte nicht hingesehen, während ich nachdachte, und das hatte ich nun davon.

»Oh, là, là.« Adèle sprang vom Stuhl des Schminktisches auf, wo sie einen Kragen ausbesserte. Sie goss etwas Wasser in eine Waschschüssel, eilte zu mir und tauchte meinen Finger hinein.

»Du bist ein Engel«, erwiderte ich mit schmerzverzogenem Gesicht.

»Mon dieu, das Kleid!«, rief Adèle in dem Moment, als ich verbrannten Stoff roch. Ich hatte das Plätteisen nicht weit genug zur Seite gestellt. Es stand nur teilweise auf dem Bügelbrett, und jetzt befand sich ein dunkler Fleck auf dem rosa Stoff, der sogar qualmte.

»Verflixt!« Ich saugte an meinem Finger. Mit der anderen Hand zupfte ich an dem Stoff herum, in der Hoffnung, dass er nicht noch mehr verschmorte.

Adèle sah mich ein wenig verzweifelt an. Wir hatten bereits die Aufgaben getauscht, weil ich eine Katastrophe im Umgang mit Nadel und Faden war. Jetzt musterte sie mich, als fragte sie sich, warum gerade ich so einen Beruf ergriffen hatte und was mich dafür qualifizierte.

Doch wie immer besann sie sich auf die praktischen Dinge. »Wir müssen lüften, damit Madame nichts riecht.«

Die Gräfin war beim Frühstück. Wir jedoch durften erst etwas essen, wenn wir ihre Kleider aufgebügelt hatten. Adèle eilte zur Tür und öffnete die Suite.

»Es tut mir so leid.« Ich klang so zerknirscht, wie ich mich fühlte.

Adèle lächelte gutmütig. »Lass mich das zu Ende machen, und dann läufst du los, ma petite, und lässt das Eisen wieder aufwärmen.« Sie kicherte. »Ich habe nämlich keine Lust, so viel zu rennen.«

»Vielen Dank.«

»Die Damen.« Ein Steward erschien in der geöffneten Tür und trug einen Stapel frischer Handtücher.

»Danke schön!«, rief ich und eilte in das Badezimmer der Gräfin, um ihre gebrauchten Handtücher einzusammeln.

Als der Steward sich verabschiedet hatte, hatte Adèle das Kleid bereits mit schnellen professionellen Handgriffen in seine perfekte Form gebracht. Der Brandfleck am Saum befand sich zum Glück auf der Rückseite.

»Ich danke dir«, sagte ich noch mal. Ich huschte kurz in meine Kammer, holte mein Dietrich-Set und tat so, als hätte ich noch schnell meine Frisur gerichtet. Dann nahm ich das Plätteisen, um es erneut aufwärmen zu lassen.

Es war nur noch ein Kleid übrig, also beschloss ich, die Zeit zu nutzen.

*

Ich hatte das Plätteisen in der Wäscherei abgegeben und eilte zurück auf das C-Deck. Ich war froh, dass Adèle und ich jede eine eigene Kammer hatten. Die Kabinen waren nagelneu, und es war schwer, Verstecke zu finden. Mein Dietrich-Set hatte ich unter der Matratze versteckt. Das Bargeld, das ich mitgenommen hatte, hatte ich in den breiten Saum der Gardine vor dem Bullauge geschoben.

Mein Zahnrad trug ich mittlerweile in einer Haarspange. Es war eine einfache Schleife aus billigem Messing, deren einzige Zierde ein Knopf aus einem milchig braunen

Halbedelstein war. In dem Edelstein war ein Geheimfach eingebaut. Solcherlei Spangen gab es um 1900 überall auf den Märkten zu kaufen, und sie kosteten nur wenige Pence, was kaum mehr als ein paar Cents waren. Das Holzkreuz hatte ich abgelegt. Es hatte sich unter meiner Uniform abgezeichnet, und ich wollte nicht, dass man mich darauf ansprach.

Jetzt zog ich das Dietrich-Set aus einer meiner Taschen. Ich spähte zu beiden Seiten in den Gang. Es war niemand zu sehen. Vorsichtig horchte ich an der Tür, hinter der die drei Schwestern untergebracht waren. Kein Geräusch. Schnell nestelte ich im Schloss herum, und schon sprang die Tür auf.

»Hallo?«, rief ich leise. Doch das Zimmer mit den drei Betten darin lag verlassen vor mir. Die Verbindungstür zum Ankleidezimmer war geschlossen, die zu dem der Dienstboten nur angelehnt. Sogar das Rascheln meiner Röcke schien überlaut in der Stille. Das Herz schlug mir dröhnend in den Ohren, als ich zielstrebig zu dem niedrigen Schminktisch hinüberging.

Die drei jungen Frauen besaßen so viel Schmuck, dass man damit problemlos einen kleinen Juwelier hätte ausstatten können. Und alles lag quer durcheinander auf dem kleinen Schminktisch. Ich sah Brillanten so groß wie mein kleiner Fingernagel und Saphire und Smaragde, die selbst im Schatten noch zu funkeln schienen. Viel Gold und Silber und sogar, ganz modern, Schmuckstücke aus Perlmutt und Emaille. Bewundernd strich ich mit den Fingern über all diese Preziosen.

Eigentlich machte ich mir nicht viel aus wertvollem Schmuck, doch in diesem Moment fühlte ich mich wie eine Elster, die über einen Topf voll Gold gestolpert war. Dann entdeckte ich die Saphirkette.

Es drehte sich ein Schlüssel im Schloss. *Verdammt!* Reflexartig sah ich mich nach einem Versteck um und warf mich dann unter das nächstgelegene Bett.

Schon schwang die Tür zur Suite mit einem Knall auf. Ein Kichern erklang.

»Du bist so ein Schuft.« Es war die Stimme einer Frau, und sie klang verführerisch und atemlos zugleich. Ich rutschte ein Stückchen nach vorn, um besser sehen zu können. Innerlich schimpfte ich mich eine Idiotin, dass ich so lange gezögert hatte. Und wieso hatte ich die Kette nicht an mich genommen? Ich hätte versuchen können, von meinem Versteck unterm Bett aus zu verschwinden. Das Metall des Rahmens hätte eine Reise vermutlich verhindert, aber ich hätte es wenigstens versuchen können.

Ich hörte ein Schmatzen und ein Stöhnen und rutschte noch etwas näher zum Ende des Bettgestells.

Der große Mann, der vor dem Zimmer der Fortune-Eltern gestanden hatte, hob Elsie, das wortkarge irische Dienstmädchen, ein Stückchen vom Boden hoch. Jetzt schlang sie ihre Beine um seine Mitte. Die beiden küssten sich, und ihre leidenschaftlichen Geräusche drangen bis zu mir. Ich war immer noch so deprimiert über mein Versagen, dass ich die Augen verdrehte. Bitte das nicht auch noch …

»Die anderen werden gleich hier sein«, flüsterte Elsie atemlos, und ganz im Gegensatz zu unserem Gespräch klang ihre Stimme jetzt weich und tief.

»Wir haben noch ein paar Minuten.« Der Mann ließ Elsie auf eins der Betten sinken, und schon war er über ihr.

»Oh, Big John …«, hauchte Elsie. »Du bist so groß und stark.«

Ich ließ die Stirn auf meine Hände sinken und seufzte lautlos.

Noch mehr Gestöhne. Würde ich ihnen jetzt wirklich dabei zuhören müssen, wie sie sich auf dem Bett ihrer Herrschaft vergnügten?

Doch ich hatte Glück. Obwohl … Glück konnte ich es eigentlich nicht nennen, als zwei weitere Personen in das Zimmer stürmten.

Big John schien die Reflexe einer Kobra zu haben, denn schon war er bei der Tür zum Ankleidezimmer und lehnte scheinbar lässig im Rahmen. Den geöffneten Knopf seiner Hose verdeckte er raffiniert mit einer seiner riesigen Hände.

Elsie tat so, als würde sie ein paar herumliegende Kleidungsstücke falten. Dass sie auf einem Bett saß, das eindeutig zerwühlt war, schien niemandem aufzufallen.

»Mir hat es in Wien am besten gefallen«, sagte ein Dienstmädchen, das kaum älter wirkte als fünfzehn Jahre. Sie ließ sich neben Elsie aufs Bett fallen und legte ihren Kopf auf ihrer Schulter ab. »All diese wunderbaren Köstlichkeiten dort. Ich liebe die Cafés.«

»Am leckersten war doch der Konditorlehrling«, erwiderte Elsie.

Das junge Dienstmädchen kicherte und wurde rot. »Sei schon still. Er war einfach sehr nett.«

»Es war ziemlich dreist, wie er dir den Zettel zugesteckt hat.«

Ein anderes Dienstmädchen mit strohblondem Haar und einer Narbe im Gesicht verschränkte die Arme vor der

Brust. »Und es war ziemlich dreist, wie unsere kleine Melany die Herrschaft angelogen und irgendeine Art von Husten vorgeschützt hat. Wir mussten alle mit zu diesem langweiligen Spaziergang im Park, während unser Küken hier sich in der Küche vergnügt hat.«

»Es ist gar nichts passiert außer ein paar Küssen«, erklärte Melany. »Und Anton war wirklich sehr lieb. Er fehlt mir.«

»Die jungen Damen sollten ihren Schmuck nicht so herumliegen lassen.« Big John schien nicht interessiert an dem Tratsch der Dienstmädchen. »Wofür haben wir einen Tresor dabei?«

»Frag das doch die jungen Damen«, erwiderte das blonde Dienstmädchen schnippisch. »Es sind ihre Sachen. Wenn es ihnen egal ist, warum sollen wir uns die Arbeit machen?«

Big John brummte. »Weil die jungen Damen gar nicht auf die Idee kommen, dass jemand ihren Schmuck verkaufen könnte. Sie denken, das Gold wächst auf Bäumen, und wenn nichts mehr da ist, wächst noch mehr nach. Also auf …« Er machte eine aufscheuchende Handbewegung. »Bewegt eure Hintern, die Pause war lange genug.«

»Du stehst uns nicht vor, John.« Das blonde Dienstmädchen ging quer durch das Zimmer auf die Schmuckstücke zu. »Es steht dir nicht zu, uns irgendetwas zu befehlen.« Sie strich kurz über das Geschmeide, dann drehte sie sich wieder um. »Dennoch gebe ich dir recht. Wir sind verantwortlich für die Garderobe unserer Damen. Und dazu gehört auch ihr Schmuck. Als gute Dienstboten sollten wir das sehen, was sie nicht sehen. Also, Mädchen, lasst uns den Schmuck in den Tresor bringen. John, sei so gut und öffne ihn für uns.«

Big John tippte sich wieder an die Stirn und verschwand dann im Ankleidezimmer.

»Er hält sich echt für etwas Besseres«, murmelte Melany.

»Er ist schon in Ordnung«, erwiderte Elsie. »Weißt du noch, wie er in Paris die zwei Straßenjungs vertrieben hat, die uns überfallen wollten?«

Melany schnaubte. »Das nennst du *vertreiben?* Dem einen hat er dessen Messer in die Schulter gerammt und den anderen fast totgeprügelt. Ich gehe jede Wette ein, dass der Junge die Nacht nicht überlebt hat.« Sie ließ einen Blick in Richtung des Ankleidezimmers gleiten. »Seine Hände sind so groß wie Servierplatten. Man kann nur beten, dass er alleinstehend bleibt. Die arme Frau, die er mit diesen Pranken betatscht, wird stabile Knochen brauchen.«

»Was für ein Unsinn.« Elsie verdrehte die Augen, und ich musste ihr recht geben, dass John nicht ungeschickt gewirkt hatte mit seinen Fingern.

Verflixt. Ich dachte über Finger nach, während meine größte Sorge sein sollte, wie ich aus dieser Situation entkam. Und in der Wäscherei würde man vermutlich auch schon eine Vermisstenanzeige für mich aufgeben.

Mittlerweile hatten sich die Dienstbotinnen um den Schminktisch versammelt.

»Ich finde ja nichts an diesen ganzen Klunkern« sagte Elsie gerade. »Aber Miss Ethel hat wirklich Talent.« Sie hielt die Saphirkette ins Licht.

Die anderen stimmten zu, während sie all das kostbare, schwere Geschmeide hochnahmen. Ich hingegen hätte am liebsten vor Wut geschrien. Die Kette war zum Greifen nah, und jetzt würde sie in einen Tresor geschlossen. Wenn John seiner Herrschaft riet, die Schmuckstücke ab jetzt immer nur dann herauszuholen, wenn sie getragen werden sollten …

Ich knirschte mit den Zähnen. Meine Großmutter hatte immer gesagt: »Ergreife die Gelegenheit, denn sie kommt so bald nicht wieder.« Das hatte ich eindeutig nicht getan, und das hatte ich jetzt davon.

Die drei Dienstmädchen drehten sich vom Schminktisch weg und gingen in Richtung Verbindungstür. Das war meine Chance. Ich horchte einen Moment und hörte ihr Murmeln im Nebenraum.

Schnell rollte ich mich unter dem Bett hervor, kam lautlos auf die Füße und machte große Schritte zur Tür. Schon erklangen ihre Stimmen wieder lauter.

»… sind bestimmt gleich wieder da, und ich muss noch …«

Ich hielt die Luft an, während ich die Türklinke hinunterdrückte. Zum Glück war an diesem Schiff wirklich alles neu, nichts knarrte. Ich öffnete die Tür gerade weit genug, um hinausschlüpfen zu können. Immer noch mit angehaltener Luft schloss ich die Tür hinter mir und machte zwei Schritte in den Gang.

Ich hatte die Klinke gerade buchstäblich erst losgelassen, da wurde die Tür erneut aufgerissen. Big John trat hinaus.

Ich musste so überrascht ausgesehen haben, dass er seine buschigen Brauen runzelte. »Kann ich Ihnen helfen?« Er musterte mich.

Ich starrte ihn an.

Er legte den Kopf schief. »Miss? Sie wirken etwas désolée.«

Es war zum Schießen, dass ein Kerl, der aussah wie eine Mischung aus Rübezahl und Hagrid mit französischen Ausdrücken um sich warf.

Ich erwachte aus meiner Starre. *Jetzt wieder schnell in die Rolle finden. Na los!*

Scheinbar zitternd holte ich Luft und legte dann eine Hand aufs Herz. »Verzeihen Sie bitte«, sagte ich atemlos. »Ich verlaufe mich immerzu. Jetzt bin ich ewig diesen Gang hinuntergegangen und ich glaube, ich bin wieder falsch …« Ich schaffte es sogar, dass meine Unterlippe zitterte. »Ich bin einfach so ungeschickt.« Ich zog ein wenig die Nase hoch und holte dann erneut zitternd Luft. »Ich muss in die Wäscherei, und irgendwie ist alles …« Ich deutete um mich. »Es ist alles so hübsch, und es lenkt mich ab, und dann verlaufe ich mich wieder.«

Ein Schmunzeln breitete sich auf seinem Gesicht aus, während ich plapperte. »Warten Sie einen Moment.« Er wandte sich um und brüllte in das Zimmer. »Mädchen, wo ist die Wäscherei?«

Elsie stand im nächsten Moment neben ihm. »Oh, das Mädchen, das so viele Fragen hatte.« Sie musterte mich wie etwas, das sie gern unter ihrer Schuhsohle zerquetscht hätte. »Ein Deck tiefer und dann links.«

»Vielen Dank, Elsie«, sagte ich und deutete sogar einen Knicks an. »Und danke, Mr …« Ich tat so, als wüsste ich nicht, was ich jetzt sagen sollte.

»Man nennt mich Big John«, erwiderte der Mann mit einem freundlichen Lächeln.

Ich setzte meinem Schauspiel die Krone auf. »Vielen Dank, Mr Big John.«

Big John lachte, und Elsie sah mich an, als könnte sie nicht fassen, wie dumm ich war. Als sie jedoch bemerkte, wie Big John mich musterte, veränderte sich ihre Miene.

Ich nickte ein letztes Mal, dann eilte ich davon.

Innerlich war ich immer noch wütend und fassungslos.

Ich hatte die Saphirkette direkt vor der Nase gehabt.

Und hatte meine Chance verpasst.

*

Meine Pechsträhne riss nicht ab. Während der Nachmittag abgesehen von meinen inneren Vorwürfen relativ friedlich verlief, erwartete mich am Abend ein Donnerwetter.

Die Gräfin wollte natürlich ausgerechnet das von mir versengte rosa Kleid zum Dinner tragen. Es würde ein besonderer Abend werden, denn das Schiff würde sich endlich auf dem offenen Meer befinden. Die Gräfin war an den Tisch von Captain Smith eingeladen, zusammen mit dem Direktor der White Star Line, Bruce Ismay, und dem reichsten Paar an Bord, den Astors.

»Das ziehe ich dir vom Lohn ab.« Ihr Blick sprühte Funken, als sie das Kleid, ein Traum aus wie Perlmutt changierender rosa Seide, wie einen Putzlappen in die Ecke warf.

»Eure Ladyschaft, ich könnte versuchen, mit einem Stückchen Spitze …«

»Du redest nur, wenn du gefragt wirst«, bellte sie Adèle an. Dann wandte sie sich wieder zu mir. »Was hast du dir nur dabei gedacht? Dieses Kleid kostet mehr, als du in einem Jahr verdienst. Und glaube mir, ich werde es dir vom Lohn abziehen. Es ist aus Paris!« Das letzte Wort schrie sie mir entgegen.

»Es tut mir unendlich leid, Eure Ladyschaft.« Ich senkte den Blick. Es tat mir wirklich leid um das schöne Kleid.

»Das sollte es auch!« Wieder warf die Gräfin irgendetwas quer durchs Zimmer. Sie zielte nicht direkt auf mich, dennoch sauste die kleine Porzellandose nah genug an mir vorbei, dass ich ihren Luftzug spürte. Sie zerschellte an der Wand hinter mir. Sofort wollte ich mich bücken, um die Scherben aufzusammeln.

»Du siehst mich an, wenn ich mit dir rede.« Die Gräfin ging mit schnellen Schritten auf mich zu. Sie blieb so nah vor mir stehen, dass ich unwillkürlich weiter zurückwich.

»Was soll ich deiner Meinung nach jetzt tragen?«

Vielleicht eins der anderen hundert Kleider, die Ihr für diese knapp zehntägige Reise eingepackt habt?, hätte ich gern erwidert. Stattdessen senkte ich den Kopf. »Ich weiß es nicht, Eure Ladyschaft.«

Das war ein großer Fehler, denn im nächsten Moment bohrte sie mir Daumen und Zeigefinger in die Wange und riss meinen Kopf so wieder hoch. »Zum letzten Mal. Du siehst mir in die Augen, wenn du mit mir redest. Offenbar bist du nicht nur ungeschickt, sondern auch taub!«

Alles in mir schrie danach, mich zu wehren. Doch ich schaffte es, in meiner Rolle zu bleiben, und hielt meinen nichtssagenden Gesichtsausdruck bei.

»Madame, ich könnte wirklich versuchen …« Adèle war so durcheinander, dass sie vergaß, die Gräfin mit ihrem Ehrentitel anzusprechen.

»Lass uns einen Moment allein, Adèle.« Die Gräfin

klang beherrscht, doch ich spürte, dass sie sich nicht lange unter Kontrolle haben würde.

Adèle warf mir einen letzten besorgten Blick zu, dann huschte sie in ihre Kammer.

»Und jetzt zu dir.« Die Gräfin drückte noch mehr zu. Sie kniff mich so hart in die Wange, dass mir Tränen in die Augen traten. Ihre Nägel waren hart und ungewöhnlich scharf.

»Eure Ladyschaft, bitte …« Der Schmerz ließ meine Stimme rau klingen.

»Ja?« Sie drückte noch fester.

Ich stöhnte auf, weil es so unglaublich wehtat. »Es tut mir leid. Es wird nie wieder vorkommen.«

Sie hielt den Druck aufrecht. Obwohl sie so zierlich war, war sie erstaunlich stark.

Ich hielt krampfhaft die Augen auf. Eine Träne quoll hervor und lief heiß meine Wange hinab.

Etwas blitzte in ihren Augen auf. Die zufriedene Art, mit der die Gräfin mich betrachtete, machte mir Angst. Ihr Mundwinkel hob sich ganz leicht, und dann drückte sie noch einmal zu, bevor sie mich losließ.

Sofort presste ich meine Hand auf die schmerzende Haut.

»Verschwinde«, zischte sie mir zu. »Ich will dich vor dem Abendessen nicht mehr sehen. Adèle wird deine Aufgaben übernehmen, und ich erwarte von dir, dass du dich dafür bei ihr entschuldigst, dass sie doppelte Arbeit leisten muss. Verstehen wir uns?«

»Natürlich, Eure Ladyschaft.« Ich ließ meine pochende Wange los und knickste.

»Und jetzt geh mir aus den Augen.« Sie holte mit einer

Hand aus, als wollte sie mich auf die malträtierte Wange schlagen.

Ich duckte mich wie ein verletztes Tier und flüchtete.

TEIL 2

Es beginnt mit Sehnsucht.

Kapitel 14
Lilly

Die Gräfin hatte mich aus der Suite verbannt.

Meine Wange brannte und pochte, und die Brandblasen an meinen Fingern schmerzten. Zuerst wollte ich blindlings davonlaufen, einfach nur möglichst weit weg von ihr, doch dann dachte ich wieder an meinen Auftrag.

Also lief ich das C-Deck hinunter, zu den Suiten der Fortunes. Alle Türen waren geschlossen, und dahinter hörte ich geschäftiges Murmeln. Jede Menge Fortune-Familienmitglieder machten sich für den ersten Abend auf hoher See bereit, das mit einem speziellen Dinner gefeiert werden sollte. Und ihre Dienstboten wuselten vermutlich um sie herum.

Ein langes Tuten hallte durch das Schiff, und ich wusste, was es bedeutete. Wir verließen den Hafen von Queenstown, hinaus auf das offene Meer.

Ich eilte auf das Außendeck der ersten Klasse und verharrte einen Augenblick. Möwen jagten tief über das Schiff hinweg, während wir den Pier hinter uns ließen. Auch hier standen Menschen und schwenkten ihre Taschentücher. Rauch stieg aus den großen Schornsteinen auf, und ich hörte das Rasseln einer großen Kette, die vermutlich den Anker hielt. Mein Blick glitt weiter über das Deck, und ich entdeckte die Bereiche der zweiten Klasse.

Menschen standen an der Reling und winkten. Andere saßen dick eingepackt gegen den frischen Wind in niedrigen Liegestühlen und wärmten sich die Hände an Bechern mit dampfenden Getränken.

Spontan öffnete ich eins der niedrigen Eisentore, das den Bereich der ersten von der zweiten Klasse voneinander trennte.

Ich atmete durch. Es fühlte sich gut an, der strengen Etikette der ersten Klasse zu entkommen. Jetzt hatte ich Zeit für mich allein, was den meisten anderen Dienstboten nicht vergönnt war, und ich wollte mich nicht dabei von Bekannten der Gräfin beobachten lassen. Also spazierte ich weiter über das Deck der zweiten Klasse und ließ mir den Wind um die Nase wehen, bis ich ins Innere zurückkehrte.

In der zweiten Klasse war alles schlichter gestaltet, doch es wirkte dennoch gemütlich und mit viel Liebe zum Detail durchdacht. Ich mochte die leuchtenden Grüntöne und das Rot. Es ließ alles so festlich wirken.

In einem kleinen Salon saßen zwei Frauen an einem der Fensterplätze. Sie unterhielten sich und lachten dabei. Die Jüngere sah aus wie eine exakte Kopie der älteren Frau. Sie mussten Mutter und Tochter sein. Ein Stachel der Eifersucht bohrte sich in mein Herz, als die Frauen sich kurz umarmten und dann wieder auflachten.

Mom und ich hatten uns genauso nahegestanden. Und jetzt war sie einfach nicht mehr da. Ich schluckte den Kloß in meinem Hals hinunter. Leukämie. Blutkrebs. Es war alles so fürchterlich schnell gegangen. Ich war mit sechzehn Jahren alt genug gewesen, um zu spüren, wie groß ihre Angst vor dem Tod war, vor der Ungewissheit, vor diesem letzten Kampf und der unausweichlichen Niederlage. Ich war jeden Tag nach der Schule bei ihr gewesen, und obwohl es mich innerlich zerriss, hatte ich geschworen, in ihrem letzten Moment ihre Hand zu halten.

Und dann hatte sie eines Nachts einfach aufgehört zu atmen. Sie war allein gestorben, in völliger Dunkelheit und angeschlossen an Maschinen, die nur seelenlos blinkten.

Ich würde mir das nie verzeihen.

Mein Kopf hatte es verstanden, hatte die Logik akzeptiert, wollte verzeihen und nachsichtig sein. Aber mein Herz schrie immer noch auf vor Hilflosigkeit und Scham, und auf meiner Seele lastete eine Schuld, deren Schatten alles in mir verdunkelte. Diese Nacht hatte mich für immer verändert. Etwas in mir war zusammen mit Mom gestorben. Und der Teil von mir, der sie war, ihr Einfluss, der mich zu der gemacht hatte, die ich war, war in stummer Verzweiflung erstarrt.

»Haben Sie sich verlaufen, Miss?« Ein Steward mittleren Alters mit streng nach hinten pomadisiertem Haar sah mich forschend an. In einer Hand balancierte er ein Tablett mit zwei Whiskygläsern. Sein hektischer Blick blieb einen Moment an meiner malträtierten Wange hängen, und der Ausdruck in seinen Augen wurde weicher.

Eigentlich musste ich mir keine Geschichte ausdenken, denn ich durfte hier sein. Doch er wirkte so gestresst, dass ich mich schlecht fühlen würde, wenn ich ihm nun erzählte, dass ich frei hatte. Also klopfte ich entschuldigend auf die Seite meines Rocks, wo eine Tasche eingenäht war. »Meine Herrin hat noch einen Brief, den ich zum Post Office bringen soll. Ich glaube aber, ich habe mich verlaufen.« Diese Ausrede war auf diesem großen Schiff zu meinem Standardspruch geworden.

Auch der Steward schien diesen Satz schon Dutzende Male gehört zu haben, denn er nickte nur. »Das passiert sehr häufig. Ich weiß allerdings nicht, ob beim Post Office so spät noch jemand da ist. Aber wenn Sie schon mal hier sind, können Sie es ja versuchen. Sie müssten noch zwei Decks tiefer und dann links. Es sind die schmalen Treppen aus Holz, aber es ist auch ausgeschildert.«

Ich knickste. »Vielen Dank, ich versuche mein Glück.«

»Viel Erfolg, Miss.«

Aus Neugier beschloss ich, meiner Lüge Taten folgen zu lassen. Ich fand das Post Office, doch hier traf ich niemanden an. Dann entdeckte ich das kleine *Bin gleich zurück* -Schild und sah mich weiter um. Es fiel nur wenig Licht durch die zwei Bullaugen hinter der Theke, auf der eine Kasse und ein kleiner Aufsteller mit Postkarten standen. War das dahinten eine weitere Treppe? Ich vermutete ein Lager eine Etage tiefer, denn es war keiner der Postsäcke zu sehen, die heute Mittag verladen worden waren. Ich wandte mich ab und verließ das Post Office, doch es war noch zu früh, zur Suite zurückzukehren.

Also stieg ich noch tiefer in die Eingeweide des Schiffs hinab. Auf den unteren Decks war das Brummen der Motoren deutlicher zu hören. Das ganze Schiff schien hier vor Kraft zu vibrieren.

Auf den unteren Decks grenzten die Bereiche der zweiten und dritten Klasse direkt aneinander oder wechselten sich mit Quartieren für das Personal ab, was die vielen Emailleschilder an den Wänden verdeutlichten. Hier war in den Gängen so viel los, dass sich niemand für mich interessierte. Ich lauschte fasziniert den verschiedenen Sprachen, die durch die Luft hallten.

Im Speisesaal der dritten Klasse wurde bereits aufgetischt. Dampfende Schüsseln waren in regelmäßigen Abständen auf die langen Tische gestellt worden, und Körbe mit Brot und Obst standen daneben. Jemand spielte auf einem Klavier, die Melodie klang fröhlich und einladend.

Ich jedoch sehnte mich nach einem Moment der Ruhe und Stille für mich ganz allein. Ob es auf dem Schiff möglich sein würde, so einen Ort zu finden?

Ich stieg gerade eine der hölzernen Treppen wieder hinauf und war mir sicher, nun doch die Orientierung verloren zu haben, da hörte ich ein Bellen. Ich blieb auf der Treppe stehen und lauschte.

Noch mal bellte ein Hund. Unwillkürlich musste ich lächeln. Natürlich! An Bord der Titanic hatte es Hundezwinger gegeben. Einige der Passagiere der ersten Klasse hatten nicht auf ihre Lieblinge verzichten wollen, und hier waren sie untergebracht worden.

Ich ging die Treppe hinauf und betrat einen Bereich, der mit hellbraunen Holzdielen ausgelegt war. Eine indirekte Beleuchtung sorgte für ein angenehmes Licht. Hier gab es keine Bullaugen, sondern Lichtleisten, die die letzten Strahlen der Abendsonne hineinließen. Schon beim Näherkommen hörte ich aufgeregtes Hecheln. Die Zwinger waren groß und aus dunklem Holz gestaltet. Jeder besaß eine kleine Türklinke aus goldenem Messing.

Ich entdeckte die Gestalt vor einem der Zwinger erst,

als es fast zu spät war. Schnell schwang ich herum und wollte lautlos verschwinden.

»Guten Abend.«

Diese Stimme. Ich hätte sie überall wiedererkannt.

Ich drehte mich wieder um, blieb aber in den Schatten. Ray Andrews kam gerade auf die Füße. Ein riesiger Chow-Chow drückte sich eng gegen sein Bein und sah erwartungsvoll zu ihm hoch.

»Miss Lilly, richtig?«

Ich nickte und war immer noch überrascht, ihn hier zu treffen. »Guten Abend, Mr Andrews.« *Was macht er hier? Ich habe ihn nie mit einem Hund gesehen. Und sollte er nicht auf dem Weg zum Abendessen sein?*

»Wie schön, dass wir uns wiedersehen.« Er deutete eine kleine Verbeugung an.

»Es freut mich auch, Mr Andrews.« Ich knickste und wollte mich abwenden. Mein Herz hatte wie wild zu klopfen begonnen. »Ich werde dann mal wieder gehen.«

»Nein, bleiben Sie doch bitte.« Er machte einen Schritt auf mich zu, und der Hund folgte ihm. »Ich drücke mich hier bloß vor diesen langweiligen Empfängen, bevor das Dinner losgeht. Wenn Sie sich die Tiere allein ansehen möchten, dann gehe ich jetzt.« Er zog eine goldene Taschenuhr aus einer Tasche seines eleganten nachtblauen Anzugs. »Ich habe den Steward bestochen, dass er erst in einer Stunde wiederkommt. Bis dahin sind Sie ungestört.«

Ich betrachtete ihn, während er sprach, und stellte mir vor, wie es wäre, wenn ich ihn in meiner Zeit getroffen hätte. Auf einer Party, bei einem Abendessen mit Freunden oder einfach nur in einem Starbucks. Wie würde er in Jeans und T-Shirt aussehen? Mit Kopfhörern um den Hals und einem Tattoo auf dem Oberarm? Sein Gesicht glich dem einer griechischen Statue. Die Attribute seines guten Aussehens waren zeitlos und wären in jedem Jahrhundert als attraktiv angesehen worden. Als er jetzt lächelte, lächelte auch ich, ohne nachzudenken.

»Ist das Ihr Hund?« Ich deutete auf den Chow-Chow, der jetzt hechelte und seine blaue Zunge zeigte.

»Nein, er gehört Harry Henderson. Die Kinder der Carters haben zwei Hunde dabei und haben mir von diesen Zwingern erzählt.« Er ging neben dem Chow-Chow in die Hocke und legte einen Arm um dessen massigen Rücken. »Das ist Ciao.«

»Er ist ein Chow-Chow und heißt Ciao?«

»Mr Andersen hat einen wunderbaren Humor. Und Ciao ist ein wunderbarer Hund.« Prompt versuchte Ciao begeistert, Rays Gesicht abzulecken. Ray lachte und wuschelte ihm durch das dichte Fell. »Ich habe mich heute schon gewaschen.«

Ich schmunzelte. »Sie beide kennen sich gut?« Ich deutete zwischen Ray und dem Chow-Chow hin und her.

Rays Lächeln wurde noch breiter, und er strich sich eine Strähne seines schwarzen Haars nach hinten. »Oh nein. Ich bin erst seit einer Viertelstunde hier. Aber wir waren uns sofort sympathisch.«

Er stand auf und ging zu einem anderen Zwinger, in dem eine bunte Decke lag. Als Ray die Tür öffnete, kam eine kleine gescheckte Bulldogge mit behäbigen Schritten auf mich zu.

»Dieses hübsche Kerlchen gehört Robert Daniel. Sein Name ist Gamin de Pycombe.«

Ich schüttelte den Kopf. »Das haben Sie sich doch gerade ausgedacht.«

Ray lachte auf. »So etwas unterstellen Sie mir?« Er deutete hinter sich auf den Zwinger. »Die Namen stehen dran. Vergewissern Sie sich gern, wenn ich wie ein Lügner aussehe.«

»Nicht wie ein Lügner«, erwiderte ich. »Aber wie jemand, dem es Spaß macht, seine unwissenden Opfer aufzuziehen.«

Er lachte noch mal. »Das würde ich mir bei Ihnen niemals erlauben.« Die Bulldogge stellte sich jetzt bettelnd an seinen Unterschenkeln hoch. Es war nicht zu übersehen, dass alle Tiere Ray anbeteten. Die, die sich noch in ihren Käfigen befanden, kratzten an den Gittern und wirkten eifersüchtig.

Ray ging erneut in die Hocke und kraulte die Bulldogge hinter einem Ohr. »Hallo. Schön, dich kennenzulernen.« Ciao stupste ihm seine große Nase in den Rücken. Offensichtlich wollte er Rays Zuneigung nicht mit der Bulldogge teilen.

Ich liebte Tiere, und Hunde fand ich toll, aber ich konnte nicht so ungezwungen mit ihnen umgehen wie Ray.

Der lehnte sich zur Seite und öffnete noch einen Käfig. Ein beigefarbener Pekinese trottete heraus, und die langen Haare an seinen Ohren schleiften über den Boden. »Sun Yat Sen«, las Ray vor. »Und er gehört einem Henry Harper. Nie von ihm gehört.« Er sah zu mir und zuckte die Schultern. Jetzt war ich es, die lachen musste.

Ray zog den Pekinesen an sich und kam hoch. Schon

war er bei mir und drückte ihn mir kurzerhand in die Arme. »Er ist so weich wie ein Kissen.«

»Autsch«. Eine Kralle des Hundes hatte meine große Brandblase berührt. Ich hielt den Hund auf meinem Arm, machte aber automatisch einen Schritt zurück und stand nun mitten in einem Strahl Abendsonne.

Ray erstarrte. »Was ist mit Ihrem Gesicht passiert?« Er runzelte die Stirn, und Wut huschte über seine Züge. »Wer war das?«

Ich presste den armen Pekinesen wie einen Schutzschild vor meine Brust. »Ich habe das Kleid der Gräfin mit dem Plätteisen verbrannt. Es war meine Schuld.«

»Selbst wenn Sie es mit Absicht getan hätten, wäre das kein Grund, Sie zu misshandeln.« Ray beugte sich zu mir. »Sind das Abdrücke von Fingernägeln?« Er klang angewidert.

In diesem Moment wurde uns beiden klar, wie nah er mir war. Ich versank in dem kühlen Grau seiner Augen, in das nur ein Hauch Blau gemischt war.

Ray blinzelte und betrachtete für den Bruchteil einer Sekunde meinen Mund, bevor er zurückwich. »Entschuldigen Sie. Ich wollte Sie nicht bedrängen.«

»Das haben Sie nicht.« Ich strich dem Pekinesen über den weichen Kopf. Rays Blick fiel auf meine lädierte Hand.

»Brandblasen?« Er riss die Augen auf. »Ich verspreche Ihnen, es wird Konsequenzen haben, sollte die Gräfin Ihnen das …«

»Nein, das mit den Brandblasen habe ich ganz allein geschafft.«

»Verstehe.« Er musterte mich kurz. »Sie sollten das versorgen lassen. Die Krankenstation hat sicherlich eine Creme, die …« Er biss sich auf die Zunge, als habe er etwas Falsches gesagt.

Es war süß, dass er so um mich besorgt war. Und es tat so gut nach diesem schrecklichen Tag. Ich mochte es, wie intensiv er mich betrachtete. Und es gefiel mir, dass jeder seiner Blicke ein sanftes Kribbeln in meinem Bauch auslöste.

Ich lächelte ihn an. »Ihre Sorge ehrt mich, aber es geht schon. Mein Gesicht wird sicherlich schon morgen nicht mehr wehtun. Und weil Ihre Ladyschaft mich aus ihrer Kabine verbannt hat, bis es zum Dinner geht, habe ich jetzt Zeit für diese hübschen Kerlchen hier …« Ich setzte den Pekinesen auf den Boden zwischen uns und ging dann in die Hocke. Sofort kam Ciao zu mir herüber.

Ray folgte mir, und es dauerte nicht lange und wir saßen auf dem Boden, umringt von Hunden, die alle ein wenig Ablenkung von ihrer Zeit in den Zwingern brauchten.

Ich wedelte mit einer ziemlich abgerissenen Stoffpuppe, die eigentlich Sun Yat Sen gehörte, in die nun aber ein perfekt frisierter Toypudel namens Frou Frou seine Zähne vergraben hatte.

Ray war wie gepudert mit Hundehaaren und sein Anzug bereits ziemlich verknittert, doch es schien ihm egal zu sein. Er lachte, als der Pekinese versuchte, sich neben Gamin de Pycombe auf seinen Schoß zu quetschen.

»Sie sind wirklich beliebt, Mr Andrews.«

»Ray, bitte«, sagte er eindringlich und schob Ciaos Schnauze sanft aus seinem Gesicht. »Mr Andrews ist mein Vater. Und ja, ich liebe Tiere. Ich würde gern Tierarzt werden, aber in die Fußstapfen meines Vaters zu treten ist einfach klüger. Er ist mit einer Erbin der Schiffswerft Harland & Wolff verheiratet, und sie halten dort bereits eine Position für mich warm.«

Mir fiel auf, mit wie viel Begeisterung er das Wort Tierarzt aussprach und wie sich seine Stimmlage veränderte, als er über seine wahren Zukunftsträume redete. Seine Berufswahl war eine rein logische Entscheidung, und sie schien ihm immer noch schwerzufallen. In meiner aktuellen Lage konnte ich ihn so gut verstehen. Doch dann horchte ich auf. »Wieso sagen Sie, Ihr Vater sei mit einer Frau …« Ich brach ab, weil es in dieser Zeit höchst unhöflich gewesen wäre, so ein Thema anzusprechen. »Entschuldigen Sie.«

Wieder so ein eindringlicher Blick. »*Entschuldige* bitte. Ohne das Sie.« Er deutete lächelnd zwischen uns beiden hin und her. »Ich bin Ray, du bist Lilly. Jetzt du.«

Es war total rührend, dennoch durfte ich nicht aus meiner Rolle fallen. Ich zögerte, wie es sich für eine Frau meines Standes gehörte. »Ich bin Lilly, du bist Ray.«

Er lächelte schief und sah absolut hinreißend aus. Lieb und dennoch etwas verwegen. »Du hast zum ersten Mal meinen Namen gesagt.«

Ich weiß, und es fühlt sich so gut an. Das alles mit dir hier fühlt sich so gut an. »Habe ich ihn falsch ausgesprochen?«

»Nein, es hörte sich schön an.«

Schon wieder so ein Lächeln, das mir weiche Knie gemacht hätte, säße ich nicht bereits auf dem Boden. Ich senkte verlegen den Blick, und dieses Mal war es nicht gespielt.

»Und zu deiner Frage: Ich bin ein uneheliches Kind. Ich …« Während es sich der Airedaleterrier der Astors mit

Namen Kitty auf meinem Schoß bequem machte, erzählte Ray mir seine Familiengeschichte. Er begann ganz vorn mit der verbotenen Liaison seines Vaters mit dem Dienstmädchen und endete mit seinem Abschluss an einem schottischen Internat und der nun folgenden Reise nach Amerika, wo es dann in New York spontan zu einer Familienzusammenführung kommen sollte.

Ich war mir nicht sicher, ob ich die Idee dieser »Überraschung« für gelungen hielt. Wäre ich die Ehefrau, ich käme mir ziemlich überrumpelt vor. Jetzt wurde mir klar, warum Ray in keinen offiziellen Dokumenten zum Unglück der Titanic auftauchte. Thomas Andrews hatte die Entscheidung, Ray mitzunehmen, sehr kurzfristig getroffen, und als Sohn des Konstrukteurs würde ihn niemand nach einer Fahrkarte fragen.

»Dann sollst du also wie dein Vater Ingenieur werden?« Meine Stimme klang plötzlich brüchig, als ich daran dachte, wie wenig Zeit Ray noch blieb. Er plante seine Zukunft, und doch würde er …

Ray musterte mich, dann rückte er näher. »Sprechen wir nicht über meine deprimierenden Pläne. Jetzt sind wir hier und genießen die Zeit.« Er hob die Hand, als wolle er die meine nehmen, doch dann ließ er sie wieder sinken.

Ich hingegen konnte diesen Gedanken einfach nicht verdrängen. Ich war auf dem besten Wege, mich in Ray zu vergucken. Er war lustig, er war liebenswert, und er gefiel mir wahnsinnig gut. Ich konnte mich nicht erinnern, wann ich das letzte Mal einen Jungen getroffen hatte, der mein Herz so im Sturm erobert hatte. Ehrlich gesagt, konnte ich mich nicht erinnern, dass ich seit Moms Tod je einen

Menschen an mich herangelassen hatte. Für Ray empfand ich etwas. Mit *ihm* fühlte ich wieder.

Ich senkte den Kopf, denn Verzweiflung stieg in mir auf. Ich hatte einen Auftrag, der sich als kniffliger erwiesen hatte als erwartet. Mein Vater verließ sich auf mich. Wir brauchten dieses Geld.

Was ich nicht gebrauchen konnte, war eine Ablenkung.

Ich hob Kitty von meinem Schoß und stand hastig auf. Während ich mir die Hundehaare von den Rockschößen klopfte, setzte Ray die Bulldogge und den Pekinesen neben sich ab und kam ebenfalls auf die Füße.

»Ist alles in Ordnung?« Er runzelte die Stirn.

Nein, ich finde dich viel zu nett, und deshalb flüchte ich, solange ich noch kann.

Ich rang mir ein Lächeln ab. »Ich sollte gehen, bevor der Steward zurückkehrt. Es würde nur Gerede geben.«

Ray warf einen Blick auf seine Taschenuhr. »Da brauchst du dir noch keine Sorgen machen.«

»Ich sollte trotzdem zurück. Die Gräfin ist immer sehr pünktlich, und bestimmt sieht die Suite jetzt aus wie ein Schlachtfeld.« Ich machte Anstalten, mich abzuwenden, damit er nicht auf die Idee kam, mir seine Begleitung anzubieten. Mit Ray an meiner Seite durch die ganze erste Klasse spazieren? *Das* würde ein ziemliches Gerede geben.

Doch er schien das ebenso zu sehen und bot es mir nicht an. »In Ordnung.« Er atmete deutlich hörbar aus und strich sich dann ordnend durchs Haar. Ob er genauso nervös war wie ich? Empfand er so wie ich? Sein Benehmen war so tadellos, dass ich mir nicht sicher war.

Aber ich sollte auch gar nicht darüber nachdenken, verflixt.

Die meisten Hunde spürten, dass wir ganz mit unseren

eigenen Gedanken beschäftigt waren, und machten es sich wieder in ihren Käfigen bequem. Nur Toypudel Frou Frou zerrte an der Stoffpuppe und gab ein wildes Knurren von sich.

»Wenn du jemanden zum Reden brauchst oder ein flauschiges Wesen zum Knuddeln, ich bin jeden Abend vor dem Dinner hier.«

Eine warme Welle von Gefühlen durchflutete mich. Ray wollte mich wiedersehen. Erneut nahm mein Herz gefährlich Fahrt auf. Ich wollte ihn auch wiedersehen.

Himmel, in was hatte mich mein Herz da nur hineingestürzt?

»Das ist ein freundliches Angebot. Danke schön.« Ich stockte. »Und mit dem flauschigen Wesen meinst du …?«

»Meine felligen Freunde natürlich.« Ray machte eine ausladende Geste, die alle Hunde miteinbezog.

»Verstehe.« Ich zog vielsagend die Brauen hoch. »Das klingt verlockend.« Ich knickste. »Ich wünsche dir ein gutes Dinner und auf bald.«

»Hoffentlich hast du noch ein paar Stunden Ruhe vor der Gräfin.«

Ich lächelte und nickte, dann wandte ich mich zum Gehen.

»Lilly.«

Ich drehte mich noch mal zu Ray um.

Jetzt war sein Blick ernst. »Versprich mir, dass du noch mal herkommst.«

Ich zögerte keine Sekunde. »Das werde ich.«

Kapitel 15
Damien

Zugegeben, der neunhundert Quadratmeter große Speisesaal der ersten Klasse war immer wieder beeindruckend. Die breite Doppeltür mit dem bunten Glas in der Mitte wurde mir von einem Steward geöffnet, und ein Maître eilte herbei, um mich zu meinem Platz zu geleiten.

Unzählige Lampen erhellten den Raum, der mit seinen dunklen Möbeln und dem dunkelroten Boden sehr elegant wirkte. In der Mitte des Raums spielte ein Streichquartett. Auf den Tischen waren Kerzenleuchter angezündet, und die aufwendig gestalteten Juwelen der Damen leuchteten um die Wette.

Und dennoch hätte ich all das luxuriöse Ambiente sofort gegen eine weitere Stunde mit Lilly bei den Hundezwingern getauscht. Ich spürte, wie mein Mund sich zu einem kleinen Lächeln verzog. Ich lernte überall Mädchen kennen, aber es waren belanglose Bekanntschaften. Lilly hingegen faszinierte mich, sie war omnipräsent in meinen Gedanken. So etwas kannte ich nicht.

Ich fand es bewundernswert, wie sehr sie in ihrer Rolle

blieb, selbst als die Gräfin sie misshandelte. Sie gab nicht so schnell auf. Das gefiel mir, obwohl ich ihrer Herrin gerne mal ein paar Takte zu ihrem Verhalten gesagt hätte. Aber Lilly war noch so viel mehr. Sie war tierlieb, aber sie war auch humorvoll und schlagfertig. Und sie war wunderschön, doch sie hatte keine Ahnung von ihrer Wirkung auf andere. Ihr Lächeln wärmte mein Herz, und die subtile Traurigkeit, die sie umgab, machte mich nur neugieriger.

Kurzum, ich steckte in einer Zwickmühle, für die ich bis jetzt noch keine Lösung sah, ohne Lilly zu schaden und meine Schwester zu verlieren.

Was für ein verdammtes Dilemma. Und all das hatte ich meinem Vater zu verdanken. Ich runzelte die Stirn. Ich würde mich freikaufen, ich würde *uns* freikaufen, und dann würde ich ihn …

Jemand grüßte mich im Vorbeigehen, und ich nickte dem Mann hastig zu.

Mein blauer Anzug war hoffnungslos verknittert gewesen, deshalb hatte ich mich schnell noch mal umgezogen. Während ich jetzt freundlich nach rechts und links grüßte, warf ich einen schnellen Blick auf meine Taschenuhr. Den Aperitif hatte ich verpasst, doch ich würde immer noch pünktlich sein. Mit dem Finger strich ich flüchtig über den Rückdeckel. Die Verzierung, die dort zu sehen war, war eigentlich das Zahnrad meiner Familie. Zugegeben, das Versteck war nicht das Allerraffinierteste, aber ich rechnete nicht damit, dass jemand versuchen würde, mich zu bestehlen.

Gelächter sorgte dafür, dass ich den Kopf hob. Molly Brown hielt an einem der Tische Hof, und ein paar andere Passagiere hingen entzückt an ihren Lippen. Wie immer sprach sie etwas zu laut, waren ihre Gesten etwas zu ausladend, und ihr ganzes Benehmen war etwas zu rustikal für die ach so feine Gesellschaft. Ich hatte noch nicht mit ihr gesprochen, doch ich fand sie sehr sympathisch.

Ich ließ meinen Blick schweifen, konnte aber die Gräfin nicht am Tisch des Kapitäns entdecken. Sie hatte heute Morgen so damit angegeben, und jetzt war sie genau wie ich nicht pünktlich? Ich dachte an Lilly und ihre misshandelte Wange, und plötzlich hatte ich ein ganz komisches Gefühl im Magen.

Lilly wollte der Gräfin keine Angriffsfläche mehr bieten, doch vermutlich hatte sie die Rechnung ohne die Gräfin gemacht. Würde sie Lilly erneut wehtun?

Und da war er wieder, dieser Beschützerinstinkt, wenn ich nur an Lilly dachte.

Ich wusste, es war falsch, mich einzumischen. Und mir war klar, wie riskant es war. Es würde einen Skandal auslösen, sollte ich mich schützend vor das Dienstmädchen der Gräfin stellen. Ich hatte noch ihre Worte im Ohr, eine Drohung, die sich nicht wie ein Bluff angehört hatte.

Thomas Andrews hob bereits grüßend die Hand, als ich mich dem Tisch näherte. Doch in diesem Moment traf ich eine Entscheidung. Dienstboten wurden misshandelt, geschlagen, und niemanden interessierte es. Und Lilly war auf einer Mission. Sie würde nicht so schnell aufgeben.

Ich musste mich einfach vergewissern, dass es ihr gut ging.

Ich habe etwas vergessen, formte ich lautlos mit den Lippen zu Thomas Andrews. Er zog die Schultern hoch, doch ich entschuldigte mich erneut mit vielen Gesten und eilte aus dem Speisesaal.

Ich nahm nicht die breite Prachttreppe mit der berühmten Uhr an der Wand, sondern benutzte ein paar Schleichwege, um nicht auf die Gräfin zu treffen. Mittlerweile wusste ich dank eines hilfsbereiten Stewards, wo sich ihre Suite befand, und als ich sie erreichte, hörte ich zwei Frauenstimmen. Die eine gehörte Lilly, die andere war nicht die der Gräfin. Sie lachten, und es wirkte nicht so, als hätte Lilly noch mal Ärger gehabt. Dann näherten sich von innen Schritte der Tür.

Ich nahm die Beine in die Hand und jagte um die nächste Ecke. Hier befanden sich ein paar schmale Türen, hinter denen die Stewards Bettwäsche und frische Handtücher aufbewahrten.

Vorsichtig spähte ich wieder in den Gang und betete, dass sie nicht in meine Richtung kamen. Doch sie gingen genau in die entgegengesetzte Richtung. Lilly hatte sich bei dem dunkelhaarigen Dienstmädchen untergehakt, und sie schwatzten immer noch.

In diesem Moment war ich nicht nur erleichtert, mir wurde auch klar, was für eine Chance das bedeutete. Die Gräfin war beim Abendessen, und auch Lilly war sehr wahrscheinlich auf dem Weg zum Speisesaal für die Dienstboten. Und das bedeutete, die Suite war völlig unbeobachtet.

Ich nestelte an meinem Gürtel, der einen schmalen Dietrich verbarg. Ich war genau wie Lilly ein professioneller Dieb, und wir versteckten unsere Werkzeuge überall.

Nochmals spähte ich zu beiden Seiten in den Gang, bis ich mir sicher war, dass mich niemand beobachtete. Mit schnellen Schritten war ich an der Tür, und innerhalb von wenigen Sekunden konnte ich die Klinke herunterdrücken.

Ich ließ den Dietrich in meine Hosentasche gleiten und öffnete die Kabine, die nun im Dunkeln vor mir lag.

»Der Steward mit frischen Handtüchern, Eure Ladyschaft«, flötete ich, für den Fall, dass die Gräfin unpässlich im Bett lag.

Doch niemand antwortete. Ich schlüpfte hinein und schloss leise die Tür hinter mir. In der Luft hing ein schwerer Duft nach Rosen. Links stand die Tür zu einem Ankleidezimmer offen, auf der anderen Seite befand sich eine schmale Tür, die sehr wahrscheinlich zu den Schlafzimmern der Dienstboten führte. Und richtig, es war ein winziger Flur, von dem zwei Zimmer abgingen. In einem hing das hellbraune Cape mit dem Wappen einer Personalvermittlungsagentur, das Lilly getragen hatte.

Mit klopfendem Herzen betrat ich ihr Zimmer und knipste das Licht an. Für genau so etwas war ich ausgebildet worden. Effizient zu arbeiten, die Situation im Bruchteil von Sekunden zu erfassen. Und dennoch war ich nicht richtig bei der Sache und fühlte mich schäbig.

Ich strich über den Stoff des Nachthemds, das ordentlich am Fußende gefaltet auf Lillys Bett lag. Der Duft der Seife, die sie immer benutzte, schwebte wie ein zarter Hauch in der Luft.

Das Geld, das Lilly im breiten Saum des Vorhangs versteckt hatte, entdeckte ich sofort. Ich durchsuchte ihre Reisetasche, fand jedoch keine Verstecke, auch nicht in den Griffen. In ihren Kleidern und dem Cape befanden sich auch keine geheimen Taschen. Ich klopfte den Boden ab, ließ es aber nach kurzer Zeit bleiben, als mir klar wurde, dass jede Diele bombenfest verschraubt war. Ich sah unters Bett, tastete den Rahmen ab und wiederholte das

Ganze bei dem winzigen Waschtisch. Nichts. Ich drehte sogar den Hocker um, um zu prüfen, ob sie etwas auf seine Unterseite geklebt hatte. Ihre wenigen Habseligkeiten lagen auf einem Nachttisch aus unbehandeltem Holz, über dem eine weitere schmale Lampe angebracht war. Ich sah in das Kästchen mit den Haarnadeln und überprüfte, ob sich ihre Haarbürste öffnen ließ. Als ich die Kette mit dem Holzkreuz hochhob, begann es in meinem Bauch zu kribbeln. Es war nicht einfach nur geschnitzt worden, wenn man genau hinsah, erkannte man die fadendünnen Linien. Ich brauchte nur wenige Versuche, um die Mechanik zu durchschauen. Das Kreuz sprang auf, und das Geheimfach wurde sichtbar.

Ich atmete zischend aus, Erleichterung machte sich in mir breit. Das Fach war leer. Ich drückte gegen das Holz, und das Kreuz schloss sich wieder.

Was mache ich hier?

Was hätte ich nur getan, wenn ich das Zahnrad gefunden hätte? Ich sah mich im Zimmer um. Die Kammer war klein, aber dennoch groß genug, um sofort durch die Zeit nach Hause zu reisen.

Ich strich die Bettdecke glatt, nur zur Sicherheit.

WAS mache ich hier?

Wenn ich ehrlich war, hatte ich keine Ahnung.

*

Ich hatte gerade mit dem Dietrich abgeschlossen und noch die Klinke zur Suite in der Hand, als ein Steward aus einem der vielen kleinen Lager kam und mit einem Stapel

Handtücher, bewaffnet schwungvoll um die Ecke bog. Schon als er mich erblickte, hoben sich seine Brauen.

»Sir, kann ich Ihnen helfen?«

Mir gefiel die Rolle nicht, aber wenn es nötig war, konnte ich den aristokratischen Snob auf Kommando loslassen. Ich tat irritiert, überhaupt von ihm angesprochen zu werden. »Nein.« Dann wollte ich ihn stehenlassen.

»Sir, das ist die Suite von Ihrer Ladyschaft«, warf der Steward tapfer hinterher.

Ich blieb stehen und seufzte betont genervt. »Ich weiß.«

»Kann ich Ihnen … Ich meine, braucht Ihre Ladyschaft … Ich meine …« Er begann zu schwitzen und sah dann auf meine beiden Hände, eindeutig auf der Suche nach einem Schlüssel. Klar, die gesamte erste Klasse saß beim Dinner, und wie hätte ich die Kabine sonst betreten sollen.

»Hören Sie auf zu stottern, Mann, und sprechen Sie, oder diese Unterhaltung ist beendet.« Mein Ton war scharf, und der Mann zuckte zusammen.

»Sir, ich war nur …« Er brach ab, und ein Schweißtropfen rann von seiner Stirn in seine linke Augenbraue.

»Ach, Sie Guter …« Ich lachte jovial und klopfte ihm dann auf die Schulter. »Sie waren um die Sicherheit besorgt. Könnte ja jeder einfach in eine Kabine spazieren, nicht wahr?« Ich klopfte ihm nochmals auf die Schulter. »Vielen Dank für Ihren Einsatz.« Mit der freien Hand fischte ich eine Pfundnote aus meiner Hosentasche. Auch etwas, das man als Dieb lernte. Immer genug Bestechungsgeld dabeihaben. Ich schob sie dem Steward in die Reverstasche seiner Uniform. »Guter Mann.«

Jetzt wurde der Steward knallrot. »Ich danke Ihnen,

Sir.« Er deutete eine Verbeugung an. »War mir eine Freude, Sir. Immer wieder gern. Ich wünsche Ihnen einen guten Abend.«

Ich schwang herum und hob im Gehen lässig die Hand. »Ihnen auch, mein Bester, Ihnen auch!«

Als er außer Hörweite war, atmete ich zischend aus, bog um die nächste Ecke …

… und stand vor der Gräfin. Sie war in Begleitung einer rundlichen Frau etwa in ihrem Alter, die nicht annähernd so hochherrschaftlich gekleidet war wie sie selbst.

»Gräfin.« Ich deutete eine kleine Verbeugung an, nickte auch ihrer Begleitung zu und wollte vorbeigehen. *Hat sie etwas vergessen und ist deshalb zurückgekehrt? Das war echt knapp. Nicht auszudenken, wenn sie mich in ihrer Suite überrascht hätte.*

»Mr Andrews.« Ihre Stimme klang süßlich. »Sie sind nicht beim Dinner?«

Und Sie offenbar auch nicht, wollte ich erwidern. Doch ich rang mir ein Lächeln ab. »Auf dem Weg dorthin, verehrte Gräfin.« Erneut sah ich zu ihrer Begleitung, doch die Gräfin schien es nicht für nötig zu halten, uns einander vorzustellen.

»Ich wünsche den Damen einen angenehmen Abend.« Wieder wollte ich los, wieder ließ sie es nicht zu.

»Haben Sie ein Zimmer auf dieser Etage, Mr Andrews?«

Ihre Begleiterin warf ihr einen überraschten Blick zu und wirkte verlegen über diese indiskrete Frage.

»Mein Vater und ich sind auf dem A-Deck untergebracht.«

Sie legte den Kopf schief, und ihre hellblauen Augen

sahen noch durchscheinender aus als sonst. Es war kein schöner Anblick. Ihre Augen wirkten fast gänzlich weiß, bis auf die winzige schwarze Pupille in der Mitte.

»Darf ich Sie dann fragen, was Sie auf das C-Deck führt?«

Ich hätte sagen können, dass ich mich verlaufen hatte, doch ihre Arroganz reizte mich, also gab ich ihr absichtlich eine provozierende Antwort. »Ich war ein wenig spazieren.« Ich garnierte das letzte Wort mit einem absichtlich übertriebenen Lächeln. »Ein wunderbares Schiff, nicht wahr?« Ich nickte ihrer Begleiterin zu, die zustimmend murmelte. Es schien ihr unsagbar peinlich, dass wir einander immer noch nicht vorgestellt worden waren. Ich beließ es jedoch dabei, denn es würde eine schlechte Kinderstube verraten, wenn ich das übernehmen würde.

»Spazieren, soso.« Die Gräfin schlang die Finger um eine lange Perlenkette, die ihr fast bis zur Taille reichte. Hinter mir wurden Stimmen laut. Ich sah mich kurz um, nur um zu bemerken, dass die ersten Dienstboten mit ihrem Abendessen fertig waren und nun zurück zu den Zimmern ihrer Herrschaft gingen.

Als ich mich wieder umwandte, fing die Gräfin meinen Blick auf, und ich war mir sicher, dass sie eine Vermutung hatte, warum ich hier war.

»Ich dachte, wir hätten eine Vereinbarung.« Sie durchbohrte mich mit diesen unheimlichen Augen.

»Ich bin gekränkt, dass Sie mir so etwas unterstellen, liebe Gräfin. Wie könnte ich ein Auge auf die Dienstboten werfen, wenn ich meine Zeit mit solch wunderbarer Gesellschaft wie der Ihren verbringen kann?«

Sie schnaubte. »Gladys, sei bitte so lieb und hole mein

Schultertuch aus meinem Zimmer.« Sie reichte der überraschten Frau einen Schlüssel. »Mr Andrews wird mir die Freude machen, mich in den Speisesaal zu begleiten. Ich möchte die Vorspeise nicht verpassen.« Sie musterte die rundliche Figur der Frau von oben bis unten. »Bei dir ist es ja nicht so tragisch, wenn du einen Gang auslässt.«

Was für ein Miststück. Es widerstrebte mir, ihr den Arm zu reichen, als ich den verletzten Blick ihrer Begleitung auffing.

Die Spitzen ihrer Seidenhandschuhe berührten mein Handgelenk, und ich konnte die Nägel der Gräfin durch den zarten Stoff fühlen. Jene Nägel, die Lilly wehgetan hatten. Es kostete mich einiges an Kraft, ihr nicht an Ort und Stelle ein paar deutliche Worte dazu zu sagen. Doch dann hatte ich mich wieder im Griff. »Ich habe gehört, Sie sitzen heute beim Captain am Tisch?«

»Das ist richtig«, erwiderte sie knapp.

Wir spazierten den Gang entlang zu der breiten Prachttreppe, die bis hinab zum Speisesaal führte. Sie war immer wieder ein beeindruckender Anblick mit ihren vielen Stufen, dem kunstvoll gedrechselten Geländer und den großen Gemälden, die an jedem Absatz hingen.

Unsere Unterhaltung blieb ziemlich einseitig. Ich machte Small Talk, sie gab knappe Antworten, die deutlich zeigten, für welch einen lausigen Begleiter sie mich hielt.

»Sie erlauben, Gräfin?« Im Speisesaal wollte ich sie zum Tisch von Captain Smith eskortieren, doch sie hielt mich auf. Sie lächelte und klapste mir spielerisch auf den Arm. Für Außenstehende musste es so aussehen, als wäre sie ganz entzückt von mir. »Aber nicht doch, Mr Andrews.«

In ihren farblosen Augen tanzte eine diebische Freude. »Zuerst möchte ich ein paar Worte mit Ihrem geschätzten Herrn Vater wechseln.«

Kapitel 16
Lilly

»Wie man hört, hat sich eure Gräfin einen jungen Liebhaber genommen.« Maude, das blonde Dienstmädchen mit der Narbe, streute ein wenig Salz auf ihr Porridge und rührte dann kräftig um. »Wisst ihr, wer es ist?«

Adèle war bereits fertig mit dem Frühstück, ich kaute noch auf einem Stück Brot. Wir wechselten einen Blick. Adèle zuckte die Schultern, ich hatte Mühe, den leicht gummiartigen Klumpen herunterzuschlucken.

Die anderen amüsierten sich über unsere ratlosen Gesichter. Big John war der Einzige, der etwas peinlich berührt wirkte. Er hatte Unmengen von Porridge verdrückt und danach noch zwei Äpfel heruntergeschlungen. Jetzt ließ er seinen Blick über den Tisch gleiten, als sei er immer noch hungrig. Elsie und er saßen betont weit auseinander und wechselten kein privates Wort. Die anderen schienen nichts von ihrem Verhältnis zu wissen.

»Er soll gut aussehen.« Melany beugte sich zu uns, als handle es sich um streng vertrauliche Informationen.

»Rob, einer der Stewards, hat ihn erwischt, als er gestern Abend aus ihrer Kabine kam.«

»Na, ihren Ehemann hat sie wohlweislich zu Hause gelassen.« Elsies Stimme klang so spitz wie immer. »Und die Laune der Gräfin hat es auch nicht gehoben, wenn man sich ihr Gesicht ansieht.« Sie deutete mit dem letzten Stückchen Brot auf meine lädierte Wange, die mittlerweile blau statt rot war.

»Madame hatte keinen Besuch.« Adèle schüttelte den Kopf, um ihren Worten noch mehr Nachdruck zu verleihen. »Ich bin mir ganz sicher.«

»Rob sagt, es war, während die Dienstboten beim Abendessen waren.«

»Mon dieu.« Adèles Schultern sanken nach unten. Sie wirkte schockiert und enttäuscht zugleich.

James, der neben ihr saß, beugte sich zu ihr und strich ihr über die Wange. »Ein hübsches Gesicht wie deines sollte niemals traurig gucken.«

Adèle schob seine Hand weg und murmelte etwas auf Französisch.

»Gib es auf, James«, sagte Elsie mit einem falschen Lächeln und deutete auf seinen hellen Schopf. »Sie steht nicht auf Blonde.«

James strahlendes Lächeln verblasste nicht durch ihre Worte. »Und seit wann hat man dich zum Orakel auserkoren, du borstiger irischer Kobold?«

Ich musste mir auf die Lippe beißen, um nicht zu lachen. Es war zwar keine nette Bezeichnung, aber sie passte hervorragend zu Elsie. Als ich meine Gesichtszüge wieder im Griff hatte, guckte ich betont arglos. »Eine eurer jungen Damen trägt eine besonders schöne Kette. Sie ist mir aufgefallen. Ist der Anhänger ein Saphir?«

Ich hatte mir vorgenommen, mich mit den Dienstmädchen der Fortunes etwas anzufreunden, in der Hoffnung, dass ich so die Räume der Familie noch mal betreten konnte, ohne dass jemand misstrauisch wurde. Schließlich war es nicht ungewöhnlich, über unsere Herrschaft zu sprechen. Maude hatte schon lang und breit die Garderobe von Mrs Fortune kritisiert, die ihrer Meinung nach aus der Mode gekommen war. Jetzt zwirbelte sie eine lange Strähne ihres hellblonden Haars um den Finger und sprach, bevor Elsie den Mund aufmachen konnte. »Miss Ethel hat die Kette selbst entworfen. Sie …« Und dann folgte die Geschichte, die ich bereits kannte.

»Sie ist wirklich wunderschön«, sagte ich noch einmal. »Und auch die Garderobe scheint neu zu sein. Haben die jungen Damen sich in Paris viel schneidern lassen?« Ich musste noch etwas Belangloses fragen, damit ich nicht zu interessiert an der Kette wirkte.

Melany, Elsie und Maude wechselten sich ab mit ihren Erzählungen darüber, während Big John die Enden seines Schnauzers zwischen Daumen und Zeigefinger drehte und gedankenverloren aus einem der Bullaugen auf der gegenüberliegenden Seite des Speisesaals starrte. Und James himmelte Adèle an, die ihn nicht beachtete und den drei Dienstmädchen gebannt zuhörte. Schließlich ging es hier um Geschichten aus ihrer Heimatstadt Paris.

Am Ende waren wir so spät dran, dass wir zur Suite rennen mussten. Lachend kamen Adèle und ich vor der Tür an. Sie hatte den Schlüssel schon in der Hand und schloss auf. Zum Glück waren die Räume noch leer.

»Danke, dass du gestern meine Aufgaben übernommen hast, als die Gräfin mich freigestellt hat.« Ich hatte ihr schon direkt nach dem Aufstehen danken wollen, doch da war alles so hektisch gewesen.

»Pas de problème, ma petite. Tut deine Wange noch sehr weh?« Sie musterte mich, während sie die Tür hinter uns schloss. »Normalerweise hört Madame auf, bevor es Spuren gibt.«

Ich holte entsetzt Luft. »Tut sie dir öfter weh?«

Adèle schüttelte den Kopf, sah aber auf den Boden. »Ich habe andere Dienstboten kommen und gehen sehen und was sie mit ihnen gemacht hat. Zu mir ist sie … freundlich. Ich habe Glück.« Sie sah wieder hoch zu mir. »Du musst besser aufpassen. Madame hat ein böses Temperament.« Adèle ging um das Bett herum und begann eins der Kissen aufzuschütteln. Anders als ich schien sie immer genau zu erkennen, wo es Arbeit gab. Ich eilte an die andere Seite und nahm mir das zweite Kissen vor.

Ich war neugierig, denn im Grunde wusste ich nur ganz wenig von ihr.

»Wenn die anderen über Paris reden, was denkst du dann? Möchtest du gern dorthin zurückkehren? Oder gefällt dir dein Leben so, wie es ist?«

»Ich bin auf dem Land geboren, und wir sind erst später nach Paris gezogen.« Adèle schüttelte das Kissen kräftig durch. »Meine Familie hatte immer wenig Geld. Mein Vater hat sich als Tagelöhner verdingt, und meine Mutter war Hebamme. Sie hat das Geld verdient.« Sie klopfte ein letztes Mal auf das Kissen und stellte es dann zurück. Dann griff sie nach der zerwühlten Wolldecke, die über dem Deckbett lag. »Ich musste arbeiten gehen, sobald ich alt genug dafür war.« Adèles Blick glitt an mir vorbei ins Leere, während ihre flinken Finger arbeiteten. »Meine Mutter hat mir eine Stelle besorgt in einem Haushalt, in dem sie bereits drei Kindern auf die Welt geholfen hatte.« Sie legte die gefaltete Wolldecke zur Seite, und gemeinsam griffen wir nach den Enden des fluffigen Deckbetts. »Ich habe noch für zwei andere Familien gearbeitet, bevor ich die Stellung bei der Gräfin bekommen habe.« Wir schüttelten die Bettdecke, und die Daunen darin raschelten leise. Dann ließen wir sie langsam wieder auf die Matratze sinken.

Ich nutzte die Gelegenheit, dass Adèle in Plauderlaune war, und fragte sie weiter aus. »Möchtest du mal heiraten?«

Adèle lächelte, und eine zarte Röte glitt über ihre Wangen. »Natürlich. Wenn ich den richtigen Mann kennenlerne.«

»Ich bin mir sicher, das wirst du.« Zum Glück würde sie das Sinken der Titanic überleben. Ich nahm mir vor, ihre Geschichte zu Hause zu recherchieren. Vielleicht fand ich Informationen über sie und über ihre Nachkommen.

»Du lächelst so geheimnisvoll wie eine Mona Lisa, ma petite.« Sie stemmte die Hände in die Hüften. »Was führst du im Schilde?«

»Keine Angst, ich will dich nicht mit James verkuppeln.«

Sie zwinkerte mir zu. »Soll ich dir ein Geheimnis verraten? Die anderen liegen falsch. Ich mag seine Haare. Sie sind wie Gold. Ich mag Gold.«

Wir lachten beide auf, als sich ein Schlüssel im Schloss drehte. Die Gräfin schwebte ins Zimmer und warf ihre langen Handschuhe auf das frisch gemachte Bett. Obwohl sie mich gestern angeschrien und misshandelt hatte, tat sie heute konsequent so, als wäre nichts vorgefallen.

»Ich bin gleich auf dem Promenadendeck verabredet, Mädchen, und ihr werdet mich begleiten. Adèle, ich möchte, dass du mir die Frisur machst, die ich im *Tatler* gesehen habe. Lilly, du wirst hier währenddessen etwas sauber machen. Lass dir vom Steward ein Staubtuch geben. Bei mir muss es immer blitzblank sein, und ich möchte kein fremdes Personal in meinem Zimmer, das habe ich bei meiner Ankunft sofort klargestellt.«

Oder will sie kein fremdes Personal im Zimmer, um die Gefahr zu minimieren, dass sie mit ihrem jungen Liebhaber überrascht wird?

»Na los, los.« Sie ließ sich auf dem Stuhl vor dem Schminktisch nieder und wedelte mit der Hand. »Beeilt euch, Mädchen. Ich habe nicht den ganzen Tag Zeit.«

Ich knickste und fragte mich, warum wir sie zu einem Spaziergang begleiten sollten. Ein ungutes Gefühl machte sich in meinem Bauch breit. Was plante die Gräfin?

*

Auf dem Promenadendeck begrüßte uns ein strahlender Sonnenschein, was erklärte, warum es so voll war. Ich ließ meinen Blick über das Deck und hinauf zu den Schornsteinen gleiten. Sie waren immer wieder ein imposanter Anblick. Aber auch das Promenadendeck war beeindruckend. Kleine Tische samt zierlichen Stühlen waren aufgestellt worden, und Ober eilten geschäftig zwischen den Passagieren umher.

Gladys Cherry war mal wieder nicht mit von der Partie, doch wir wurden bereits erwartet.

»Julia.« Die Gräfin eilte auf eine dunkelblonde Frau in einem hellblauen Kleid zu, deren Hut mit einem riesigen Bouquet aus Seidenblüten geschmückt war. Ich erkannte sie als Julia Florence Cavendish, Ehefrau eines Multimillionärs aus London, dessen Familie enge Verbindungen zum Königshaus pflegte. Die beiden hauchten sich Luftküsse auf die Wangen, dann hakte sich die Gräfin bei ihr unter. »Diese schreckliche Seekrankheit. Ich bin sehr froh, dass es dir besser geht.«

Julia Cavendish hatte ebenfalls ihr Dienstmädchen dabei. Die Frau war etwas älter als wir, rotwangig und mit einem herzlichen Lächeln. Als wir den beiden Damen folgten, beugte sie sich im Gehen zu uns. »Ich bin Nellie. Nellie Barber.«

Wir stellten uns ebenfalls vor. Ich wollte Nellie gerade fragen, ob sie wusste, warum wir dabei sein sollten, da begrüßten die Damen schon wieder jemanden.

Madeleine Astor war so alt wie ich, im fünften Monat schwanger und mit einem Mann verheiratet, der knapp dreißig Jahre älter war als sie. Ihr Schmuck stellte alles, was ich jemals gesehen hatte, in den Schatten. Kein Wunder. Ihr Ehemann war einer der reichsten Männer der Welt. Auch sie hatte zwei Begleiterinnen dabei. Rosalie, ihr Dienstmädchen, hatte ich beim ersten Frühstück schon kennengelernt. Sie wurde begleitet von einer Frau in Schwesterntracht, die sich uns mürrisch als Caroline vorstellte.

Als die Damen entzückte Geräusche von sich gaben,

reckte ich neugierig den Kopf. Ein Airedaleterrier kam unserer Gruppe schwanzwedelnd entgegen.

Oh verflixt. Kitty erkannte mich sofort wieder, trippelte schnurstracks auf mich zu und stellte sich dann enthusiastisch wedelnd an mir hoch, um mich zu begrüßen.

Ich tat etwas überrumpelt und tätschelte ihr betont unbeholfen den Kopf. »Braves Hündchen.«

Madeleine Astor lachte auf. »Das macht sie sonst nie. Kitty ist eher schüchtern.« Sie kam zu mir herüber, zog Kitty sanft von mir weg und legte ihr eine Leine an. »Entschuldigen Sie bitte diesen Überfall.« Ihr Lächeln war sympathisch, also erwiderte ich es. »Ist ja nichts passiert, Mrs Astor.«

Die Gräfin räusperte sich energisch. Als ich zu ihr sah, hatte sie die Augen zusammengekniffen. Sie wirkte nicht erfreut. Schnell senkte ich den Blick und wich ein paar Schritte zurück.

»Dein Kleid ist wirklich entzückend, liebe Madeleine«, hörte ich sie dann sagen. »Ist es aus Paris? Ich werde mir auch bald wieder ein paar neue Modelle schneidern lassen.«

Innerlich verdrehte ich die Augen. Das Kleid, das ich angebrannt hatte, hätte man leicht wieder herrichten können. Stattdessen hatte die Gräfin es in dem Mülleimer neben ihrem Schminktisch entsorgt.

Ich hatte das Kleid heimlich gerettet und in meiner Reisetasche versteckt. Die Gräfin und ich hatten etwa die gleiche Kleidergröße. Sie war etwas größer als ich, was in diesem Falle Glück war, denn so konnte ich zu Hause den Saum abschneiden lassen und hätte damit ein weiteres Originalkleid für unseren Fundus organisiert.

»Nein, dieses Kleid ist aus London«, erklärte Madeleine Astor gerade. »Doch dank meiner besonderen Umstände werden mir meine Kleider nicht mehr lange passen. Überhaupt macht mir dieser Zustand im Moment sehr zu schaffen. Oft ist mir schwindlig, und ich fühle mich nicht wohl. Deshalb habe ich auch immer meine zwei Begleiterinnen dabei.«

In diesem Moment wurde mir klar, warum die Gräfin darauf bestanden hatte, dass wir sie begleiteten. Sie wollte der wohlhabenden Madeleine Astor beweisen, dass auch sie mit zwei Dienstmädchen reiste.

»Ich habe meine Nellie jetzt auch immer mit dabei«, sagte Julia Cavendish. »Ich bin noch nicht so weit wie du, Madeleine, aber der Schwindel ist wirklich lästig, und einmal wäre ich auf der Treppe fast gefallen, hätte Nellie mich nicht gestützt. Tyrell will noch eine Krankenschwester einstellen, aber erst, wenn wir zurück in London sind.«

In diesem Moment schien der Gräfin klar zu werden, dass beide Frauen nur aufgrund ihrer Schwangerschaft auf die Anwesenheit ihrer Dienstbotinnen bestanden.

Ihr Lachen klang gekünstelt und etwas zu laut. »Das wusste ich ja noch gar nicht. Wie wunderbar. Dann darf man Tyrell und dir also gratulieren. Wie schön.«

»Wir sprechen noch nicht darüber.« Julia Cavendish klang verlegen. »Aber euch beiden kann ich es ja anvertrauen.«

Zu fünft war es hinter den drei Damen relativ voll, und unsere Gruppe fiel dadurch auf, weshalb Julia Cavendish irgendwann vorschlug, an einem der kleinen Tische Platz zu nehmen. Wir Dienstboten bekamen keinen Stuhl. Natürlich mussten wir hinter unseren Herrinnen stehen, und die Frühjahrssonne, die gerade ihre volle Kraft über dem Atlantik entfaltete, blendete mich.

Ein älteres Ehepaar, Ida und Isidor Straus, denen die Macys Warenhäuser gehörten, spazierte vorbei und grüßte höflich. Sie trugen trotz der Wärme beide einen Schal. Auch zwei der Fortune-Schwestern, Mabel und Alice, nickten uns zu, als sie uns passierten. Ein Ober kam und erkundigte sich nach den Wünschen der Damen. Sie hatten gerade ihre Bestellungen – englischen Tee und Scones mit Sahne – aufgegeben, da wedelte die Gräfin grazil mit der Hand.

»Oh, was für eine Überraschung. Mr Andrews!«

Ich hätte mich fast verschluckt vor Schreck und folgte ihrem Blick.

Thomas Andrews hob grüßend die Hand. Neben ihm stand Ray, der mich ansah.

»Kommen Sie zu uns herüber. Sie müssen meine Freundinnen kennenlernen.«

Thomas Andrews Körpersprache verriet, dass er nur aus Höflichkeit gegenüber einem zahlenden Gast der Aufforderung folgte. Ray hatte den Blick abgewandt, als sein Vater in unsere Richtung deutete. Er nickte knapp, doch er wirkte plötzlich angespannt.

Überrascht bemerkte ich, dass es jetzt Thomas Andrews war, der mich musterte. Dann ging sein Blick zu seinem Sohn.

Irgendetwas stimmt hier nicht.

Der Ingenieur hatte mich angesehen, als wüsste er, wer ich war.

Als sich die Gräfin mit einem sehr zufriedenen Lächeln

zu mir umwandte, lief es mir erneut kalt den Rücken herunter.

Irgendetwas stimmte hier ganz und gar nicht.

Kapitel 17
Lilly

»Die Damen. Gräfin.« Thomas Andrews deutete eine kleine Verbeugung an, Ray machte es ihm nach und murmelte irgendetwas Unverständliches. Kitty winselte bei seinem Anblick begeistert und zerrte an der Leine, die um das Tischbein gewickelt war. Madeleine Astor entschuldigte sich erneut und musterte ihren Hund, als sähe sie ihn zum ersten Mal.

Zum Glück war der Tisch der Gräfin zu klein, als dass die Andrews-Männer sich hätten setzen können. Ich war so nervös, dass ich mich kaum traute zu atmen. Irgendetwas ging hier vor sich, und ich konnte noch nicht einschätzen, was es war.

»Ein wunderbarer Tag, nicht wahr?« Die Gräfin lachte schon wieder so gekünstelt. »Ich habe Sie gestern Abend erneut mit der jungen Miss Carter sprechen sehen, Mr Andrews.« Jetzt sah sie zu Ray. »Dürfen wir bald mit einer frohen Neuigkeit rechnen?« Ihre Stimme klang süß und doch so boshaft, dass ihre beiden Begleiterinnen ihr überraschte Blicke zuwarfen.

Ich war mindestens genauso überrumpelt. Die Tochter der Familie Carter? Ich wusste nicht viel über die Familie, aber ich meinte mich zu erinnern, dass Lucile Carter noch sehr jung war. Die Familie war wohlhabend, jedenfalls wohlhabender als die Andrews, und vielleicht suchte Ray nach einer reichen Erbin so wie sein Vater. Es sollte mir nichts ausmachen, dennoch spürte ich einen Stich in meinem Herzen.

Rays Blick streifte mich kurz, bevor er antwortete. »Ich habe mir auf dieser Reise vorgenommen, mit so vielen Menschen wie möglich zu sprechen, und Miss Lucile Carter war eine angenehme Gesprächspartnerin.« Er lächelte knapp und nicht besonders freundlich.

»Mit so vielen Menschen wie möglich, interessant …« Die Gräfin klappte mit einem lauten Schnappen einen spitzenbezogenen Fächer auf und fächelte sich dann Luft zu. Sie sah zu Thomas Andrews. Sie kommunizierten ohne Worte, und wieder hatte ich das Gefühl, irgendetwas Wichtiges verpasst zu haben.

»Dann möchten Sie sich auch mit Menschen aus der zweiten und dritten Klasse unterhalten?«, fragte Julia Cavendish und wirkte ganz fasziniert von dieser Vorstellung.

Die Gräfin verdrehte die Augen und ließ ihren Fächer wieder zuschnappen.

Ray nickte und schenkte ihr ein charmantes Lächeln. »Ganz recht. Und sogar mit den Dienstboten.« In seiner Stimme schwang gerade so viel Ironie mit, dass man sie nur heraushörte, wenn man ihn besser kannte. Ich tat so, als müsste ich mich an der Nase kratzen, um ein Lächeln zu verbergen.

Die Gräfin hingegen verschluckte sich an dem Tee, den

der Ober nebst Scones und Sahne gerade an ihren Tisch gebracht hatte. Sie holte energisch Luft.

»Wir müssen dann auch mal weiter«, sagte Thomas Andrews hektisch. »Wenn die Damen uns entschuldigen mögen. Gräfin.« Er nickte ihnen zu, und noch mal huschte sein Blick ganz kurz zu mir, bevor er Ray an den Schultern umdrehte und anschob.

Dieser ging neben seinem Vater her, doch kaum dass der ein anderes Paar grüßte, drehte Ray sich noch mal um. Er salutierte gespielt in unsere Richtung, und sein letzter Blick galt mir.

»Was für ein charismatischer Mann«, seufzte Madeleine Astor.

»Er ist jung und ziemlich ungehobelt«, erwiderte die Gräfin spitz, bevor sie in ihren Scone biss.

»Ich spreche von Mr *Thomas* Andrews.« Madeleine Astor steckte Kitty einen halben Scone mit Sahne zu, während sie der Gräfin einen irritierten Blick schenkte.

Es war das erste Mal, dass die Gräfin einen Moment lang sprachlos war. Sie schluckte deutlich hörbar. »Aber natürlich«, murmelte sie und nahm dann schnell einen Schluck von ihrem Tee.

Julia Cavendish legte ihren halb aufgegessenen Scone zur Seite und wollte gerade etwas sagen, als die Gräfin sich versteifte. »Dreht euch jetzt bloß nicht um«, raunte sie und duckte sich tatsächlich. Wie auf Kommando drehten sich beide Frauen um.

»Hallo zusammen!« Margaret »Molly« Brown kam auf unseren Tisch zu. Sie war in ein leuchtend rotes Kleid gehüllt, das ihr ausgezeichnet stand. Darüber trug sie eine Stola in verschiedenen Blautönen, auf die goldene Elefanten gestickt waren. Sie war eine große Frau mit üppigen Kurven, und in diesem farbenfrohen Ensemble eine imposante Erscheinung. »Plant ihr, einen Chor zusammenzustellen?« Sie klang belustigt und deutete auf uns Dienstbotinnen. »Dann sage ich meiner Francesca Bescheid. Sie singt nicht gut, aber gern.« Sie kicherte über ihren eigenen Witz. »Und wer von euch braucht eine Krankenschwester?«

Konsterniertes Schweigen war die Antwort. Irgendwann räusperte sich Madeleine Astor. »Es liegt an meinen Umständen«, wisperte sie.

Molly Brown lachte so laut, dass sich einige Passagiere zu ihr umdrehten. »Kindchen, du bist schwanger und nicht krank.« Jetzt wurde ihr Lächeln weich. »Je mehr du ein großes Ding daraus machst, desto anstrengender wird es.«

Madeleine wirkte etwas überfordert und sah zur Gräfin.

Die sprang prompt ein. »Ich bin mir sicher, Ihr fortgeschrittenes Alter und Ihre unterprivilegierte Erziehung bringen einiges an Lebenserfahrung mit sich, aber finden Sie es nicht anmaßend, die Meinung von Mrs Astors Arzt infrage zu stellen, Mrs Brown?«

Nellie rechts von mir holte deutlich hörbar Luft. Adèle wisperte ein kaum hörbares »Mon dieu«. Auch ich rechnete mit einem entsprechenden Showdown. Würden sie sich anschreien? Würde Molly Brown der Gräfin die Schale mit der Sahne über den Kopf kippen? Würden die Ober sie trennen müssen?

Doch Molly Brown lachte wieder. »Ihr seid zum Schießen.« Sie sah sich um, eindeutig auf der Suche nach einem Stuhl. »Ich wusste schon, warum ich mich ausgerechnet zu euch dreien setzen wollte.«

Die Frauen am Tisch erstarrten. Dann sprang die Gräfin so heftig auf, dass ihr Stuhl nach hinten umgekippt wäre, hätte Nellie ihn nicht geistesgegenwärtig aufgefangen.

»Wir müssen uns jetzt leider verabschieden, wir haben noch Pläne.«

»Und die wären?«, fragte Molly Brown mit einem Glucksen. »Vielleicht eine Chorprobe?« Sie lachte schon wieder.

Natürlich dachte die Gräfin gar nicht daran, ihre Frage zu beantworten. »Einen schönen Tag noch.« Sie klang jedoch, als wünschte sie sich, dass Molly Brown im Laufe des Tages über Bord ging.

Julia Cavendish und Madeleine Astor eilten an ihre Seite. Wir Dienstmädchen rückten die Stühle an den Tisch. Rosalie band Kitty los, und Nellie ließ den letzten Scone in der Tasche ihrer Uniform verschwinden, bevor wir zu unseren Herrinnen aufschlossen.

»Diese neureiche Person«, zischte die Gräfin gerade. »So vulgär. Ich konnte keine Minute länger in ihrer Gegenwart ertragen.«

»Tyrell sagt, sie ist die Tochter eines Tagelöhners«, erzählte Julia Cavendish. »Und ihr Ehemann war ein Bergmann, der es zu Wohlstand gebracht hat, weil er Gold auf seinem Land fördern konnte. Aber sie hat sich …« Ihre Stimme verebbte zu einem Flüstern. »Sie hat sich von ihm scheiden lassen.«

Die Gräfin gab ein angewidertes Geräusch von sich. »So vulgär«, wiederholte sie. »Sie senkt das Niveau einer Gesellschaft, wenn sie irgendwo erscheint. Ich würde sie niemals einladen.«

Ihre beiden Begleiterinnen stimmten ihr zu.

Die Gräfin schüttelte sich. »Ich glaube, ich brauche jetzt ein Bad. Ich fühle mich so schmutzig.« Sie drehte sich zu uns um. »Mädchen, ich möchte ins türkische Bad. Bereitet in meiner Suite alles vor.«

*

Eine gute halbe Stunde später stand ich in einem Schwall exotisch riechenden Wasserdampfs und beneidete Adèle, die in der Suite Seidenstrümpfe ausbessern durfte. Die Gräfin hatte darauf bestanden, dass ich sie durch den Vorraum bis in den ersten Raum des türkischen Bades begleitete. Hier herrschten bereits Temperaturen wie in einer Sauna, und die Luftfeuchtigkeit betrug gefühlt dreihundert Prozent. Ich, in meiner Dienstmädchenuniform, die einen großzügigen Wollanteil enthielt, bekam kaum noch Luft, während mir der Schweiß vom Nacken den Rücken hinablief. Ich stand nahe der Wand wie eine Salzsäule und hielt zwei flauschige Handtücher und einen winzigen Waschlappen, mit dem sich die Gräfin gelegentlich die Stirn abtupfte. Jetzt gerade kam sie in ein Handtuch gewickelt zu mir herüber und musterte mich missbilligend. »Wie siehst du denn aus? Reiß dich zusammen.«

»Ich schwitze, Eure Ladyschaft. Es ist ziemlich warm hier.«

Sie schnalzte missbilligend mit der Zunge. »Pferde schwitzen, Männer transpirieren und Frauen leuchten. Merk dir das.«

Was das an meinem Zustand ändern sollte, erschloss sich mir nicht, dennoch nickte ich. »Sehr wohl, Eure Ladyschaft.«

Sie griff nach dem Waschlappen und tupfte sich einmal rechts und links auf die Wange. »Ist es nicht herrlich hier?«

Ich blinzelte, weil mir ein Schweißtropfen von der Braue ins Auge lief. »Ganz herrlich, Eure Ladyschaft.«

Die Gräfin sah sich um, ob sie jemanden kannte. Ihre schwangeren Begleiterinnen von vorhin hatten es aus medizinischen Gründen abgelehnt, ihrem Kreislauf so eine Tortur zuzumuten. Was vermutlich nicht ganz unklug war, fühlte ich mich selbst gerade, als sei ich kurz davor, umzukippen.

Nur die Gräfin schien in dieser höllischen Hitze geradezu aufzublühen. Ein Umstand, der gut zu ihrem Charakter passte.

Ihre Augen blitzten, als sie Mrs Elizabeth Rothschild erblickte, eine dunkelhaarige Frau in mittleren Jahren, die genauso fertig aussah, wie ich mich fühlte.

»Huhu, Elizabeth! Sehen wir uns nachher im Café Parisien?«

Mrs Rothschild murmelte etwas von »ausruhen« und verschwand mit unsicheren Schritten aus der Dampfhölle. Überhaupt schienen es die meisten Damen nur bis in den ersten Raum zu schaffen. Dass es noch zwei weitere gab, in denen sich die Temperaturen weiter steigerten, wurde von den meisten ignoriert.

Während die Gräfin sich gutgelaunt in den zweiten Raum aufmachte, sah ich mich um, soweit der Wasserdampf es zuließ. Das Bad war imposant mit seinen tiefroten Kacheln, in die dunkle Ornamente eingelassen waren. Die Decken waren hoch, und überall standen Liegen, auf denen man sich ausruhen konnte, dezent voneinander getrennt durch große palmenähnliche Pflanzen, die einen angenehmen Duft verströmten. Auch der Dampf schien einen eigenen Geruch zu haben. Schwer und würzig mit einer zarten süßen Note. Wäre er nicht so heiß und feucht gewesen, ich hätte einen weiteren tiefen Atemzug genommen. Doch ich fürchtete, zu ersticken.

Mittlerweile waren sogar meine Haare feucht, und von meinen Füßen in den dicken Lederstiefeln wollte ich gar nicht erst anfangen. Überflüssig zu sagen, dass ich die einzige Dienstbotin hier war.

Irgendwo zischte es laut, und dann hörte ich die Gräfin entzückt auflachen. Ich wäre nicht überrascht gewesen, wenn sie den dichten Schwaden mit Teufelshörnern und einem langen peitschenden Schwanz entstiegen wäre.

Die Zeit schien gar nicht zu vergehen. Ich sah dem Zeiger der in der Wand eingelassenen Uhr dabei zu, wie er vorwärts kroch. Nach zwanzig Minuten war die Gräfin wieder da. Zwar ohne Schwanz und Hörner, dafür mit einer Haut so rot, dass sie jedem höllischen Wesen hätte Konkurrenz machen können.

»Was für ein Spaß.« Sie lachte und griff nach einem Handtuch, das sie sich um die Haare wickelte. Sie wirkte so gelöst und entspannt, wie ich sie noch nie erlebt hatte.

»Jetzt gehe ich mich umziehen, und du wartest draußen.« Sie nahm mir auch das letzte Handtuch aus der Hand und legte den Waschlappen obenauf. »Na los, oder willst du festwachsen?«

Ich war wohl eher *festgeschmolzen*, aber natürlich sagte ich nichts. Stattdessen knickste ich und folgte ihr, bis sie in die Umkleiden abbog und ich zum Ausgang strebte.

In einem der seitlichen Fenster konnte ich meine Reflexion erkennen. Ich sah aus, als hätte ich die Wüste Gobi zu Fuß durchquert. Mein Haar hatte sich gekräuselt, und die Strähnen waren an den Spitzen so feucht, dass sich vereinzelt Wassertropfen von ihnen gelöst hatten. Meine hellgraue Uniform sah aus wie gesprenkelt. Direkt unter meinem Schlüsselbein hatte sich ein dunkler Fleck auf dem Stoff gebildet. Ich tastete an meinem Rücken, und auch dort fühlte es sich feucht an. Meine klammen Füße in den Lederstiefeln gaben quietschende Geräusche von sich. Sogar meine Unterwäsche fühlte sich feucht an. Ich betastete mein Gesicht, meine Wangen glühten. Ich schwitzte immer noch, und die Hitze schien unter meinem Wollkleid zu stehen.

Jetzt hätte ich mir den Fächer der Gräfin gewünscht. Ich sah mich um. In einer Ecke gegenüber stand eine Art Gummibaum in einem großen blauen Übertopf. Ich vergewisserte mich, ob die Gräfin schon in der Nähe war, dann eilte ich zu der Pflanze. Beherzt riss ich an einem der Stängel. Eins der großen Blätter löste sich mit einem Schmatzen. Ein heller Saft quoll hervor und rann über meine Finger. Ich wischte ihn an meinem Kleid ab, während ich zurück zu meinem Platz eilte.

Das große Blatt eignete sich hervorragend, um mir Luft zuzufächeln, nur leider befand sich der Ausgang des türkischen Bades direkt gegenüber der großen Treppe, die von der ersten Klasse bis hinab zum Speisesaal dieses Bereichs führte. Und gefühlt jeder, der die Stufen hinauf- oder hinabging, musterte mich wie ein exotisches Tier im Zoo. Dank der Reflexion wusste ich halbwegs, wie ich aussah, und vermutete, dass es real noch dramatischer war und dass das quietschende Gummibaumblatt sein Übriges tat.

Ich betete, dass die Gräfin sich beeilen würde, bevor ich anfing zu stinken. Und dann erklang ein Potpourri verschiedener Stimmen. Sie lachten und schienen in eine angeregte Unterhaltung vertieft. Den Geräuschen auf der Treppe nach kamen sie von oben. Und richtig. Eine Gruppe junger Männer, etwa in meinem Alter und viele von ihnen ausgestattet mit Squashschlägern, kam die Treppe hinunter. Sie trugen wahlweise Anzüge oder blütenweiße Sportkleidung. Sie musterten mich, und ihre Augen weiteten sich, doch natürlich waren sie viel zu gut erzogen, um mich anzustarren oder einen Kommentar abzugeben. Stattdessen taten sie so, als wäre ich gar nicht da. Als einer der Letzten kam Ray die Stufen hinunter.

Ich hörte auf, mir Luft zuzuwedeln. *Oh nein. Warum ausgerechnet er?* Ich sah aus wie ein gerupftes Huhn! Ray hingegen wirkte in dem elegant geschnittenen Leinenanzug wie ein Großgrundbesitzer, der noch überlegte, ob er heute Nachmittag sein Polo-Pony besuchen oder lieber eine weitere Diamantenmine kaufen sollte. Schnell hielt ich mir das Blatt vor das Gesicht, in der Hoffnung, er würde mich einfach übersehen.

Die Gruppe junger Männer passierte mich und ging dann zum nächsten Treppenabsatz weiter. Ich atmete auf.

»Ich komme gleich nach!«, erklang Rays Stimme, und schon hörte ich Schritte auf mich zukommen.

Resigniert ließ ich das Blatt sinken.

»Hallo, Lilly. Was ist denn mit dir geschehen?« Ray ließ seinen Blick über mein Gesicht wandern. »Hast du einen Ausflug in das türkische Bad gemacht und vergessen, deine Kleidung abzulegen?« In diesem Moment fiel ihm wohl auf, wie unangebracht das klang. »Entschuldige. Ich war einfach nur neugierig.« Er lächelte schief und wirkte nicht sonderlich schuldbewusst.

Er musste viel an Deck gewesen sein, denn die Sonne hatte seine Haut schon leicht gebräunt. Ich betrachtete ihn. Die zarte Bräune seiner Haut hob das kühle Grau seiner Augen noch intensiver hervor. Er hatte sich das dunkle Haar ordentlich nach hinten frisiert, doch wie immer sah es so aus, als wollte es sich nicht wirklich bändigen lassen.

»Ihre Ladyschaft bestand darauf, dass ich sie begleite«, stieß ich hervor, um ihn nicht länger anzustarren.

»In das Bad?« Er schüttelte den Kopf. »Es ist doch nicht zu glauben.«

Ich wollte nicht über die Dampfhölle reden, stattdessen platzte ich vor Neugier, ob er eine Ahnung hatte, was das seltsame Benehmen der Gräfin bedeutet hatte. »Vorhin auf dem Promenadendeck ... Ist dir auch aufgefallen, dass Ihre Ladyschaft und dein Vater sich seltsam benommen haben?«

Ray nickte düster. »Dann hat sie dir nichts erzählt? Gut, dann werde ich ...«

In diesem Moment begann die Haut an meinen Händen wie Feuer zu brennen. »Was ...?« Ich betrachtete meine geröteten Handflächen. »Was ist das denn?«

Ray nahm mir das Blatt aus der Hand und musterte fachmännisch den Stängel. »Schuld daran wird der Saft der Pflanze sein.« Er legte das Blatt auf den Boden und strich dann zart über meine Wange. »Das tut mir so leid. Tun deine Hände sehr weh?«

Ich schüttelte den Kopf, völlig elektrisiert von seiner Berührung.

»Ist dir übel? Schwindelig? Bekommst du schlecht Luft?«

Ich bekam zu wenig Luft, weil ich gerade vergessen hatte, wie man atmete, aber daran war nicht das Blatt schuld. Auch das Brennen wurde bereits weniger.

»Möchtest du dich setzen?« Ganz sanft legte er eine Hand an meinen Unterarm. »Komm, ich begleite dich zu einem Platz.«

Schon wieder eine Berührung. Ich spürte den Druck seiner Finger durch meine Kleidung hindurch, und ein Prickeln lief durch meinen ganzen Körper. »Es geht schon, danke.« Ich wich zurück, weil ich Angst hatte, dass ich müffeln könnte. »Ich muss hier auf Ihre Ladyschaft warten. Außerdem gehört es sich nicht für eine Dienstbotin, in diesem Bereich hier Platz zu nehmen.«

Er runzelte die Stirn und ließ den Arm sinken. »Bei einem medizinischen Notfall gibt es keine Klassenunterschiede. Natürlich dürftest du hier sitzen, wenn es dir schlecht geht.«

»Ein Notfall ist eher mein Haar.« Ich lachte verlegen auf.

»Was für ein Unsinn.« Er strich mir eine verirrte Strähne hinters Ohr, sein Blick war ganz ernst. »Niemand hier ist so schön wie du.«

Ich war sprachlos. Noch niemals hatte jemand so etwas Bezauberndes zu mir gesagt. Mein Herz klopfte so laut, dass ich befürchtete, er würde es hören. Ray ließ die Hand nur langsam wieder sinken. Er strich mit seinem Finger meine Wange hinab bis zu meinem Kinn. Dann machte er einen Schritt auf mich zu, während wir uns immer noch in die Augen sahen.

»Wir warten!«, erscholl eine männliche Stimme von der Treppe. Und dann eine andere: »Reiß dich los, Ray, wir wollen weiter.« Verhaltenes Lachen hallte bis zu uns.

Ray wich zurück und seufzte. »Entschuldige. Vermutlich ist es gerade der Neid, der aus ihnen spricht.«

Ich lachte verlegen. *Hatten wir uns gerade fast geküsst?*

»Die Gräfin wird auch nicht mehr lange auf sich warten lassen.«

»Noch ein gutes Argument, um dieses Gespräch zu vertagen.« Ray lächelte schief. »Dann sage ich fürs Erste Adieu.« Ich dachte, er würde gehen. Er drehte sich zur Treppe, doch seine Bekannten waren nicht zu sehen. Er sah sich prüfend um. Erst als er mit festen Schritten wieder auf mich zukam, erkannte ich, dass wir ganz allein waren. Die Treppe war leer, es war kein Passagier zu sehen. Ray schlang einen Arm um meine Taille, und wie automatisch wich ich einen halben Schritt zurück, bis mein Rücken an der Wand lehnte. Er sah kurz auf meinen Mund, dann neigte er den Kopf. »Heute Abend«, flüsterte er nah an meinem Ohr. »Ich muss dich heute Abend sehen.«

Der Moment war aufregend. Der leichte Druck seiner Hand um meine Taille, sein großer Körper so nah an meinem. Ich brachte nur ein Nicken zustande. Seine Wange berührte meine, als er zurückwich. Er lächelte mich an, während er rückwärtsging, als könne er den Blick einfach nicht von mir lösen.

»Lilly!«, erklang die gereizte Stimme der Gräfin aus dem Inneren des Bads. »Wo steckst du, dummes Ding?«

Ich scheuchte Ray mit einer eindeutigen Handbewegung davon. Er lachte, schwang herum und eilte dann leichtfüßig die Treppe hinunter.

»Lilly!«
Diese Frau war eine echte Landplage.
»Lilly! Wo steckst du?«
Ich seufzte. »Ich komme, Eure Ladyschaft.«

Kapitel 18
Damien

Wieder hatte ich den Steward bestochen, wieder hatte ich ein paar der Hunde herausgelassen, um mit ihnen zu spielen. Doch eigentlich wartete ich auf Lilly.

Lilly … Ich lächelte. Natürlich hatte sie mir nach dieser Tortur im türkischen Bad leidgetan. Aber sie hatte auch so niedlich ausgesehen mit den zerzausten Haaren und geröteten Wangen. Und dann diese Aktion mit dem Gummibaumblatt. Das schien so typisch für sie. Es sah so aus, als wisse sie sich in jeder Situation zu helfen. Mein Lächeln verschwand, als ich an den Moment dachte, an dem ich ihre Hände ergriffen hatte. Ich hatte ihre Muttermale entdeckt, drei winzige braune Flecken in ihrer linken Hand, und mich zwingen müssen, sie nicht anzustarren. Lilly war wie ich … Wie wäre es, mit jemandem zusammen zu sein, mit dem man alles teilen konnte? Alles. Keine Geheimnisse mehr …

Ich dachte an den Moment, als ich meine Hand um ihre Taille gelegt hatte. Die Hitze zwischen uns war aufgelodert, und einen gefühlt ewigen Augenblick lang hatte die Chemie zwischen uns mich völlig überwältigt.

Ein verschlafen klingendes Fiepen riss mich aus meinen Gedanken. Drei Käfige waren heute leer, weil die Hunde erst später zurückgebracht worden waren und der Steward die Zeit nutzte, um mit ihnen Gassi zu gehen. Die zwei Hunde der Carters und Kitty schliefen bereits. Ich hatte sie heute den ganzen Tag an Deck gesehen, und vermutlich machte auch sie die Seeluft müde.

Ciao hatte mich fast umgeworfen zur Begrüßung, und auch der Pekinese Sun Yat Sen, den normalerweise gar nichts aus der Ruhe brachte, hatte zweimal freundlich mit der Rute gewedelt.

Das Paket, das ich mitgebracht hatte, hatte ich oben auf den Käfigen abgelegt, weil die Hunde es mit ihren guten Nasen sofort erschnüffelt hatten. Ich kraulte Ciao. Sun Yat Sen hatte sich auf meinem Schoß eingerollt, während ich über den heutigen Tag nachdachte. Hatte die Gräfin Lilly absichtlich mit an Deck gebracht, um mich vor ihr auf Lucile anzusprechen? Ich traute ihr das durchaus zu und brannte darauf, das bei Lilly richtigzustellen. Immer noch durchfloss mich ein Gefühl von Wut, wenn ich ihr lädiertes Gesicht vor Augen hatte. Die zwei blauen Flecken auf ihrer Wange waren weiterhin deutlich zu sehen. Und hoffentlich war sie die Allergie gegen den Gummibaum losgeworden. Ich strich gerade Sun Yat Sen über den flaumweichen Kopf, da hörte ich Schritte.

Wie immer blieb mir kurz die Luft weg, wenn ich sie sah. Lilly besaß eine Ausstrahlung, die mich immer wieder aus dem Konzept brachte. Trotz all der Widrigkeiten, trotz ihrer schwierigen Situation zu Hause und hier an

Bord spürte ich nichts als Optimismus und positive Energien. Sie ließ sich nicht unterkriegen, und das machte sie unfassbar attraktiv.

Als sie jetzt vor mir stand mit diesem Lächeln, das so offen und sympathisch war, sah ich einfach nur zu ihr hoch, während mein Herz gefährlich Fahrt aufnahm. Ich wollte ihre Hand nehmen und Lilly zu mir nach unten ziehen. Ich wollte meinen Arm um sie legen, sie an mich ziehen und leidenschaftlich küssen.

»Guten Abend zusammen.« Ihr Lächeln wurde etwas verschmitzt. »Störe ich?«

Ich sprang auf, etwas zu hektisch, um lässig zu wirken, und strahlte sie vermutlich an wie ein Honigkuchenpferd. »Hallo, Lilly. Du störst uns nicht. Wir haben auf dich gewartet, und jetzt freuen wir uns, dass du hier bist.« Ich konnte getrost für alle sprechen, denn die Hunde begrüßten sie bereits.

Sie war in die Hocke gegangen und streichelte Sun Yat Sen, während Ciao seine große Nase in ihr aufgestecktes Haar grub und zur Begrüßung laut schnaubte. Seine Rute schwang wild hin und her.

»Das nenne ich eine Begrüßung.« Sie sah zu mir hoch, und etwas blitzte in ihren Augen auf, etwas Herausforderndes wie eine Einladung zu einem Spiel. Sun Yat Sen hatte sich mittlerweile auf den Rücken gerollt und gab ein Geräusch von sich, das fast klang wie das dunkle Schnurren einer Katze.

Ich grinste. »Wenn du möchtest, dass ich mich vor dir auf dem Boden herumrolle, musst du das nur sagen.«

Sie lachte zwar auf, doch ich sah genau, dass sie ein wenig verlegen war. Schnell setzte ich mich ihr in einem angemessenen Abstand gegenüber, was die französische Bulldogge Gamin de Pycombe dazu veranlasste, aus ihrem geöffneten Käfig zu trotten und mal zu schauen, was hier so vor sich ging. Sie schnaufte vor Anstrengung und ließ sich dann mit einem Plumps in unserer Mitte nieder. Ihr Blick sagte deutlich: Irgendeiner von euch wird mich jetzt auf jeden Fall streicheln müssen.

Ich opferte mich. Sanft strich ich über sein kurzes Fell und ertappte dann Lilly dabei, wie sie mich musterte.

Wieder hatte ich meine Worte von heute Mittag im Ohr. *Niemand hier ist so schön wie du.* Es war einfach so aus mir hervorgesprudelt, ein Gedanke, den ich ausgesprochen hatte, ohne groß nachzudenken. Aber als ich ihr Lächeln jetzt erwiderte, war ich froh, dass es passiert war. Es hatte eine Vertrautheit zwischen uns geschaffen, die mir sehr gut gefiel. Ich beugte mich zu ihr hinüber und nahm die Hand, die in Sun Yat Sens Fell vergraben war. Ich drehte sie um, um die Innenfläche zu betrachten. »Hat der böse Gummibaum dich also nicht für immer gebrandmarkt.«

Ich erwartete, dass sie wieder lachte, doch ihr Blick ruhte auf unseren Händen. Ihre Atmung hatte sich beschleunigt, als sie jetzt in meine Augen sah.

Ganz langsam verschränkte ich meine Finger mit ihren. Ihre Hand war klein und weich, die Finger schlank und zart. Sie keuchte leise auf, als ich mit dem Daumen über ihre Haut strich. Im nächsten Moment schreckte sie zurück und hatte mir ihre Hand entzogen.

»Das wäre nicht richtig.« Sie wich noch etwas mehr zurück. Die Hunde, die die veränderte Stimmung spürten, betrachteten uns aufmerksam. »Du hast Pläne und …« Sie beendete den Satz nicht. Sie musste es nicht, denn ich wusste, worauf sie anspielte.

»Lucile Carter ist ein Kind, und ich interessiere mich nicht für sie.« Sie war nicht überzeugt, das sah ich sofort.

»Und warum waren dann die Gräfin und dein Vater heute an Deck so seltsam? Für mich hat es so gewirkt, als wollte dein Vater dich bewusst von uns weglotsen, um deine Verbindung zu Lucile nicht zu gefährden.«

Ich rückte etwas näher und sah sie eindringlich an. »Es gibt keine Verbindung. Du musst mir glauben.«

»Und warum reagiert dein Vater dann so seltsam?« Sie verschränkte die Arme vor der Brust. »Es war sehr auffällig.«

Jetzt würde ich ihr die ganze Geschichte erzählen müssen. Ich seufzte und strich mir dann durchs Haar, so, wie ich es oft tat, wenn ich nervös war. »Die Gräfin hat mir befohlen, mich von dir fernzuhalten.«

Ich beobachtete, wie die Worte in ihren Verstand rieselten. Dann zog sie ein ungläubiges Gesicht. »Und warum?«

»Erinnerst du dich an den Tag in Southampton, an dem ich einen Teil deiner Einkäufe getragen habe? Sie hat dich ins Zimmer gescheucht und mir unterstellt, dass ich mich dir unziemlich genähert hätte. Sie hat keinen Zweifel daran gelassen, dass sie mich auf offener See in einem Rettungsboot aussetzt, sollte ich dich nochmals ansehen.«

Lilly wirkte nicht schockiert. Sie schien die Gräfin schon ganz gut kennengelernt zu haben. »Sie wollte mich vor dir beschützen?«

Ich nickte. »Und dann hat sie alles meinem Vater erzählt.« Natürlich konnte ich Lilly nicht erzählen, dass die

Gräfin mich ein zweites Mal erwischt hatte, kurz nachdem ich ihre Suite verlassen hatte. Doch die Geschichte ergab auch so Sinn, und ich war mir sicher, Lilly würde die Gräfin nicht darauf ansprechen.

Lilly nickte langsam. »Als Dienstbotin hat man leider wenig Möglichkeiten, um sich zu behaupten. Man findet kein Gehör.« Ihre Stimme wurde leiser. »Und das ist wirklich sehr ungerecht. Mr Rothschild hat Adèle, sie ist die Kammerzofe Ihrer Ladyschaft, im Vorbeigehen auf den …« Sie zögerte. »Auf den …« Ihre Stimme wurde noch leiser. »Auf den Allerwertesten geklapst und sie ein *köstliches kleines Ding* genannt. Adèle wollte es nicht mal Ihrer Ladyschaft erzählen, weil sie sich sicher ist, dass Mr Rothschild nichts geschehen wird. Sie sagt, es ist ganz normal, dass so etwas passiert.«

»Das ist es nicht, und das darf es auch nicht sein«, erwiderte ich schärfer als beabsichtigt. »Auch Dienstboten haben Rechte.«

Lilly schüttelte den Kopf. »Wenn Ihre Ladyschaft mich doch nur gefragt hätte. Dann hätte ich ihr gesagt, dass du mich nicht belästigst. Aber so ist es eben. Dienstboten werden nicht gehört, und ihre Meinung interessiert nicht.«

»Immerhin versucht die Gräfin, euch zu beschützen.«

»Das hätte ich niemals gedacht«, murmelte Lilly. Wie automatisch glitt ihre Hand zu der verletzten Wange.

»Tut es noch weh?«, fragte ich leise.

Sie schüttelte den Kopf. »Ich bemerke die Flecken nur, wenn ich mich morgens kurz im Spiegel betrachte.«

Sie fing meinen kritischen Blick auf. »Es tut wirklich nicht mehr weh. Aber es ist lieb, dass du dich danach erkundigst.«

Den Ausdruck in ihren Augen konnte ich nicht ganz deuten, dennoch verleitete mich irgendetwas darin dazu, mich näher zu ihr zu beugen. Es war egoistisch und dumm, denn eigentlich durfte ich ihr keinen zweiten Gedanken schenken. Und mein Herz durfte schon gar nicht mitreden.

Ich hatte einen Auftrag, und der war sehr deutlich. Ich sollte ihr nahekommen, aber verlieben stand nicht auf dem Plan. Aber ich konnte einfach nicht anders. Ich stellte mir erneut vor, ihr das weiche blonde Haar hinters Ohr zu streichen. Diese eine Strähne, die sich immer aus ihrer Frisur löste. Ich wollte meine Finger von ihrem Ohr ihren Hals hinabwandern lassen, während mein Mund dem ihren immer näher kam. Ich wollte wissen, wie sie roch, wie sie sich anfühlte, wie sie schmeckte. Ich wollte alles von ihr. Alles und noch mehr.

Wie von selbst bewegte sich mein Oberkörper noch weiter auf sie zu, bis ich mich so weit zu ihr gebeugt hatte, dass ich nur flüstern musste. »Ich habe dir etwas mitgebracht.«

Sie drehte den Kopf in Richtung meines Mundes, doch sie erwiderte nichts. Sie betrachtete mich einfach, als sähe sie mich zum ersten Mal. Ihre Lippen waren rosig und leicht geöffnet, ihre Augen glänzten im Licht des schwindenden Tages.

»Soll ich es dir zeigen?«

Sie nickte mit großen Augen.

Eigentlich wollte ich mich gar nicht bewegen, wollte ihr noch näherkommen, sie küssen … Doch jetzt hatte ich über mein Mitbringsel gesprochen, also musste ich Wort halten.

Ich stand auf und ging zu den Käfigen. Von oben nahm ich die Schachtel herunter, ein kleines grün-weiß gestreiftes Kunstwerk aus Pappe, um das sogar eine kleine Schleife gewickelt war.

»Hier.« Ich reichte sie ihr, und danach hob ich Gamin de Pycombe aus unserer Mitte, damit ich mich ihr direkt gegenüber niederlassen konnte. Sofort krabbelte die kleine Bulldogge auf meinen Schoß, und ihre Nase zuckte neugierig.

»Für mich?« Lilly strahlte mich an. »Was ist es denn?«

»Mach es auf.«

Ciao und Sun Yat Sen drückten sich an Lillys freie Seiten, und auch die anderen Hunde wurden jetzt darauf aufmerksam.

Lilly gab einen kleinen entzückten Schrei von sich, als sie die Schachtel öffnete. »Danke schön! Wie aufmerksam von dir. Ich freue mich sehr.«

Ich hatte ihr aus dem legendären Café Parisien ein paar Leckereien mitgebracht. Als ich gehört hatte, dass man sich dort auch etwas mitnehmen konnte, hatte ich sofort an Lilly gedacht.

Sie nahm sich ein pinkfarbenes Macaron und hielt dann mir die Schachtel hin. Die zwei Eclairs sahen besonders gut aus, doch die waren für sie bestimmt. Zuerst wollte ich nach einem Keks greifen, entschied mich dann aber für ein grünes Macaron.

Ciao wollte seine große Nase in die Schachtel stecken, doch schon hatte Lilly sie wieder geschlossen. »Das ist nichts für kleine Hunde, Ciao.«

Er schnaufte empört.

Lilly biss in das Macaron und schloss dann genießerisch die Augen. »So lecker.« Sie gab ein leises Stöhnen von sich, das mir durch und durch ging. Schnell steckte ich mir das ganze Macaron den Mund. Es besaß eine Füllung aus Pistaziencreme und schmeckte unfassbar gut.

»Die Eclairs sehen so verlockend aus.« Lilly öffnete die Schachtel wieder und betrachtete entzückt das mit Schokolade garnierte Kunstwerk aus Brandteig und Puddingcreme. »Aber ich habe heute schon mal meine Uniform wechseln müssen und habe nur noch die eine. Der Pudding ist bestimmt überall, wenn ich hineinbeiße.« Trotzdem nahm sie ein Eclair aus der Schachtel.

»Hat dir die Gräfin eigentlich erklärt, warum du sie bis in das türkische Bad begleiten solltest?«

Lilly schüttelte den Kopf. »Sie brauchte jemanden, der ihre Handtücher hielt, denke ich.«

Diese Gräfin war einfach unmöglich. Dass Lilly ausgerechnet bei ihr landen musste. Es hätte sicherlich genügsamere Damen gegeben, bei denen sie ebenso hätte anheuern können.

»Nimm das zweite Eclair.« Sie hielt mir die Schachtel hin.

Ich schüttelte lächelnd den Kopf. »Ich habe sie *dir* mitgebracht.«

»Und ich biete dir das zweite an. Nimm es.« Sie stupste mir mit der Schachtel gegen die Brust.

»Dein Wunsch sei mir Befehl.« *Und wenn wir uns beide vollkleckern, wird es nicht so peinlich werden.*

Gamin de Pycombe gab ein energisches Fiepen von sich, doch Lilly schüttelte wieder den Kopf. »Du würdest Bauchschmerzen von dem Pudding bekommen.«

Die Bulldogge wirkte ziemlich deprimiert.

Lilly seufzte. »Das kann man ja nicht mitansehen. Hier, halte das mal bitte.« Sie reichte mir ihr Eclair. Dann holte sie zwei Mürbeteigkekse aus der Packung und teilte sie unter den wartenden Hunden auf. Als alle kauten, nahm sie mir das Eclair wieder aus der Hand.

Es passte zu ihr, dass sie die wenigen Süßigkeiten, die sie besaß, mit anderen teilte.

Sie biss herzhaft in das Eclair. Nicht mal ein Hauch von Schokolade klebte danach an ihren Lippen. Auch die Puddingcreme blieb, wo sie war.

Ich hingegen biss in mein Gebäck und spürte schon, wie die Creme hervorquoll. Ich fing einen großen Tropfen mit der Hand auf und steckte mir schnell den Rest des Eclairs in den Mund, um größere Katastrophen zu verhindern.

Lilly lachte, als sie mich betrachtete. »Wie siehst du nur aus?« Und dann beugte sie sich zu mir, wischte mir Schokolade von der Wange und leckte den Finger ab. Es war eine fließende Bewegung, und alles wirkte so selbstverständlich und ungezwungen. Trotzdem schluckte ich deutlich hörbar. Es war nicht fair, mit welch müheloser Leichtigkeit sie mich um den Verstand brachte.

Lilly schien nichts davon bemerkt zu haben, denn sie angelte bereits nach dem nächsten Macaron. Es war ein gelbes und sollte nach Zitrone schmecken. Sie biss hinein und verzog ein wenig das Gesicht. »Es ist sehr lecker, aber auch ein wenig sauer.« Sie aß auch die zweite Hälfte.

Jetzt schien Ciao entschieden zu haben, dass er genug Zeit ohne Kraulen verbracht hatte. Er ging auf die Hinterbeine und hob eine Pfote, vermutlich, um sie auffordernd auf Lillys Schulter abzulegen. Doch er nahm etwas zu viel

Schwung, und die Pfote verfing sich in ihrem hochgesteckten Haar.

Lilly kreischte lachend auf, und die kleine Bulldogge bellte. Ciao hatte ihre Frisur gelöst, als er die Pfote zurückgezogen hatte, und jetzt regnete es Haarklammern auf den Holzboden um sie herum.

»Tut mir leid, er ist einfach so temperamentvoll.« Ich beugte mich vor, um ihr beim Aufsammeln der Klammern zu helfen.

»Hab sie schon.« Lillys ganze Aufmerksamkeit galt einer Haarklammer, über die sie schützend die Hand ausgestreckt hatte. Als sie sie jetzt hochnahm, konnte ich diese genauer betrachten. Eine simple Schleife, in der Mitte ein rund geschliffener Halbedelstein, nichts Besonderes …

Aber die Art, wie sie panisch die Hand über die Spange gelegt hatte, sagte mir alles.

Ich hatte ihr Versteck gefunden.

Der Halbedelstein war ausgehöhlt, und darin befand sich garantiert ihr Zahnrad.

Lilly lachte nervös und versuchte, ihre Frisur zu retten.

Ich tat so, als habe ich nichts bemerkt, doch innerlich stand ich plötzlich unter Strom. *Ich habe ihr Versteck gefunden.* Ich müsste Lilly nur erneut etwas näherkommen und dann ganz vorsichtig die Spange aus ihrem Haar lösen.

Doch als ich mir die Situation ausmalte, dachte ich nur daran, wie es sich anfühlen würde, wenn meine Lippen auf ihren lagen.

Ich reichte Lilly die aufgesammelten Haarklammern, während Gamin de Pycombe und Sun Yat Sen an dem Karton schnüffelten.

Lilly schaffte es, ihre Frisur zu richten, doch sofort löste sich wieder diese eine Strähne daraus. Ich schob den Karton beiseite, dann beugte ich mich zu ihr und ließ die Strähne durch meine Finger gleiten. »Wie nennt man diese Farbe? Es ist blond, aber es hat auch diesen ganz leicht rötlichen Schimmer. Ich habe noch nie jemanden gesehen, der so eine Haarfarbe besitzt.«

Lilly zuckte die Schultern, aber sie wich nicht zurück. Wenn ich sie jetzt küsste, dann würde sie nach Zitrone schmecken.

Ganz langsam näherte ich mich ihren Lippen.

Ich würde sie küssen. Nur einmal. Danach würde ich genug haben, das sagte ich mir zumindest. Nur einmal wissen, wie es ist. Nur einmal ihren Nacken streicheln und dabei meinen Mund ganz sanft über ihren gleiten lassen. Nur einmal.

Und dann würde ich vergessen. Ich würde sie aus meinem Herzen reißen, aus meinen Gedanken, aus meiner Seele. Ich würde sie vergessen, um meine Schwester zu retten und uns ein neues Leben zu ermöglichen. Ich würde sie vergessen, um mich selbst zu retten.

Mein Mund kam dem ihren noch näher. Zitrone. Es würde mich für immer an sie erinnern. Der Duft von Zitronen und ein einziger Kuss im Schatten.

Ich hörte das leise Seufzen in ihrem Atem, spürte den warmen Hauch an meinen Lippen.

Lilly. Ich werde dich verraten und vergessen, aber schenke mir diesen einen Moment.

Und vergib mir.

Gepolter erklang auf der Treppe. »Entschuldigen Sie, Mr Andrews, die drei Schlingel wollten unbedingt zurück. Ich hoffe, Sie …«

Lilly und ich fuhren auseinander, und im nächsten Moment standen wir auf den Füßen.

Der dunkelblonde Steward, mit drei Hunden an der Leine und kaum älter als wir selbst, lief feuerrot an. »Oh entschuldigen Sie bitte, Verzeihung. Das ist mir sehr unangenehm. Hätte ich gewusst, dass Sie … Ich meine, hätten Sie gesagt, dass Sie …«

»Schon in Ordnung, Harry.« Ich musste mich kurz sortieren, dennoch schaffte ich es, einen geraden Satz herauszubringen.

Lilly strich sich erst ordnend durch die Frisur und dann ihre Röcke glatt. »Ich muss dann wieder gehen.« Sie nahm das Päckchen und die Schleife hoch. »Bitte entschuldigen Sie mich.«

Es war nicht klar, ob sie mich plötzlich wieder siezte oder aber den Steward und mich meinte, dennoch nickte ich schnell. »Ich wünsche dir einen schönen Abend.«

»Danke … ähm …« Vermutlich hatte sie meinen Vornamen sagen wollen, doch sie biss sich auf die Zunge. »Ich wünsche ebenfalls einen schönen Abend.« Mit gesenktem Kopf eilte sie davon.

»Sir, ich bin sehr diskret.« Der Steward schob gerade einen der Hunde zurück in seine Box. »Hätten Sie mir gesagt, dass Sie sich mit der Miss treffen wollen, dann wäre ich erst zur vereinbarten Zeit …«

Ich fischte drei Pfundnoten aus meiner Jacketttasche. »Das weiß ich doch, Harry. Vielen Dank.« Ich steckte ihm das Geld in die Brusttasche seiner Uniform.

Seine Augen leuchteten auf. »Vielen Dank, Sir. Immer zu Ihren Diensten.«

»Dann sehen wir uns morgen. Gleiche Zeit.«

Der Steward sah mich überrascht an. »Aber morgen ist doch der Ball, Sir.«

»Wie bitte?« Von einem Ball hatte ich noch gar nichts mitbekommen.

»Das Abendessen wird vorgezogen, damit die Tische aus dem Speisesaal geräumt werden können. Na ja, sie räumen sie nicht raus, aber sie schieben sie vor die Fenster. So entsteht eine große Tanzfläche. Und die Stühle werden davor aufgereiht, sodass die Herrschaften Platz nehmen können. Und dann spielt die Kapelle, und es soll die ganze Nacht getanzt werden.«

»Ach, wie nett … Soso«, erwiderte ich möglichst unbeeindruckt. Ich klopfte ihm kurz auf die Schulter. »Einen guten Abend.« Ich ließ ihn stehen, doch in meinem Kopf war das Gedankenkarussell bereits angesprungen.

Ein Ball, wie interessant. Ich dachte an Lilly, und sofort begann sich eine Idee in meinem Kopf zu formen.

Kapitel 19
Lilly

»*Das* ist nie und nimmer der Grund.« Adèle verschränkte die Arme vor der Brust und reckte herausfordernd das Kinn. »Du sahst gestern aus, als hättest du dich im Hafer gewälzt.«

»Im Heu gewälzt«, sagte ich abwesend. »Nicht im Hafer.«

Adèle reagierte nicht darauf. »Aber deine Haare!«, erwiderte sie, ohne das H auszusprechen. Sie riss die Augen auf und gestikulierte wild »Es sah abenteuerlich aus.«

Anders als ich war Adèle schon angezogen und perfekt zurechtgemacht. Ich kämpfte noch mit meiner Frisur. Es war noch vor dem Frühstück, und die Gräfin sang ein schiefes Lied in ihrem Badezimmer.

Ich spürte plötzlich wieder diese Spannung, die sich zwischen Ray und mir vor dem türkischen Bad aufgebaut hatte. Prompt flammte Hitze über meine Wangen. Es war aufregend gewesen, und auch das Treffen abends bei den Hundezwingern war schön gewesen. So ein Kribbeln im

Bauch hatte ich nicht mehr gefühlt, seit die Trauer um Mom mein Herz hatte erstarren lassen.

»Deine Haare …«, wiederholte Adèle eindringlich, als würden diese zwei Worte meinen gestrigen Abend zusammenfassen. Was im Prinzip richtig war. Denn als meine Haare noch perfekt saßen, hatte ich nur daran gedacht, wie es wäre, Ray wiederzusehen. Und auch als mein Kopf einem Vogelnest ähnelte und ich mein Zahnrad erfolgreich gerettet hatte, hatte ich wieder nur daran gedacht, wie es wäre, Ray wiederzusehen *und* ihn zu küssen.

Kurzum, ich war mit meinen Gedanken ganz woanders, und es war vermutlich zum Wohle aller, dass die Gräfin mich seitdem nicht mit dem Plätteisen hatte hantieren lassen.

»Statt Abendbrot zu essen, warst du allein spazieren an Deck …« Adèle schnaubte. »Was für ein Unsinn.« Dann ließ sie sich auf meinem Bett nieder und warf mir durch die Reflexion meines Spiegels einen kritischen Blick zu.

»Ich kann es dir nicht erzählen, in Ordnung?« Ich wollte Adèle nicht in Schwierigkeiten bringen, sollte die Gräfin irgendetwas herausfinden. Mir war klar, dass sie Ray auf dem Kieker hatte, und je weniger Adèle wusste, desto besser für sie.

Sie schmollte. »Du kannst es schon, du willst es nur nicht.«

»Je weniger du weißt, desto besser.« Ich bemühte mich um einen verbindlichen Tonfall und steckte die letzte Haarnadel in meine Frisur. Dann drehte ich mich zu ihr um. »Glaub mir.«

»Mon dieu! Es ist ein Mann«, wisperte Adèle, und ihre

Stimme überschlug sich ein klein wenig. »Ich wusste es. Du hattest dieses Strahlen. Wer ist es?«

Mein schockierter Blick musste mich verraten haben.

Sie klatschte einmal kurz und hüpfte auf dem Bett auf und ab. »Es ist ein Mann …« Plötzlich runzelte sie die Stirn. »Aber wer könnte es sein? Sag mir nicht, es ist dieser große bärtige Kerl … Wie heißt er noch?«

»Big John?« Ich schüttelte den Kopf. »Nein. Er ist nett, aber das ist auch schon alles.«

»Aber wer könnte es denn dann …?« Sie betrachtete mich, und ich drehte unbehaglich den Kopf zur Seite. Sie musterte mich noch intensiver. Dann gab sie ein erschrockenes Geräusch von sich. »Es ist niemand vom Personal. Es ist einer der Gäste. Alors, sag es mir, ma petite.«

Konnte Adèle etwa hellsehen?

In diesem Moment klopfte es an der Tür der Suite.

Wir erstarrten und sahen einander an, bevor wir gleichzeitig aufsprangen und zur Tür eilten.

Wer könnte das sein? Für einen Steward war es eindeutig zu früh. Ob es Gladys Cherry war, die die Gräfin zum Frühstück abholen wollte?

Mit einem Lächeln riss ich die Tür auf.

Vor mir stand Molly Brown. Gehüllt in ein azurblaues Kleid mit einer kanarienvogelgelben Stola. Ich blinzelte, weil diese Farbkombination am frühen Morgen ziemlich grell war.

»Guten Morgen, Schätzchen«, trällerte sie gutgelaunt. Dann nickte sie auch Adèle zu. »Ist eure Gräfin schon zu sprechen?«

Wir knicksten beide, erwiderten den Gruß, und Adèle wollte sich gerade umdrehen, um nach der Gräfin zu sehen, da erschien diese bereits. Sie sah selbst barfuß und im Bademantel noch würdevoll und Respekt einflößend aus.

»Mrs Brown.« Auch sie zuckte vor der grellen Farbkombination zurück. »Was verschafft mir die Ehre?« Ihre Stimme troff vor Ironie.

Adèle und ich wichen zurück, um ihr Platz zu machen, hielten uns jedoch im Hintergrund zur Verfügung.

Molly Brown sah an der Gräfin vorbei in die Suite, als erwartete sie, eingelassen zu werden. Doch sie hatte die Rechnung ohne die Gräfin gemacht, denn die rührte sich keinen Zentimeter.

»Ich wollte Sie nach Ihrer Hutmacherin fragen, Gräfin«, sagte Molly Brown schließlich. »Beim Frühstück dachte ich daran, dass sie gestern so ein reizendes Exemplar trugen. Ich bin nicht mehr ganz zufrieden mit meiner Dame. Hätten Sie die Güte, mir ihre Adresse abzutreten?«

Es gefiel der Gräfin überhaupt nicht, doch die gesellschaftlichen Konventionen verlangten selbst ihr ein Mindestmaß an Höflichkeit ab. »Natürlich«, erwiderte sie nach einer Kunstpause. Dann drehte sie sich zu uns um. »Lilly, hol Block und Stift.«

Ich wunderte mich zwar, dass sie mich ansprach, eilte aber zu dem schmalen Sekretär und war im nächsten Moment wieder bei der Gräfin. »Eure Ladyschaft.«

Zu meiner Überraschung diktierte sie mir eine Adresse in London. Ich hatte felsenfest damit gerechnet, dass sie ihre Hüte ebenfalls in Paris fertigen lassen würde.

Auch Molly Brown schien überrascht. »Ein Atelier in London?«

Die Gräfin nickte knapp. Offenbar hatte sie heute einen guten Tag, denn sie ergänzte noch: »Es ist etwas schwer zu finden, ich füge Ihnen eine Wegbeschreibung hinzu.«

Sie diktierte mir noch mehr, und wieder flog meine Hand über das Papier. Ich spürte den Blick von Molly Brown.

Die Gräfin riss das Papier von dem Block und reichte es ihr.

Molly Brown bedankte sich, dann sah sie wieder zu mir. »Du hast eine schöne Schrift, Schätzchen. Wo hast du das gelernt?«

Ich sah zuerst zur Gräfin. Schließlich hatte sie zu entscheiden, mit wem ich redete und mit wem nicht. Sie nickte knapp, wirkte aber durchaus stolz. In diesem Moment wurde mir klar, dass sie mich absichtlich all das hatte notieren lassen. Es war etwas Besonderes, wenn ein einfaches Dienstmädchen lesen und schreiben konnte, und natürlich wollte sie damit angeben.

»Mein Vater war Hauslehrer, Mrs Brown«, erwiderte ich. »Er hat es mir beigebracht.«

Sie nickte anerkennend. »Nicht schlecht. Es gibt nicht viele Kammerzofen, die so gut schreiben können.«

»Sie ist mein Dienstmädchen«, korrigierte die Gräfin sie kühl. »Adèle ist meine Kammerzofe. Sie ist Französin.« Sie betonte das letzte Wort, als wäre es das wichtigste Qualitätsurteil für diesen Beruf.

»Nur ein Dienstmädchen?« Molly Brown wirkte überrascht. »Lassen Sie sich zur Sekretärin ausbilden, Schätzchen. Dann verdienen Sie das Doppelte.«

Das reichte der Gräfin. »Bitte setzen Sie meinem Personal keine Flausen in den Kopf, Mrs Brown. Ich wünsche Ihnen einen schönen Tag.« Sie knallte ihr mehr oder weniger die Tür vor der Nase zu. »Impertinentes Frauenzimmer«, knurrte die Gräfin, als sie zurück in Richtung Badezimmer ging. »Taucht in aller Herrgottsfrühe auf, will meine Lieferantenadressen und spricht dann mehr mit dem Personal als mit mir.« Ihr Blick glitt zu mir. »Und du komm ja nicht auf Ideen.«

Ich musste mir ein Lachen verkneifen, schaffte es aber, energisch mit dem Kopf zu schütteln. »Niemals, Eure Ladyschaft.«

*

Eine gute Stunde später saßen Adèle und ich wieder mit den anderen Dienstboten beim Frühstück. Mit dabei waren die Dienstboten der Fortunes und der blonde James, dem ich heimlich unterstellte, dass er versuchte, Adèle abzupassen. Er schien wirklich ein wenig verliebt in sie zu sein.

»Habt ihr schon herausgefunden, wer der Liebhaber eurer Gräfin ist?«, wollte Maude wissen. Heute leuchtete die Narbe in ihrem Gesicht besonders schlimm. Es sah aus, als habe sie als Kind einen lebensgefährlichen Unfall gehabt und die Wunde wäre nur schlecht versorgt worden. Sie zupfte an einer Strähne ihres spröde wirkenden Haars und klang so gelangweilt, als interessierte sie ihre eigene Frage eigentlich nicht.

»Mon dieu, Ihre Ladyschaft hat keinen Liebhaber.« Adèle wirkte pikiert. »Sie hat einen Ehemann zu Hause, und sie ist ihm treu.«

Elsie und Maude wechselten einen Blick und lachten.

Melany kicherte, steckte sich aber schnell einen großen Löffel Porridge in den Mund.

»Glaubt man in Frankreich auch an den Weihnachtsmann?« Maude stieß Elsie in die Seite.

»Pardon?« Adèle schob ihre Schale energisch von sich.

»Na, dass sie verheiratet ist, heißt doch nicht, dass sie keinen Liebhaber hat«, erklärte Elsie. »Das passiert doch ständig bei den vornehmen Herrschaften. Sie heiraten um des Geldes wegen oder um ihre Familien zu verbinden. Bei ihnen ist Liebe egal. Und deshalb finden sie sie woanders.«

Elsie hatte die Gepflogenheit der Zeit erstaunlich präzise auf den Punkt gebracht. Liebesheiraten waren tatsächlich eine Seltenheit.

»Aber so ist es nicht«, beharrte Adèle. »Und sie hat keinen Liebhaber.«

»Er stand direkt vor ihrer Suite und …«, begann Elsie, doch Big John unterbrach sie.

»Wir sollten nicht so viel tratschen, Elsie. Du siehst doch, dass Adèle das Gespräch unangenehm ist.«

»Die Wahrheit tut manchmal weh.« Elsie schoss Big John einen Blick zu, wirkte aber bei ihm nicht so ungehalten wie bei Adèle.

Ein Themenwechsel wäre mir gerade recht gewesen. Mir lief nämlich die Zeit davon. Ich hatte Dad versprochen, nach vier Tagen wieder zu Hause zu sein. Die waren schon lange um, und er würde sich Sorgen machen. Dennoch wollte ich nicht nach Hause kommen, ohne den Auftrag erfüllt zu haben, also plante ich einen erneuten Versuch, in das Zimmer der Fortunes zu gelangen, um die Kette zu stehlen.

»Und, Lilly?«, erklang da plötzlich Big Johns Stimme.

»Hast du dich schon etwas eingelebt, oder verläufst du dich immer noch so oft auf dem Schiff?« Sein Lächeln war freundlich, und er wirkte tatsächlich interessiert an meiner Antwort.

»Danke dir, mittlerweile kenne ich mich ein wenig aus.«

»Das freut mich«, erwiderte er. »Zugegeben, das Schiff ist wirklich fast wie eine kleine Stadt. Da nimmt es einem niemand übel, wenn man die Orientierung verliert.«

Ich lachte höflich auf. »Du hast recht. Und zum Glück kann man in der Not immer jemanden fragen.«

Er grinste und zeigte erstaunlich weiße Zähne. »Immer wieder gern.« Dann erhob er sich. »Wollen wir?« Er sah zu Melany und Maude.

»Wollt ihr schon zurück in die Suite?«, fragte ich.

Er schüttelte den Kopf. »Die Damen hatten einen großen Auftrag für die Wäscherei, und ich helfe ihnen tragen. Elsie soll in der Zwischenzeit das Zimmer vorbereiten.«

Die zwei Frauen waren schon aufgesprungen und schoben ihre Stühle wieder an den Tisch. Jetzt waren es nur noch Elsie, Adèle, James und ich.

»Wisst ihr schon, was eure Gräfin zu dem Ball trägt?«, fragte Elsie etwas zu laut. »Unsere Damen sind ganz aufgeregt.«

»Ein Ball? Heute Abend?« Davon hatte ich noch gar nichts gehört, dabei wäre die Gräfin die Letzte, die so eine Veranstaltung auslassen würde.

»Ja. Er wurde wohl nicht im Programm angekündigt, und jetzt überlegen alle fieberhaft, was sie tragen. Unsere Kabinen gleichen einem Pariser Modesalon.«

»Wirklich?« Ich tat übertrieben begeistert. »Ich interessiere mich sehr für Mode. Kreationen aus Paris! Wie wunderschön! Wenn ich mir die Kleider mal ansehen dürfte? Nur einen Moment lang?« Ich warf einen prüfenden Blick zu Adèle. Ob sie komisch reagieren würde? Schließlich hatte ich noch nie von Mode geschwärmt, seit wir uns kennengelernt hatten. Doch sie war in ein Gespräch mit James verwickelt. So, wie es aussah, hatte er ihr Herz doch ein wenig erobert. Sie hatten die Köpfe zusammengesteckt und tuschelten.

»Die Herrschaften sind immer erst spät zurück, komm doch mit, wenn du willst«, bot Elsie an. »Ich muss jetzt los.«

Das hatte leichter geklappt als erhofft. Ich nickte begeistert. »Gern, vielen Dank. Ich fasse auch nichts an.«

Elsie zuckte nur die Schultern und stand auf. »Sie würden es sowieso nicht bemerken.«

Ich erzählte Adèle, was ich vorhatte, doch sie nickte nur abgelenkt. Bei der Vorstellung, die Kette endlich an mich zu bringen, durchflutete mich Aufregung.

Ich ging mit Elsie den Gang entlang bis zu den Suiten, und sie plapperte aufgeregt über den Ball. Offenbar war sie besonders geschickt darin, Frisuren zu machen, und hatte in den Magazinen ihrer Damen nach neuen Inspirationen gesucht. Diese wollte sie heute Abend ausprobieren.

Schon kurze Zeit später schloss Elsie die Suite auf. Dort herrschte heilloses Chaos. »Die drei jungen Damen können sich immer nicht entscheiden, was sie anziehen wollen«, sagte sie.« Sofort raffte sie ein paar der Kleider zusammen.

Ich tat so, als würde ich die bestimmt dreißig Kleider, die auf Betten, Sofas, Sesseln und Stühlen verstreut lagen, begeistert betrachten. Doch in Wirklichkeit versuchte ich, einen Blick auf den Schminktisch zu erhaschen. Denn dort glitzerte es wieder verlockend.

Alibimäßig betrachtete ich ein paar Kleider und gab entzückte Laute von mir, dabei arbeitete ich mich Stück für Stück an der Spur von Kleidung entlang bis zum Schminktisch.

Da lag die Kette, halb verborgen von der neuesten Ausgabe von *The Lady*.

Mein Herzschlag beschleunigte sich. Sobald Elsie sich erneut umdrehte, würde ich das Schmuckstück einstecken.

Doch dann kam Elsie zu mir herüber und hob direkt neben dem Schminktisch ein grünes Kleid vom Boden auf. Schnell wandte ich mich ab. Sie arbeitete sich weiter über den Boden bis zur Tür der Suite. »Die Schmuckstücke sind wirklich hübsch, nicht wahr?«, fragte sie, hatte mir aber den Rücken zugewandt. »Besitzt deine Gräfin auch so tolle Stücke?«

»Ihr Schmuck ist eher traditionell«, erwiderte ich vage und wartete auf den einen perfekten Augenblick. Wieder bückte Elsie sich nach einem Kleidungsstück auf dem Boden. Ich ergriff die Gelegenheit beim Schopf.

Die Kette fühlte sich kühl an und lag schwer in meiner Hand.

Im nächsten Moment schwang die Tür auf.

Die drei Fortune-Schwestern eilten in das Zimmer. Und ihr Blick glitt sofort zu mir.

»Wer sind Sie? Was hat das zu bedeuten?«, Ethels Stimme klang überrascht, aber nicht ärgerlich.

Elsie hatte die Kleider auf den Boden gleiten lassen. »Meine Ladys, ich habe diese Frau in der Kabine überrascht. Sie ist eine Diebin und hat mich bedroht. Ich wollte gerade Hilfe holen.« Sie war perfekt in ihrer Rolle, sie klang nervös und sah ängstlich drein.

Ich hatte keine Chance, es zu leugnen, denn schließlich hielt ich die Kette in der Hand.

»Ich beschütze Sie, meine Ladys!« Elsie kam heldenhaft zu mir herübergeeilt, riss mir die Kette aus der Hand und packte mich dann grob am Arm. »Elende Diebin!«

Alle drei Schwestern redeten gleichzeitig, eine rief draußen auf dem Gang nach ihrem Bruder.

Elsie jedoch beugte sich zu mir und flüsterte: »Das wird dir eine Lehre sein, dich an meinen Mann heranzumachen.«

Big John? Das konnte sie nicht ernsthaft denken. Es war vielleicht keine geplante Falle, aber Elsie hatte die Gelegenheit mit der Kette beim Schopf ergriffen, um mir eins auszuwischen.

Und jetzt saß ich so richtig in der Tinte.

Kapitel 20
Lilly

Charles Fortune stürmte im Laufschritt in das Zimmer, um seinen Schwestern zu Hilfe zu eilen. Er war etwa so alt wie ich und wirkte mit dem hellblonden Haar und der gebräunten Haut fast wie ein Surfer. Wie für Herren der besseren Gesellschaft zu dieser Zeit üblich, trug er bereits zum Frühstück einen Anzug. Er wirkte allerdings verkleidet darin. Er hatte die großen kräftigen Hände eines Arbeiters, stellte ich fest, als er mir eine von ihnen nun auffordernd entgegenstreckte. »Die Kette, Miss, wenn ich bitten darf.«

Ich legte ihm das Schmuckstück in die Hand.

Die jüngste der drei Fortune-Schwestern war auf den Gang hinausgelaufen, und jetzt kam Mabel mit ihren Eltern zurück. Mark Fortune wirkte wütend, seine Frau Mary eher besorgt.

»Was ist hier los?« Mark Fortunes Stimme klang autoritär und befehlsgewohnt.

Mittlerweile umringten mich alle Fortunes, während

Elsie sich im Hintergrund hielt. Ein boshaftes Lächeln umspielte ihre Lippen.

»Mein Name ist Lilly, Sir. Ich bin das Dienstmädchen von Ihrer Ladyschaft, der Gräfin von Rothes.«

Mary Fortune zog ein wissendes Gesicht. Offenbar hatte sie mit der Gräfin schon Bekanntschaft gemacht.

»Es handelt sich um ein Missverständnis, Sir«, fuhr ich fort. »Elsie und ich kennen uns von den gemeinsamen Essen im Speisesaal der Dienstboten. Ich habe vorhin das erste Mal von dem Ball gehört und interessiere mich sehr für Mode. Elsie bot an, mir in der Kabine der drei jungen Damen ein paar der neuen Kleider zu zeigen.«

»Das ist kein Missverständnis«, erwiderte Mark Fortune kalt. »Du bist eine Diebin, denn selbst wenn du hier warst, um dir die Kleider anzusehen, warum nimmst du dann ein Schmuckstück meiner Tochter in die Hand?«

»Du lässt eine fremde Frau in unser Zimmer, Elsie?« Ethel hatte sich zu der Dienstmagd umgedreht.

»Nein, Miss Ethel, so war das nicht. Ich kenne sie nicht«, beteuerte Elsie stur.

In diesem Moment kamen die anderen drei Dienstboten zurück. Melany und Maude starrten mich an, die Arme beladen mit gebügelter Wäsche.

Big John zog die Brauen hoch. »Lilly. Was machst du denn hier?«

Alice Fortune, die mittlere Schwester und ein Abbild ihrer Schwester Ethel in Dunkelblond, verschränkte die Arme vor der Brust. »Du kennst sie also kaum. Aber John begrüßt sie mit Namen?«

Elsie machte den Mund auf, schloss ihn aber wieder.

»Was soll diese Geschichte, Elsie?« Charles Fortune

sah zwischen uns beiden hin und her. »Das klingt ja fast wie eine Verschwörung.«

»Verschwörung hin oder her«, knurrte Mark Fortune. »Ich werde das Mädchen jetzt mitnehmen und mit der Gräfin sprechen. Sie hat versucht, etwas zu stehlen, und das muss Konsequenzen haben.«

»Ich habe die Kette nur betrachtet«, beteuerte ich mit einem flehenden Tonfall. »Sie ist wunderschön, und ich war einfach neugierig.«

Doch Mark Fortune wirkte nicht besänftigt. »Sie anzuschauen hätte auch genügt. Du hättest fremdes Eigentum nicht berühren dürfen. Jetzt steht Aussage gegen Aussage.« Sein Blick glitt zu Elsie. »Wo warst du, als es geschah?«

Elsie wirkte plötzlich kleinlaut. »Ich hatte ihr den Rücken zugewandt, um ein paar Kleider aufzuheben, Sir.«

Mark Fortune sah zu seiner Frau, als hätte diese eine Erklärung für das Geschehene.

Ich musste schauspielerisch alles geben, um überzeugend zu wirken. Meine Stimme klang brüchig, und ich begann zu zittern. »Ich wollte sie nur betrachten.« Ich schluckte und deutete ein Schniefen an. »Außerdem wäre es doch sofort aufgefallen, wenn sie fehlen würde, und der Verdacht hätte sofort mir gegolten.«

»Ich finde, du gehst mit dem Mädchen zu hart ins Gericht.« Mary Fortune sah ihren Gatten eindringlich an. »Wenn wir mit der Gräfin reden, wird sie das in ernste Schwierigkeiten bringen. Wir haben die Kette schließlich nicht bei ihr gefunden. Und sie hat recht, dass ihr Fehlen sofort bemerkt worden wäre. Natürlich wäre der Verdacht auf sie gefallen.«

Mark Fortune überlegte und wirkte nicht überzeugt. Er

musterte mich so eindringlich, dass es mir schwerfiel, seinem Blick standzuhalten. Dann strich er sich über seinen Bart, seufzte und seine vorher so strengen Gesichtszüge wurden weicher. »Meine Gattin möchte, dass ich dich gehen lasse, Mädchen. Heute hast du Glück.« Er hob drohend den Zeigefinger. »Aber glaub mir, du stehst ab jetzt unter Beobachtung. Vielleicht bist du ja schon vorher mal durch solche Zufälle aufgefallen, man weiß ja nie.« Er betonte das Wort Zufälle, als glaube er mir nach wie vor kein Wort. »Und meinen Dienstboten verbiete ich den Umgang mit dir. Solltest du noch mal eine unserer Kabinen betreten, wird das ernsthafte Konsequenzen haben. Hast du mich verstanden?«

Ich nickte knapp. »Das habe ich, Sir.«

Mark Fortune deutete mit dem Kopf Richtung Tür. »Du kannst gehen.«

Ich knickste. »Jawohl, Sir. Es tut mir leid, Sir. Ich hatte nichts Böses im Sinn.«

Die Schwestern wichen meinem Blick aus, aber Charles nickte mir zu. Mary Fortune wirkte zufrieden, ihr Ehemann hingegen schien es nicht erwarten zu können, dass ich aus seinem Sichtfeld verschwand.

Also senkte ich den Blick und eilte aus der Kabine. Blieb zu hoffen, dass Mary Fortune dabei blieb, die Angelegenheit nicht an die große Glocke zu hängen. Denn auf das Drama mit der Gräfin konnte ich gut verzichten. Ich musste jetzt alle Energie darauf verwenden, die Kette trotz aller Widrigkeiten so schnell wie möglich an mich zu bringen. Innerlich tobte ich und konnte es nicht fassen, dass sie mir erneut durch die Lappen gegangen war.

Im Zimmer wartete schon Adèle auf mich. »Dass du mit dieser Elsie mitgehst«, sagte sie und rümpfte die Nase. »Sie hat Augen so falsch wie die einer Schlange. Was hast du denn bei ihr gemacht?«

Ich erzählte ihr, was Elsie mir eingebrockt hatte, während wir die Kabine der Gräfin aufräumten.

Adèle schnaubte verächtlich. »Die Gräfin wird diesen Mr Fortune auslachen, sollte er ihr alles erzählen, und Big John und die anderen haben doch gesehen, wie es war.«

Ihren Optimismus wollte ich haben.

Und wie sich zeigen sollte, war dieser Optimismus tatsächlich nicht angebracht. Beim Mittagessen wurde ich geschnitten. Elsie schien ganze Arbeit geleistet zu haben. Die anderen Dienstboten wollten mit einer Diebin nichts zu tun haben. Natürlich hatten sie alle Angst um ihre Anstellung, und mein vermeintlich schlechter Umgang konnte sich negativ darauf auswirken. Nur James saß bei uns am Tisch und tat so, als wäre überhaupt nichts geschehen.

Eigentlich sollte es mir egal sein, doch so ignoriert zu werden, traf mich dann doch. Ich bot Adèle und James wiederholt an, sich zu den anderen zu setzen, doch sie lehnten ab.

Ich aß nur ein kleines Stück von dem gebratenen Schweinefleisch und überließ den Rest James. Die Bohnen waren ganz lecker und die Kartoffeln frisch, doch auch hier langte ich nicht so zu wie sonst.

Stattdessen ließ ich meine Gedanken schweifen. Heute Abend würde der Ball stattfinden, von dem alle sprachen. Ob Ray mit Lucile tanzen würde? Er hatte mir zwar versichert, dass er kein Interesse an ihr hatte, doch in meiner schlechten Stimmung schaffte es dieser Gedanke, wieder in meinem Kopf Fuß zu fassen.

Es sollte mir egal sein, denn mein Interesse galt einzig und allein der Kette. Morgen, wenn alle wegen des Balls zu lange aufgeblieben waren, würde ich einen neuen Versuch starten. Zwar hatten sich die Bedingungen erneut erschwert, doch ich wollte diesen Auftrag erfolgreich ausführen. Ich musste es einfach schaffen.

*

Zurück in der Suite hatten wir ein wenig Zeit für uns, bevor die Gräfin mit weiteren Anweisungen zurück sein würde. Sie nahm einen kleinen Lunch in dem À-la-carte-Restaurant ein, das dem Café Parisien gegenüberlag.

Es klopfte an der Tür, und ich dachte schon, die Gräfin habe ihren Schlüssel vergessen, doch ein Steward stand davor.

»Eine Nachricht für Miss Lilly.« Er schien von einem anderen Deck zu kommen, denn ich hatte ihn noch nie hier gesehen. Die Förmlichkeit, mit der er sein Anliegen vortrug, verriet, dass er Miss Lilly für eine Passagierin der ersten Klasse hielt.

Ich nahm den Brief und knickste. »Vielen Dank.« Als ich die Tür schloss und mich umdrehte, stand Adèle im Türrahmen zum Dienstbotentrakt. »Ist es eine Nachricht für die Gräfin?« Ich konnte in ihrem Gesicht lesen, dass sie sofort an den ominösen Liebhaber dachte, den man der Gräfin andichtete.

Lügen war zwecklos. »Der Brief ist für mich.«

Sie riss die Augen auf. »Ist er von deinem Herzblatt?«

Ich konnte nicht verhindern, dass sich meine Wangen etwas heiß anfühlten. *Herzblatt? Was für ein Ausdruck.*

Ich öffnete den Brief, und als Erstes glitt mein Blick zu der Unterschrift. Sofort schlug mein Herz schneller. Er war von Ray!

Adèle sah mich immer noch fragend an, also nickte ich. Dann überflog ich die wenigen Zeilen.

Liebe Lilly,
da ich weiß, dass die Gräfin noch zu Mittag isst, lasse ich dir diese Nachricht zukommen, in der Hoffnung, dass sie dich ohne Umwege erreicht. Du hast sicherlich von dem Ball heute Abend gehört. Hättest du Lust, ein wenig zu tanzen? Wir treffen uns gegen neun Uhr an dem üblichen Ort.
Dir in Gedanken verbunden,
Ray

Mein Lächeln musste so entrückt gewesen sein, dass Adèle an meine Seite eilte. Ich konnte nichts mehr verheimlichen, und eigentlich wollte ich es auch gar nicht. Sie war zu meiner Freundin geworden, und ganz gewiss würde sie Ray und mich nicht in Schwierigkeiten bringen.

»Sein Name ist Ray?«

Ich nickte.

»Und weiter?« Ihre Augen leuchteten vor Neugier.

»Ray Andrews. Er ist der Sohn von Thomas Andrews.«

»Oh, là, là.« Sie kicherte. »Lilly, du hast große Pläne für dein Leben, n'est-ce pas?« Nachdem sie die restlichen Zeilen überflogen hatte, presste sie eine Hand auf ihr Herz. »Oh, mon dieu. Es ist so romantisch. Sogar mir ist ganz warm ums Herz geworden. Was für wunderschöne Zeilen. Und er will mit dir auf den Ball gehen.«

»Er *kann* nicht mit mir auf den Ball gehen, Adèle.«

Sie nickte langsam. »Was meint er dann damit?«

»Das habe ich mich auch schon gefragt. Aber Ray hat bestimmt eine Idee. Ich lasse mich überraschen.« Sofort dachte ich an das rosafarbene Kleid der Gräfin, das ich aus dem Müll gerettet hatte. Ich freute mich so sehr über die Einladung und war gespannt, was er geplant hatte. Nur wie wollte Ray es anstellen? Ich konnte mich unmöglich in den Kreisen der ersten Klasse blicken lassen. Ich war aufgeregt, denn es würde ein richtiges Date sein. Würden wir tanzen? Würden wir uns küssen? Ich presste eine Hand auf meinen Bauch, als es in diesem plötzlich kribbelte. Die Vorstellung, mit Ray wieder Zeit zu verbringen, machte mich ganz nervös, aber auf eine gute Art.

Draußen vor der Tür war ein Geräusch zu hören, also tat ich das einzig Richtige. Ich riss den Brief in winzig kleine Fetzen und verbarg ihn dann im Mülleimer unter einer zerfledderten Ausgabe von *Vanity Fair*.

»Diese schönen Worte, für immer verloren.« Adèle seufzte, als sei jemand gestorben. Dann sah sie zu mir. »Aber es war richtig, sie zu vernichten.« Sie nahm meine Hand und lächelte mich an. »Und jetzt verrate mir mehr über dein Herzblatt Ray.«

Kapitel 21
Damien

»Und? Bereit?« Thomas Andrews lehnte in der Verbindungstür. Er betrachtete mich, und ich sah den Stolz in seinen Augen.

Ich erinnerte mich an den Moment, als er mich am Zug in Southampton abgeholt hatte. Ich wusste, Vater und Sohn hatten sich mehrere Jahre nicht gesehen, und diesen Umstand hatte ich ausgenutzt. Thomas Andrews hatte gezögert, obwohl er den Koffer mit dem Wappen meines Internats neugierig betrachtet hatte. Doch als ich die Hand gehoben und auf ihn zugeeilt war, hatte er mich mit dem gleichen Blick betrachtet.

Er trug genau wie ich schon seinen Frack und griff nun nach seiner Taschenuhr, um einen Blick darauf zu werfen.

Obwohl ich von Kindesbeinen an zu einem Dieb ausgebildet worden war, der um jeden Preis das erreichte, was ihm aufgetragen worden war, hasste ich es zu lügen. Ich drehte mich von ihm weg und zupfte ordnend an einem Hemd, das auf meinem Bett lag. »Geh schon mal vor, Vater. Ich komme nach.«

Ich spürte seinen stechenden Blick. Als er nichts sagte, hob ich den Kopf und sah ihn an.

Jetzt wirkte er traurig. Er schüttelte den Kopf, löste sich aus dem Türrahmen und macht ein paar Schritte auf mich zu. Doch dann blieb er abrupt stehen. »Du triffst dich mit ihr, richtig?« Wieder schüttelte er den Kopf. »Hast du dich für sie umgezogen? Was soll dieses Schauspiel? Willst du sie umschmeicheln, den feinen Mann spielen und sie dann zurück in ihre Dienstbotenkammer schicken?«

»Ich habe Gefühle für sie.« Es platzte einfach aus mir heraus.

Thomas Andrews sah mich eindringlich an. »Und die gehen vorbei.«

»Ich soll sie vergessen, weil sie eine niedrigere gesellschaftliche Stellung hat als ich?«

Er nickte, wenn auch mit einem bitteren Zug um den Mund.

Ich warf die Hände in die Luft. »Aber das ist doch nicht …«

»Was?«, fiel er mir ins Wort. »Fair? Niemand hat gesagt, dass das Leben fair ist, mein Sohn.« In seinen dunkelblauen Augen tobte plötzlich eine wilde Verzweiflung, die ihn, den klugen Ingenieur, den nüchternen Strategen, zu einem ganz anderen Mann machte.

Und in diesem Moment erkannte ich, dass er sie geliebt hatte. Sie, das mittellose Dienstmädchen, das er nicht hatte heiraten dürfen.

Thomas Andrews ließ sich auf den Stuhl vor meinem Schreibtisch sinken, als sei plötzlich alle Kraft aus seinem Körper gewichen. »Deborah. Diese gute Seele. Der Herrgott hat sie viel zu früh zu sich geholt.« Er lachte traurig auf. »Wir waren glücklich.« Er holte tief Luft. »Doch weißt du was? Wir haben kein Anrecht auf Glück. Männer wie wir stehen in der Verantwortung zur Krone, zu unserer Familie, zu unserem Land. Aber ich kenne diesen Ausdruck in deinen Augen, wenn du sie ansiehst.« Jetzt deutete er mit dem Finger auf mich. »Denn ich selbst habe Deborah so angesehen.« Er sprang auf und kam zu mir herüber. »Doch wenn du das Mädchen schon nicht um meinetwillen in Frieden lassen willst, dann denk an sie. Denk an ihr Leben, ihre Zukunft. Ich habe Deborahs Zukunft ruiniert. Ein uneheliches Kind. Kein Mann an ihrer Seite. Dein Mädchen wird noch ein paar Jahre im Dienst der Gräfin verbringen und dann irgendeinen netten Burschen heiraten. Einen Handwerker, einen Geistlichen. Sie wird ein gutes respektables Leben führen können.« Er legte eine Hand an meine Schulter und sah mich wieder so eindringlich an. »Wenn dir wirklich etwas an ihr liegt, dann brich ihr nicht das Herz und lass nicht zu, dass sie sich in einen Traum verrennt, der niemals wahr werden wird.«

Einen ewigen Moment lang hing Stille zwischen uns. Dann nickte ich. »Ich werde darüber nachdenken.«

Thomas Andrews wirkte erleichtert. »Es wäre angebracht, dass du dich auf dem Ball sehen lässt. Mach dir ein paar nette Stunden, tanze mit ein paar jungen Damen und dann verabschiede dich.«

Ich nickte, um nicht noch mehr lügen zu müssen. Er klopfte mir erneut auf die Schulter, dann verließ er mein Zimmer. Während ich grübelnd ins Nichts starrte, hörte ich, wie sich die Tür seiner Kabine leise schloss. Er würde zurückkehren in den umgestalteten Speisesaal der ersten

Klasse, wo sich jetzt um neun Uhr die Gäste einfinden sollten. Das Dinner hatte verfrüht von sechs bis acht Uhr stattgefunden, und dann war eine Stunde lang umgebaut worden. Ich hatte den Saal gesehen und wie hübsch alles geworden war. Und ich hatte nur daran gedacht, wie es wäre, Lilly auf dieser Tanzfläche herumzuwirbeln.

Ich schnaubte, packte das Hemd und warf es in den offen stehenden Koffer. Natürlich hatte Thomas Andrews recht, mit allem, was er sagte. Von außen gesehen wäre es das Beste, mich so zu verhalten, wie er es vorschlug. Doch natürlich kannte er nicht die ganze Wahrheit. Ich musste buchstäblich in greifbarer Nähe sein, und ich musste mich einfach überwinden. Ein Zahnrad stehlen. Ich hatte es schon Dutzende Male getan. Das konnte doch nicht so schwer sein!

Ich schloss den obersten Knopf meines Fracks, kontrollierte kurz, ob die drei Muttermale der Zeitreisenden in meiner linken Hand immer noch mit Camouflage-Make-up verdeckt waren, und wandte mich zur Tür.

Heute findest du eine Lösung.

Aber in meinem Kopf hörte ich eine Stimme leise lachen. Ich war einfach ein verdammt schlechter Lügner.

*

»Da ist ja unser Mann!«

Ich ging die breite Prachttreppe hinab, die alle Stockwerke der ersten Klasse miteinander verband, und passierte gerade das D-Deck. Eigentlich wollte ich mich von dort aus auf meinem Schleichweg zu den Hundezwingern begeben. Doch als ich die Stimme hörte, schwang ich herum.

John Borland Thayer Jr. grinste bis zu den Ohren und hatte Alfred Nourney und Richard Fraser White im Schlepptau. Sie alle trugen schwarze Fracks und hatten sich das Haar sorgfältig nach hinten pomadisiert.

Die jüngeren Männer der ersten Klasse hatten sich schon am ersten Tag gefunden und angefreundet, und mit ihnen verbrachte ich meine Zeit, wenn ich nicht gerade dem Zahnrad nachjagte. Wir hatten Squash gespielt, den Fitnessraum besucht und gepokert. Doch seit gestern war nur noch der Ball das große Thema.

»Hast du schon ein paar vielversprechende Kandidatinnen auf deiner Tanzkarte?« John tat so, als wolle er an meinem rechten Handgelenk nachsehen, ob dort ein Kärtchen hing.

»Die liegt noch auf meinem Nachttisch neben meinem Fächer und den Spitzenhandschuhen«, erwiderte ich lässig, was die anderen zu wieherndem Gelächter verleitete.

»Mit wem tanzt du zuerst? Und was hast du in deiner Hand?«

»Nichts«, erwiderte ich und drehte die linke Hand nach hinten. Gerade eben noch hatte ich im Café Parisien vorbeigeschaut, nur um festzustellen, dass es gerade geschlossen wurde. Ich hatte Lilly unbedingt etwas mitbringen wollen, also ließ ich kurzerhand eine der Magnolienblüten in meiner hohlen Hand verschwinden, die in zarten Sträußen auf den Tischen des Cafés arrangiert waren.

»Ob die kleine Lucile lange aufbleiben darf?«, säuselte Richard. »Vielleicht macht ihre Frau Mama eine Ausnahme.« Er knuffte mich gegen den Oberarm. »Nur für dich.«

Ich verdrehte die Augen. »Sie würde eher mit ihren Puppen tanzen als mit mir.«

Alfred kicherte dröhnend. »Also ich würde auch gern mal die Puppen tanzen lassen.«

Richard stöhnte auf. »Herrgott, bist du gewöhnlich, alter Knabe. Das kommt davon, wenn man nicht in Eton war.«

Die Jungs redeten weiter, aber ich blieb abrupt stehen und zog ein zerknirschtes Gesicht. Ich hatte andere Pläne. »Zum Teufel auch, ich muss noch mal zurück.«

»Hast du vergessen, deine Tanzschuhe anzuziehen?« Alfred stupste John Beifall heischend an.

»Genau«, erwiderte ich knapp. »Wir sehen uns dann im Saal, meine Herren.«

Sie riefen mir natürlich noch irgendetwas hinterher, doch ich ging die Treppe hinauf, ohne mich noch mal umzusehen. Auf dem C-Deck nahm ich eine der Treppen fürs Personal und musste mich kurz orientieren. Doch dann war ich wieder auf dem richtigen Weg, der mich an einigen der kleineren Erste-Klasse-Zimmer vorbeiführte. Alle Passagiere, die mir entgegenkamen, hatten sich für den Ball auffallend ausgesucht gekleidet. In der gesamten ersten Klasse herrschte eine ganz besondere Stimmung, wie mir erst jetzt auffiel. Die Menschen freuten sich auf den gemeinsamen Abend, auf das Feiern und das Tanzen.

Wieder mal dachte ich wehmütig daran, wie gern ich Lilly dorthin ausgeführt hätte. In all dieser glitzernden Pracht hätten wir Erinnerungen erschaffen können, die nur uns beiden gehörten. Für den Moment hätte ich mich der Illusion hingeben können, dass ich sie nicht verlieren würde.

Mein Vater hatte mir aufgetragen, meine Gefühle für Lilly zu spielen. Plötzlich hatte ich ein seltsames Engegefühl in der Brust und schluckte krampfhaft. Doch das hatte ich nicht. Es war ganz und gar nicht gespielt. Und gerade das war es, was mir den Hals zu brechen drohte.

*

Die Zeit wollte einfach nicht vergehen. Ich ließ meine Taschenuhr wieder zuschnappen, drehte sie kurz um und betrachtete das magische Zahnrad, bevor ich sie zurück in meine Tasche schob. Einen Moment lang war ich mir sicher, dass Lilly nicht kommen würde. Dass sie das Objekt ihrer Begierde an sich gebracht hatte und längst verschwunden war.

Es sollte mir verdammt noch mal recht geschehen. Ich hatte eindeutig zu viel Zeit mit Zweifeln und Selbstbetrug verbracht. Hatte mir eingeredet, dass sich eine Lösung für mein Problem ganz von selbst ergeben würde. *Nur noch ein Treffen. Nur noch ein Tag. Noch einmal ihr Lächeln.*

Bullshit.

Meine Familie hatte schon immer eine Schwäche dafür, schöne Dinge für etwas Hässliches zu benutzen. Und genauso war es mit Lilly. Ich war nicht anders als die, die ich verabscheute. Mein Vater, seine ehrgeizigen Eltern, meine Großeltern, die nie ein liebevolles Wort für mich übrighatten. Sie alle wurden angetrieben von Gier und Machthunger. Wir Kinder waren schon immer die Ausnahmen, denn wir funktionierten anders als sie.

Wir sind der Kratzer in ihrer Eitelkeit. Rubys Motor ist die Angst, meiner ist der Hass.

Ich schnaubte, senkte den Kopf und sah in große braune Hundeaugen. Sofort breitete sich ein Lächeln auf meinem Gesicht aus. »Entschuldige, Ciao.« Ich ging in die Hocke und kraulte ihn an der Brust. Er hechelte begeistert und versuchte schon wieder, mir über die Wange zu lecken. Frou Frou zerrte mit Kitty an einem Spielzeug, während Gamin de Pycombe schnarchend in seinem Käfig lag.

Ich nahm Ciaos großen Kopf in beide Hände, zog ihn zu mir und stupste mit meiner Nase gegen seine. »Glaubst du, sie wird kommen? Oder werden wir versetzt?«

Ein helles Lachen erklang. »Ciao, bitte sage Ray, dass er nicht versetzt wird.«

Ciao machte sich von mir los und jagte mit großen Sprüngen auf Lilly zu. Er stellte sich an ihr hoch, und sie schwankte kurz, während sie erneut auflachte und ihm durch das dichte Fell wuschelte. Sie trug ihr Haar bis auf eine gebändigte Strähne offen. Es stand ihr ausgezeichnet. Sie hatte etwas Weißes unter ihren Arm geklemmt, das entfernt wie Bettwäsche aussah. Auch die anderen Hunde rannten zu ihr, und schon bald war sie umringt von einer Meute Fellnasen, die alle um ihre Aufmerksamkeit bettelten. Sie ging in die Hocke, um auch die kleineren Exemplare zu streicheln.

Ich ließ den Hunden genug Zeit, um Lilly zu begrüßen, und ging derweil zu den Käfigen, um die Blume zu holen. Ich versteckte sie hinter meinem Rücken, denn ich wollte ihr Gesicht sehen, wenn sie sie zum ersten Mal sah. Irgendwann kam Lilly wieder hoch, strich sich die wie immer lose Haarsträhne hinters Ohr und musterte mich.

»Du trägst sogar einen Frack. Wie außerordentlich elegant.«

»Die langen Rockschöße sind immer etwas gewöhnungsbedürftig. Aber für die wenigen Tage im Jahr, an denen ich ihn tragen muss, komme ich damit klar.«

Ich bemerkte, wie ihr Blick an mir hinab- und wieder hinaufglitt. Ich mochte es, wenn sie mich so ansah. Schon hatte ich die Distanz zwischen uns überwunden und zog sie in eine Umarmung. Ich hörte sie überrascht Luft holen, doch dann entspannte sie sich und schlang die Arme um meine Taille. Meine Wange lag an ihrer Schläfe, und wie immer, wenn wir uns so nah waren, beschleunigte sich mein Puls.

»Schön, dass du da bist«, flüsterte ich. Dann wich ich etwas zurück und hielt ihr die Magnolie hin. »Für dich.«

Ihr Mund öffnete sich ganz leicht, als sie die Blume betrachtete. »Sie ist so hübsch. Vielen Dank!« Dann wurde ihr Blick fragend. »Wo gibt es auf dem Schiff Magnolien?«

»Im Café Parisien. Eigentlich wollte ich dir wieder etwas Leckeres mitbringen, musste mir dann aber damit behelfen.«

»Wie lieb von dir, danke.« Sie roch an der Blüte. »Ich liebe ihren Duft.«

Du riechst noch so viel besser, wollte ich erwidern, doch es klang für diese Zeit einfach zu vertraulich. Schließlich waren wir nicht mal verlobt. Und wenn sie in ihrer Rolle blieb, würde sie es als ebenso unpassend empfinden.

Ich strich ihr kurz über die Wange, einfach weil ihre Haut so unfassbar zart war. Mein Blick fiel auf die kleine Spange, die sie wie immer im Haar trug.

Das Zahnrad. Jetzt wirkte es wie ein Damoklesschwert, das über mein Schicksal entscheiden würde. Schnell sah ich weg.

»Hast du Lust auf einen Ball, Lilly?«

Sie nickte begeistert. »Ich habe nur keine Ahnung, wie du das anstellen willst. Ich werde mich nicht in den Ballsaal trauen, denn die Gräfin wird mich über Bord werfen, sollte sie mich dort erwischen.«

»Wer hat gesagt, dass wir in diesen Ballsaal gehen?« Ich zog absichtlich eine geheimnisvolle Miene.

Sie wirkte erleichtert und enttäuscht zugleich. »Wollen wir hier tanzen? Ich habe nämlich sogar …«

»Nein, wir werden nicht hier tanzen. Hier gibt es ja keine Musik.«

Ihre Augen musterten mich ratlos, was ich irgendwie entzückend fand. »Ja, aber?«

Ich nahm ihre freie Hand und strich mit dem Daumen über ihre Haut. Es machte mir Spaß, ihr eine Freude zu machen. Deshalb brachte ich ihr etwas mit oder dachte mir eine Überraschung aus. Es erfüllte mich mit einer tiefen Zufriedenheit, wenn sie mich anlächelte, als gäbe es nur uns beide auf der Welt. »Auf dem E-Deck im Bereich der zweiten Klasse, gibt es einen Raum, der direkt unter dem Speisesaal liegt. Es sollte ein Rauchsalon werden, doch er wurde nicht rechtzeitig fertiggestellt und ist noch geschlossen. Ich habe ein wenig meine Kontakte spielen lassen, und alles wurde für uns vorbereitet. Dort können wir die ganze Nacht tanzen, wenn wir wollen.«

Einen Moment lang schien Lilly überwältigt. »Was für eine wunderschöne Idee«, flüsterte sie dann. »Du hast dir so viele Gedanken gemacht.«

»Es ist schön, wenn du dich freust.« *Und ich mag es, wie du mich dann ansiehst,* fügte ich in Gedanken noch hinzu.

Sie ging auf die Zehenspitzen und hauchte mir einen Kuss auf die Wange. »Ich freue mich so sehr.«

Damit hatte ich nicht gerechnet, und ich schaffte es soeben noch, sie an mich zu drücken, bevor sie wieder auf die Füße sank. Dann zog sie das Stoffbündel, das sie unter ihren Arm geklemmt hatte, hervor und schwenkte es wie eine Trophäe hin und her. »Rate, was sich darin befindet.«

»Deine Tanzschuhe?«

Sie lachte. »So etwas besitze ich nicht. Nein …«, wisperte sie, und ihr Ton verebbte zu einem Flüstern. »Es ist das Kleid Ihrer Ladyschaft, das ich verbrannt habe.«

»Das, wofür sie dir so heftig in die Wange gekniffen hat?«

Sie nickte. »Ihre Ladyschaft hat es in den Mülleimer geworfen. Aber bevor die Körbe am nächsten Morgen geleert wurden, habe ich es an mich genommen. Es ist einfach zu schön, um weggeworfen zu werden. Und den Fleck sieht man kaum, weil er hinten am Saum ist.« Sie ließ die Schultern hängen und betrachtete mich, als wolle sie einschätzen, wie ich darauf reagierte. »Es ist einfach so schön, und heute brauche ich doch ein Ballkleid, oder?«

»Ich hätte es genauso gemacht.«

Sie strahlte mich an und sah in diesem Moment so glücklich aus, dass ich sie gern spontan in meine Arme gezogen und dann mein Zahnrad gezückt hätte. *Verschwinden wir gemeinsam von hier, Lilly. Verschwinden wir an einen Ort, an dem uns niemand findet. Verschwinden wir vom Radar, lass uns einfach nur glücklich sein.*

Doch dann setzte mein rationaler Verstand wieder ein. Die Vergangenheit konnte wie eine Kette sein. Sie hinderte einen daran, auch nur einen Schritt zu machen, und sie rasselte mahnend, wenn man sich bewegte.

Ich dachte an die ausweglose Zwickmühle, in der ich mich befand.

Macht? Wissen? Glück? Nein. Ich brauchte ein verdammtes Wunder.

Kapitel 22
Lilly

Kaum dass wir die zweite Klasse erreichten, nahm Ray meine Hand. Er hauchte im Gehen einen Kuss darauf, bevor er sie langsam wieder sinken ließ.

Ein Wirbel von Schmetterlingen stieg tanzend in meinem Bauch auf, als er mir dabei tief in die Augen sah. Ich wollte etwas sagen, doch ich war einfach zu nervös.

Was würde heute Abend geschehen? Ich musste mich nicht vorsehen, denn ich würde die Zukunft nicht verändern. Ich *konnte* keine Spuren in seinem Leben hinterlassen. Denn in bereits zwei Tagen würde es enden.

Der Schmerz, der darauf folgte, war überwältigend. Wir kannten uns noch gar nicht lange, aber dennoch spürte ich eine Verbundenheit zu ihm, er war mir so nahe, und ich fühlte mich wohl bei ihm.

Er hatte etwas an sich, das das Haltlose, das Moms Tod in mir ausgelöst hatte, heilte. Ich hatte schon während ihrer Krankheit eine Mauer um mich errichtet, und mittlerweile war sie so hoch, dass ich sie aus eigener Kraft nicht mehr überwinden konnte. Hinzu kam das Erbe meiner Familie, das zu viele Geheimnisse barg. Ich hatte niemanden mehr an mich herangelassen.

Aber zu Ray hatte ich sofort eine Verbindung gefühlt. Ich vertraute ihm, bei ihm fühlte ich mich wohl und geborgen. Er war wie ein sicherer Hafen, dem ein Sturm nichts anhaben konnte. Auch jetzt waren seine Schritte an meiner Seite sicher und fest. Er besaß den Gang eines Mannes, der immer genau wusste, wohin er wollte. Dass ein paar der Zweite-Klasse-Passagiere uns neugierig musterten, schien ihn nicht zu interessieren.

»Alles in Ordnung?« Plötzlich blieb er stehen und musterte mich. »Wenn du es dir anders überlegt hast, drehen wir einfach um. Möchtest du lieber zurück zu den Hunden? Oder zurück in die Suite?« Er klang nicht enttäuscht oder gar verärgert. Er wirkte neugierig und ein wenig besorgt.

»Es ist alles in Ordnung, danke.« Ich lächelte zu ihm hoch.

Wir hielten uns immer noch an der Hand, und als er mein Lächeln jetzt erwiderte, drückte er die meine ganz leicht. »Wenn du zu irgendeinem Zeitpunkt gehen möchtest, dann sag es mir bitte. Ich möchte, dass du dich wohlfühlst.« Er strich mit dem Daumen über meine Haut. »Und zwar zu jeder Zeit an diesem Abend.«

Ich nickte. »Das mache ich. Versprochen.«

Wir gingen weiter, und plötzlich spürte ich ein leichtes Vibrieren im Boden. Wir befanden uns jetzt auf Deck E, ein Deck unter dem Speisesaal, und je mehr wir uns der Mitte des Schiffes näherten, desto deutlicher spürte man das Brummen der riesigen Schiffsmotoren, die sich nun fast direkt unter uns befanden.

Schließlich blieb Ray vor einer Tür stehen. Ich sah mich kurz um, ob uns jemand beobachtete. Nur ganz weit entfernt auf dem Gang befand sich ein Paar, das jedoch in ein Streitgespräch vertieft schien und uns nicht beachtete.

Ray klopfte an die Tür. Ein Steward öffnete und deutete eine Verbeugung an. »Willkommen, meine Herrschaften.« Sein leicht irritierter Blick fiel auf meinen Kissenbezug. »Darf ich Ihnen das abnehmen, Miss?«

»Danke, sehr gern«, erwiderte ich abwesend, denn ich war wie gebannt.

Vor uns öffnete sich ein etwa sechzig Quadratmeter großer Raum mit einer Reihe Bullaugen an der einen Seite. An der Decke hingen Leuchter aus Bronze und Lampenschirme aus cremefarbener Emaille, die für ein warmes Licht sorgten. Es gab gemütliche Sitzecken, bestehend aus Couchen, Sesseln und niedrigen Tischen. Ein kleiner Teil des Raums war durch einen langen Paravent aus hellem Holz abgetrennt, hinter dem ich filigran gedrechselte Schreibpulte und einige Bücherregale entdeckte. Die hellgrüne Seidentapete zierte ein chinesisch anmutendes Muster aus Drachen und Pfingstrosen. Der Raum wirkte mit seinem dunklen Holzboden und der farblich so gut aufeinander abgestimmten Einrichtung sehr gemütlich. Und nur wenn man genau hinsah, erkannte man, dass noch ein paar Dinge fehlten. Die Bücherregale waren leer, ebenso die Fächer für Briefpapier an den Schreibpulten. Auf den Couchen lagen keine Zierkissen, wie es sonst überall auf dem Schiff der Fall war. Vor den Bullaugen waren Gardinenstangen angebracht, doch die Gardinen fehlten. Und nicht in allen Sitzgruppen befand sich einer der niedrigen

Tische, auf denen Getränke und kleine Leckereien abgestellt werden konnten.

In der Mitte des Raums schien man einige Möbel zur Seite geräumt zu haben, um dort eine Tanzfläche zu schaffen.

Ich sah mich weiter staunend um. Zwei Stewards standen parat, und der eine öffnete gerade eine Flasche und goss eine perlende Flüssigkeit in zwei Champagnerschalen, die der zweite Steward auf einem Tablett balancierte. Der Steward, der uns geöffnet hatte, eilte dienstbeflissen neben einen Tisch, auf dem ein kleines Buffet angerichtet war. Winzige Sandwiches auf einem silbernen Tablett, Macarons und Petits Fours auf eleganten Etageren, eine Platte mit in Scheiben geschnittenen exotischen Früchten, eine Schale aus geschliffenem Kristall, gefüllt mit Nüssen. Daneben standen Weinflaschen in Kühlern, Glaskannen mit Wasser und Saft sowie diverses Porzellan und Besteck.

Ich war vollkommen sprachlos. Ray hatte sich selbst übertroffen. Mit so einem festlichen Ambiente hatte ich nicht gerechnet.

Und dann hörte ich die Geigen. Die Musik hallte durch den Fußboden des Speisesaals bis zu uns.

Ray hatte mich nicht losgelassen und lächelte, während er mich betrachtete. Er hob die Hand, und ich drehte mich einmal lachend um mich selbst. »Es ist perfekt!«

Der Takt der Musik war deutlich durch die Decke zu hören, und schon bekam ich Lust, zu tanzen. »Alles ist so wunderschön, und du hast dir so viele Gedanken gemacht. Ich bin überwältigt.«

Ray küsste meine Hand. »Wie schön, dass es dir gefällt. Sollen wir bleiben?«

Ich strahlte ihn an. »Auf jeden Fall.«

Der Steward mit dem Tablett erschien neben uns. »Champagner, die Herrschaften?«

»Möchtest du?« Ray sah mich fragend an. »Es gibt auch Wasser und verschiedene Säfte. Oder möchtest du Wein?«

Eigentlich mochte ich Alkohol nicht so gern. »Einen kleinen Schluck, danke. Aber danach nehme ich mit dem Wasser vorlieb.«

Ray entließ den Steward mit einem Nicken.

»Auf einen schönen Abend.« Ray ließ sein Glas gegen meines klingen und sah mir dabei tief in die Augen.

Schon wieder kribbelte es in meinem Bauch. Ich mochte es, dass Ray mich so ansah. So, als gäbe es nur uns beide auf dieser Welt.

»Auf einen schönen Abend.« Ich nahm einen winzigen Schluck und stellte mal wieder fest, dass Alkohol mir nicht schmeckte.

Ray bemerkte mein Gesicht, denn er nahm mir das Glas sanft aus der Hand. Sofort war der Steward wieder zur Stelle.

Ich lächelte ihn dankbar an.

Am liebsten hätte ich direkt getanzt, doch dann fiel mir das Kleid wieder ein. Ich wollte es unbedingt tragen. »Meinst du, die Herren und du könnten einen Moment draußen warten, während ich das Kleid überstreife?«

»Natürlich«, erwiderte er lächelnd. »Wir warten draußen.« Er sah auf. »Meine Herren, wir verlassen kurz den Raum.«

Kaum dass ich allein war, eilte ich zu dem Sessel, auf dem der Steward meinen Kissenbezug abgelegt hatte. Ich holte das zusammengelegte Kleid hervor und betrachtete es kritisch. Es war nur an wenigen Stellen etwas verknittert und würde sicherlich noch sehr hübsch aussehen.

An meinen groben Stiefeln konnte ich nichts ändern, doch unter dem langen Kleid würden sie kaum auffallen.

Obwohl ich allein war, ging ich hinter den Paravent. Hier roch es noch nach frisch gebeiztem Holz, und ich ließ meinen Blick über die hohen Regale schweifen. Wie hübsch sie erst mit jeder Menge Büchern darin aussehen würden.

Ich schlüpfte aus meiner Uniform und dem Unterrock. Das Korsett und die Unterwäsche behielt ich natürlich an.

Das Kleid war wie erwartet ein Stückchen zu lang, doch es bedeckte meine Stiefel perfekt. Ich mühte mich ziemlich damit ab, die winzigen Knöpfe am Rücken zu schließen. Normalerweise erledigte das ein Dienstmädchen. Doch irgendwann hatte ich es geschafft und eilte zur Tür, um Ray und die Stewards wieder hereinzulassen. Aber dann erinnerte ich mich an die Magnolie. Ich flitzte zurück zum Kissenbezug, fischte die Blüte hervor und schob sie in meine Frisur.

Als Ray mich erblickte, weiteten sich seine Augen. »Du bist wunderschön.« Seine Stimme war eine Nuance tiefer geworden. Er nahm meine Hand und hielt sie hoch, damit ich mich erneut einmal um mich selbst drehen konnte. Dann ließ er mich los und verbeugte sich, während die Stewards neben dem Buffet Stellung bezogen. »Darf ich bitten, Miss Lilly?«

Ich war so verzaubert, dass ich kicherte. »Aber gern, Mr Andrews. Alle Plätze auf meiner Tanzkarte sind heute ausschließlich für Sie reserviert.«

Er deutete erneut eine Verbeugung an. »Es ist mir eine Ehre und Freude.«

Und dann begannen wir zu tanzen. Ray war ein guter Tänzer, und das Schönste waren sowieso die Drehungen. Ich ließ den Kopf in den Nacken sinken und lachte glücklich auf, als meine Umgebung zu einem Potpourri aus Farben verschwamm. Ray zog mich etwas näher zu sich. Jetzt tanzten wir einen Walzer, der ein klein wenig skandalös war für diese Zeit.

Mein Kleid machte mir zum Glück keine Probleme. Stattdessen raschelte die Seide, die Spitze fühlte sich kühl und glatt an auf meiner Haut.

»Hast du dir den umgebauten Speisesaal angesehen?«, wollte ich irgendwann wissen.

Er lächelte verschmitzt. »Ich habe nur ganz kurz einen Blick hineingeworfen.«

»Hattest du Angst, dass man dich dort in Beschlag nimmt?«, fragte ich scherzhaft und wollte auf Lucile anspielen.

Doch Ray schien meine Frage ernst zu nehmen. Er lachte etwas verlegen auf, während wir uns erneut drehten. »Ich bin definitiv nicht die beste Partie an Bord. Die Fortunes sind millionenschwer und haben einen Sohn namens Charles, der sehr beliebt ist bei den jungen Damen im heiratsfähigen Alter. Ich denke, er wird heute Nacht nicht dazu kommen, auch nur einen Moment lang zu sitzen. Der arme Kerl …«, fügte er noch hinzu und klang fast mitleidig.

Ich zuckte kurz zusammen, als der Name Fortune fiel. »Wird man dich denn nicht trotzdem auf dem Ball vermissen?«

»Meinem Vater wird es natürlich auffallen, dass ich nicht dort bin.« Ray presste kurz die Lippen zusammen, was mir verriet, dass ihm das nicht egal war. Es gefiel mir, dass ihm sein Vater wichtig war.

»Aber der Seegang ist heute etwas stärker, und ich habe von einigen gehört, die aufgrund von Übelkeit in ihren Kabinen geblieben sind«, ergänzte Ray dann.

»Meinst du, er ist böse auf dich?«

Ray lächelte schief. »Ich denke nicht.«

Ich betrachtete ihn, und plötzlich drängte sich mir eine weitere Frage auf. Ich hoffte, dass sie nicht zu persönlich war. »Hast du Kontakt zu deiner Mutter?«

Ray schüttelte den Kopf. »Sie ist gestorben, als ich noch klein war. Ich war gerade alt genug für die Schule, und so schickte Vater mich aufs Internat.«

»Das tut mir leid«, murmelte ich. Sofort dachte ich an meine eigene Mutter.

»Das ist so lange her.« Er drehte sich mit mir, doch wir waren langsamer geworden. Dann musterte er mich, als schien er meine veränderte Stimmung sofort zu bemerken. »Hast du Familie? Wo leben sie? Siehst du sie häufig?«

Ich blieb bei der Geschichte, die ich mir zurechtgelegt hatte. »Ich hatte vorher eine Anstellung bei einer hochwohlgeborenen Familie nahe Hambledon. Von dort stammt auch meine Familie. Aber es gibt nur meinen Vater und mich. Meine Mutter starb vor etwas über zwei Jahren.«

»Das tut mir so leid. Der Verlust eines geliebten Menschen reißt einem den Boden unter den Füßen weg.« Rays Blick war ernst geworden. »Wie kommst du damit zurecht?«

Ich horchte in mich hinein. Natürlich war da Trauer, aber zum ersten Mal schien sie mich nicht wie eine Welle zu überrollen. Ich war ihr in diesem Moment nicht mehr so hilflos ausgeliefert wie zuvor. Es war ein neues, verändertes Gefühl. Mom würde immer in meinem Herzen sein. Aber jetzt war sie Wehmut und tausend schöne Erinnerungen. Der beißende Schmerz war ganz leise in den Hintergrund gewichen. »Ich komme damit zurecht.« Meine Antwort an Ray klang zwar wie ein Mantra, doch das war es nicht. Es war kein Wunschdenken, es war meine neue Realität. *Ich komme damit zurecht.*

Ray betrachtete mich immer noch, jetzt zog er mich näher und hauchte dann einen federleichten Kuss auf meine Stirn. Er brauchte keine Worte, um seine Gefühle für mich auszudrücken. Ich lächelte ihn an, und er erwiderte es. In meinem Bauch stieg wieder dieses sanfte Kribbeln auf.

Mein Blick fiel auf die Stewards, die zwar höflich ins Leere sahen, dennoch war ihre Anwesenheit überflüssig. Wir würden ja hier kein Abendessen serviert bekommen.

Und ich wollte gern mit Ray ganz allein sein.

Ich neigte mich zu ihm und flüsterte meinen Wunsch in sein Ohr. Er reagierte sofort. Er entließ das Personal mit einem großzügigen Trinkgeld.

Ray schloss die Tür hinter den Männern, dann drehte er sich um. Er betrachtete mich, und in seinem Blick flammte etwas auf, das mir weiche Knie machte.

»Jetzt sind wir allein.« Seine Stimme klang rau.

Ich wollte gerade etwas erwidern, da fiel plötzlich Mondlicht durch das Bullauge in den Raum und warf helle Flecken auf den grünen Stoff der Möbel. Die Wolkendecke war aufgerissen, es versprach eine sternenklare Nacht zu werden. Wie automatisch sahen wir beide durch die Fenster.

»Wie schön«, wisperte ich. »Mondlicht ist so romantisch.«

Ray löste sich von der Tür und löschte das Licht.

Der Raum war zwar jetzt nicht mehr so hell erleuchtet wie zuvor, doch die Strahlkraft des Mondes reichte aus. Ein kühles Licht flutete den Raum und warf scharfkantige Schatten an die Wände.

Über uns im Speisesaal erklang eine langsame Melodie in Moll, die sinnlich und ein wenig traurig klang.

Ray kam langsam durch den Raum auf mich zu, und wieder einmal musste ich mir eingestehen, wie attraktiv ich ihn fand. Im Gehen öffnete er den Knopf seines Fracks, zog ihn aus und warf ihn achtlos auf einen Sessel. Darunter trug er ein weißes Oberhemd und Hosenträger. Ich hatte den Stil der Zwanzigerjahre schon immer gemocht, und ihm stand er ausgezeichnet. Ray nahm meine Hand und drückte sie sanft auf seine Brust, während seine andere Hand meine Taille umfasste. Wir bewegten uns zum Rhythmus der Musik und sahen uns dabei unverwandt an.

Bitte lass das hier nie enden. Bitte, Zeit, halte inne und schenke mir einen Moment Ewigkeit.

Irgendwann wurden wir langsamer, bewegten uns kaum noch und lauschten nur dem schnellen Atem des anderen. Rays Hand an meinem Rücken glitt über die Streben meines Korsetts hinauf bis zu dessen Rand. Dort bestand das Kleid nur aus Spitze. Durch den hauchdünnen Stoff spürte ich die Berührung seiner Finger auf meiner Haut. Nochmals stieg ein wilder Reigen Schmetterlinge in meinem

Bauch auf. Die Spitze war filigran und bestand nur aus wenigen Fäden. Überall dazwischen lag meine Haut frei. Ganz langsam ließ Ray seine Finger höherwandern, strich meinen Nacken hinauf und legte schließlich seine Hand darum. Ich hob den Kopf, um ihn anzusehen. Wir blieben stehen, unsere Körper so nah, dass wir uns berührten.

»Lilly.« Er flüsterte meinen Namen, und ich hörte die Sehnsucht darin. Ich sah in seinen Augen, dass er mich küssen würde. Und ich wollte es auch. Ich wollte es so sehr, dass ich auf die Zehenspitzen ging und ihm entgegenkam.

Eine Welle ließ das Schiff schwanken, und ich verlor das Gleichgewicht. Ich machte einen Schritt zur Seite, doch Ray hielt mich sicher in seinen Armen.

»Jetzt verstehe ich, warum einige Leute seekrank sind«, plapperte ich und lachte nervös. Ich hatte die romantische Stimmung ein bisschen ruiniert.

Ray legte einen Arm um meine Schultern. »Komm. Wir sehen uns mal an, was draußen los ist.« Wir gingen in Richtung der Bullaugen, wo Ray mich losließ. Er schob einen Sessel ein Stück zur Seite, damit wir ungehindert vor einem Bullauge stehen konnten.

Das Meer war aufgewühlt, die schwarzen Wellen erschienen mir meterhoch. Der Himmel jedoch war komplett wolkenlos. Der Mond wirkte riesig und strahlte wie eine runde Laterne am Firmament. Gischt leuchtete hell auf den Wellengipfeln, und ihre Täler schienen endlos tief.

Ich schauderte kurz und drehte mich vom Fenster weg. Sofort folgte Ray mir. Jetzt stand er vor mir, und das Mondlicht hob jede seiner Konturen noch schärfer hervor.

Die ausdrucksvollen Wangenknochen, den sinnlichen Schwung seiner Oberlippe, die markante Kinnlinie.

»Diese paar Wellen können ihr nichts anhaben«, flüsterte er.

Ich wollte jetzt nicht an die Titanic denken. Ich wollte nicht daran denken, wie mir die Zeit durch die Finger rann. Ich wollte nicht an morgen denken. Alles, was ich wollte, war die Zeit, die uns noch blieb.

Ich lehnte mich mit dem Rücken an das Bullauge und sah hoch zu Ray. »Ich habe keine Angst«, wisperte ich.

Ray las in meinem Blick, meine Gedanken, meine Wünsche. Er überwand den letzten Abstand zwischen uns, und wieder schlang er seine Hand um meine Taille.

Mit der anderen hob er ganz zart mein Kinn an.

Dann endlich berührten sich unsere Lippen. Er strich einmal ganz sanft mit den seinen über meinen Mund, und in meinem Inneren explodierte ein Funkenregen. Ich öffnete meine Lippen, und er stöhnte leise auf. Ray hatte jetzt beide Hände um meine Taille gelegt und zog mich noch näher an sich. Als sich unsere Zungen berührten, war ich es, die leise aufseufzte. Unser Kuss wurde tiefer, leidenschaftlicher, und ich ließ mich ganz darin fallen. Meine Finger strichen wie von selbst über seinen Oberkörper, erforschten und erkundeten ihn. Ray machte einen Schritt nach vorn und drängte mich gegen das Fenster, sein großer Körper über mir wie ein dunkler Schatten. Wieder flammte unser Kuss auf und machte mich ganz wirr im Kopf. Wie von selbst zog ich an seinem Oberhemd. Ich schaffte mir genug Platz, dass ich ein Stück nackte Haut seines Rückens berühren konnte. Sie war warm und glatt, und ich spürte, wie sich die Muskelstränge bewegten, als er sich noch näher an mich drängte.

Das hier fühlte sich nicht an wie ein erster Kuss. Nein, ganz im Gegenteil. Es fühlte sich an, als hätten wir uns schon immer geküsst. Als hätten unsere Seelen sich erkannt und jetzt wieder zueinandergefunden. Wir harmonierten perfekt, und ich konnte einfach nicht genug von ihm bekommen.

Wir lösten uns voneinander, um atemlos Luft zu holen. In seinem Blick spiegelten sich meine Gedanken. Das hier hatte sich so vertraut angefühlt, so richtig. Wir waren nicht wie zwei Fremde, wir waren wie zwei Teile eines Ganzen.

»Lilly.« Seine Stimme klang rau, als er meinen Namen erneut flüsterte. Sein Blick wanderte über mein Gesicht. Er war aufgewühlt, aber das war nicht nur Verlangen, es war noch so viel mehr.

Ich wollte nicht darüber nachdenken, ich wollte ihn noch mal küssen. Ich brauchte seinen Blick nur erwidern und auf die Zehenspitzen gehen, und schon war er da. Sein Mund lag auf meinem, während er sich die Hosenträger herunterriss und dann das Hemd aus der Hose zog. Wieder strich ich über seine nackte Haut, ließ meine Finger über die Hügel und Täler seines Rückens wandern.

Unser Kuss wurde leidenschaftlicher, und wir fanden einen Rhythmus. Ganz anders als ich machte Ray keine Anstalten, irgendwelche Knöpfe bei mir zu lösen. Seine Hände strichen über meine Taille zu meiner Hüfte und dann wieder hinauf. Ich ließ mich fallen in dieses Gefühl, in diesen Wirbel aus Emotionen und Leidenschaft und vergaß alles um mich herum.

Ich wusste nicht, wann wir uns wieder voneinander gelöst hatten. Das zwischen uns war so intensiv, dass wir uns kaum beherrschen konnten. Ich stimmte sofort zu, als Ray vorschlug, dem Buffet einen Besuch abzustatten.

Wir tranken Wasser, aßen jedoch nur Kleinigkeiten. Keiner von uns hatte Hunger.

Ich hatte gerade einen kleinen Teller zur Seite gestellt, da schwankte das Schiff, und plötzlich drängte sich dieses beunruhigende Bild in meinen Kopf. Die Gräfin, seekrank und bleich, am Arm eines Stewards auf dem Weg vom Ballsaal zu ihrer Suite. Sie kontrollierte immer, ob wir in unseren Betten lagen, egal, wie spät es war. Ich wollte mir nicht ausmalen, was geschah, sollte sie mich nicht, wie erwartet, dort antreffen.

Ich sah alarmiert zu Ray. »Ich sollte gehen.«

Er runzelte die Stirn. Seine Augen glänzten, sein Mund war von unseren Küssen sinnlich geschwollen. »Glaubst du, die Gräfin ist so früh zurück?«

»Es ist nur ein Gefühl.« Nervosität machte sich in mir breit. Ich erzählte ihm von meinen Befürchtungen bezüglich des Seegangs. »Können wir sofort gehen?«

»Natürlich.« Ray ging zu dem Sessel und zog sich den Frack über.

Gemeinsam verließen wir das Zimmer, bevor ich bemerkte, dass ich immer noch das Kleid der Gräfin trug. »Ich habe meine Uniform vergessen.«

Noch auf unserem Weg zurück in den Raum nahm ich mir die Blume aus dem Haar. In meinem Kopf hörte ich eine imaginäre Uhr ticken.

Ich muss zurück. Schnell.

Der Seegang hatte sich mittlerweile so verstärkt, dass bestimmt immer mehr Menschen seekrank sein würden.

In dem Raum nahm ich den Kopfkissenbezug von dem Stuhl vor dem Sekretär hoch und presste ihn vor meine Brust. Zum Umziehen blieb mir keine Zeit. Schon war ich wieder bei Ray, und wir verließen hastig den Raum.

Mein ungutes Gefühl verstärkte sich noch weiter, als uns ein Passagier im eleganten Abendanzug entgegenkam, der ganz grün um die Nase war.

Mit besorgtem Blick sah ich zu Ray hoch. »Hoffentlich komme ich nicht zu spät.«

Ray kannte die geheimsten Schleichwege über das Schiff, und so mussten wir nur ein ganz kurzes Stück über das C-Deck bis zur Suite gehen. Nicht auszudenken, wenn ich am Speiseaal vorbeigemusst hätte.

Er bestand darauf, an der Tür der Suite zu warten, bis ich mich vergewissert hatte, ob die Gräfin bereits da war oder nicht. Vermutlich wollte er mir bei dem Donnerwetter zu Hilfe eilen, sollte sie mich bereits erwarten.

Doch ihr Schlaf- und Ankleidezimmer waren dunkel, und aus dem Trakt der Dienstboten hörte ich Adèles leises Schnarchen.

»Alles ruhig«, wisperte ich.

Ray hatte sich in den Türrahmen gelehnt und beugte sich jetzt ein Stückchen in die Suite hinein. »Dann bin ich beruhigt«, wisperte auch er, bevor er mir einen Kuss auf die Lippen hauchte. »Schlaf schön. Wir sehen uns morgen.«

»Bis morgen«, flüsterte ich zurück, und dann küsste ich ihn noch mal.

Als wir uns voneinander lösten, atmeten wir wieder

schwer, und die Anziehung zwischen uns war einfach übermächtig. Die Versuchung, ihn jetzt nicht gehen zu lassen, war groß, doch ich wollte mein Glück nicht noch weiter strapazieren. Also machte ich einen Schritt zurück, lächelte ihn noch einmal an und schloss dann leise die Tür.

Ich durchquerte die dunklen Zimmer bis zur Tür des Dienstbotenbereichs, der halb offen stand. Schon wieder erklang ein Schnarchen, und ich musste lächeln. Ich öffnete die Tür zu meiner Kammer, knipste das Licht an … und erstarrte.

Auf meinem Bett saß die Gräfin.

Kapitel 23
Lilly

Mir schossen tausend Gedanken gleichzeitig durch den Kopf. Was soll ich sagen? Ich brauche schnell eine Ausrede. Hat sie wirklich hier in völliger Dunkelheit auf mich gewartet?

Die Gräfin erhob sich, der Rücken kerzengerade, das Kinn leicht gereckt. »Wo warst du?« Ihre Stimme klang ruhig, zu ruhig.

Sie schien mein Gespräch mit Ray nicht mit angehört zu haben. Als sie das Kleid bemerkte, blähten sich ihre Nasenflügel. Sie atmete zitternd aus. Mit einer Hand hielt sie sich am Bettgestell fest. »Du trägst mein Kleid?«

»Sie haben es weggeworfen, Eure Ladyschaft.«

Noch mal blähten sich ihre Nasenflügel wie die Nüstern eines Drachen. Dann kam sie zu mir, drehte mich an den Schultern um und stieß mich grob in den Rücken. »Vorwärts.«

Sie folgte mir dichtauf, bevor sie leise die Tür zum Dienstbotentrakt hinter uns schloss.

»Setz dich.« Sie drehte den Stuhl vor dem kleinen Sekretär zur Seite.

Ich nahm Platz, drückte den Kissenbezug an mich und sah nervös zu ihr hoch. Würde sie mich wieder misshandeln? Ich konnte nicht garantieren, dann weiter in meiner Rolle zu bleiben. Was zu weit ging, ging zu weit.

Die Gräfin baute sich vor mir auf. Sie trug immer noch das imposante türkisgrüne Abendkleid, dass sie sich für den Ball ausgesucht hatte. Sie entriss mir den Kissenbezug und schüttelte ihn aus. Meine Uniform fiel auf den Boden und verdeckte die Magnolienblüte. Die Gräfin schnaubte und verzog das Gesicht, bevor sie wieder zu mir sah. »Alles, was sich in dieser Suite befindet, gehört mir.« Sie streckte den Zeigefinger lang aus, und ihr Blick wurde eiskalt. »Das Briefpapier auf dem Tisch, der Müll in dem Eimer … und du.« Ihr Finger verharrte dicht vor meinem Gesicht. »Ich dachte, du wüsstest das. Aber jetzt, da ich erfahren musste, dass du eine Diebin bist, sollte ich wohl so einiges anzweifeln.« Sie schnippte mir blitzschnell vor die Wange. Sie traf mich knapp unter dem Auge, und ich keuchte auf vor Schmerz.

Bleib ruhig. Du darfst dich nicht wehren. Es würde deine gesamte Tarnung gefährden. Aber es fällt mir so verdammt schwer …

»Mein Abend war so unerfreulich wie nur möglich«, sprach die Gräfin weiter. »Niemals hätte ich gedacht, mich so einer Schande stellen zu müssen. Ich trinke nichtsahnend ein Glas Punsch und werde von diesen Neureichen angesprochen. Irgendwelche Emporkömmlinge aus der kanadischen Provinz mit fürchterlichem Akzent und geschmacklosen Kleidern. Sie erzählen mir mit Genugtuung in der Stimme, dass mein Dienstmädchen versucht hat, die Kette ihrer Tochter zu stehlen.« Die Gräfin riss gespielt entsetzt die Augen auf. »Und sie können sogar eine Zeugin vorbringen. Ein weiteres Dienstmädchen, das mein Dienstmädchen dabei ertappt hat.«

Also hatte Mark Fortune sich doch dazu entschlossen, mich anzuschwärzen. Verdammt.

»So war es nicht, Eure Ladyschaft«, versuchte ich, mich zu verteidigen.

Die Gräfin verpasste mir eine schallende Ohrfeige. »Soll ich dir etwas sagen? Ich wollte ihnen nicht glauben. Ich habe ihnen gesagt, dass sie mich nicht belästigen und mir den Abend ruinieren sollen. Dass sie auf ihren Schmuck besser aufpassen müssen, wenn sie ihre Türen offen stehen lassen. Das ganze Schiff wimmelt nur so von Tagelöhnern, die in eine hübsche Uniform gesteckt wurden, um die bessere Gesellschaft zu bedienen. Jeder von ihnen würde sich am Schmuck bedienen, wenn er offen herumliegt. Aber jetzt …« Sie beugte sich so nah zu mir, dass ihre unheimlichen Augen übergroß wirkten. »Jetzt, da ich den Beweis habe, dass du eine Diebin bist, glaube ich diesen …« Sie suchte nach dem Namen. »… diesen Fortunes.« Sie schüttelte sich. »Was für ein vulgärer Name.«

Die nächste Ohrfeige kam aus dem Nichts. »Hörst du mir zu?«

Der Schlag war so heftig, dass mein Kopf zur Seite flog. Sternchen tanzten vor meinem inneren Auge, der Schmerz explodierte in meiner Wange. Doch das Schlimmste war, dass ich aus dem Augenwinkel etwas aus meinem Haar fliegen sah. Mein Herz setzte vor Schreck einen Moment lang aus. Meine Haarspange! Sie hatte sich durch den heftigen Schlag aus meiner Frisur gelöst. Die Gräfin keifte weiter, doch meine Aufmerksamkeit galt der Haarspange mit dem Zahnrad. Egal, was passierte, ich musste sie wieder an mich bringen.

»Ja, Eure Ladyschaft«, murmelte ich und presste mir eine Hand auf die Wange. Die Gräfin war so zierlich, aber sie schlug zu wie ein Preisboxer.

»Jetzt ist Schluss mit meiner Geduld«, rief die Gräfin. »Ich habe dir so einiges verziehen, mein Mädchen, aber ich stelle gewisse Ansprüche. Und Ehrlichkeit steht dabei an erster Stelle. Ich kann kein Mädchen gebrauchen, das hinter meinem Rücken meine Kleider trägt.« Sie erschauderte schon wieder. »Wie unfassbar peinlich. Bist du damit auf dem Schiff herumgelaufen? Wolltest du dich auf den Ball schleichen?«

Ich schüttelte den Kopf.

»Was hast du dann getan? Wo warst du?«

Ich würde nichts verraten. Niemals. Vermutlich würde es Ray nicht in große Schwierigkeiten bringen, doch man würde über ihn tratschen. Und das wollte ich ihm nicht antun.

»Ich wollte es einfach nur ein bisschen tragen, Eure Ladyschaft. Ich bin durch die Gänge spaziert, die der Crew vorbehalten sind.« Zwar lag meine Uniform immer noch auf dem Boden, was eindeutig bewies, dass ich mich irgendwo umgezogen hatte, doch die Gräfin war so aufgebracht, dass sie sie nicht mehr beachtete.

»Ach?« Sie wich zurück und verschränkte die Arme vor der Brust. »Hast du auf meine Kosten die große Dame gespielt, ja?«

Was sollte ich darauf erwidern? Ich trug ein maßgeschneidertes Designerkleid aus Paris, natürlich hatte ich wie eine Dame ausgesehen.

Mein letzter Schmerzenslaut musste Adèle geweckt haben. Die Tür des Dienstbotentrakts ging auf, und sie streckte verschlafen ihren Kopf durch die Tür. Sie erschrak, als ihr Blick auf mich fiel. »Eure Ladyschaft, was ist passiert?«

»Geh wieder ins Bett«, fauchte die Gräfin. »Das hier geht dich nichts an.«

Adèle war ganz bleich geworden. »Lilly?«

»Geh!« Die Stimme der Gräfin klang, als wäre sie kurz davor, zu explodieren. Sie machte eine wegscheuchende Handbewegung in Richtung Adèle. »Aus meinen Augen.«

Adèle verschwand, und die Tür schloss sich wieder.

»Und jetzt zu dir, mein Mädchen.« Sie riss am Ärmel des Kleides. »Hast du wirklich geglaubt, es steht dir besser als mir?«

»Mir gefiel es einfach nur so gut, Eure Ladyschaft«, wisperte ich. Und wieder zuckte mein Blick zu der Haarspange, die auf dem Boden nahe der Tür lag.

»Adèle!«, rief die Gräfin plötzlich laut.

Sofort war Adèle wieder da. »Eure Ladyschaft?«

»Ruf einen Steward.«

»Sofort, Eure Ladyschaft.« Sie huschte im Nachthemd zu einem Klingelzug an der Wand. Während sie ihn betätigte, glitt ihr fragender Blick zu mir. Ich sah weg.

Es machte mir Angst, dass die Gräfin so ruhig war. Ich hatte damit gerechnet, dass sie mich anschreien und eine laute Szene machen würde. Doch diese Ruhe war so viel unheimlicher.

Es dauerte nur kurze Zeit, dann klopfte es an die Tür

der Suite. Adèle öffnete, und die Gräfin bat den Steward herein. Leider blieb sie in der Nähe der Haarspange stehen, sodass ich nicht vom Stuhl stürzen und sie an mich nehmen konnte. Stattdessen stellte nun der Steward seinen großen Fuß darauf. Die Gräfin flüsterte ihm etwas zu, so leise, dass ich nichts verstand. Der Steward nickte knapp, dann verschwand er, ohne mich anzusehen.

Was hatte die Gräfin von ihm gewollt? Hatte sie ihn um eine Nachricht an die Fortunes gebeten? Wollte sie sie trotz der späten Stunde zu diesem Verhör dazu bitten?

Kaum war der Mann verschwunden, fixierte die Gräfin Adèle. Diese zog das Schultertuch, das sie nur hastig über ihr Nachthemd geworfen hatte, enger um sich.

»Mit wem war sie unterwegs, Adèle? Sag mir die Wahrheit.«

Adèle wirkte so ängstlich, wie ich sie noch nie zuvor erlebt hatte. »Das weiß ich nicht, Eure Ladyschaft. Wir kennen hier niemanden.«

Die Gräfin schnaubte argwöhnisch. »Ihr Dienstboten lernt euch doch grundsätzlich alle kennen. Woher sonst kommt der ganze Tratsch? Also, für welchen nichtsnutzigen Kerl hat sie sich so herausgeputzt?«

Ihre Wut drohte auf Adèle umzuschwenken, doch das würde ich nicht zulassen. »Es gibt wirklich niemanden, Eure Ladyschaft«, sagte ich schnell.

»Du sprichst nur, wenn ich dich etwas frage.« Wieder holte sie mit der Hand aus, doch ich duckte mich rechtzeitig.

Schon klopfte es erneut an der Tür. Dieses Mal war der Steward in Begleitung eines Kollegen. Die Gräfin deutete mit einer knappen Handbewegung auf mich. »Das ist sie.«

»Sehr wohl, Eure Ladyschaft«, brummte der eine, und dann kamen die beiden Männer mit festen Schritten auf mich zu.

Sie packten mich an den Oberarmen und rissen mich von dem Stuhl hoch. »Du kommst jetzt mal mit uns, Missy«, knurrte der eine, während sie mich schon in Richtung Tür schleiften.

Adèle schrie auf und presste sich dann eine Hand auf den Mund. Ihr Blick flog zwischen mir und der Gräfin hin und her. Sie schien das ganze Schauspiel nicht fassen zu können.

Das Zahnrad. Es war das Einzige, woran ich denken konnte. Ich durfte es auf gar keinen Fall hier zurücklassen. Ich musste damit fliehen, und zwar sofort.

»Adèle, geh mit und berichte mir nachher«, bellte die Gräfin.

Adèle sah an sich herunter auf das bodenlange Nachthemd, dessen Stoff nicht gerade dick war, und die Ecken des Schultertuchs, das bereits bessere Tage gesehen hatte.

»Na los«, fauchte die Gräfin.

Wieder trafen sich unsere Blicke. Adèle schien unter Schock zu stehen. »Meine Schuhe, Eure Ladyschaft«, flüsterte sie dann tonlos. »Ich habe keine Schuhe an.«

»Dann mach!« Die Gräfin schien kurz davor, endgültig ihre Geduld mit Adèle zu verlieren. Diese rannte los und war nur ein paar Sekunden später wieder da. Sie war in ihre Stiefel geschlüpft, hatte sie aber nicht zugebunden.

»Was haben Sie vor? Wo bringen Sie mich hin?«

Die Gräfin lachte nur als Antwort.

Ich musste wieder in den Besitz meiner Haarspange

kommen. Die Gräfin würde sie garantiert wegschmeißen, sollte sie sie entdecken.

Mir blieb nur noch wenig Zeit, um zu reagieren. Die Männer hatten sich mit mir umgedreht, um auf weitere Befehle der Gräfin zu warten. Als Adèle aus dem Trakt der Dienstboten kam, trafen sich unsere Blicke. Ich deutete mit dem Kopf auf den Boden, wo die Spange lag. Adèle fing meinen Blick auf, doch sie verstand nicht. Ich formte lautlos mit dem Mund das Wort *Haarspange.* Wieder deutete ich mit dem Kopf kurz darauf.

»Nicht herumzappeln«, brummte einer der Männer.

Adèle hatte verstanden. Sie war so klug, sich nach ihren Stiefeln zu bücken, um die Schnürbänder hineinzustopfen und dann wie nebenbei nach der Haarspange zu greifen.

Ich warf ihr einen sehr dankbaren Blick zu, als sie wieder hochkam. Adèle war einfach großartig. Was würde ich nur ohne sie machen.

Sie nickte knapp.

»Schaffen Sie sie mir aus den Augen, meine Herren.« Die Gräfin holte zwei große Geldscheine aus ihrer Börse, die auf dem Schminktisch lag. Es waren Pfundnoten, und sie steckte jedem der Stewards eine zu.

Ich wurde unter jeder Menge dankender Worte aus dem Zimmer geschleift. Die Gräfin knallte die Tür hinter uns zu.

»Wo bringen Sie sie hin?«, fragte Adèle, kaum dass wir auf dem Flur waren.

»Keine Gespräche«, war die knappe Antwort.

Adèle wandte sich an mich. »Was kann ich tun, Lilly?«

»Bitte sprechen Sie nicht mit ihr, Miss«, sagte der andere Steward.

Daraufhin senkte Adèle den Kopf, warf mir aber immer wieder besorgte Blicke zu. Ich selbst hatte auch keine Ahnung, wohin man mich bringen würde. Doch solange ich irgendwie an das Zahnrad kam, war ich optimistisch. Ich würde sofort fliehen. Dieser Auftrag wuchs mir über den Kopf, und ich wusste mir keinen Rat mehr. Ich hatte versagt und wollte nur noch weg.

Meine Wange brannte wie Feuer. Es war das zweite Mal, dass die Gräfin mir wehgetan hatte. Ich würde keinen weiteren Tag in ihren Diensten ertragen, oder ich würde mich irgendwann nicht mehr beherrschen können, und ihr zeigen, dass mein Kampfsporttraining nicht umsonst gewesen war. Es hatte mich so viel Selbstbeherrschung gekostet, stillzuhalten, als sie mich schlug.

Widerwillig musste ich mir erneut eingestehen, dass ich versagt hatte. Sie alle hatten mich vor der Gräfin gewarnt, aber ich hatte ja nicht auf sie hören wollen. Ein kluger Mensch bezog den Rat anderer in seine Entscheidungen mit ein. Ich hingegen wollte mit dem Kopf durch die Wand und beweisen, dass ich in der Lage war, einen Auftrag allein zu erledigen. Und gerade mein erster sollte so grauenhaft schiefgehen. Ich würde nicht nur Ethels Kette hierlassen müssen, sondern auch all das, was ich mitgebracht hatte. Und das schmerzte mich am meisten, denn es war eine der Regeln des Kodex, niemals Spuren zurückzulassen.

Ich war so in Gedanken versunken, dass ich meine Umgebung kaum wahrnahm. Als ich jetzt den Kopf hob, bemerkte ich die Blicke der anderen Passagiere. Wir mussten ein seltsames Quartett abgeben. Zwei Stewards, die mit grimmigen Blicken die Oberarme einer jungen Frau im luxuriösen Abendkleid umfasst hielten, und daneben eine Dienstmagd in Nachthemd und offenen Schuhen.

Natürlich sprach uns niemand an, doch es würde sicherlich eine Menge Tratsch geben morgen früh beim Frühstück.

Einer der Stewards löste seinen Griff etwas, und sofort nutzte ich meine Chance. Ich stieß ihm den Ellbogen in den Magen, und kaum dass er mich keuchend losließ, drehte ich mich zu dem anderen Steward.

Sobald ich ihn auf den Boden geworfen hatte, würde ich Adèle die Spange abnehmen und um die nächste Ecke flüchten. Von dort aus konnte ich zurück in meine Zeit reisen.

Alles klappte wie am Schnürchen. Ich nutzte das Überraschungsmoment aus und warf den Mann mit einem Judogriff auf den Boden. Obwohl er fast einen Kopf größer war als ich, konnte er sich der Hebelwirkung meines Griffs nicht erwehren. Adèle schrie auf.

»Gib mir die Spange!«, rief ich und streckte meine Hand danach aus.

Der erste Mann, den ich außer Gefecht gesetzt hatte, war schneller wieder einsatzbereit, als ich gehofft hatte. Noch auf dem Boden warf er sich nach vorn und griff nach meinen Waden. Er riss mir einfach die Füße weg. Ich fiel wie ein gefällter Baum und knallte hart auf meine Schulter. Nochmals schrie Adèle, die Spange immer noch in der Hand.

Der zweite Mann stöhnte, aber auch er griff wieder nach mir. Sie drückten mich gemeinsam auf den Boden, sodass ich kaum Luft bekam. Dann rissen sie mich zurück auf die Füße.

Adèle weinte jetzt laut, und ein Passagier sprach uns an, doch die Stewards wimmelten ihn ab.

»Was geschieht mit ihr?«, rief Adèle noch mal, aber die Stewards schwiegen immer noch grimmig. Mittlerweile hielten sie mich so fest, dass ich mir sicher war, dass meine Arme morgen grün und blau sein würden.

Überrascht stellte ich fest, dass sie mich zur Krankenstation brachten. Ein Steward hämmerte an die Tür, ohne mich loszulassen. Kurz darauf öffnete eine verschlafen wirkende Frau in der weißen Uniform einer Krankenschwester. »Ich bin so schnell gekommen, wie ich konnte. Gibt es einen Notfall? Dann wecke ich den Doktor.« Sie musterte mich fachmännisch von Kopf bis Fuß.

»Nein«, brummte der eine Steward. »Wir brauchen die Zelle.«

Die Zelle? Besorgt sah ich mich um. Die Stewards schleiften mich in einen Behandlungsraum und dann einen Gang hinunter. Die Türen zu vier schmalen Patientenzimmern standen offen. Die fünfte Tür befand sich in der Wand am Ende des Ganges und war aus dickem Stahl. Sie besaß ein kleines Fenster, das vergittert war. War das die Zelle? Einer der Stewards schloss sie auf und machte den Blick ins Innere frei. Auf dem Boden lag eine Matratze, die kaum größer war als für ein Kind. An der anderen Wand befand sich ein kleines Waschbecken, und darunter stand ein Eimer mit einem Deckel. Sogar das Bullauge war vergittert. Die ganze Zelle war kaum größer als ein Wandschrank, Panik stieg in mir auf. *Nein. Nicht hier. Bitte nicht hier …*

Die Stewards stießen mich in das Zimmer, obwohl ich mich wehrte. Ich wollte mich zu Adèle umdrehen, doch ich hatte keine Chance. Schon schlug die Tür hinter mir zu, und ein schwerer Schlüssel drehte sich im Schloss. *Mein Zahnrad!*

»Lilly!«, hörte ich Adèle rufen.

Einer der Stewards sagte etwas, dann vernahm ich die Geräusche eines Handgemenges. »Lassen Sie mich los. Sie ist meine Freundin.«

Adèles Gesicht erschien an dem vergitterten Fenster in der Tür, das nicht einmal so groß wie ein DIN-A4-Blatt war.

»Ich sehe, was ich tun kann. Halte durch. Mach dir keine Sorgen, ma petite.« Sie tat so, als wolle sie sich verabschieden. Doch dann hob sie die Hand und ließ etwas in die Zelle fallen.

Es war die Haarspange.

»He, was hast du da gemacht?« Ein anderes Gesicht erschien an der Öffnung.

Schnell stellte ich meinen Fuß auf die Spange. »Lassen Sie mich hier raus«, rief ich.

»Nichts da. Du bist des Diebstahls in zwei Fällen beschuldigt. Du wirst den Rest der Reise hier verbringen, bevor du in New York einem Richter vorgeführt wirst, Missy. Das wird dir eine Lehre sein.«

»Ich werde dich besuchen«, rief Adèle.

»Kein Besuch«, knurrte eine Stimme. »So sind die Vorschriften.«

Und dann schloss sich eine Tür vor dem vergitterten Fenster. Ich blieb in der fahlen Dunkelheit zurück. Lediglich das wenige Mondlicht, das durch das Bullauge fiel, spendete mir etwas Licht. Ich bückte mich und hob die Haarspange auf. Ich öffnete sie und ließ das Zahnrad auf meine Hand gleiten. Vorsichtig platzierte ich es so, dass drei der Spitzen mit den drei Muttermalen in meiner Handfläche Kontakt hatten. Schon spürte ich die Magie.

Bring mich zurück, wisperte ich in Gedanken. Ich bedauerte es, dass ich mich nicht bei Adèle bedanken konnte, dafür dass sie mich gerettet hatte. Und Ray … Wie gern hätte ich ihn noch einmal gesehen. Wie gern hätte ich ihm irgendwie Lebewohl gesagt. *Ich werde dich mein Leben lang nicht vergessen. Du fehlst mir schon jetzt. Ray, ich wünschte …*

Die Magie jagte durch meine Wirbelsäule, und dann spürte ich, wie sie sich um mich herum aufbaute. Die Matratze raschelte leise, und der Deckel des Eimers klapperte.

Dann war alles still. Ich öffnete die Augen. Die Zelle lag dunkel und kühl vor mir.

Nein. Der panische Gedanke von vorhin begann sich in meinem Kopf zu manifestieren. *Nein, das darf nicht sein.*

Ich versuchte es noch mal. Schloss die Augen, konzentrierte mich auf das Gefühl, dachte an zu Hause.

Der Wirbel baute sich auf, dann brach er wieder ab.

Jetzt hatte ich es ganz deutlich gespürt. Die Magie prallte an den dicken Stahlwänden ab. Der Wirbel konnte sich nicht richtig aufbauen. Metall konnte das Zeitreisen behindern. Die Magie brauchte Platz, um sich auszudehnen, der Wirbel brauchte ausreichend Schwung.

Hier in dieser winzigen Zelle aus Stahl und Eisen hatte meine Magie keine Chance. Und warum hatte ich an diesem Abend meine Haare offen getragen? So hatte ich keine einzige Haarnadel, aus der ich einen provisorischen Dietrich formen konnte, um die Gefängnistür zu knacken. Es war zum Verzweifeln.

Ich probierte es ein drittes Mal. Und noch mal.

Nichts.

Ich ließ mich an der Tür hinab auf den Boden rutschen. Man wollte mich eingesperrt lassen, bis die Titanic New York erreichte. Doch schon morgen Nacht würde die Titanic um kurz vor Mitternacht mit einem Eisberg kollidieren und sinken. Zwei Drittel der Passagiere würden das Unglück nicht überleben. Ray würde nach mir suchen, aber die Gräfin würde ihm nichts über meinen Verbleib erzählen. Adèle würde vermutlich versuchen, jemanden zu meiner Rettung zu schicken, sich aber der Gräfin niemals widersetzen. Und die Stewards hatten in dieser Situation mit den feinen Leuten der ersten Klasse genug zu tun, als sich um eine gefangene Dienstmagd auf der Krankenstation zu kümmern.

Meine Chancen standen denkbar schlecht.

Ich betrachtete das Zahnrad auf meiner Hand, und eine eisige Kälte breitete sich in meinem Inneren aus. So also würde es enden. Ich hatte nicht nur versagt. Nein … Ich würde an Bord der Titanic sterben.

Kapitel 24
Damien

Ich lag vollbekleidet auf meinem Bett und starrte hinauf an die dunkle Decke. Der Seegang war noch heftiger geworden, und das Schiff schwankte regelmäßig unter den großen Wellen, die auf seine Außenhaut prallten. Ich war mir ziemlich sicher, dass der Ball nicht gut besucht gewesen war. Genau konnte ich es jedoch nicht sagen, denn ich war nicht hingegangen.

Nachdem ich Lilly zur Suite gebracht hatte, war ich in mein Zimmer zurückgekehrt. Doch an Schlaf war nicht zu denken. Zu viel schwirrte mir im Kopf herum.

Lilly ging mir unter die Haut, und das war gefährlich, denn es machte mich schwach und irrational. Und dennoch wollte ich immer mehr davon, mehr von ihr. Ich war schon mit Mädchen zusammen gewesen, aber so etwas wie mit ihr war mir noch nie passiert. So etwas hatte ich noch nie gefühlt. Sofort spürte ich wieder dieses Kribbeln in meinem Bauch, als ich an sie dachte. Unser erster Kuss war aufregend gewesen. Aber es war nicht nur das. Ich dachte an ihr fröhliches Lachen, wenn sie mit den Hunden spielte. Die Art, wie sie mich ansah, wenn sie glaubte, ich bemerkte es nicht. Die eine Strähne, die sich immer aus ihrer Frisur löste. Natürlich wollte ich sie küssen, bis wir beide den Verstand verloren, aber ich wäre auch genauso glücklich, einfach nur schweigend neben ihr zu sitzen und ihre Hand zu halten.

Es war ein übermächtiges Gefühl, und wenn ich ganz ehrlich war, machte es mir Angst.

Plötzlich konnte ich nicht mehr still liegen. Ich schwang die Beine über die Bettkante und ging zu dem Bullauge. Dort lehnte ich mich mit der Schulter gegen die Wand und sah hinaus in die stürmische Dunkelheit. Wie viel Zeit wohl bereits vergangen war? Ob Lilly auch schlaflos in ihrem Bett lag?

Bei einem kurzen Blick auf meine Taschenuhr wurde mir ganz kalt. Es war 23.45 Uhr. Eine Viertelstunde vor der Geisterstunde und genau die Zeit, zu der die Titanic morgen mit dem Eisberg kollidieren würde. Ich ließ die Uhr wieder zuschnappen und sah hinaus aufs Meer. Der morgige Tag würde alles entscheiden. Nicht nur mir lief die Zeit davon, auch Lilly hatte einen Auftrag.

Ich wandte mich vom Fenster ab und stieß einen wütenden Laut aus. Ich konnte es nicht. Ich konnte Lilly nicht in der Vergangenheit zurücklassen.

Ich ging zum Nachttisch und nahm einen Schluck aus meinem Wasserglas. Draußen auf dem Gang hörte ich Stimmen, also durchquerte ich mein Zimmer und öffnete die Tür. Drei Stewards standen zusammen und berieten sich. Sie alle hatten Tabletts mit Teekannen dabei.

»Was ist denn hier los?« Es kostete mich immer Überwindung, den arroganten Oberschichtstonfall anzuschlagen, der in diesen Zeiten für einen Passagier der ersten Klasse völlig normal war.

»Entschuldigen Sie, Sir, falls wir Sie gestört haben«, sagte der eine, und sie alle drei neigten höflich den Kopf. »Wir verteilen Ingwertee. Die Seekrankheit macht vielen zu schaffen, und die Küche arbeitet auf Hochtouren. Möchten Sie auch eine Kanne?«

»Nein, vielen Dank.« Ich schloss die Tür wieder. Also lag ich richtig mit meiner Einschätzung.

Ob es Lilly gut ging? Ich lehnte mich von innen an die Tür und öffnete die zwei obersten Hemdsknöpfe. Sie hatte keine Symptome der Seekrankheit gezeigt, also hoffte ich, dass sie davon verschont bliebe. Ich dachte an die unausstehliche Gräfin. Ihr würde ich es fast wünschen, doch das würde bedeuten, dass Lilly sie die ganze Nacht bedienen musste. Und das wollte ich natürlich nicht.

Ich nahm noch einen Schluck von meinem Wasser und ging dann im Zimmer auf und ab, weil ich so besser nachdenken konnte. Ich wollte Lilly nicht verlieren. Bisher hatte ich mein Leben anderen gewidmet. Meinem Vater, meiner Sorge um Ruby. Durfte ich nicht ein Mal egoistisch sein?

Ich strich mir mit beiden Händen das Haar zurück. Ich erinnerte mich, wie mein Vater reagiert hatte, als ich ihm zum ersten Mal von meinen Zukunftsplänen erzählt hatte. Veterinärmedizin studieren, eine Praxis eröffnen und an einem Nachmittag in der Woche eine kostenlose Sprechstunde für diejenigen anbieten, die sich keine Behandlung für ihre Tiere leisten konnten. Tief in mir drinnen brannte dieses Bedürfnis, Gutes zu tun. Ich wollte helfen, ich wollte meinen eigenen kleinen Beitrag zu einer besseren Welt leisten.

Mein Vater hatte so laut gelacht, dass die Gläser in seiner Hausbar geklirrt hatten, und mich dann einen naiven Spinner genannt, der sein *Erfolgsgen* wohl nicht geerbt hatte. Und danach hatte er mich dank einer großzügigen Spende an der Stanford Universität für ein Wirtschaftsstudium angemeldet. Ruby hatte den Druck nie gut verkraftet. Ich hatte mich schon in jungen Jahren für sie verantwortlich gefühlt. Das hatte mich zu einem Spielball für die Wünsche meines Vaters gemacht. Wenn Ruby Ballerina werden durfte, ging es ihr gut. Wenn Ruby mit Vaters Geld teure Dinge kaufen konnte, ging es ihr gut. Wenn Ruby ihre Therapiestunden nehmen konnte, ging es ihr gut. Und er würde ihr all das nehmen, wenn ich nicht mehr funktionierte. Ich war mir relativ sicher, dass er eine weitere Aufgabe für mich finden würde, sollte ich die zwei letzten Zahnräder für ihn aufgetrieben haben. Es war ein Kreislauf, der niemals enden würde. Und genau deshalb hatte ich beschlossen, dass nur eine Flucht zusammen mit Ruby all das beenden konnte. Sie hatte zugestimmt, wollte stark sein, wollte es schaffen, auch ohne die vielen Dinge, die das Leben dank Vaters Geld leichter machten. Wir würden beide unseren Teil dafür bezahlen. Ich konnte sie jetzt nicht im Stich lassen. Das hatte ich noch nie, und das würde ich auch nicht.

Aber ich wollte auch ein eigenes Leben. Ich hatte einen Traum vom Glück, eine Vision meiner Zukunft, und genau deshalb traf ich jetzt eine Entscheidung.

Ich würde Lilly alles erzählen.

Ich dachte immer noch über die schwerwiegende Entscheidung nach, über das Wann und Wo und Wie, als in der Kabine neben meiner die Tür geöffnet wurde und das Licht anging. Thomas Andrews war zurück. Da die Verbindungstür nur angelehnt war, hörte ich ihn im Zimmer umherlaufen. Bei mir brannte kein Licht, und vermutlich nahm er an, dass ich schlief. Irgendwann tauchte sein Kopf in der Tür auf, sein Blick ging direkt zum Bett. Etwas überrascht entdeckte er mich neben dem Nachttisch.

»Ich habe dich auf dem Ball vermisst.« Er klang traurig, nicht wütend.

»Mir war nicht danach.«

Er kam in mein Zimmer, knipste das Licht an und betrachtete mich. »Deine Kleidung spricht eine andere Sprache.«

Ich seufzte und drehte mich von ihm weg. »Ich möchte jetzt nicht streiten. Können wir es einfach dabei belassen?« Ich trank mein Wasser aus, und das kühle Nass beruhigte mein aufgewühltes Gemüt. Ich spürte, wie er mich lange musterte. »Hast du dich wie ein Gentleman verhalten, Rayford?«

Ich schwang herum. »Ich habe sie geküsst, wir haben uns geküsst«, korrigierte ich mich dann. »Mehr ist nicht geschehen.«

Er seufzte, wirkte aber erleichtert. Dennoch versuchte er, mich streng anzusehen. »Du kennst meine Meinung dazu.«

»Ja. Wir haben ausgiebig darüber gesprochen, Vater.« Es verwirrte mich immer noch, dass wir Gespräche führten, die in einer ganz normalen Vater-Sohn-Beziehung zu dieser Zeit stattgefunden hätten. Er sorgte sich um meine

Zukunft und die von Lilly. Mein leiblicher Vater hatte sich noch nie um mich gesorgt.

Thomas Andrews schlüpfte aus seinem Frack. »Die Wetterlage stellt besondere Anforderungen an das Schiff. Ich habe bereits mit Captain Smith geredet. Ich werde noch einen Rundgang machen. Wie geht es dir? Bist du seekrank?«

»Nein, mir geht es gut, danke.«

Thomas Andrews Blick glitt zu meiner Fahrkarte, die auf meinem Nachttisch lag. Dort hatte ich mir eine Verabredung zum Squash mit den Jungs notiert. »Deine Handschrift hat sich in der letzten Zeit verändert.« Er sah kurz mir. »Aber zum Positiven. Gefällt mir sehr gut.«

Einen Moment lang hatte ich befürchtet, so ein winziges Detail würde meinen Betrug auffliegen lassen, doch jetzt war ich erleichtert.

»Möchtest du mich begleiten? Im Hinblick auf dein Ingenieursstudium könntest du einen interessanten Einblick in die Praxis bekommen«, fragte er dann.

Ich betrachtete ihn, diesen Mann mit den klugen Augen, dessen Mund sich gerade nicht entscheiden konnte, ob er lächeln oder streng gucken sollte. Ich hatte mich dazu entschlossen, Lilly einzuweihen, ihr die Wahrheit zu sagen, und in diesem Moment schmerzte es mich zutiefst, dass Thomas Andrews meinem Schauspiel ausgesetzt war. Er sprach hier mit mir, obwohl doch sein echter Sohn so kurz nach seinem Schulabschluss in Schottland verstorben war. Er sprach über eine Zukunft, die keiner von uns beiden haben würde. Ich wollte ihm sagen, dass ich nicht der war, für den er mich hielt. Ich wollte ihm sagen, wie leid mir all das tat und dass es mir eine Ehre gewesen war, ihn kennengelernt zu haben. Ich wollte mich bei ihm dafür bedanken, dass er es gewesen war, der mir gezeigt hatte, wie es sein könnte. Thomas Andrews hatte mir gezeigt, wie es war, einen Vater zu haben.

»Es wäre mir eine Ehre, Vater.« Meine Stimme klang belegt, und ich musste hart schlucken. *Nur noch ein Tag. Er würde mir fehlen.*

*

Der Maschinenraum war das Beeindruckendste, das ich jemals gesehen hatte. Ich war froh, dass ich zugestimmt hatte, Thomas Andrews auf seinem Rundgang durch das Schiff zu begleiten. Der Raum war drei Decks hoch, und das Stampfen der riesigen Maschinen vibrierte in meinem Bauch.

Wir kletterten noch tiefer in das Innere des Schiffes. Hier arbeiteten die Heizer. Männer, die riesige Berge von Kohlen in Hochöfen schaufelten. Ruß schwirrte durch die Luft, und es war so warm wie in einer Sauna. Die Männer riefen sich Kommandos und motivierende Worte zu, während Wasserdampf zischend aus Ventilen entwich.

Thomas Andrews hatte das Klemmbrett dabei, für das er mittlerweile auf dem Schiff berühmt und berüchtigt war. Er machte sich über alles Notizen und war wie immer ein Ansprechpartner für alle. Ein Heizer berichtete ihm von den zu schmalen Gängen im Lager, und als der Mann mit seinem großen Zeigefinger auf eine Skizze deutete, die Thomas Andrews angefertigt hatte, blieb dort ein schwarzer Fingerabdruck zurück.

Wir nahmen unzählige Treppen, kaum breit genug für

einen Mann, und irgendwann traten wir durch eine Tür und befanden uns wieder in der ersten Klasse. Vom E-Deck aus konnten wir die Fahrstühle bis ins oberste Deck nehmen. Natürlich waren die Zugänge zur Brücke nur fürs Personal, doch man erwartete uns bereits.

Hinter einem *Nur für Offiziere*-Türschild öffnete sich ein Gang, von dem mehrere schmale Türen abgingen, bis wir schließlich das Kontrollzentrum erreichten.

Es gab einen Bereich, der hinter einer großen Glasfront lag, dahinter schloss sich ein breiter Ausguck an, der einen umfassenderen Blick über das Meer erlaubte.

Captain Edward Smith stand in seiner blütenweißen Uniform neben seinem Ersten Offizier William Murdoch und nippte an einer Tasse Tee. Der blumige Geruch des Darjeeling wehte bis zu mir herüber.

»Sind Sie zufrieden mit Ihrem Schiff, Mr Andrews?« Captain Smith, ein Mittsechziger mit der aufrechten Haltung eines Offiziers, musterte Thomas Andrews lächelnd über den Rand seiner Teetasse.

»Sie schlägt sich gut«, erwiderte dieser. Dann legte er mir eine Hand an den Rücken. »Captain, Sie kennen Rayford bereits. Aber darf ich Ihnen meinen Sohn vorstellen, Mr Murdoch. Er hat soeben seinen Schulabschluss in Schottland gemacht.«

»Glückwunsch.« William Murdoch streckte mir die Hand hin. »Die Internate in Schottland sind ein hartes Pflaster.«

»Das sind sie, Sir«, erwiderte ich höflich. »Aber wie sagt man so schön: Die Schwachen gehen unter, und die Überlebenden erbauen Weltreiche.«

Die Männer lachten.

»Hört, hört«, sagte Captain Smith und hob seine Tasse in meine Richtung. »Und Sie treten in die Fußstapfen Ihres talentierten Herrn Vaters, nehme ich an?« Er musterte mich interessiert.

»Das stimmt. Ich strebe ein Ingenieursstudium an.«

»Na, dann ist der Nachwuchs bei Harland & Wolff doch gesichert.«

Jetzt ruhten die Augen der beiden Offiziere auf Thomas Andrews. Ich warf ihm einen Seitenblick zu, und wieder bemerkte ich, wie stolz er wirkte. Und wieder jagte es mir einen Stich ins Herz.

»Es ist wirklich eine stürmische Nacht«, sagte ich schnell.

»Das ist in diesen Breitengraden nichts Ungewöhnliches.« Captain Smith reichte seinen Tee einem Offizier und bedeutete uns, ihm nach draußen zu folgen.

Wind riss an unseren Haaren und Kleidern. Das schwarze Meer war aufgepeitscht und wild, der Himmel immer noch klar und die Sterne leuchteten wie Lichtpunkte in einer unendlichen Dunkelheit. Eine Gänsehaut jagte mir den Körper hinab.

Captain Smith legte eine Hand auf ein Steuerrad, dann lächelte er mich an. »Keine Angst, junger Mann. Ein bisschen Wind und Wellen machen ihr nichts aus. Die Titanic ist unsinkbar.«

Sie haben ja keine Ahnung, Captain, wollte ich erwidern. *Sie haben ja keine Ahnung.*

Kapitel 25
Lilly

Ich hatte es noch unzählige Male versucht. Doch irgendwann hatte die Magie meinen Körper so ausgelaugt, dass ich die Spange samt Zahnrad zurück in mein Haar gesteckt und in einen unruhigen Schlaf gefallen war.

Die Nacht wich einem grauen Morgen, und zum Frühstück schob mir die Krankenschwester zwei Scheiben Toastbrot durch das vergitterte Fenster in der Tür.

Ich flehte sie an, mich hinauszulassen, doch sie sah mir nicht mal in die Augen. Dann tat ich so, als habe ich schlimme Bauchschmerzen. Bei einem medizinischen Notfall müsste sie mich behandeln. Doch sie drehte sich einfach nur weg und schloss das Fenster.

Ich aß die zwei Scheiben Toast und trank etwas Wasser aus dem Hahn. Dann benutzte ich den furchtbaren Eimer und machte schnell den Deckel wieder darauf, bevor ich mich voller Scham abwandte. Kaum hatte ich genug Kraft, versuchte ich erneut, mit dem Zahnrad zu entkommen. Wieder baute sich der Wirbel auf, wieder prallte er an den Stahlwänden ab und zerbrach wie zuvor.

Ich setzte mich zurück auf die schmale Matratze, weil der Boden eiskalt war. Anhand des Stands der Sonne versuchte ich zu schätzen, wie viel Uhr es war. Ich vermutete, dass es schon nach Mittag sein musste. Mir lief die Zeit davon. Ich wollte hier nicht sterben!

Ich sprang auf und hämmerte mit den Fäusten an die Tür. Es schien Ewigkeiten zu dauern, bis die Schwester erschien.

»Wenn du dich weiter so aufführst, rufe ich die Stewards.«

»Ich muss hier raus!«, schrie ich. »Können Sie mich nicht nur einen Moment herauslassen? Ich halte es in diesem engen Raum nicht aus. Ich habe Angst, ich verliere noch den Verstand.«

Das schien das Stichwort der Krankenschwester zu sein. Statt ein Wort zu sagen, zog sie vielsagend die Brauen hoch. Im nächsten Moment knallte sie die Tür vor dem Fenster wieder zu.

Ich schlug weiter an die Tür, bis sich endlich ein Schlüssel im Schloss drehte. Erleichtert ließ ich die Hände sinken. Sobald die Schwester die Tür öffnete, würde ich sie zur Seite schubsen und noch im Behandlungszimmer mit dem Zahnrad fliehen. Hoffnung flammte in mir auf.

Es wird doch noch alles gut werden.

Die Tür schwang auf, und wieder standen diese zwei riesigen Stewards vor mir. Einer hielt etwas in der Hand, das aussah wie eine Tischdecke.

»Die Krankenschwester sagt, du könntest eine Gefahr für dich selbst darstellen.« Ihre zwei Körper waren wie eine Wand, als sie in die Zelle drängten. Trotzdem versuchte ich es. Ich warf mich ihnen entgegen, verzweifelt genug, noch mehr Verletzungen in Kauf zu nehmen. Doch ich hatte kaum geschlafen und seit zwölf Stunden nur zwei Scheiben Toast bekommen. Der eine lachte sogar, als ich zu Boden ging. Ich war an ihnen abgeprallt und saß nun auf dem Hintern.

Die beiden packten mich unter den Armen, hoben mich zurück auf die Füße und begannen dann, mich auszuziehen. Ich boxte und trat gleichzeitig. »Was tun Sie da?«

»Die Krankenschwester sagt, du könntest eine Gefahr für dich selbst darstellen«, wiederholte der eine Steward stumpfsinnig, während er an den Knöpfen meines Kleids riss.

Ich trat nach dem anderen, der mir die Schuhe auszog, doch er grinste nur. Dann zog er triumphierend einen Schnürsenkel heraus und hielt ihn hoch. »Das ist alles gefährlich.«

Der Steward, der an meinem Kleid nestelte, fluchte laut. »Diese verdammten Knöpfe!«

Der andere kam hoch. »Ich helfe dir.« Er grub seine großen Finger in den hohen Halsausschnitt des Kleids. Im nächsten Moment hörte ich Stoff reißen, und Knöpfe flogen in alle Richtungen.

Ich kreischte auf, doch ich hatte keine Chance. Die Männer entkleideten mich bis auf die Unterwäsche. Sie berieten sich wegen des Korsetts, entschieden sich aber aufgrund der Bänder dafür, es mir auszuziehen. Was ihnen noch mehr Schwierigkeiten bereitete. Schließlich rissen sie auch diese Bänder auf, anstatt es vorne aufzuhaken, und machten es so unbrauchbar. Meine langen Socken rutschten mir auf die Knöchel, weil sie nun nicht mehr am Korsett befestigt waren. Hemdchen und lange Unterhose boten kaum Schutz gegen die kühle Luft in der Zelle.

Ich schlang meine Arme um den Oberkörper.

Jetzt hob der eine das Etwas vom Boden hoch, das ich für eine Tischdecke gehalten hatte. Es war eine Mischung aus Nachthemd und Krankenhemd, das so lang war, dass es mir weit übers Knie reichte. Im Vergleich zu den Unterröcken und dem langärmeligen Kleid war es eine deutliche Verschlechterung. Sofort bekam ich eine Gänsehaut.

Einer der Stewards betrachtete mich prüfend. »Geben wir ihr die Stiefel zurück, der Boden wird eiskalt sein.« Er entfernte auch den zweiten Schnürsenkel und warf mir die Schuhe dann vor die Füße. Sie rafften das Kleid, den Unterrock und das Korsett vom Boden hoch, und ich betete, dass sie meine Haarspange nicht auch als eine Gefahr einstufen würden. Doch da keiner von beiden mir ins Gesicht sah, übersahen sie diesen Teil meines Körpers wohl.

»Wage es ja nicht, Missy«, knurrte der andere mit erhobenem Zeigefinger, als sie sich abwandten, um die Zelle zu verlassen. »Bis jetzt waren wir sanft, aber wenn du uns noch mal angreifst, versohlen wir dir den Hintern.«

Wäre es mir gut gegangen, hätte ich die Augen verdreht über so einen Spruch und ihm dann ein paar Takte dazu erzählt. Doch ich befand mich in einer anderen Zeit und stand nur im Nachthemd vor zwei Kerlen, die die Zwei-Meter-Marke nur knapp verfehlten.

»Ich möchte mit dem Captain sprechen.«

Sie brachen in Gelächter aus. Die Tür knallte zu, und das Gesicht des einen erschien vor dem vergitterten Fenster. »Und ich möchte gern mit dem König von England sprechen. Sonst noch einen Wunsch, Missy?«

»Auch Gefangene haben Rechte«, erwiderte ich mit fester Stimme. »Was hier passiert, ist gegen das Gesetz.«

»Hier gilt das Seerecht«, erwiderte der andere mürrisch. »Der Captain ist unser Richter, und er hat keine Zeit für eine Person wie dich. Du wirst warten müssen, bis wir in New York sind.«

»Das ist nicht fair«, rief ich und rannte zur Tür. Durch das Gitter sah ich gerade noch, wie der eine Steward meine Kleider auf meine Reisetasche fallen ließ. Offenbar hatte die Gräfin all meine persönlichen Habseligkeiten aus ihrer Suite entfernen lassen. »Ich bestehe auf ein Gespräch mit dem Captain«, sagte ich mit möglichst fester Stimme. »Auch meine Seite muss gehört werden, bevor man mich einsperrt.«

Das Gesicht eines Stewards kam dem Gitter ganz nah, sodass ich automatisch zurückwich. Es war pockennarbig und sonnengegerbt. »Hör zu, Missy. Bevor ich auf diesem piekfeinen Kutter angeheuert habe, bin ich auf ganz anderen Booten gefahren. Sumatra, Galapagos, La Tortuga hatten diese Kähne als Ziel. Und wenn da einer geklaut hat, haben wir ihn über die Planke geschubst, und er war nichts mehr als Haifutter. Also hör auf herumzukrähen, als hättest du irgendein Recht, dich zu beschweren.«

Dann knallte die Tür vor dem Gitter zu.

*

Sie hielten Wort. Niemand kam, um meine Seite der Geschichte anzuhören. Ich hatte gehofft, dass Adèle es schaffen würde, sich zu mir zu schleichen. Doch leider war die Gräfin nicht dumm und hatte mittlerweile sicher bemerkt, wie gut wir uns verstanden. Sie würde Adèle eher beim Essen hinter sich stehen lassen, als ihr nur eine Minute lang die Chance zu geben, mich zu besuchen.

Ray würde mein Fehlen erst heute Abend bemerken, wenn ich nicht zu dem üblichen Treffen bei den Hundezwingern erschien. Aber ob er dann unmittelbar handeln würde? Ich war mir nicht sicher. Im Gegenteil, ich stellte mich immer mehr darauf ein, dass ich in eine Situation geraten war, aus der es kein Entkommen gab.

Die Sonne sank tiefer am Himmel, und wieder bekam ich nur zwei Scheiben Toast. Ich hatte die Matratze jetzt vor die Tür geschoben, damit ich mich dort anlehnen und durch das Bullauge an der gegenüberliegenden Wand sehen konnte. Ich musste einfach den Himmel sehen, um nicht den Verstand zu verlieren.

Ich dachte an meinen Vater und wie es für ihn weitergehen würde, wenn ich nicht zurückkam. Mit meinem Scheitern wäre auch unser Zahnrad verloren. Ob Jonny ihm etwas antun würde, wenn er die geforderte Summe nicht zurückzahlen konnte?

Ich war wütend, und ich schämte mich, dass ich so sehr versagt hatte. Offenbar war ich überhaupt nicht geeignet für diese Aufgabe. Mein Vater hatte recht gehabt, dass er mich nicht allein reisen ließ. Er hatte mich offenbar besser gekannt als ich mich selbst.

Das verlorene Zahnrad wäre auch für all die nachfolgenden Generationen ein schwerer Verlust. Immerhin sicherte es uns einen Teil des Einkommens. Es war etwas ganz Besonderes und etwas unendlich Wertvolles, und nun würde es auf dem Grund des Meeres landen.

Die sinkende Sonne am Firmament stand sinnbildlich

für all das, was mir auf der Titanic passiert war. Ich hatte Chance um Chance verpasst, und mein Stern war mit jedem Tag gesunken. Ich erinnerte mich an einen Brief, den meine Mutter mir kurz vor ihrem Tod geschrieben hatte. Ich hatte ihn so oft gelesen, dass ich ihn auswendig konnte.

Liebe Lilly, lebe, als gäbe es kein Morgen. Entscheide dich für das Risiko, sei mutig, wage Neues. Entscheide dich nicht für den leichtesten Weg, für ausgetretene Pfade, für das Vertraute. Entscheide dich für das Wagnis, für das Abenteuer. Und entscheide dich für die Liebe. Wähle den einen, dem dein Herz vom ersten Moment an gehört. Eure Liebe muss nicht perfekt sein. Sie muss echt sein. Das ist alles, was zählt.

Ich schluchzte leise auf. Auch meine Mutter hatte mich falsch eingeschätzt, als sie mir diese Zeilen schrieb. Sie hielt mich für mutig, für clever, für all das, was sie selbst gewesen war. Mom hatte Auslandssemester in Europa verbracht, mit Straßenkünstlern in London in einer WG gelebt und in Paris die alten Meister studiert. Sie war nur mit einem Rucksack durch ganz Italien gereist. All das würde ich mich niemals trauen, und mittlerweile hatte ich den Beweis dafür, dass es auch besser so war. Ich war nicht sie.

Und dennoch hatten wir eine innige Beziehung gehabt. Vielleicht hatten wir uns ergänzt, vielleicht waren wir uns so nah, weil unsere unterschiedlichen Ecken und Kanten perfekt ineinanderpassten. In diesem Moment bereute ich es zutiefst, mich immer an den Kodex gehalten zu haben. Er verbot Zeitreisen zu rein privaten Zwecken. Es musste immer eine Mission geben, einen Auftrag, einen Grund, warum man reiste. Doch jetzt würde ich gern noch mal einen Tag mit ihr verbringen. Einen Nachmittag, an dem Mom noch gesund und fit und fröhlich gewesen war. Nicht geschwächt von der Chemo und mit Übelkeit kämpfend.

Ich dachte an ihr ansteckendes Lachen, und in diesem Moment hasste ich den Kodex zutiefst. Er war über die Jahrzehnte perfektioniert worden und bot unserer Familie einen Leitfaden für den Umgang mit dem Zeitreisen. Doch wer sagte, dass der Kodex allwissend war? Er war schließlich auch nur von Menschen gemacht worden. Ich wäre so gern in der Zeit zurückgereist, um meine Mutter noch mal zu treffen oder meine Großeltern oder vielleicht zu beobachten, wie meine Eltern sich kennengelernt hatten. Doch zu viele Reisen waren ungesund, vielleicht gab es deshalb diese Regel. Es war Fakt, dass das Zeitreisen einen körperlich immer mehr schwächte. Meine Großeltern waren irgendwann zu alt zum Reisen gewesen, weil die körperlichen Symptome zu stark geworden waren, aber wollte der Kodex wirklich nur beschützen? In diesem Moment konnte ich es nicht glauben.

Aber vielleicht waren das auch alles nur Gedanken, die mein Gehirn produzierte, damit ich nicht durchdrehte. Ich beobachtete, wie die Sonne langsam die Meeresoberfläche berührte.

Es wurde Abend, und schon um Mitternacht wäre dieses Schiff dem Untergang geweiht. Ich dachte an Ray. Zu oft hatte ich bedauert, dass er bei diesem Unglück sterben würde. Jetzt würden wir beide mit der Titanic untergehen und ein gemeinsames Grab auf dem Grund des Meeres finden. Ich wollte weinen, doch ich hatte keine Tränen mehr.

*

Die Zelle besaß eine kleine Lampe an der Decke, die irgendwann eingeschaltet wurde. Dieses Mal bekam ich ein Sandwich. Zwei Scheiben Toast und dazwischen Käse und Schinken. Doch ich hatte keinen Hunger mehr. Ich wickelte das Sandwich wieder in das Tuch und legte es neben mich auf die Matratze. Verzweifelt versuchte ich erneut, mit dem Zahnrad zu entkommen.

Ich wusste, was geschehen würde, noch bevor der Wirbel der Magie in sich zusammenfiel. Resigniert steckte ich die Spange zurück in mein Haar und dachte über das Zahnrad nach. Das Paradoxon bei unseren Zeitreisen war, dass wir zwar mit einem Zahnrad in die Vergangenheit reisten, es sich aber zeitgleich als Original im Besitz einer meiner Vorfahren befand. In diesem Fall meiner Urgroßeltern väterlicherseits, die vom Sinken der Titanic aus der Zeitung erfahren hatten. Mein Zahnrad wurde während einer Zeitreise zu einer Kopie des Originals. Die Kopie würde auf ewig auf dem Grund des Meeres liegen, doch das Zahnrad würde deshalb nicht aus dem Besitz meiner Vorfahren verschwinden.

Nur Dad würde kein Zahnrad mehr haben, wenn ich nicht zurückkam. Die Zukunft würde sich erst in meiner Zeit durch meinen Tod in der Vergangenheit ändern. Die Gedankengänge waren kompliziert, aber sie lenkten mich von der größten Verzweiflung ab. Jetzt war es so spät, dass Ray bestimmt schon an den Hundezwingern auf mich wartete. Ich wollte bei diesem Gedanken an ihn und unsere felligen Freunde lächeln, doch es gelang mir nicht. Bestimmt hatte er Kitty, Frou Frou und seinen Liebling Ciao schon aus dem Käfig gelassen und kraulte sie.

Meine Augen wurden feucht, als ich an dieses Bild dachte. Ich erinnerte mich an den gestrigen Abend und wie schön alles gewesen war. Ich wollte nicht weinen, ich konnte nicht mehr weinen, dennoch ließ ich meinen Kopf auf die angewinkelten Knie sinken und schluchzte hemmungslos.

Im nächsten Moment erklang ein Klopfen an der Tür.

Ich kam hastig auf die Füße. Die Tür vor dem vergitterten Fenster schwang auf, und ein lächelndes Gesicht erschien. »Hallo, Schätzchen.«

Kapitel 26
Lilly

Molly Brown? Kann mich mal jemand kneifen?

Hastig schob ich die Matratze zur Seite, während sich bereits der Schlüssel im Schloss drehte.

Passierte das hier wirklich?

Molly Brown war nicht allein. Sie hatte Captain Smith dabei. Hinter ihnen standen aufgereiht wie Orgelpfeifen die Krankenschwester und die zwei baumlangen Stewards. Alle drei guckten grimmig. In einer Ecke befand sich immer noch mein Gepäck.

»Du liebe Zeit.« Molly Brown lachte. »In was haben sie dich denn gesteckt? Das sieht ja aus wie ein Büßerhemd. Wollten sie dich als Nächstes zur Guillotine führen?« Sie hakte sich bei Captain Smith unter. »Edward, was ist denn los auf deinem Schiff? Das sind ja Zustände wie in der Französischen Revolution.«

Was die Abschaffung des feudal-absolutistischen Ständestaats mit meinem Schicksal zu tun hatte, erschloss sich mir nicht ganz, aber den Vergleich mit einem Büßerhemd fand ich sehr treffend.

Captain Smith räusperte sich. »Molly, meine Liebe. Das Mädchen ist eine Diebin. Natürlich mussten wir sie einsperren. Oder möchtest du, dass sie auch deine Wertsachen stiehlt?«

Molly Brown stieß wieder ihr trällerndes Lachen aus, und die gefärbte Straußenfeder auf ihrem riesigen Hut wippte sanft hin und her. »Bei Dienstboten ist es wie bei Kindern, Edward. Sind sie unterfordert, stellen sie Dummheiten an.«

Sie deutete auf mich. »Komm her, Mädchen, und nimm deine Sachen. Du kommst mit mir.«

»Wie darf ich das verstehen, meine Liebe?« Captain Smith schien noch nicht überzeugt.

Molly Brown deutete mit einer ausladenden Handbewegung auf mich. »Dieses Mädchen hat eine schönere Handschrift als all diese ganzen verstaubten Mönche in ihren Klöstern zusammen. Ihr Vater war Hauslehrer, und ihre Orthografie ist perfekt. Ich habe sie selbst gesehen. Ihr macht keiner etwas vor. Und diese Gräfin hält sie als Dienstmädchen. Sie ist noch nicht mal Kammerzofe. Natürlich ist sie unterfordert, und ihr wacher Verstand sucht nach Herausforderungen.« Sie legte grazil eine Hand knapp oberhalb ihres ausladenden Busens ab. »Ich kenne das von mir selbst. Mir ist auch ständig langweilig.«

Ich betrachtete die beiden, und wäre ich nicht so unendlich dankbar gewesen, dass ich aus dieser Zelle entkam, ich hätte wohl geschmunzelt.

Möglichst unauffällig griff ich in mein Haar und löste die Spange. Jetzt würde ich endlich fliehen, koste es, was es wolle.

»Sie soll meine Biografie schreiben. So nutze ich die

Zeit auf dem Schiff für etwas Sinnvolles, und das hatte ich sowieso schon lange geplant. Das Mädchen ist so gut wie eine gelernte Schreibkraft, lass dir das gesagt sein, Edward.«

Ich hatte das geheime Fach in der Spange schon geöffnet, jetzt zögerte ich.

»Sie kann in dem leeren Dienstbotenzimmer neben Francescas wohnen, und wenn wir in New York ankommen, lasse ich sie eine Ausbildung zur Sekretärin machen.«

Ich überdachte meinen Fluchtplan. An der Seite der forschen Molly Brown würde die Gräfin mir nichts anhaben können, dessen war ich mir sicher.

Ich wollte einfach nicht aufgeben und mit leeren Händen nach Hause zurückkehren.

Ich hatte mich so vielen Widrigkeiten gestellt, und jetzt aufzugeben wäre, wie kurz vor dem Ziel umzudrehen.

»Was sagst du dazu, Mädchen? Möchtest du in Amerika leben?« Molly Brown zupfte sich am Kragen ihres violettfarbenen Kleids, das mit vanillegelber Spitze abgesetzt war.

Ich nickte schnell und ließ die Spange wieder zuschnappen.

»Wie lautet dein Name?«, fragte Captain Smith, als wolle er endlich auch mal etwas sagen.

»Ich bin Lilly, Sir.«

Er nickte bedächtig, dann legte er eine Hand auf den Arm, mit dem Molly Brown sich bei ihm untergehakt hatte. »Mrs Brown ist eine gute Freundin von mir, und natürlich liegt es mir fern, ihr einen Wunsch zu verwehren.«

Die Gräfin kicherte. »Edward, du alter Charmeur.«

Captain Smith wurde tatsächlich ein wenig rot. Er

räusperte sich energisch. »Wenn es der Wunsch von Mrs Brown ist, dich in ihren Dienst aufzunehmen, dann entlasse ich dich aus deiner Haft.« Jetzt wurde seine Stimme streng. »Mrs Brown bürgt für dich. Mach ihr also keine Schande. Solltest du noch mal auffallen, wird niemand mehr ein gutes Wort für dich einlegen können.«

»Ich habe nichts gestohlen, Sir«, erwiderte ich schnell. »Es war alles ein Missverständnis.«

Der Captain nickte abwesend, als höre er bereits nicht mehr zu. »Sehen wir uns dann heute Abend am Roulettetisch, liebe Molly?«

»Aber natürlich.« Sie schnurrte es fast. Dann tippte sie ihm mit dem Zeigefinger an die Wange und machte sich sanft von ihm los. Sie winkte mich zu sich. »Komm da raus, Mädchen, der Geruch in dieser Zelle ist ja nicht zum Aushalten. Du wirst dich waschen, und wir werden mal sehen, ob Francesca noch eine Uniform auftreiben kann, die wir dir anpassen können.« Sie zupfte mit spitzen Fingern an meinem Hemd. »Wüsste ich nicht, dass unter all dem wirren Haar und diesem … diesem Tischtuch ein ganz passables Mädchen steckt, ich könnte es nicht glauben.«

»Ich danke Ihnen, Mrs Brown, dass Sie sich für mich eingesetzt haben.« Ich mochte Molly Brown und sprach gerne mit ihr. Und das nicht nur, weil ich das bei der adligen Gräfin übliche »Euch« und »Mylady« weglassen konnte. Ich knickste, was in dem Hemd sicherlich lächerlich aussah. Doch Captain Smith musterte mich wohlwollend, und die Gräfin pfiff einen der Stewards heran, damit er mein Gepäck trug.

Molly Brown schnalzte mit der Zunge, als ihr Blick

darauf fiel. »Das Korsett ist ruiniert, und in eins von meinen passt diese halbe Portion doppelt. Schauen wir mal, was wir da machen können.«

»Sehr wohl, Mrs Brown«, erwiderte ich, doch in Gedanken war ich ganz woanders. Draußen wurde es dunkel. Dem Schiff und seinen Passagieren blieb nur noch wenig Zeit. Und mir ebenso. Ich hatte noch genau eine Chance, die Kette an mich zu bringen. Ein mulmiges Gefühl stieg in mir auf. Ich musste jene chaotische Situation ausnutzen, in der jeder nur an seine Lieben und sich selbst dachte: den Moment des Untergangs.

*

Die Suite von Molly Brown war eine exakte Kopie von der der Gräfin. Ihr Dienstmädchen Francesca, eine kräftig gebaute Frau in mittleren Jahren, behandelte mich freundlich, aber reserviert. Vermutlich hatte sie von den anderen Dienstboten bereits meine Geschichte gehört. Sie durchsuchte das Gepäck und fand tatsächlich noch eine Dienstmädchenuniform. Sie war mir etwas zu weit, doch ich zog sie trotzdem an. Molly Brown versprach, sie am nächsten Tag anpassen zu lassen. Außerdem sollte das ramponierte Korsett gerichtet werden.

Ohne das Korsett und in dem etwas zu großen Kleid sah ich tatsächlich aus, als hätte ich die Uniform gestohlen. Doch das konnte mir egal sein, denn erstens lief die Zeit immer weiter ab, und zweitens würde ich sowieso nicht in den Speisesaal der Dienstboten gehen. Eher würde ich hungern, bis ich zurück in meiner Zeit war, als mich diesen starrenden Blicken erneut auszusetzen.

Mein Plan war klar: Die Titanic war ungefähr zweieinhalb Stunden nach der Kollision mit dem Eisberg auseinandergebrochen und gesunken. Das war mein Zeitfenster. In diesem Zeitrahmen musste ich die Kette finden und von hier verschwinden.

Ich hoffte, mich noch von Adèle verabschieden zu können. Und ich verbot mir, jetzt an Ray zu denken. Vermutlich würde er immer noch bei den Hundezwingern auf mich warten. Ich redete mir ein, dass ich eine Entscheidung treffen würde, wenn ich die Kette hatte.

Ich wollte ihn nicht verlieren.

Ich konnte es mir gar nicht vorstellen.

Die Gräfin erzählte von dem Spieleabend *Monte Carlo*, der heute als Ersatz für den so spärlich besuchten Ball von gestern stattfinden sollte. Es würden Roulettescheiben aufgebaut, und es sollte Poker gespielt werden.

Molly Brown ließ sich ein Kleid nach dem anderen von mir zeigen und schien sich einfach nicht entscheiden zu können.

Als ich einen Blick auf die kleine Uhr auf ihrem Nachttisch warf, musste ich feststellen, dass ich mich mit der Zeit etwas vertan hatte. Es war noch gar nicht so spät. Eigentlich sollte Molly Brown jetzt zum Abendessen gehen, aber als ich sie höflich daran erinnerte, winkte sie ab.

»Ich gehe heute nicht in den Speisesaal, Schätzchen. Ich habe à la carte bestellt und lasse es mir aufs Zimmer bringen.« Sie warf das Kleid, das sie eben noch in der Hand gehalten hatte, schwungvoll aufs Bett und klatschte in die Hände. »Ich bin so motiviert. Wir fangen direkt danach mit meiner Biografie an. Ich erzähle, du schreibst es auf.« Sie verschwand im Ankleidezimmer, und ich hörte sie in einer Tasche wühlen. Dann kam sie mit einem ledergebundenen Buch zurück. Sie schlug es auf, und die Seiten darin waren leer. »Es sollte ein Reisetagebuch werden, aber ich habe immer so viel vor, dass ich einfach nicht dazu komme, etwas hineinzuschreiben.« Sie kicherte und angelte nach einer Praline, die in einer Schale auf dem Schreibtisch stand. »Es ist einfach immer so viel los«, sagte sie dann mit vollem Mund und warf mir das Tagebuch in den Schoß.

Ich wollte es öffnen, da klopfte es an der Tür. Schnell legte ich das Tagebuch zur Seite und sprang auf, um zu öffnen. Zwei Kellner schoben je einen Servierwagen vor sich her.

Darauf befanden sich unzählige Teller und Schüsseln, die alle mit silbernen Hauben abgedeckt waren. Ich entdeckte auch zwei Flaschen Wein in je einem Kühler, dazu Wasser und mehrere Gläser.

»Für Mrs Brown«, sagte einer der Ober, und ich gab die Tür frei. Molly Brown stieß ein erfreutes Jauchzen aus und schob sich noch eine Praline in den Mund. Ich beobachtete fasziniert, wie die Ober die zwei Servierwagen gekonnt zu einem gedeckten Tisch umgestalteten. Sogar ein Kerzenleuchter wurde angezündet, dessen Licht sich in dem Silber des Bestecks und den polierten Gläser spiegelte. Ein Ober platzierte sogar den Schreibtischstuhl vor den Tisch und bedeutete der Gräfin dann, sich zu setzen. Galant breitete er eine Serviette auf Molly Browns Schoß aus. Dann verbeugten sich beide Ober.

»Wir wünschen einen guten Appetit, Mrs Brown.«

»Herrgott, sind Sie beide goldig.« Molly Brown deutete

auf etwas, das auf ihrem Nachttisch lag. »Lilly, gib mir meine Börse.«

Ich reichte sie ihr, und sie verteilte ein großzügiges Trinkgeld an die beiden Ober, die unter vielen besten Wünschen und Verbeugungen das Zimmer verließen. Nur wenige Minuten später klopfte es erneut.

»Haben die Ober etwas vergessen?« Molly Brown tupfte sich den Mund mit der Serviette ab.

Kaum hatte ich die Tür erneut geöffnet, erstarrte ich. Vor mir stand die Gräfin.

»Eure Ladyschaft«, stieß ich reflexartig hervor. Einer der Stewards, der mich in die Zelle gebracht hatte, hatte ihr vermutlich alles brühwarm erzählt.

Sie verzog das Gesicht, als habe sie einen schlechten Geruch in der Nase. »Na, sieh mal einer an. Und sie trägt schon die neue Uniform. Was für eine Frechheit.«

Molly Brown hatte die Stimme der Gräfin erkannt und erschien neben mir an der Tür. »Oh, die Gräfin.« Sie lächelte süffisant. »Was treibt Sie in meinen kleinen bescheidenen Winkel der Welt?«

Die Gräfin war natürlich nicht beeindruckt. Sie tat so, als würde sie einen ihrer Spitzenhandschuhe richten, nur um keine von uns beim Sprechen ansehen zu müssen. »Nun, ich traf gerade Captain Smith, und wir sprachen über den heutigen Abend. Er berichtete mir, wie froh er sei, dass einem gefallenen Mädchen wie meiner Lilly ein so gutes Schicksal gewährt worden war.« Sie kräuselte die Lippen. »Ich muss sagen, ich war sehr überrascht.« Dann hob sie den Blick. »Denn ich habe Lilly nicht aus meinen Diensten entlassen. Wie kann sie eine Anstellung annehmen, wenn sie immer noch in meinen Diensten steht?«

»Sie haben Lilly in ein Gefängnis werfen lassen«, erwiderte Molly Brown ruhig.

Die Gräfin lachte gekünstelt auf. »Meine Liebe, ich weiß nicht, wie vertraut sie mit den Gepflogenheiten das Dienstpersonal betreffend sind, aber ein Dienstverhältnis erlischt nicht, nur weil das Mädchen nicht mehr im Haus seiner Herrschaft *schläft.*«

»Ich fürchte, ich kann nicht ganz folgen, meine Liebe.« Molly Brown imitierte den Tonfall der Gräfin bei den letzten zwei Worten.

Ich hingegen war immer noch wie vor den Kopf geschlagen. Die Gräfin war hier, um mich erneut ins Gefängnis werfen zu lassen? Doch dieses Mal würde ich vorbereitet sein. Ich wich ein Stückchen seitlich hinter das Türblatt, zog mir die Spange aus dem Haar, öffnete sie und ließ das Zahnrad auf meine Handfläche rollen. Schon spürte ich das leichte Prickeln der Magie in meinem Körper.

»Es bedeutet …«, erwiderte die Gräfin und sprach betont langsam, um Molly Brown zu provozieren, »… dass Lilly meine Dienstmagd bleibt, auch wenn sie im Gefängnis sitzt. Und daraus folgt, dass Sie sie nicht anstellen können. Ich erwarte jetzt, dass Sie mir mein Dienstmädchen wieder übergeben. Und ich werde sie persönlich in das Gefängnis eskortieren. Denn dort gehört sie hin.«

Ich warf unauffällig einen Blick nach unten, ob die drei Zahnräder meine Muttermale auch berührten. Alles war bereit.

»Ich weiß, Sie lieben den großen Auftritt, Gräfin.« Molly Brown seufzte genervt. »Und ich weiß auch, dass sich viele andere von Ihrem antrainierten Aristokratengehabe einschüchtern lassen. Doch Sie sind ein bürgerliches Mädchen vom Lande genau wie ich. Wir haben auf kleinen dicken Ponys reiten gelernt, wissen, wie Butter gemacht wird, und unsere erste Liebe war ein süßer schlaksiger Stallbursche mit wuscheligen Haaren. Stimmt's?«

Zu meiner Überraschung wurde die Gräfin knallrot.

»Nein, schon gut, reden wir nicht mehr drüber.« Molly Brown winkte ab. »Aber Sie waren genauso wenig wie ich auf irgendeinem albernen Mädchenpensionat in der Schweiz, in denen den blaublütigen Töchtern beigebracht wird, wie man Blumengestecke in Auftrag gibt oder welchen Platz am Tisch man einem Erzbischof zuweist.« Sie beugte sich vor. »Und genau deshalb wissen wir beide auch, dass Lilly ab jetzt für mich arbeitet. Sie haben sie rausgeworfen, ihre Kammer ausgeräumt und sie ihrem Schicksal überlassen.« Ihre Stimme verebbte zu einem Flüstern. »Oder wollen wir zwei Hübschen das jetzt wirklich ausdiskutieren?«

Die Gräfin wechselte schlagartig die Gesichtsfarbe von Tomatenrot zu Kalkweiß, sodass ich fürchtete, sie würde im nächsten Moment umfallen. »Sie sind ein impertinentes Frauenzimmer.« Ihre Stimme hatte jede Klangfarbe verloren. »Ich werde dafür sorgen, dass Sie gesellschaftlich kein Bein mehr auf den Boden bekommen.«

Molly Brown zuckte mit den Schultern. »Tun Sie sich keinen Zwang an. Zuletzt entscheiden die Leute selbst, wen sie mögen und wen nicht.«

Die Gräfin blähte die Nasenflügel, raffte ihre Röcke und trat den Rückzug an.

Ich konnte es nicht fassen. Sie trat den Rückzug an.

Molly Brown warf die Tür schwungvoll zu, und schnell

versteckte ich meine Hand mit dem Zahnrad hinter meinem Rücken.

Sie tat so, als würde sie sich die Hände reiben, dann zwinkerte sie mir zu. »Problem gelöst.« Sie wandte mir den Rücken zu, als sie zurück zu ihrem improvisierten Tisch ging. Schnell ließ ich das Zahnrad verschwinden und schob die Spange zurück in mein Haar. Ich war so erleichtert, dass Molly Brown die Gräfin tatsächlich vertrieben hatte.

Ich hätte gern gesagt, wie grenzenlos ich sie für den Umgang mit der Gräfin bewunderte. Doch das wäre sicherlich nicht angemessen gewesen. Also knickste ich nur. »Ich danke Ihnen, dass Sie sich so für mich eingesetzt haben.«

Molly Brown trank ihr erstes Glas Rotwein auf ex und drehte den Stiel dann zwischen ihren Fingern, während sie mich betrachtete.

»Meine Menschenkenntnis ist einfach sehr gut.« Sie legte den Kopf schief. »Nur aus dir werde ich nicht schlau.«

Kapitel 27
Damien

Ich saß umringt von Hunden auf dem Boden zwischen den Zwingern und war so nervös, dass ich mir immer wieder durchs Haar strich. Kitty stupste mich an, und ihre intelligenten braunen Hundeaugen schienen zu sagen: »Was ist denn heute los mit dir? Bin ich dir nicht genug?«

Normalerweise war es Ciao, der sich ungeniert in den Vordergrund drängte und Zuwendungen einforderte. Doch er lag dicht an mich geschmiegt und hatte seine Schnauze auf meinem Knie abgelegt. Ich streichelte Kittys Kopf und ließ meinen Blick dann über die anderen Hunde schweifen. Einige von ihnen würden gerettet werden, andere nicht. Ich wusste nicht, wer von ihnen die Nacht überleben würde, und es machte mich traurig, mich heute von ihnen verabschieden zu müssen.

»Ihr werdet mir fehlen«, sagte ich zu Kitty, die bei meinen Worten zu wedeln begann.

Erneut sah ich zu den Stufen, weil ich meinte, mir ein Geräusch eingebildet zu haben. Doch da war niemand. Ich ließ meine Taschenuhr aufschnappen und warf einen Blick darauf. Nicht mehr lange und die Ober würden die Cocktailgläser abräumen und die Speisekarten reichen. Meine Abwesenheit bis zum eigentlichen Dinner hatte ich immer damit begründet, dass ich weder Cocktails noch Aperitifs mochte. Doch heute würde mein Platz am Tisch so lange leer bleiben, bis ich mit Lilly gesprochen hatte. Ich hatte vor Nervosität sowieso keinen Hunger.

In der Ferne hörte ich Schritte in einem der Gänge, und wie automatisch richtete ich mich etwas auf. Kitty und Gamin de Pycombe spitzten die Ohren. Doch die Schritte verhallten, und ich ließ die Schultern hängen.

Noch mal ging ich in Gedanken das Gespräch durch, das ich den ganzen Tag über geplant hatte. Es war gut, dass wir uns hier trafen, falls Lilly mich anschreien sollte, nachdem ich ihr die ganze Wahrheit erzählt hatte. Hier würde es niemand hören.

Ich wollte ihr heute meine Muttermale zeigen, auch wenn ich sie noch durch Theater-Make-up verdeckt hatte. Ich öffnete die linke Handfläche und betrachtete die Stelle, dort, wo sich die winzig kleinen dunklen Punkte nahe meines Daumenballens befanden. Danach würde ich ihr das Zahnrad zeigen und ihr alles von Vaters Auftrag erzählen.

Ich seufzte leise. Hoffentlich glaubte sie mir, dass es nicht meine Idee gewesen war.

Mein Vater hat mir den Auftrag zwar erteilt, aber ich hatte von Anfang an riesengroße Skrupel gehabt.

Und schon vor Lillys und meinem ersten Aufeinandertreffen in Southampton war mir klar, dass ich ihr das nicht antun konnte. Ich formulierte im Stillen vor, was ich ihr sagen wollte.

Ich habe mir vorgemacht, dass ich funktionieren könnte. Dass ich es schaffe, mein Herz und meine moralischen Bedenken auszuschalten. Du musst mir glauben, dass ich dir nur das vorgespielt habe, was ich musste. Den Sohn aus gutem Hause, der mit seinem Vater in die Staaten reist. Doch alles, was dich betrifft, jede Berührung, jeder Blick, ist echt. Du hast mir das Herz gestohlen, und ich kann nicht so weitermachen. Ich will, dass du alles weißt, weil ich dich niemals mehr belügen will. Ich will dich, und ich will keine Geheimnisse mehr.

Ich schnaubte, und schon wieder strich ich mir durchs Haar. Ich hatte die Worte im Kopf so oft wiederholt, bis sie perfekt waren. Bis sie das ausdrückten, was ich fühlte. Und ich hoffte, ich betete, dass Lilly mich anhören und verstehen würde.

Es war viel verlangt, das war mir klar. Und zugeben zu müssen, dass sie am Anfang nur ein Auftrag gewesen war, war unfassbar unangenehm und für sie sehr verletzend. Ich würde sie um Verzeihung bitten und dann … Mein Blick glitt ins Nichts. Ich hatte keinen Plan, wie es dann weitergehen sollte. Lilly konnte mir ihr Zahnrad nicht geben, denn es war die Lebensgrundlage ihrer Familie. Andererseits brauchte ich das Zahnrad, um meine Schwester aus den Fängen meines Vaters zu befreien.

Schon wieder erklangen Schritte, doch dieses Mal kamen sie näher. Sie klangen etwas zu schwer für Lilly, und kaum dass ich den Steward Harry erkannte, schloss ich kurz die Augen. Lilly war nicht gekommen.

»Sir, Sie sind ja noch da.« Harry klang überrascht. »Sie haben oben schon die Speisekarten verteilt.«

Ich kam auf die Füße. »Ich habe die Zeit vergessen.«

Sein Blick glitt liebevoll über die Hundemeute. »Das passiert mir auch oft.«

Ich fischte ein paar Pfundnoten aus meiner Sakkotasche. Ihr Gegenwert entsprach heute etwa hundert Dollar. Ich steckte sie ihm in die Tasche seiner Uniformjacke. »Ich danke Ihnen für alles, Harry. Passen Sie auf sich auf. Und kümmern Sie sich um die Hunde, versprechen Sie mir das?« Ciao presste sich gegen mein Bein, und ich kraulte ihn.

»Natürlich, Sir. Vielen Dank für das viele Geld.« Harrys weiche Stimme klang jetzt belegt. Dann zog er die Augenbrauen zusammen. »Ist alles in Ordnung, Sir?«

»Alles in Ordnung, danke, Harry.« Ich lächelte ihn kurz an, warf einen letzten Blick auf die Hunde und wandte mich dann schnell zur Treppe. Jeder Moment ab jetzt würde ein kleiner Abschied sein. Und jeder einzelne fiel mir verdammt schwer.

*

Ich hatte ein komisches Gefühl im Bauch, und so trieb es mich direkt zur Suite der Gräfin. Auf den Gängen der ersten Klasse war es leer, weil die allermeisten jetzt beim Dinner saßen. Doch aus der Suite der Gräfin erklangen Stimmen. Nochmals sah ich mich um, ob ich auf dem Gang des C-Decks allein war, dann legte ich ein Ohr an die Tür.

»Ich kann mich doch nicht in der Gesellschaft blicken lassen. Sie werden über mich reden, sich über mich lustig machen.« Es war die Gräfin, und sie klang aufgebracht.

»So ist das nicht, Noël. Niemand interessiert sich dafür. Die meisten wissen es nicht mal. Und ansonsten halte es wie der König: Nicken und Winken.« Es war die Stimme von Gladys Cherry. Zum Trösten war sie offenbar gut genug.

»Du bist eine Aristokratin. An dir prallt so etwas ab.«

»Dieses bestellte Essen war auch grässlich. Kein Vergleich zum Speisesaal …«

Das Rascheln von Decken erklang. So, wie es sich anhörte, saß die Gräfin im Bett und schmollte wegen irgendeiner Kränkung.

»Ich hatte mich so auf diesen *Monte Carlo*-Abend gefreut. Ich habe ein glückliches Händchen beim Spiel. Aber jetzt werde ich dort nicht erscheinen. Diese grässliche Person wird garantiert auch dort sein, denn ihr ist alles egal.«

Während Gladys Cherry wieder versuchte, die Gräfin zu beruhigen, wandte ich mich von der Tür ab. Kein Wunder, dass Lilly nicht hatte zu unserem Treffpunkt kommen können. Sie hatte schließlich nur frei, wenn die Gräfin beschäftigt war. Und die hielt im Moment im Bett Hof.

»Dieses Buch ist fürchterlich langweilig«, hörte ich sie jammern. »Aber immerhin bist du ja noch da, um mich zu unterhalten, Gladys.«

Die Stimme von Gladys Cherry klang müde und erschöpft. »Natürlich, Noël«, sagte sie lustlos.

»Das muss viel ordentlicher geplättet werden«, keifte die Gräfin plötzlich. »Wie soll ich es morgen tragen, wenn es aussieht wie ein Putzlumpen. Streng dich mehr an, Mädchen, wo kommen wir denn da hin?«

Ich horchte auf. Hatte Lilly mir nicht von ihrem Unfall beim Plätten erzählt? Ich wusste, dass Dienstboten unterschiedliche Aufgaben hatten. Wenn es ihre Aufgabe war, dann hatte die Gräfin soeben mit ihr gesprochen. Und das bedeutete, Lilly war in diesem Zimmer.

Erleichterung durchflutete mich.

Die Gräfin nieste. »Und jetzt habe ich mich auch noch erkältet. Hätte irgendjemand die Güte, mir ein Taschentuch zu reichen, oder muss ich mir eines stricken? Und ich möchte noch ein Petit Four. Wenigstens habe ich Hunger, wenn mir sonst schon jede Freude am Leben genommen wurde.«

Was für eine Dramaqueen. Sie saß im Bett und aß die feinsten Delikatessen, und ich bezweifelte, dass sie in so einer Situation an ihre Dienstboten gedacht hatte. Diese würden vermutlich genau wie Gladys Cherry die ganze Nacht um sie herumschwirren müssen, um ihr alles recht zu machen. Ein Geräusch erklang, und schnell wich ich von der Tür zurück, als ein Paar nur ein paar Meter weiter auf den Gang hinaustrat. Ich grüßte und tat so, als hätte ich auf meine Uhr geschaut.

Das Paar ging langsam, doch ich passte mich ihrem Tempo an, weil ich sowieso nachdenken wollte. Dieser Weg führte zurück zur großen Freitreppe, und ich wollte mir ein bisschen die Beine vertreten.

Der Blick auf meine Taschenuhr hatte offenbart, dass es noch zwei Stunden zu früh für die *Monte Carlo*-Nacht war. Erst wurde gegessen, dann wurde umgebaut, und dann durften die Gäste wieder in den Speisesaal.

In meiner Zeit hätte ich Thomas Andrews eine WhatsApp-Nachricht geschickt, dass ich auf dem Zimmer blieb, weil ich keinen Hunger hatte. Diese Möglichkeit hatte ich hier nicht. Zuerst überlegte ich, doch noch zum Speisesaal zu gehen, um meine Zeit mit ihm zu verbringen. Doch der

Gedanke an Lilly und meinen Plan ließ mich nicht los. Es war ein riesengroßes Wagnis, und es drohte mir eine Menge Ärger, doch meine Gefühle für Lilly waren einfach zu stark. Ich würde mich meinem Vater stellen und Ruby aus seiner Gewalt befreien, koste es, was es wolle. Wie ich ohne mein gespartes Geld für Ruby und mich ein neues Leben aufbauen sollte, war mir noch nicht klar, aber auch dafür würde ich eine Lösung finden. Vielleicht würde ich ein Jahr arbeiten gehen und mich dann für ein Stipendium der Veterinärmedizin bewerben. Ruby konnte in einer Ballettschule arbeiten und nebenbei Unterricht nehmen. Wenn sie ein paar ihrer Luxusklamotten verkaufte, hätten wir genug zusammen für die Kaution einer Wohnung. Ich wollte glauben, dass es funktionieren würde, wenn wir es nur beide wollten. Ich wollte eine eigene Zukunft, ich wollte kein Werkzeug meines Vaters mehr sein, ich wollte frei sein.

Doch in meinem Bauch wollte das ungute Gefühl einfach nicht verschwinden. Verrannte ich mich in ein Wunschdenken? Der zweite Vorname meines Vaters war »Plan B«, das hatte er oft genug bewiesen. Und er war skrupellos und scheute auch vor Gewalt nicht zurück. Brachte ich Lilly in Gefahr, wenn ich sie einweihte?

Als ich die breite Freitreppe erreichte, blieb ich stehen, legte meine Hand an das Geländer und sah nach oben. Das riesige gläserne Kuppeldach war auch bei Nacht ein wahrer Hingucker. Man konnte die Sterne funkeln sehen. An diesem Platz fühlte man sich fast wie in einer Kathedrale. Die Gemälde, das polierte Holz, die Bronzestatuen, die auf den Sockeln standen, alles befand sich in einem Zustand perfekter Harmonie. Jede Kurve wirkte anmutig, jede Strebe vollendet geformt. Ich mochte diesen üppigen edwardianischen Stil sehr, obwohl er in der Zeit, in der ich mich befand, schon etwas aus der Mode gekommen war. Noch mal ließ ich meinen Blick über das Kuppeldach gleiten. In diesem Moment jagte eine Sternschnuppe über das Firmament.

Ein Wunsch manifestierte sich in meinem Kopf, so deutlich und machtvoll, dass ich die Worte flüsterte. »Ich wünsche mir eine eigene Zukunft zusammen mit den Menschen, die ich liebe.«

*

Ich hatte den Absatz des A-Decks erreicht, da riss mich eine Stimme aus meinen Gedanken.

»Mr Andrews, was für eine Freude. Sind Sie auch zu spät zum Abendessen?«

Mrs Carter strahlte mich an und ignorierte den Umstand, dass ich die Treppe hinauf und nicht hinab Richtung Speisesaal gegangen war. Dann schob sie nicht gerade unauffällig ihre mürrisch guckende Tochter zwischen uns. »Lucile hat sich schon gefragt, ob wir Sie heute sehen werden.«

Das hatte Lucile ganz sicher nicht.

»Die Damen.« Ich neigte höflich den Kopf. »Schön, Sie zu sehen.«

»Lucile darf heute etwas länger aufbleiben«, erzählte Mrs Carter und kicherte. Sie trug an diesem Abend so viel Schmuck, dass es leise klirrte, als sie sich bewegte.

»Wie nett. Dann wünsche ich Ihnen eine gute Zeit,

Miss Lucile«, sagte ich und wollte an ihnen vorbei das A-Deck betreten. »Wenn Sie mich nun …«

Doch Mrs Carter folgte mir und zerrte Lucile hinter sich her. »Sie gehen nicht zum Speisesaal?«

»Ich wollte mir noch ein wenig die Beine vertreten, denn …«

Wieder ließ sie mich nicht ausreden. »Was für eine zauberhafte Idee! Wir begleiten Sie.«

Ich stöhnte innerlich auf. In der Hoffnung, sie würden ihren Plan verwerfen, machte ich absichtlich große Schritte und ging schnell. Ich sehnte mich nach der Ruhe der Bibliothek und konnte es kaum erwarten, ihr endlich mehr als nur einen flüchtigen Besuch abzustatten. Zwischen all den Büchern würde ich weiter nachdenken können.

Mrs Carter war bereits außer Atem. »Lucile spricht nur von Ihnen, Mr Andrews.« Sie holte Luft. »Hätten … hätten Sie vielleicht Lust, gleich neben ihr am Tisch zu sitzen? Sie würden ihr damit eine große Freude machen. Und sie darf ja …« Mrs Carter keuchte. »Sie darf ja auch bei der *Monte Carlo*-Nacht noch eine Stunde lang aufbleiben. Vielleicht könnten Sie ihr ein Kartenspiel erklären und …«

»Entschuldigen Sie uns bitte einen Moment, Miss Lucile.« Ich drehte mich zu ihr um, und dieses Mal war ich es, der Mrs Carters Redefluss unterbrach.

Lucile zuckte gelangweilt die rechte Schulter und ließ sich dann etwas zurückfallen.

»Es tut mir aufrichtig leid, Mrs Carter«, begann ich dann, »wenn ich bei Ihnen einen falschen Eindruck erweckt habe. Miss Lucile ist eine reizende junge Dame. Ich habe mich jedoch einer anderen erklärt.«

»Oh.« Mrs Carter sah mich erstaunt an. »Das wusste ich nicht. Gab es eine offizielle Anzeige in der Zeitung? Normalerweise wird darüber im *Tatler* geschrieben, und so weiß ich immer gut Bescheid.«

Ich tat verlegen. »Nein, die gab es noch nicht.«

Sie umfasste meine rechte Hand mit beiden Händen und drückte sie im Gehen. »Ich freue mich für Sie und ihre Zukünftige. Sie kann sich sehr glücklich schätzen.«

»*Ich* kann mich glücklich schätzen«, erwiderte ich lächelnd. »Aber vielen Dank. Und ich wünsche Ihnen einen guten Abend.« Ich wusste, dass die gesamte Familie gerettet werden und Lucile schon bald einem anderen versprochen sein würde. »Bitte entschuldigen Sie mich jetzt.«

»Aber natürlich, Mr Andrews.« Dann leuchteten ihre Augen auf. »Dürfen wir Sie vielleicht trotzdem begleiten? Ein wenig Konversation mit dem anderen Geschlecht könnte für Lucile lehrreich sein. Wenn Sie damit einverstanden sind?«

Nein, das war ich nicht. Die Vorstellung, einem vierzehnjährigen Mädchen beizubringen, wie sie sich ungezwungen mit Männern unterhielt, gefiel mir ganz und gar nicht.

»Ich fürchte, ich werde das Abendessen heute ausfallen lassen. Mein Vater hat jede Menge Notizen, und er hat mich gebeten, sie ins Reine zu schreiben. Er hält es für eine hervorragende Vorbereitung auf mein Ingenieursstudium.«

Dann passierten wir die Bibliothek, und ich hatte eine Idee, wie ich möglichst schnell entkommen konnte. »Außerdem soll ich für ihn ein paar Bücher ausleihen. Wenn Sie mich also entschuldigen würden, Mrs Carter.« Ich lächelte ihr zu, dieses Mal knapper als vorher. »Miss Lucile«, sagte ich und deutete eine kleine Verbeugung an.

»Natürlich.« Mrs Carter wirkte etwas überrumpelt.

Ich drückte die Klinke herunter und atmete erst auf, als ich den Geruch von Büchern einatmete. Leder und Papier. Ich schloss kurz die Augen und lehnte mich an die Tür. Geschafft. Hier würde ich bleiben, bis im Speisesaal die *Monte Carlo*-Nacht begann.

Ich löste mich von der Tür und ging an den Bücherregalen entlang. Vorsichtig ließ ich meine Fingerspitzen über die ledernen Einbände gleiten. *Der Graf von Monte Christo*, *Sturmhöhe*, *David Copperfield*, *Die Schatzinsel*, *Moby Dick*, *Alice im Wunderland* … Wie gern hätte ich mich hier zusammen mit Lilly eingeschlossen und über all diese faszinierenden Werke gesprochen. Wir hätten uns gemeinsam in einen Sessel quetschen können, sie auf meinem Schoß, während ich meinen Arm um sie gelegt hätte und wir gemeinsam durch die Seiten blätterten.

Mein Blick glitt mit einem versonnenen Lächeln über die kleinen Sitzgruppen, die einladend und gemütlich wirkten. Dann sah ich weiter zur Fensterfront. Die Lampen brannten natürlich, dennoch konnte man draußen alles erkennen. Der Himmel war klar, das Meer spiegelglatt. Ich ging hinüber zu den Fenstern und war wie magisch angezogen von diesem Anblick. Hier, südöstlich vor der Küste Neufundlands, waren Eisberge zu dieser Jahreszeit keine Seltenheit. Es waren tückische Giganten aus Eis, bei denen oft nur ein Drittel über die Wasseroberfläche ragte. Der größte Teil war im schwarzen Wasser verborgen, und das machte sie so gefährlich.

Das Meer lag völlig ruhig da, es gab so gut wie keinen

Wellengang. Es wehte kein Wind, und der sternenklare Himmel wölbte sich wolkenlos über uns.

Ich runzelte die Stirn und dachte an das, was der Titanic und ihren Passagieren bevorstand. Die Landschaft draußen wirkte seltsam erstarrt. Eine Gänsehaut jagte über meinen Körper. Es schien fast, als würde die Natur einen Moment lang innehalten, bevor die Katastrophe losbrach.

TEIL 3

Es beginnt.

Kapitel 28
Lilly

Ein Klopfen an der Tür ließ mich aufschrecken. Ich war ganz vertieft in die schwer zu entziffernden Notizen von Molly Brown, die von ihrer ersten Arbeit in einem Kaufhaus namens *Daniels and Fisher Mercantile* berichteten.

Francesca saß in einem Sessel nahe der Tür, sang ein schiefes Lied und nähte einen Knopf an. Vorrangig jedoch war sie mit der Aufgabe betreut, mich zu bewachen. Molly Brown war nichts als freundlich zu mir, dennoch befand ich mich eindeutig noch in einer Probezeit.

Francesca sprang auf und eilte zur Tür.

Dort stand ein Ober, bekleidet mit jener Uniform, in der im Speisesaal der ersten Klasse bedient wurde. Sein Gesicht war erhitzt, und seine Frisur saß eindeutig nicht so perfekt, wie sie sollte. »Ist das die Kabine von Mrs Brown?«, fragte er hektisch.

Francesca bejahte, während ich mich nun auch erhob. Molly Brown war erst vor Kurzem zu der *Monte Carlo*-Nacht aufgebrochen, und wir hatten uns über die üppigen Reste ihrer À-la-carte-Bestellung hermachen dürfen.

Eigentlich hatte ich darauf spekuliert, meine neue Herrin nicht mehr vor der Kollision des Eisbergs im Zimmer zu sehen. Ihre Fragen hatten mir nämlich ganz schön zugesetzt. Zugegeben, mir war einen Moment lang das Herz in die Hose gerutscht, als sie erklärt hatte, sie wäre nicht richtig schlau aus mir geworden. Doch eigentlich spielte sie nur auf meine Bildung an. Sie konnte sich partout nicht vorstellen, warum eine junge Frau, die lesen, schreiben und sogar rechnen konnte, als eine einfache Dienstmagd anheuerte. Ich hatte ihr ausschweifend erzählt, dass meinen Eltern das Geld für eine weitere Ausbildung meinerseits gefehlt hatte und ich nun sparte, um mir weitere Bildung leisten zu können. Das hatte sie irgendwann überzeugt.

»Ihre Herrin hat sich wohl etwas verschätzt.« Flüsterte der Ober jetzt peinlich berührt. »Sie kam in den Speisesaal und wirkte dort bereits leicht …« Er brach ab. »Der Alkohol sprach aus ihr.« Er wischte sich mit einem blütenweißen Taschentuch über die Stirn. »Dann orderte sie einen *Sidecar* mit extra viel Cointreau. Natürlich erfüllten wir ihr diesen Wunsch. Doch kurz danach …« Schon wieder brach er ab. »Sie lehnt eine Begleitung von unserer Seite ab und besteht darauf, von Ihnen beiden abgeholt zu werden.« Der Ober schluckte, als läge eine Schlinge um seinen Hals. »Wir wären ihnen außerordentlich dankbar, wenn das zügig geschehen würde.«

Francesca schimpfte irgendetwas auf Italienisch, dann nickte sie. »Wir kommen mit Ihnen mit.« Ich nickte zustimmend.

Wir folgten dem Ober, der in schnellen Schritten vorauseilte. Schon als wir die große Treppe zum D-Deck hinabkamen, hörten wir Molly Browns unverkennbares Lachen.

Der Speisesaal wirkte noch glamouröser, als ich ihn mir vorgestellt hatte. Das dunkle Holz der Möbel passte hervorragend zu den unzähligen funkelnden Kerzenleuchtern, dem vielen Silber und Gold. Man hatte die Esstische zu Spieltischen umfunktioniert, und es gab sogar Roulettescheiben. Ein Streichquartett, das die Veranstaltung musikalisch untermalen sollte, hatte die Instrumente auf ihren Beinen abgelegt, und die Männer sahen uns erwartungsvoll an.

Leider hatte ich kaum eine Chance, mir mehr anzusehen, denn Molly Brown hatte uns bereits entdeckt.

»Da seid ihr endlich!«, rief sie und riss beide Arme in die Luft. »Und wieso hat die Musik aufgehört?«

Die Gesellschaft der ersten Klasse war offensichtlich in zwei Lager geteilt. Die einen schienen Molly Browns Verhalten lustig und ansteckend zu finden und reckten uns lachend ihre Gläser entgegen. Die andere Hälfte wirkte peinlich berührt und tat so, als würde das alles nicht passieren.

Zugegeben, Molly Brown hatte während des Abendessens dem Rotwein ziemlich zugesprochen. In ihrer Bestellung waren zwei Flaschen enthalten gewesen, und ich war mir relativ sicher, dass sie sie beide geleert hatte. Und wenn sie auf all diesen Wein noch einen Cocktail mit einer Mischung aus Weinbrand und Cointreau gekippt hatte, war ein Absturz praktisch vorprogrammiert.

Sie schwankte jedoch kaum, als sie auf uns zuging. Stattdessen warf sie mit Dollarscheinen um sich, als wäre sie ein Blumenmädchen auf einer Hochzeit. »Ich habe etwas Geld ausgegeben.« Sie lachte wieder so trällernd. »Ist das nicht herrlich? Als Kind hatte ich kaum etwas zu essen, und heute werfe ich mit Geld um mich. Das Leben ist herrlich.« Sie machte ein paar Tanzschritte, und die Scheine unter ihren Sohlen knisterten leise.

Die eine Hälfte des Speisesaals applaudierte und prostete ihr zu. Die andere Hälfte schien bereit, im Erdboden zu versinken. Schließlich sprach man nicht über Geld, und noch weniger warf man es in die Luft, um anschließend darauf herumzutanzen.

»Das klingt nach sehr viel Spaß, Mrs Brown«, erwiderte Francesca ungerührt und hakte sich dann bei ihr unter. »Aber jetzt sollten Sie sich etwas ausruhen.«

Ihre routinierte Art verriet, dass es nicht das erste Mal war, dass sie Molly Brown in so einer Situation antraf. Mit einem knappen Nicken befahl sie mir, an die andere Seite ihrer Herrin zu kommen.

Ich eilte an Molly Browns freie Seite, um sie zu stützen.

»Das ist so nett, dass ihr mich abholt«, sagte diese, als wäre es nicht ihre eigene Idee gewesen. »Die Karten waren mir heute sowieso nicht wohlgesinnt. Huhu, Edward!«, rief sie dann und wollte ihm winken. Nur mit Mühe konnte ich ihren Arm festhalten. »Ich komme gleich wieder!«

Captain Smith schien amüsiert, setzte jedoch eine stoische Miene auf, als ein paar der anderen Passagiere ihn kritisch musterten.

Wir hatten gerade den Ausgang passiert, und das Streichquartett hatte wieder zu spielen begonnen, da glitt der Blick von Molly Brown zu den Fenstern. »Oh, es ist so eine wunderschöne Nacht. Ich will nach draußen.«

Francesca und ich wechselten einen Blick. Sie schüttelte den Kopf.

Wir wollten Molly Brown weiterziehen, doch diese gab sich absolut stur. Und sie war kräftiger, als sie aussah. Sie drehte sich mit uns beiden an ihren Armen hängend um und zog uns zu den Aufzügen. »Ich will auf das Promenadendeck.«

»Etwas frische Luft könnte ihr guttun«, sagte Francesca und sah an ihr vorbei zu mir.

»Stimmt eigentlich«, erwiderte ich und drückte den Rufknopf. Es war schließlich bekannt, dass Übelkeit und Schwindel durch frische Luft verschwinden konnten. Molly Brown wirkte zwar nicht, als würde sie bereits viele der negativen Konsequenzen des Alkoholkonsums spüren, doch rein präventiv würde es auch nicht schaden.

Als wir mit dem Aufzug nach oben fuhren, ärgerte ich mich, dass ich keinen Blick auf meine Uhr werfen konnte. Der Eisberg würde das Schiff noch vor Mitternacht treffen, und in der sich ausbreitenden Unruhe wollte ich mich sofort aus dem Staub machen, um bei den Fortunes die Kette zu stehlen und dann schleunigst zu verschwinden.

Auf dem Promenadendeck war es eisig kalt, aber völlig windstill. Das Meer lag völlig still und unbeweglich da. Nicht eine Welle war zu sehen. Ein gefährliches Wetter für eine Gegend, in der es von Eisbergen nur so wimmelte. Denn bei einem stetigen Wellengang brachen sich diese an den Eismassen, und so waren die gefährlichen Hindernisse leichter zu erkennen. Heute jedoch war das unmöglich.

Während Molly Brown entzückte Laute von sich gab, wanderte mein Blick wie von selbst hoch hinauf in Richtung des Krähennests. Es war der Name für den schmalen

Ausguck viele Meter über dem Promenadendeck, in dem zu jedem Zeitpunkt zwei Matrosen Ausschau hielten. Er war so hoch, dass ich die zwei Köpfe nur schemenhaft erkennen konnte.

Dank meines ausgiebigen Geschichtsunterrichts wusste ich, dass heute Frederick Fleet und Reginald Lee im Krähennest Dienst hatten. Und sie würden es sein, die die Sichtung des Eisbergs an die Brücke meldeten.

Als ich den Kopf wieder sinken ließ, fiel mir auf, dass es gar nicht so menschenleer auf dem Deck war, wie ich zuerst angenommen hatte. Damen in bodenlangen Pelzmänteln und Herren in dicken Trenchcoats flanierten über das Deck. Zugegeben, die Luft im Speisesaal war ein wenig stickig gewesen, und vermutlich war es gar nicht so ungewöhnlich, dass man danach ein wenig Lust auf eine frische Meeresbrise hatte.

Ober mit roten Nasen und steif gefrorenen Händen trugen tapfer Tabletts mit dampfenden Getränken vor sich her. Francesca bestellte geistesgegenwärtig einen Kaffee und zwei Tees, was Molly Brown nicht mal zu bemerken schien. Sie hatte den Blick immer noch wie verzaubert auf das Meer gerichtet.

»Was für ein Ausblick«, sagte sie mit plötzlich trauriger Stimme. »Wenn ich doch nicht so allein wäre.«

Francesca und ich warfen uns erneut einen Blick zu. Francesca verdrehte die Augen und schüttelte leicht den Kopf. Mittlerweile kannte ich ihre Körpersprache schon ein wenig, und es bedeutete so viel wie: Sie wird immer sentimental, wenn sie getrunken hat.

»Aber Sie haben doch uns«, sagte ich besonders aufmunternd. »Und gleich trinken Sie einen schönen schwarzen Kaffee. Der hebt die Laune.«

»Igitt«, erwiderte Molly Brown ungnädig und zog uns näher zur Brüstung. »Ich möchte Champagner. Ich möchte den ganzen Tag Champagner trinken.«

Ich beschloss, das Thema zu wechseln. »Captain Smith scheint wirklich nett zu sein.«

Molly Brown kicherte. »Er sagt nicht viel, aber was er sagt, ist immer außerordentlich charmant. Nur trinkt er nicht.« Sie zog ein Gesicht. »Ich habe schon zweimal versucht, ihn zu einem winzigen Schluck Champagner zu überreden. Aber er sagt dann immer: Molly, meine Liebe, du …«

Von oben aus dem Krähennest erklangen laute Rufe. Molly Brown brach ab und sah sich irritiert um. Auch Francesca schien nicht zu wissen, woher das Geschrei kam. Ich hingegen richtete meinen Blick alarmiert in Fahrtrichtung.

Mein Gott. Es würde doch nicht genau jetzt …

Und da tauchte aus der Dunkelheit der Eisberg auf.

Er war nicht besonders groß, massiv oder sonderlich hoch, er überragte das Schiff nicht, im Gegenteil, er wirkte, als würde er zerbrechen, stupste man ihn an.

Aus dem Krähennest erklang noch mehr Geschrei. Die Passagiere eilten neugierig zur Reling. Irgendwo hörte ich Geschirr klirren.

Im nächsten Moment änderte das Schiff brutal seinen Kurs, um nach links auszuweichen. Ich legte eine Hand um die Reling, um Molly Brown bei Bedarf besser zu stützen. Sie schwankte zwar, doch Francesca und ich konnten sie aufrecht halten.

Das ganze Schiff schien zu ächzen, als es sich weiter nach links legte. Die Passagiere an Deck schrien auf, als das Offensichtliche unausweichlich schien. Wir würden es nicht mehr schaffen, dem Eisberg auszuweichen.

Und je näher er kam, desto bedrohlicher wirkte er.

»Runter!«, rief ich, als ein ohrenbetäubendes Knirschen ansetzte. Eisklumpen so groß wie Felsbrocken regneten auf das Deck. Ich ging in die Hocke und zog die anderen mit mir. Ich half Molly Brown und zeigte Francesca, was sie tun sollte. Dann presste ich mich selbst nah gegen die Reling und schützte meinen Kopf mit den Händen.

Eissplitter so scharf wie Glas flogen nach dem Aufprall der Eisbrocken umher, und ich hörte die ersten Schreie. Mich traf einer am Hals, und schon spürte ich die Wärme von Blut auf meiner Haut.

Das ekelhafte, markerschütternde Knirschen hielt immer noch an. Die zwei Drittel des Eisbergs, die versteckt unter Wasser lagen, schlitzten die Titanic nun der Länge nach auf. Und damit hatten sie das Stundenglas gedreht. In etwa zweieinhalb Stunden hätte der Ozean dieses Wunderwerk der Technik verschlungen.

Eine Erschütterung lief durch das Schiff, und noch mal regnete es riesige Eisbrocken. Molly Brown schrie auf und drängte sich nah an mich. Ich schützte uns beide so gut es ging, während uns erneut die spitzen Splitter um die Ohren sausten.

Das Schiff hatte sich zur Seite geneigt, so sehr versuchte es immer noch, auszuweichen. Jetzt war es schwer, sich auf dem spiegelglatten Deck zu halten. Ich strampelte mit den Füßen, um nahe der Reling zu bleiben. Sie würde uns einen minimalen Schutz bieten.

Ein Eisklumpen schlug nahe bei meinen Beinen ein, und die Splitter bohrten sich durch meine dicken Wollsstrümpfe. Es fühlte sich an wie tausend Nadelstiche. Ich stöhnte auf, doch ich ließ Molly Brown nicht los.

Ein Kellner verlor den Halt und fiel wie ein Baum vornüber direkt in sein Tablett, dessen heiße Getränke hochspritzten und ihm das Gesicht verbrannten. Die Schreie des Mannes waren fürchterlich. Neben mir hörte ich Francesca leise weinen.

Dann plötzlich war es gespenstisch still. Zwar hörte ich immer noch irgendwo Passagiere schluchzen, dennoch war es absolut unheimlich. Das Knirschen hatte aufgehört.

Ich löste mich sanft von Molly Brown und kam hoch. Der Eisberg lag schon hinter uns. Nur drei lange Kratzer, die mit der Farbe der Außenhaut der Titanic versehen waren, erinnerten an die fatale Kollision. Einen Moment später war er in der Dunkelheit verschwunden.

Das Grollen der Motoren änderte seinen Rhythmus. Von einem stetigen zügigen Stampfen verlangsamte er sich nun zum trägen Klopfen eines Herzschlags. Die Maschinen waren gedrosselt worden.

Ich strich mit den Fingern über meinen Hals. Die Wunde war nur oberflächlich, aber sie brannte. Ich wischte die Hand an meinem Rock ab und sah mich um. Überall lag Eis. Die Liegen und Sitzgelegenheiten waren durch die schweren Brocken teilweise zerstört worden. Verletzte lagen auf dem Deck, ihr Blut färbte das Eis rot.

Der Himmel stehe uns bei.

Der Untergang hatte begonnen.

Kapitel 29
Lilly

Ich half Francesca noch, Molly Brown in ihre Kabine zu bringen. Dort wollten die zwei Damen ihre Wunden versorgen. Molly Brown hatte es praktisch ohne einen Kratzer überstanden, doch dafür redete sie den ganzen Weg lang ohne Punkt und Komma über den Eisberg und die Kollision. Sie rief sogar laut nach Captain Smith, der in diesem Moment ganz andere Sorgen hatte. Es gab eine erste Durchsage in der ersten Klasse, die alle Passagiere aufforderte, an Deck zu kommen und Rettungswesten anzulegen. In den Gängen herrschte eine gewisse Unruhe, aber keine Panik. Einige Passagiere, die bereits im Bett gelegen hatten, standen in Morgenmänteln in ihren geöffneten Türen und warteten auf Informationen. Andere, die noch an der *Monte Carlo*-Nacht teilgenommen hatten, hatten den Speisesaal verlassen und hielten sich im Bereich der großen Treppe auf. Überall nahm ich eine gewisse Ratlosigkeit wahr, doch die allgemeine Stimmung war gut. Noch war kaum jemand vom Promenadendeck zurückgekehrt, um die erschreckenden Neuigkeiten zu verbreiten.

Ich sah mich an der Tür noch mal um. Das Unglück schien Molly Brown schlagartig nüchtern gemacht zu haben. »Vielen Dank, Schätzchen. Du hast mir das Leben gerettet.«

»Nicht doch.« Ich winkte ab und erklärte dann, auf die Toilette zu müssen. »Passen Sie beide auf sich auf, ja?«

Schnell eilte ich aus der Kabine, während mir ihre Fragen hinterherhallten. Doch jetzt konnte ich nicht mehr umdrehen.

*

Auf meinem Weg zur Kabine der Fortunes musste ich noch bei der Suite der Gräfin vorbei. Mein Dietrich-Set war immer noch unter der Matratze in meiner ehemaligen Kammer versteckt, und das brauchte ich jetzt.

Natürlich hatte ich kein Glück, und die Gräfin war nicht an Deck, stattdessen saß sie an ihrem Schminktisch.

»Da ist sie ja«, rief sie zur Begrüßung und sprang auf. »Bist du gekommen, um wieder für mich zu arbeiten? Dann mache dich nützlich und packe eine Tasche für mich. So, wie es aussieht, findet gerade eine Übung statt, aber ich will vorbereitet sein.« Ihr Blick glitt über mein zu großes Kleid und das fehlende Korsett. Sie zog ein missbilligendes Gesicht.

»Ich arbeite nicht mehr für Euch.« Ich funkelte die Gräfin an, meine Stimme klang kalt. »Und glaubt mir, hätte ich vorher gewusst, was mich erwartet, hätte ich das auch nie getan.«

»Ich muss doch sehr bitten«, rief die Gräfin und wollte nach meinem Arm greifen.

Doch ich war schneller. Ich durchquerte die Suite und ging direkt in den Dienstbotentrakt. Der Schlüssel steckte von außen, doch ich riss ihn ab und steckte ihn dann innen in die Tür, um den Trakt abzuschließen. Adèle war in ihrem Zimmer, denn dort brannte Licht. Doch zuerst eilte ich zu meinem Bett und fischte das Dietrich-Set unter der Matratze hervor.

»Lilly?« Adèle stand im Türrahmen meiner Kammer. »Geht es dir gut? Weißt du, was passiert ist?« Ihr Blick fiel auf meine Dietriche.

Ich ließ sie in meiner Tasche verschwinden, dann ging ich zu ihr und nahm ihre beiden Hände. »Adèle, du musst mir jetzt gut zuhören. Dieses Schiff wird untergehen. Begib dich mit der Gräfin zusammen auf das Promenadendeck. Dort werden sie die ersten Boote hinablassen. Als ihre Dienstbotin hast du die Möglichkeit, mit ihr zusammen in ein Boot gesetzt zu werden. Lass dich nicht abwimmeln. Nimm dieses Boot, verstanden?«

Sie war ganz bleich geworden, aber sie nickte. »Das mache ich. Aber was ist mit dir? Was hast du vor?«

»Ich komme klar. Jetzt muss ich noch ganz dringend etwas erledigen.« Ich deutete mit dem Kopf zur Seite. »Im Saum der Gardine vor dem Bullauge hier befindet sich Geld. Nimm dieses Geld, versprich mir das. Es soll dein Notgroschen sein und dich unabhängig machen, sollte die Gräfin dich entlassen. Es ist im Saum der Gardine«, wiederholte ich. »Hast du das verstanden?«

Wieder nickte sie, doch jetzt stiegen ihr Tränen in die Augen. »Lilly«, flüsterte sie. »Ich verstehe nicht, wie … Ich verstehe es nicht. Manchmal redest du so komisch. Und dann kannst du plötzlich kämpfen. Und du hast Geld, das du mir überlassen willst. Was hat das alles zu bedeuten?«

Ich lächelte sie traurig an. »Das kann ich dir nicht erklären. Aber bitte nimm das Geld.« Ich drückte ihre Hände noch mal sanft. »Und vergiss mich nicht.« Es war der Moment des Abschieds, und er fiel mir so unfassbar schwer. Ich hatte Adèle so sehr in mein Herz geschlossen.

Die Gräfin hämmerte an die Verbindungstür. Ich verstand nicht, was sie rief, aber sie klang ziemlich wütend.

Adèles Augen quollen über vor Tränen. »Du musst mir doch erklären, was …«

Ich war schon in der Tür, um den Schlüssel zu drehen. »Das kann ich nicht, Adèle. Pass auf dich auf.«

Ich öffnete die Tür, und schon war die Gräfin direkt vor mir. Sie war gut einen halben Kopf größer als ich, und sie funkelte mich an, als wollte sie mich erwürgen.

»Was erlaubst du dir, du liederliches Weibsbild. Wie redest du mit mir? Stürmst in diese Kabine, als würde sie dir gehören. Was bildest du dir eigentlich …« Sie hob die Hand, um mir ins Gesicht zu schlagen.

Doch dieses Mal würde ich nicht stillhalten. Dieses Mal musste ich keine Rolle spielen. Ich fing ihre Hand auf, schlang meine Finger um ihr Handgelenk und drückte zu, als ich es nach unten riss.

Die Gräfin kreischte auf.

Doch ich ließ nicht los, stattdessen zog ich sie mit einem Ruck nah zu mir. »Sie werden nie wieder Ihre Hand gegenüber dem Personal erheben, Gräfin. Sie werden nie wieder einen Menschen schlagen. Ist das klar?«

Die Gräfin wehrte sich und wollte jetzt auch die andere Hand benutzen. Ich packte sie, drehte mich mit ihr und knallte sie mit dem Rücken gegen die Wand neben der Tür zum Dienstbotentrakt. Als sie wieder atmen konnte, holte sie pfeifend Luft.

»Haben Sie mich jetzt verstanden?«, zischte ich. »Wenn Sie noch mal die Hand gegen einen Ihrer Dienstboten erheben, dann werde ich davon erfahren …« Meine Stimme verebbte zu einem Flüstern. »Und ich werde Sie finden, Gräfin. Wo auch immer Sie sein mögen. Ich werde Sie finden und Sie büßen lassen …«

Jetzt wimmerte die Gräfin, und Tränen rannen aus ihren Augen. Adèle stand leichenblass und mit weit aufgerissenen Augen im Türrahmen und starrte mich an, als wäre ich ein Dämon.

Ich ließ die Gräfin los, und sie rutschte an der Wand entlang hinunter auf den Boden. Dort fing sie laut an zu weinen.

Ich beachtete sie nicht. Stattdessen sah ich noch mal zu Adèle. »Pass auf dich auf.«

»Lilly …«, flüsterte Adèle leise, und es klang immer noch fragend und schockiert zugleich.

Zeit zu gehen. So schwer es mir auch fiel, mich von ihr zu trennen. Ich hatte der Gräfin eine Lektion erteilt, und jetzt würde ich mir die Kette besorgen.

*

Ich wusste, dass die Fortunes den Tresor im Ankleidezimmer aufbewahrten. Also würde dieser Raum mein erstes Ziel sein.

Ich hatte die Tür zur Suite gerade geknackt, und mein

Blick fiel auf die drei Betten der Schwestern, da hörte ich hinter mir eine bekannte Stimme.

Nicht. Schon. Wieder!

Wie schon beim ersten Mal vollführte ich einen Hechtsprung und verschwand unterm Bett. Dort lag ein rosafarbener Seidenstrumpf, den eine der drei Damen wohl nachlässig beim Ausziehen hatte fallen lassen.

»Was für ein Unsinn«, sagte Ethel mit energischer Stimme. Um ihren Hals hing kein Schmuckstück. Ich dachte an das Foto in Dads Büro. So sehr konnte einen die schlechte Qualität einer Fotografie täuschen. »Wir gehen nicht wieder ins Bett. Das ist keine Seenotrettungsübung, der Captain hat es eindeutig gesagt. Es gab irgendeinen Vorfall, und diese Maßnahmen dienen unserer Sicherheit. Ich tausche lediglich meinen leichten Wintermantel gegen meinen Pelzmantel, weil es an Deck wirklich kalt ist. Und das empfehle ich dir auch, Mabel. Und jetzt höre endlich auf herumzujammern, dass du müde bist. Das hier ist wichtig.«

Ethels Absätze klapperten auf dem Holzboden, als sie Richtung Ankleidezimmer ging. Mabel war in der Tür stehengeblieben, denn ihre Füße bewegten sich nicht.

»Aber alle anderen gehen auch wieder ins Bett.«

»So ein Mumpitz«, erklang Ethels Stimme einen Raum weiter. »Wer erzählt denn so etwas?«

»Das habe ich draußen auf dem Gang gehört.« Ihre jüngere Schwester Mabel klang schmollend. »Und dieses Schiff kann doch nicht sinken. Was soll das also?«

»Jedes Schiff kann sinken.« Ethel hatte ihren bodenlangen Pelzmantel übergeworfen und den der kleinen

Schwester gleich mitgebracht. »Und jetzt zieh dir etwas über.«

»Aber, Ethel, der ist so schwer …«, jammerte Mabel weiter, doch die zwei Schwestern verließen die Suite, und die Tür schloss sich hinter ihnen. Dann war es still.

Mabel erinnerte mich ein wenig an die Gräfin, die auch so unleidlich sein konnte. Ich war so froh, dass ich ihr noch die Meinung gesagt hatte, und hoffte, dass meine Drohung sie zukünftig daran hindern würde, ihre Angestellten zu misshandeln. Ich hoffte es vor allem für Adèle.

Aber jetzt hatte ich keine Zeit für Sentimentalitäten. Ich stöhnte auf und rollte mich unterm Bett hervor.

Mit schnellen Schritten passierte ich den Schminktisch, auf dem sich kein Schmuck befand, und ging in das Ankleidezimmer. Wo würde ich einen Tresor verstecken? Würde ich ihn überhaupt in meinen eigenen Räumen verstecken?

Nirgendwo entdeckte ich etwas, das aussah wie ein Tresor.

Mein Blick fiel auf einen Koffer, der aufrecht an einer Wand stand. Ob sie den Tresor dort untergebracht hatten?

Draußen auf dem Gang hörte ich schon wieder lautes Rufen, und ich hielt einen Moment inne, um sicherzugehen, dass niemand die Kabine betrat. Leider hatte das Ankleidezimmer keine Tür zum Gang, sodass ich in der Kabine gefangen sein würde, sollte ich auffliegen.

Der Koffer war massiv gefertigt, aus Leder, Holz und Metall. Es war ein Schrankkoffer, und er war fast so hoch wie ich selbst. Zu meiner Überraschung war er mit einem Schloss gesichert. Ich benutzte mein Werkzeug, um es zu knacken, was zum Glück sehr schnell ging. Durch das

Schiff hallte ein Knirschen, was mich erneut innehalten ließ.

Ich hatte eine knappe Stunde Zeit, danach würde das Wasser so hoch stehen, dass dieses Deck überflutet war. Ich musste diese verdammte Kette endlich finden!

Ich entriegelte das Schloss und warf es hinter mich. Dann klappte ich den Riegel um.

Zu meiner großen Enttäuschung war der Koffer leer, bis auf ein paar Reiseführer von Paris und Wien. Ich fluchte leise.

»Hallo? Noch jemand hier?«, war da plötzlich eine Stimme.

Schritte erklangen im Raum nebenan. Ich sprang auf und versteckte mich hinter der Tür.

»Hallo?« Ein Steward, beladen mit Rettungswesten, betrat das Ankleidezimmer, doch er ließ seinen Blick nur flüchtig schweifen. Mich hinter der Tür entdeckte er nicht. Als er verschwunden war, wurde mir mal wieder klar, dass ich mein Glück nicht noch länger herausfordern konnte. Diese verflixte Kette war hier irgendwo, und ich sollte sie schleunigst einsammeln!

Ich riss alle Schubladen der Kommoden auf. Doch hier fand ich nur Unterwäsche. Ich ging auf alle viere, um hinter den bodenlangen aufgehängten Kleidungsstücken an der Kleiderstange nachzusehen, ob dort etwas auf dem Boden versteckt war.

Das Rascheln musste die Schritte hinter mir gedämpft haben.

»Kann ich Ihnen helfen?«, fragte eine tiefe Stimme.

Ich tauchte wieder zwischen den Kleidungsstücken hervor und musste mir die offenen Haare aus dem Gesicht streichen, um ungehindert nach oben blicken zu können.

Vor mir stand Big John. Er sah genauso überrascht aus wie ich.

»Lilly.« Fragend sah er auf mich hinunter. Dann ließ er den Blick schweifen und zählte eins und eins zusammen. Er runzelte die Brauen. »Also ist es wahr.«

Ich kam hoch. Dieser Mann konnte mich in der Mitte durchbrechen, wenn er wollte. Ich wog meine Möglichkeiten ab, ging im Kopf eine Reihenfolge von Schlägen durch, die ich ihm verpassen konnte, um ihn wenigstens einen Moment lang auszubremsen.

Doch Big John machte keine Anstalten, mich einzufangen und seinen Herrschaften vorzuführen. Stattdessen war sein Blick ernst, als er seine Hände in seine Hosentaschen schob. »Du wolltest die Kette tatsächlich stehlen.«

Da das nicht der richtige Moment für weitere Lügen war, nickte ich. Die beiden männlichen Fortunes würden das Unglück nicht überleben. Aber wie stand es mit Big John? Ich wusste es nicht.

»Elsie hatte also recht.« Big John presste die Lippen zusammen und nickte langsam. »Ich war mir so sicher, dass sie lügt.«

»Es tut mir leid«, sagte ich leise.

Er schnaubte und wandte den Blick ab, als wollte er mich nicht direkt ansehen. »Suchst du nur nach der Kette, oder willst du den Damen ihre gesamten Juwelen rauben?«

»Ich suche nur nach der Kette.«

Wieder nickte er, dann hob er die Brauen. »Warum?«

Jetzt war ich es, die seinem Blick auswich. »Das kann ich dir nicht sagen.«

»Was geschieht, wenn du die Kette nicht stiehlst?«

»Ich gerate in große Schwierigkeiten.« Wieder gab das Schiff so ein seltsames Knirschen von sich. Ich zuckte zusammen.

Big John wippte auf seinen Hacken vor und zurück. »Ich bin in Kanada aufgewachsen ... am Huron See. Und wenn dieser Kahn noch drei Stunden übersteht, fresse ich den Bisonmantel meines Herrn.«

Er kam mit seiner Einschätzung der Realität erstaunlich nah. »Sie wird untergehen, Schneller, als alle denken.«

Seine dunklen Augen ruhten auf mir. »Woher weißt du das?«

»Glaub es mir einfach«, erwiderte ich eindringlich. Ich wollte ihm helfen, ihm weitere Hinweise geben. Aber er war seinem Herrn treu ergeben und würde ihn retten wollen. Und wenn ein männlicher Fortune das Sinken überlebte, würde ich die Geschichte auf fatale Weise ändern. *Verflixt!* Ich biss mir auf die Unterlippe. Es war so verdammt schwer. *Vielleicht, wenn ich ...*

Da sprach Big John überraschenderweise weiter. »Du wirst den Tresor hier nicht finden. Die Herrschaften haben ihn in den großen Safe im Post Office bringen lassen.« Damit wollte er sich umdrehen.

»Big John.«

Er sah sich zu mir um.

»Danke.« Ich lächelte ihn an. Er wirkte vielleicht auf den ersten Blick einschüchternd und etwas grob. Aber er war einer von den Guten. Ich hoffte, dass er, anders als seine Dienstherren, das Unglück überleben würde.

Big John tippte sich salutierend an die Stirn, dann

wandte er sich wieder um und stiefelte mit großen Schritten aus der Suite.

Kapitel 30
Damien

»Hier spricht Ihr Captain. Bitte ziehen Sie warme Kleidung und Rettungswesten an, und finden Sie sich auf dem Promenadendeck ein. Das ist keine Übung. Ich wiederhole, das ist keine Übung. Finden Sie sich auf dem Promenadendeck ein.«

Die Durchsage von Captain Smith hallte über die Flure der ersten Klasse.

Ich hatte mich auf der dem Eisberg zugewandten Seite des Schiffs in der Bibliothek befunden, als es zur Kollision kam, deshalb hatte ich live mitbekommen, wie dieses Ungetüm aus Eis das Schiff aufschlitzte. Das ohrenbetäubende Knirschen hatte mir eine Gänsehaut am ganzen Körper beschert. Die Titanic hatte sich beinahe angehört wie ein gequältes Tier.

Sofort wurde es auf den Gängen voller, und auch auf der großen Freitreppe hatten sich beunruhigte Passagiere eingefunden. Viele trugen bereits ihre Rettungswesten. Andere hatten Zigaretten und Champagnergläser dabei und dachten gar nicht daran, sich in die Kälte zu begeben.

Insbesondere die Männer der ersten Klasse schienen unschlüssig, und keiner wollte sich vor dem anderen die Blöße geben. Doch die umhereilenden Stewards machten den Ernst der Lage deutlich, und immer mehr Passagiere legten die Rettungswesten an. Das seltsame Knarren, das hin und wieder durch den riesigen Schiffskörper lief, verstärkte den Eindruck, dass etwas ganz und gar nicht stimmte.

Als dann noch das Quietschen der Winden erklang, mit dem die ersten Rettungsboote Richtung Deck abgesenkt wurden, wurden einige Leute nervös.

»Hier spricht Ihr Captain. Alle Passagiere der ersten Klasse finden sich bitte auf dem Promenadendeck ein. Das ist keine Übung. Tragen Sie warme Kleidung, lassen Sie Ihre Kinder nicht in ihren Betten zurück, denn dies ist eine Vorsichtsmaßnahme zu Ihrer eigenen Sicherheit.«

Ich ließ den Blick schweifen und war mir sicher, dass Lillys Zeit gekommen war. Die Leute wurden unruhig, interpretierten in die Worte des Kapitäns alles Mögliche hinein, und viele diskutierten laut auf ihrem Weg an Deck. Ich hingegen wollte jetzt beobachten, was in der Suite der Gräfin geschah.

Ich wimmelte einen Steward ab, der mir eine Rettungsweste aufdrängen wollte, passierte den Rauchersalon der ersten Klasse und entdeckte dort Thomas Andrews. Er stand nahe dem großen Kamin. Es war der einzige Kamin auf dem Schiff, hinter dem sich kein elektrisches Heizgerät verbarg, sondern ein echtes Feuer prasselte. Thomas Andrews starrte auf ein Jugendstilgemälde. Seine Rettungsweste hielt er in der Hand.

Das Knistern des Feuers übertönte das Geräusch meiner Schritte. »Vater.«

Er schwang herum. »Rayford«. Sofort hörte ich Sorge in seiner Stimme. »Was machst du noch hier? Die Durchsage des Kapitäns war doch deutlich. Alle Passagiere sollen an Deck gehen. Und warum trägst du keine Rettungsweste?«

Ich zuckte die Schulter. »Frauen und Kinder zuerst. Wir Andrews sind Männer von Ehre.«

Der Kampf in seinem Inneren war deutlich auf seinem Gesicht abzulesen. Einerseits würde er niemals ein Rettungsboot betreten, bevor nicht auch die letzte Frau oder das letzte Kind aus egal welcher Klasse auf diesem Schiff sicher in einem Rettungsboot saß. Dennoch wollte er, dass ich einen der begehrten Plätze bekam. Weil ich sein Sohn war und sein Kind, das er liebte.

Eine Welle der Zuneigung durchflutete mich. War es so? Diese bedingungslose Liebe eines Elternteils zum eigenen Kind? Dass man das Wohl des Kindes immer über das eigene stellte? Dass man alles dafür tun würde?

Ich hatte so eine Zuneigung nie erfahren.

»Die anderen Schiffe sind zu weit weg.« Seine Stimme klang tonlos. »Ich habe mit den Funkern gesprochen. Ein unbekanntes Schiff, das ganz nah ist, antwortet nicht. Wir vermuten, es ist illegal auf Robbenjagd. Die California ist auch nah, antwortet aber ebenfalls nicht. Vermutlich haben sie den Funk um Mitternacht ausgestellt. Die Carpathia hat uns Hilfe zugesichert, ist aber frühestens in vier Stunden hier.« Er kam zu mir herüber und legte beide Hände auf meine Schultern. »Dieses Schiff wird bald sinken. Ich habe es gebaut, ich kann den Schaden beurteilen. Und du weißt, dass wir zu wenige Rettungsboote haben.«

»Ja, das weiß ich«, erwiderte ich leise. Ich fühlte mich so mies, ich musste einfach etwas sagen. »Aber es wird sich schon eine Lösung finden. Vielleicht ist eins der Schiffe doch schneller als erwartet.«

Er ließ die Hände langsam sinken. »Tu mir trotzdem den Gefallen und begib dich an Deck.«

»Kommst du nicht mit, Vater?«

Er schüttelte den Kopf. »Dieses Schiff und ich, wir sind Teil eines Ganzen. Schon als ich als junger Lehrling bei Harland & Wolff angefangen habe, habe ich von so einem Schiff geträumt. Irgendwann, das nahm ich mir damals vor, würde ich so einen Giganten der Meere bauen. Ich würde das schönste Schiff erschaffen, das es zu dieser Zeit geben würde.« Er lächelte, doch es war ein trauriges Lächeln. »*Titanic*, das Schiff der Träume.«

Ich schluckte hart, obwohl ich natürlich wusste, worauf es hinauslief. Thomas Andrews hatte eine Entscheidung getroffen. Und er stand dazu.

»Sie und ich, wir sind eine Einheit«, sprach er dann leise weiter. »In der Titanic steckt ein Teil meiner Seele. Und sie hat mir etwas von der Aufmerksamkeit und dem Ruhm abgegeben, der ihr bisher zuteilwurde. Wenn das Meer sie sich jetzt holt, dann gehe ich mit ihr.« Er legte eine Hand auf den Kaminsims, strich darüber und schüttelte dann leicht den Kopf. »Wir hatten große Pläne.« Wieder hob er den Kopf, um mich anzusehen. Jetzt schimmerten seine Augen feucht.

»Und dann beweist uns die Natur, dass wir Menschen

mit all unseren großen Ideen und technischen Errungenschaften doch nur ein Spielball ihrer Elemente sind.«

Er hatte recht, denn nicht mal in der Zeit, aus der ich kam, wäre so ein Unglück ohne den Verlust von Menschenleben verlaufen. Zu wenige Rettungsboote waren nun mal zu wenige Rettungsboote. Wir waren mehrere Hundert Kilometer von der nächsten Küste entfernt, und auch die sich in der Nähe befindlichen Schiffe konnten wegen uns nicht schneller fahren.

»Es tut mir sehr leid, Vater.«

Er seufzte. »Hochmut kommt vor dem Fall, so sagt man doch.« Jetzt hatte er einen bitteren Zug um den Mund. »Bitte begib dich in ein Rettungsboot, sobald sie sie für die Männer freigeben. Reise nach New York. Finde meine Frau und deine kleine Halbschwester Elba.« Er rang sich ein Lächeln ab. »Und sag ihnen, dass ich sie liebe. Ich war nie ein perfekter Vater oder Ehemann. Ich habe Fehler gemacht. Ich habe viele Fehler gemacht.« Er ließ den Kopf sinken, und in diesem Moment wusste ich, dass er an Deborah dachte. Seine erste große Liebe, die er niemals vergessen hatte.

»Wir alle machen Fehler, Vater. Es definiert uns als Mensch, als fühlendes Wesen.«

Er lächelte, und jetzt bildeten sich kleine Falten um seine Augen. »Ich bin so stolz auf dich.« Er klopfte mir noch mal sacht auf die Schulter. »Und nun hinfort mit dir. Lass deinen alten Vater in Ruhe vor sich hin grübeln.«

Ich wusste, dass er nicht mit sich verhandeln lassen würde. Thomas Andrews würde etwas später an Deck kommen und den vielen Frauen und Kindern in die Rettungsboote helfen. Seinen Platz würde er ablehnen und stattdessen an diesen Ort hier zurückkehren. In den Salon vor den Kamin unter dem Gemälde. Hier würde er warten. Warten, bis das Wasser ihn fand, und sich von ihm verschlingen lassen.

»Danke«, flüsterte ich.

Er runzelte die Brauen. »Wofür, mein Sohn?«

Ich presste die Lippen aufeinander und hatte plötzlich einen Kloß im Hals. »Das kann ich dir nicht sagen.« Ich wandte mich schnell ab, um nicht noch mehr Unbedachtes zu sagen. Ich ging ein paar Schritte, doch dann blieb ich stehen und wandte mich noch mal zu ihm um. Er hatte wieder eine Hand auf diesen Kaminsims gelegt, als wollte er dem Schiff in diesen schweren Stunden beistehen. Sein Blick ruhte auf mir, nicht traurig, sondern gelöst und wie der eines Mannes, der mit seinem Schicksal seinen Frieden gemacht hatte.

»Wir hatten nicht viel Zeit miteinander«, sagte ich, und meine Stimme kam rau über meine Lippen. »Aber in diesen wenigen Stunden war ich glücklich und stolz, dein Sohn sein zu dürfen.«

Ich wartete die Wirkung meiner Worte nicht ab, denn schon als ich sah, wie sein Blick sich bei meinen Worten veränderte, befürchtete ich, dass wir beide gleich anfangen würden, zu weinen. Und es würden in dieser Nacht noch genug Tränen vergossen werden.

Also flüchtete ich mit großen Schritten und versuchte, mir das Bild von ihm vor diesem Kamin mit diesem Blick, der so liebevoll auf mir ruhte, für immer einzuprägen.

*

Mittlerweile hatten sich viele der Erste-Klasse-Passagiere an Deck begeben, denn die Gänge hatten sich merklich geleert. Ich war auf der Zielgeraden, doch ausgerechnet vor der Suite der Gräfin hatte sich eine Traube Menschen versammelt.

Es war zu spät, um wieder kehrtzumachen. Innerlich seufzte ich, denn ich ahnte schon das Drama, das auf mich zukam. Schließlich stand ich seit Beginn der Reise auf ihrer *Persona non grata*-Liste.

»Sie!«, rief die Gräfin, die mich sofort entdeckt hatte und mit dem Finger auf mich deutete. Die Blicke aller anderen Passagiere folgten ihr.

»Gräfin«, erwiderte ich möglichst neutral. Ich blieb so vor der Suite stehen, dass ich einen Blick hineinwerfen konnte. Schon wieder keine Spur von Lilly. So langsam wurde ich nervös. Hinter der Gräfin stand Adèle, das dunkelhaarige Dienstmädchen, und hielt aufeinandergestapelte Stofftaschentücher in den Händen, von denen die Gräfin schon einige gebraucht und auf den Boden hatte fallen lassen.

»Haben Sie ihr diese Flausen in den Kopf gesetzt? Haben Sie sie angestachelt?«

»Darf ich fragen, worum es geht?« Ich verschränkte die Arme vor der Brust. »Und ich habe Ihr zweites Dienstmädchen Lilly schon einige Zeit nicht mehr gesehen. Ich hoffe, es geht ihr gut?«

Das brachte die Gräfin restlos zum Explodieren. »Sie besitzen die Unverfrorenheit, mich nach ihr zu fragen?« In ihren farblosen Augen leuchtete das Rot der geplatzten Äderchen wie eine Kampfansage. »Sie gehören ebenso ins Gefängnis gesperrt wie sie! Haben Sie sie angestachelt?«

Ich hörte nur die zwei Worte. *Lilly* und *Gefängnis.*

Ich wusste, dass es auf dem Schiff in der Krankenstation eine Zelle gab. Sie war winzig, und in diesem Bunker aus Stahl war es unmöglich, mit dem Zahnrad zu fliehen. Es war eine Todesfalle. Wenn Lilly die Kollision dort mitbekommen hatte, wusste sie, dass sie nur noch wenig Zeit hatte, und war vermutlich schon kurz davor, vor Angst den Verstand zu verlieren.

Wut brandete in mir auf. Ich beugte mich bedrohlich nah zur Gräfin. »Wo ist Lilly?«

Die Gräfin wich zurück, als habe ich sie geschlagen, und trat Adèle auf die Füße. Diese verzog das Gesicht, gab jedoch keinen Laut von sich. Sie war kreidebleich und starrte mich mit großen Augen an.

»Ich verlange zu wissen, was vor sich geht. Sofort.« Ich sah in die Runde, doch die anderen Erste-Klasse-Passagiere starrten nur auf den Boden.

Die Gräfin hatte sich wieder gefangen und bleckte die Zähne. »Sie hat mich bestohlen, und sie wollte diese neureiche Familie aus Kanada bestehlen. Diese Bargains oder Fortunes oder wie auch immer sie heißen. Dafür ist sie ins Gefängnis gegangen.«

»Molly Brown hat sie doch wieder herausgeholt«, sagte Gladys Cherry, die ich jetzt erst unter den Anwesenden erkannte. »Das ging doch überall auf dem Schiff herum, Noël. Sie sollte als ihre Sekretärin arbeiten, weil sie so gebildet ist.«

Die Gräfin sah aus, als würde sie gleich endgültig platzen. »Hat dich jemand nach deiner Meinung gefragt, Gladys? Herrgott, warum bin ich nur mit deiner Anwesenheit gestraft.«

»Jetzt macht mal halblang, Gräfin«, knurrte ich und wandte mich dann an Gladys Cherry. »Lilly befindet sich also nicht mehr im Gefängnis?«

Sie nickte.

Erleichterung machte sich in mir breit. Das war gut. So zäh, wie Lilly war, würde sie ihren Plan weiterverfolgen und sich jetzt daranmachen, die Kette in dem aufkommenden Chaos doch noch an sich zu bringen.

Also Schluss mit dem netten Geplauder.

»Wenn die Herrschaften mich entschuldigen.« Ich tippte mir an die Stirn und ging mit schnellen Schritten davon.

Hinter mir erklang plötzlich das Gekreische der Gräfin. »Was erlaubst du dir, Adèle? Sofort zurück an deinen Platz.«

Schon erschien Adèle neben mir. Sie hatte die Taschentücher der Gräfin verschwinden lassen und suchte jetzt nach etwas in den Tiefen ihrer Uniformtasche. »Mr Ray Andrews, ich weiß, Sie sind das Herzblatt.«

Entschuldigung?

Ich blinzelte. Ganz gewiss hatte ich mich verhört.

»Es war so ein schöner Brief, mon dieu«, sprach sie hastig weiter. »Und die Idee mit dem Ball, es war so …« Endlich hatte sie gefunden, was sie suchte. Adèle hielt mir etwas Längliches hin, und wie automatisch griff ich danach. Es war ein schmaler Dietrich.

Na, sieh mal einer an. Noch ein Beweis, dass Lilly weit davon entfernt ist, aufzugeben.

Sie beobachtete meine Reaktion. Als sie sah, dass ich weder verwirrt noch sonderlich schockiert war, legte sie den Kopf schief. »Ich kann Ihnen vertrauen, n'est-ce pas, Mr Ray?«

»Ich weiß über alles Bescheid«, erwiderte ich schnell und hoffte, dass sie sich mit dieser vagen Information zufriedengeben würde. »Sie können mir vertrauen. Ich bin auf Lillys Seite.«

Sie nickte und wirkte erleichtert. »Lilly hat das verloren, als sie die Gräfin …« Adèle brach ab und sah verschämt auf den Boden, während ich den Dietrich rasch in meiner Hosentasche verschwinden ließ. »Als sie die Gräfin verhauen hat.«

Lilly hatte eine Auseinandersetzung mit der Gräfin gehabt? Meine Wut auf diese Person wuchs ins Unermessliche.

»Vielleicht braucht sie es jetzt.« Adèle sah mit eindringlichem Blick zu mir hoch. »Ich weiß, Lilly ist nicht …« Sie brach ab. »Ich bin mir sicher, dass sie keine gewöhnliche Dienstmagd ist, n'est-ce pas?« Adèle sah kurz den Gang hinunter, als befürchte sie, belauscht zu werden. Ich folgte ihrem Blick. Doch die Gräfin funkelte sie nur aus der Entfernung an und deutete mit dem Finger auffordernd an ihre Seite.

»Sie kann weder bügeln noch nähen, manchmal redet sie so seltsam, und dann hat sie sich immer mit dieser unfreundlichen Elsie unterhalten, obwohl niemand sie leiden kann«, sprudelte es aus ihr hervor. »Lilly hat Elsie in der Kabine der Fortune-Schwestern besucht. Ich weiß nicht … vielleicht hat Lilly etwas gesucht?« Ihre Augen weiteten sich. »Angeblich soll sie versucht haben, etwas zu stehlen, und jetzt hat sie diese Werkzeuge mitgenommen, und vielleicht wissen Sie mehr als ich, Mr Ray und …«

»Ganz ruhig«, unterbrach ich Adèle sanft. »Sie haben mit allem recht. Danke für den Dietrich und dafür, dass Sie Lilly nicht verraten haben. Ich werde sie suchen und ihn ihr geben.« Also hatte Lilly bereits erfolglos versucht, die Kette von Ethel Fortune an sich zu bringen. Ein verpatzter Versuch und ein paar Dietriche? Das ließ nur einen Schluss zu, denn die Türen zu den Suiten ließen sich mühelos mit einer Haarnadel öffnen. Lilly hatte den Schmuck nicht mehr finden können, denn die Fortunes hatten reagiert und das Geschmeide in Sicherheit bringen lassen.

Und der einzig wirklich gut gesicherte Ort auf diesem Schiff war ein Tresor, der sich im Post Office befand.

»Vielen Dank, Adèle«, sagte ich noch mal. »Sie sind eine große Hilfe.« Mit so einer Verbündeten hatte ich gar nicht gerechnet, war jetzt aber ehrlich dankbar.

Adèle berührte kurz meinen Arm. »Sagen Sie ihr, sie soll vorsichtig sein.«

»Das mache ich. Kommen Sie zurecht?« Ich deutete mit dem Kopf zur Gräfin.

Sie nickte knapp. »Lilly hat ihr gehörig Angst eingejagt, das wird für einige Zeit reichen.«

Wir lächelten uns verschwörerisch an, dann schwang sie herum und eilte zurück Richtung Suite.

Plötzlich rief die Gräfin erneut meinen Namen. Ich verfiel in einen Laufschritt und bog dann in einen Gang ab, der mich über die Treppen des Personals auf kürzestem Wege zum G-Deck bringen würde. Ganz sicher konnte Lilly meine Hilfe gebrauchen.

Es war Zeit für die Wahrheit.

Kapitel 31
Lilly

Mittlerweile war die Aufregung im ganzen Schiff zu spüren. Wie ein Schwelbrand, der kurz davor war, sich Flammen schlagend auszubreiten.

Auf meinem Weg ins Post Office passierte ich auch Bereiche der zweiten Klasse. Hier waren ebenfalls schon Rettungswesten verteilt worden. Doch die Informationslage war viel schlechter als in der ersten Klasse. Die allermeisten Menschen hielten das Ganze für eine Übung und dachten gar nicht daran, sich nach draußen auf das Deck zu begeben. Eigentlich hätte ich die Treppen und Gänge des Personals benutzt, doch die waren überfüllt mit Angestellten, die dazu abgestellt worden waren, bei der Evakuierung des Schiffes zu helfen. Ich bahnte mir meinen Weg durch die Gänge der zweiten Klasse, bis ich das Treppenhaus erreicht hatte, das zu den untersten Decks führte. Hier gab es Bereiche für die Crew, aber auch die Zimmer der dritten Klasse, verschiedene Lagerräume, und auf dem G-Deck befand sich außerdem das Post Office.

Das Post Office war abgeschlossen, was dank meiner

Dietriche kein Hindernis für mich darstellte. Ich lehnte die Tür hinter mir an, fand den Lichtschalter und sah mich um. Da ich schon mal hier gewesen war, wusste ich, wie es aussah, doch als so groß hatte ich es beim ersten Mal nicht wahrgenommen. Es gab zwei Stationen, in denen die Post sortiert wurde, und viel Stauraum für die unzähligen Postsäcke eine Etage darunter. Außerdem gab es eine Theke, an der Reisende Briefmarken und Postkarten kaufen konnten. Es sah fast aus wie in einer normalen Postfiliale.

Eine Kasse stand auf der hölzernen Theke, die an einer Seite angehoben werden konnte, um sich hinter den Schalter zu begeben. Dahinter waren drei schmale hohe Regale aufgereiht, in denen sich bereits sortierte Post stapelte. Und ganz links stand ein monströs großer Tresor. Es war ein Gigant aus schwarzem Stahl, mit einem Schlüsselloch und einem Griff.

Ich betrachtete den Tresor, der höher war als ich selbst, und zögerte. Würde man wirklich einen Tresor in einen anderen Tresor einschließen? Eigentlich würde man doch den kleineren Tresor leeren und den Schmuck dann in den größeren legen. Doch oben in der Kabine hatte ich keinen Tresor gefunden.

Ob sie ihn vielleicht so, wie er war, hier irgendwo abgestellt hatten? Ich sah mich noch mal um. Das bedeutete, es musste noch einen weiteren, kleineren Tresor geben, nämlich den der Fortunes.

Ich kam wieder hinter der Theke hervor und sah die Treppe hinunter, wo nur Dutzende Postsäcke eng nebeneinanderlagen. Nichts.

Ich begab mich zurück hinter die Theke und betrachtete das Ungetüm namens Tresor erneut. Ich seufzte leise, und als ich in meine Tasche griff und mir meine filigranen Dietriche ansah, überkamen mich erste Zweifel. Sollten die Stifte im Inneren proportional zum Tresor gefertigt sein, würde ich sie mit meinen zierlichen Werkzeugen überhaupt bewegen können?

Ich beugte mich zu dem Schloss hinunter. *Na dann …*

Plötzlich erklangen Schritte.

Ich kam hoch, und mein Blick flog zum Eingang. Ein junger Mann mit braunem Haar und Schnauzer hielt abrupt inne, als er mich entdeckte.

»Was tun Sie da?« Seine Stimme klang alarmiert, aber auch verunsichert.

Er trug die Uniform eines Postbeamten und war, wie ich vermutete, noch gar nicht im Bett gewesen. *Hatte ich ein Glück.* Ein Workaholic, der jetzt sichergehen wollte, dass all die wertvolle Post gerettet werden würde, sollte sich eins der herbeieilenden Schiffe noch rechtzeitig einfinden.

»Was haben Sie hier zu suchen?« Jetzt hatte seine Stimme einen bedrohlichen Klang. Er kam langsam näher, passierte die erste Sortierstelle, während er den Kopf schiefgelegt hatte und die Situation einzuschätzen versuchte. »Haben Sie versucht, den Tresor zu öffnen?«

Ich hatte meine Dietrich verschwinden lassen, dennoch musste er etwas gesehen haben.

»Nein«, gab ich langsam zurück. In meinem Kopf ratterten alle Zahnräder. Ich brauchte jetzt eine gute Geschichte. Eine, die zu meinem Status als Dienstmädchen passte.

Ich knickste und brauchte nur Sekunden, um zurück in

meine Rolle zu schlüpfen. »Entschuldigen Sie, Sir. Ich dachte, hier wäre noch jemand. Und die Tür stand offen. Meine Herrin möchte das Schiff nicht ohne ein bestimmtes Schmuckstück verlassen. Gut, dass Sie jetzt da sind.« Ich setzte eine bittende Miene auf. »Das Schmuckstück ist ihr wirklich wichtig.«

Der Mann hatte mich mit dem Blick eines Raubvogels beobachtet, während er zur zweiten Sortierstelle ging. Dort legte er eine Hand auf das dunkle Holz.

»Ich selbst habe die Tür abgeschlossen.«

Ich beobachtete, wie seine rechte Hand über das Holz glitt und dann eine Schublade aufzog. Im nächsten Moment richtete sich der Lauf einer Waffe auf mich.

Damit hatte ich nicht gerechnet. Mein Puls beschleunigte sich. Eine Waffe konnte töten, egal, ob in der Vergangenheit oder Gegenwart.

Der Postbeamte machte mit der anderen Hand eine auffordernde Geste. »Sie kommen jetzt sofort hinter dieser Theke hervor, Miss. Es mag auf dem Schiff ja drunter und drüber gehen, aber ich bin ein Angestellter der Königlichen Post, und hier in meinem Reich herrscht Ordnung.«

Ernsthaft?

Ich versuchte eine andere Taktik. »Das verstehe ich, Sir.« Ich zwang mich zu einem leicht verschämten Lächeln. »Und Sie sehen wirklich sehr gut aus in dieser Uniform.«

Mein Charme prallte an ihm ab. »Kommen Sie hinter der Theke vor, Miss, oder ich mache von der Waffe Gebrauch.«

Er sah ziemlich entschlossen aus, was mich beunruhigte. Was hatte er mit mir vor? Ins Gefängnis würde ich mich auf gar keinen Fall wieder einsperren lassen.

Ich kapitulierte und duckte mich unter der Theke durch.

Der Blick des Mannes glitt über meine Kleidung. Dann schüttelte er den Kopf und grinste, die Waffe immer noch auf mich gerichtet. »Sie sind nie und nimmer ein Dienstmädchen. Sie tragen kein Korsett, und die Uniform sieht aus, als hätten Sie sie gestohlen. Wer ist Ihre Herrin?«

»Mrs Margaret Brown.«

Seine Reaktion zeigte, dass ihm der Name geläufig war. Dennoch glaubte er mir kein Wort. Er deutete mit dem Kopf Richtung Tür. »Gehen Sie voraus. Wir werden Mrs Brown jetzt gemeinsam zur Sachlage befragen. Und sollten Sie auch nur einen Schritt in die falsche Richtung machen, schieße ich Ihnen von hinten in den Kopf.«

Die Art, wie er mich ansah, verriet, dass er seine Drohung wahr machen würde. Er würde mich erschießen.

»Und Sie sind bei der Post?« Es rutschte mir einfach so heraus. Ich hoffte, dass ihn das nicht so sehr provozierte, dass er mich an Ort und Stelle erschoss. Dass er Lust darauf hatte, daran hatte ich keinen Zweifel.

»Ich habe in den Kolonien gedient«, knurrte er.

Das erklärte so einiges. Ich tippte auf die Feldzüge in Somaliland, die mit ihrer Grausamkeit traurige Berühmtheit erlangt hatten. Mit diesem Kerl war definitiv nicht zu spaßen.

Also senkte ich den Kopf und ging voraus. Er stieß mir unwirsch in den Rücken, weil ich nicht schnell genug war.

Ich tat so, als würde ich schluchzen, um ihn in falscher Sicherheit zu wiegen.

»Ja, jetzt tut es dir leid«, hörte ich ihn hinter mir hämisch sagen. Plötzlich duzte er mich. »Wusstest du, dass wir ein Gefängnis an Bord haben?«

Soll ich Ihnen mehr darüber erzählen?, wollte ich erwidern, doch ich schüttelte nur den Kopf und schluchzte lauter.

Das schien ihm gut zu gefallen. Jetzt drückte er mir die Waffe beim Gehen sogar direkt in den Rücken.

Doch genau darauf hatte ich gehofft. Je näher einem der Angreifer mit der Waffe war, desto leichter konnte man sie ihm abnehmen.

Vor uns öffnete sich der Gang, von dem ein paar Lagerräume abgingen. Zu einem von ihnen stand die Tür halb offen. In seinem Inneren machte ich Regale aus, in denen Tischdecken und Handtücher lagerten. Das war mein Moment.

Ich schwang herum, griff nach dem Lauf der Waffe und schlug mit der anderen Hand seine Hände grob zur Seite. Das alles passierte so schnell, dass der Mann nicht reagieren konnte. Und vermutlich hatte er auch nicht mit einem Angriff dieser Art gerechnet. Jetzt war ich es, die die Waffe auf ihn richtete.

»In das Zimmer da, sofort.« Ich deutete mit dem Kopf auf den Raum seitlich von ihm. Ich wollte ihn hier einsperren, um ihn mir so lange vom Hals zu halten, bis ich die Kette an mich gebracht hatte.

Der Mann war immer noch völlig perplex, sein Mund stand offen und wie von selbst hob er beide Hände.

»Ganz ruhig«, sagte er dann. »Ganz ruhig.«

»Rein da«, zischte ich.

Der Mann stolperte nach rechts, den Blick immer noch

fest auf die Waffe gerichtet. »Ganz ruhig«, sagte er ein drittes Mal.

Ich wartete, bis er weit genug in den Raum hineingegangen war. »Hinknien.«

Der Mann fixierte mich. »Ich will aufrecht sterben.«

Ich reagierte nicht. »Hinknien«, sagte ich noch mal, dieses Mal deutlich lauter.

Endlich reagierte der Mann. Er ging auf die Knie.

Ich überprüfte, ob in der Tür ein Schlüssel steckte. Das war nicht der Fall. Ich deutete bis zum Schluss mit der Waffe auf ihn, dann riss ich die Tür zu.

So schnell ich konnte, legte ich die Waffe auf den Boden und griff dann nach einem Dietrich in meiner Tasche. Ich hoffte, dass der Mann nicht schnell genug auf die Füße kam, um an der Klinke zu reißen, bevor ich die Tür verriegelt hatte. Doch es funktionierte.

Er hämmerte von innen gegen die Tür und stieß Verwünschungen aus, die mich vermutlich sofort tot hätten umfallen lassen sollen.

Es war ein Glück, dass wir uns in einem Teil des Schiffes befanden, der für die Rettungsaktion der Passagiere und Crew keine Rolle spielte, weil es hier nur Lagerräume gab. Sonst hätte ihn vielleicht jemand befreit, bevor ich mein Ziel erreicht hatte. Doch hier unten gab es nur Bettwäsche, Handtücher und jede Menge Briefe.

Ich nahm die Waffe hoch und eilte zurück in das Post Office.

Kapitel 32
Lilly

Zum Glück erwarteten mich im Post Office keine weiteren Überraschungen. Also schlüpfte ich wieder hinter die Theke, um mich dem Tresor zu widmen. Die Waffe legte ich zur Sicherheit neben mich. Dann zückte ich meine Dietriche.

Es fühlte sich an, als würde ich mit einer Häkelnadel an einer Dampflok schrauben.

Und dann brach mir der erste Dietrich im Schloss ab, kaum dass ich den Stab hinzugefügt hatte, um die Stifte oben zu halten.

Ich fluchte leise. In diesem Moment hätte ich mir fast gewünscht, dass der Tresor mit einer Zahlenkombination zu öffnen gewesen wäre. Für die hätte ich einfach nur einen Trichter zum Lauschen gebraucht, um die Zahlen herauszufinden.

Ich fischte einen zweiten Dietrich hervor und hielt inne, weil über mir ein lautes Krachen erklang. Ich hatte keine Ahnung, was das bedeutete, aber es klang nicht besonders vertrauenerweckend. Dann bemerkte ich, wie das

Schiff sich ein Stückchen neigte. Plötzlich war die Fläche, auf der ich kniete, leicht abschüssig. Der Tresor schien noch riesiger vor mir aufzuragen, doch noch stand er sicher. Nervosität machte sich in mir breit.

Vorhin, als der Kerl die Waffe auf meinen Rücken gerichtet hatte, war ich ruhiger gewesen als jetzt bei dem Gedanken, um wie viel Grad das Schiff pro Minute Richtung Bug sinken würde.

Ich atmete aus und steckte den zweiten Dietrich in das Schloss. *Du kannst das. Du hast das so oft geübt.*

Neben mir knallte plötzlich etwas gegen die Schiffsaußenhaut. Ich erschrak fast zu Tode, und der zweite Dietrich brach ab.

Ich fluchte laut und sprang auf die Füße.

Zwischen dem Tresor und dem Regal gab es ein Bullauge. Ich sah hinaus in die Nacht. Leuchtraketen explodierten am Himmel und ließen das Firmament in Rot und Orange erstrahlen.

Ich sah nach unten, und dort befand sich ein Rettungsboot. Es musste aufgrund der Schiffsbewegungen gegen die Außenhaut geprallt sein, und das unmittelbar auf meiner Höhe. Das Boot, das bestimmt sechzig Leute fassen konnte, war mit gerade zwanzig Menschen besetzt. Diese schrien, als es auf dem Wasser aufsetzte. Die sich mit im Boot befindenden Matrosen schnitten die Seile durch, und schon entfernte sich das Boot von der Titanic.

Über mir erklangen erneut Geräusche, die vermuten ließen, dass die Rettungsboote nun im Minutentakt hinabgelassen wurden. Erneut neigte sich das Schiff spürbar. Besorgt sah ich zu dem Tresor zurück.

Ich nahm den dritten Dietrich. Es war mein letzter. Ich

kniete mich vor den Tresor und zwang mich zur Ruhe. Das Schiff neigte sich weiter.

Irgendwann würde der Tresor der Schwerkraft folgen, nach vorn kippen und mich unter sich begraben.

Konzentrier dich. Du musst es schaffen. Du musst es einfach schaffen.

Noch mal erhellte eine Leuchtrakete die Nacht.

Ganz langsam tastete ich mich mit dem Dietrich vor. Wenn ich das Gewicht der Kernstifte nur vorsichtig genug anhob, dann würden sie zurückweichen, ohne dass das Metall brach. Doch dafür musste ich sie erst mal auseinanderhalten. Vorsichtig bewegte ich den Dietrich hin und her. Da war Nummer eins. Ich setzte an und drückte nach oben. Der Stift bewegte sich kaum, ich konnte mit dem Dietrich nicht genug Kraft aufbringen. Ich musste einfach noch mehr riskieren.

Schon wieder jagte eine Leuchtrakete in die Luft und tauchte den ganzen Raum in ein rotviolettes Licht.

Im nächsten Moment erklang ein Geräusch, das sich fast anhörte wie ein verstopftes Rohr. Vorsichtig zog ich Stab und Dietrich aus dem Schloss und sah mich um. Hinter mir auf der dem Tresor gegenüberliegenden Seite war ein kleines Waschbecken an der Wand angebracht.

Wieder erklang dieses komische Geräusch. Im nächsten Moment schoss eine Wasserfontäne aus dem Abfluss des Beckens hervor. Einige Tropfen des eiskalten Meerwassers spritzten bis zu mir. Der Druck in dem Rohr war so groß, dass das gesamte Becken zu vibrieren begann. Die Fontäne wurde stärker und höher, sodass sie bis an die Decke spritzte.

Im nächsten Moment platzte die ganze Konstruktion

von der Wand ab, als habe man sie einfach zur Seite geschnippt. Jetzt schoss das Wasser direkt aus der Wand in meine Richtung. Ich schrie auf und schaffte es noch, auszuweichen, bevor ich komplett durchnässt wurde. Dann verringerte sich der Druck, und das Wasser erreichte mich nicht mehr. Im ganzen Raum roch es plötzlich intensiv nach Meerwasser. Die Temperatur schien minütlich zu fallen. Unter den Holzdielen im Lagerraum unter mir erklang ein dumpfes Gurgeln.

Ich strich mir die feuchten Haare aus dem Gesicht und ging erneut vor dem Tresor auf die Knie.

Noch ein Dietrich. Nur noch ein verdammter Dietrich.

Immer noch quoll das Wasser hinter mir aus der Wand. Die gesamte Rohrkonstruktion ächzte, und ich rechnete jeden Moment damit, dass sie die Wand sprengen würde. Das Meer war dabei, das Schiff zu verschlingen.

Noch während ich mit dem Dietrich und dem Stab hantierte, fragte ich mich, wie viele Decks bereits geflutet waren. Ich befand mich so weit unten, viel Zeit konnte ich nicht mehr haben.

Die Schiffsmotoren hatten schon vor langer Zeit gestoppt, und ganz gewiss waren die Kesselräume schon längst vollgelaufen. Das Wasser hatte die Schotten überwunden und arbeitete sich nun Zentimeter für Zentimeter weiter nach oben.

Noch mal neigte sich das Schiff weiter Richtung Bug. Die Regale begannen zu ächzen, und die Sortierstationen bogen sich gefährlich. Die ersten Briefe fielen aus den Fächern und segelten wie Blätter im Wind zu Boden.

Konzentrier dich, verdammt! Konzentrier dich!

Stempel auf der Theke fielen um und rollten über das Holz, bis sie über die Kante glitten und auf die Bodenplanken fielen. Die Kasse klirrte leise, dann rutschte sie immer weiter über die Theke, bis sie den Stempeln folgte. Ein lautes *Ka-ching* erklang, als ihre Lade aufsprang und sich das Geld auf den Boden ergoss.

Schon wieder jagte eine Leuchtrakete in den Himmel. Ich sah Richtung Bullauge und blickte in das erschrockene Gesicht eines Passagiers, der in einem Rettungsboot saß und die Reling umklammerte. Wir starrten uns eine ewige Sekunde lang an, bevor das Rettungsboot tiefer sank.

Schon folgte das nächste Boot, und ich hörte die Leute schreien, als sich die Boote gefährlich nahe kamen. Ich ging noch näher zum Fenster, um nachzusehen, da schlug das zweite Boot mit voller Wucht gegen die Außenhaut.

Ein Passagier verlor das Gleichgewicht, kippte über die niedrige Reling des Rettungsbootes und fiel mit einem nicht enden wollenden Schrei ins Wasser. Panik brach aus.

Einer der Matrosen zog eine Waffe und schoss ein paar Mal in die Luft, während eine weitere Leuchtrakete in den Himmel jagte.

Es war wie ein Kriegsszenario. Ich dachte an Ray und wo er sich wohl gerade befand. Ich hoffte so sehr, dass er einen der Plätze in den Rettungsbooten bekam. Und ich hoffte, dass er diese schreckliche Katastrophe überleben würde, obwohl ich es besser wusste. Ein hohes Knirschen erklang, als würde jemand mit den Nägeln über eine Tafel fahren. Es war ein schreckliches Geräusch, das mir durch den ganzen Körper jagte. Ich hielt mir die Ohren zu und wartete, bis es aufhörte.

Der Tresor ragte immer noch wie ein Bollwerk aus

Stahl vor mir auf. In der Hand hielt ich den einen kleinen Dietrich, der mir noch geblieben war. *Ob er diesen Brocken bezwingen würde?*

Ich schob die Hand in meine offenen Haare und tastete nach meiner Haarspange.

Sollte ich aufgeben? War diese Mission einfach nicht zu schaffen?

Ich ließ die Hand sinken.

Nein.

Ich würde jetzt nicht verschwinden. Ich hatte noch einen Dietrich, und den würde ich benutzen.

Noch mal machte ich mich ans Werk. Ich kniete mich vor den Tresor und versuchte weiter, die Kernstifte nach oben zu schieben. Schließlich hatte ich Nummer eins bezwungen und mit dem Stab fixiert. Ich vermutete, dass es fünf bis sechs Stifte waren.

Bitte, lieber kleiner Dietrich, halt durch.

Kernstift Nummer zwei ließ sich ebenfalls nach oben schieben und mit dem Stab fixieren. Der Trick war, nicht zu hastig vorzugehen. Geduld war nie eine meiner Stärken gewesen, und auch jetzt musste ich mich schwer am Riemen reißen, den Dietrich nicht zu sehr zu belasten.

Nummer drei.

Ein Gefühl des Triumphes durchflutete mich. Ich hatte den verdammten Trick raus. Gleich würde ich den Tresor öffnen können. *Habe ich dich also doch geknackt, mein Großer.*

Mein Dietrich zerbrach am vierten Stift. Es war ein leises, kaum wahrnehmbares Geräusch, doch die Erschütterung, die bis in meine Fingerspitzen zu spüren war, ließ keinen Raum für Spekulationen. Die Erkenntnis war bitter und ernüchternd.

Ich zog den Dietrich heraus und betrachtete das abgebrochene Ende. Sogar der Stab war durch einen hinabsausenden Kernstift so schwer beschädigt worden, dass er unbrauchbar war. Dieses Tresorungetüm hatte mein gesamtes Werkzeug gefressen.

Ich durchsuchte meine Taschen erneut, denn eigentlich hatte ich vier Dietriche dabeigehabt. Aber einen musste ich irgendwo verloren haben. Es war zum Verzweifeln.

Ich sah mich um, ob ich aus irgendetwas ein Werkzeug herstellen konnte. Vielleicht würde ich einen Sperrhaken bauen können. Es war eine robustere, primitivere Form des Dietrichs, aber vielleicht genau richtig für so ein schweres Stahlmonster.

In diesem Moment senkte sich das Schiff erneut Richtung Bug. Das Gurgeln unter mir wurde lauter. Ich folgte dem Geräusch und verließ meinen Platz hinter der Theke. Als ich die Treppe zum Lager eine Etage tiefer hinuntersah, erkannte ich mit Schrecken, wie jetzt etwas Wasser durch die Rillen der Bodendielen drang. Das Meerwasser war fast schwarz mit Schaumkronen, dort, wo Blasen emporstiegen. Das Geräusch, das es machte, klang wie die herannahende Apokalypse.

Dann platzten Rohre in den Wänden, und der Druck presste die Bodendielen in einer Ecke gewaltsam nach oben. Der tragende Balken in dieser Ecke ächzte bedrohlich. Ich wich von der Treppe zurück, gerade als er in zwei Teile zerbrach. Er hatte den oberen Bereich stabilisiert, auf dem die Theke, die Regale und der Tresor standen.

Oh nein … Ich ahnte Schreckliches.

Der Boden dort konnte das Gewicht ohne den stützenden Balken nicht mehr halten und brach nach unten weg. Die Theke drehte sich halb um sich selbst, bevor sie samt den Regalen durch das Loch in der Decke hinunter in das Lager stürzte. Der Tresor rutschte nach vorn, schlingerte über die Reste des glatten Holzbodens und drehte sich um einhundertachtzig Grad, bevor auch er durch das Loch eine Etage tiefer fiel. Erschrocken wich ich noch weiter zurück in den Teil der oberen Etage, deren Boden noch intakt war.

Einen Moment später wagte ich mich vor und blickte durch das Loch im Boden nach unten.

Vor Schock presste ich eine Hand vor den Mund. Wenn jetzt alles zusammenbrach und das Wasser dort unten schnell stieg, hatte ich kaum noch eine Chance.

Das war's. Game over, Lilly. Ab nach Hause.

Dieses Mal war mein Schluchzen nicht gespielt.

Warum? Warum muss mir das Schicksal jeden verdammten Stein in den Weg legen, den es nur finden konnte?

Ich ließ die Hand sinken. »So eine verdammte Scheiße!«, brüllte ich gegen das Gurgeln des Wassers.

»Lilly?«

Die Stimme kam aus Richtung des Eingangs.

Ich schwang herum … und traute meinen Augen nicht.

»Ray?«

Kapitel 33
Damien

Lillys Anblick versetzte mir einen Schock. Sie war durchnässt und wirkte blass und abgekämpft. In ihren Augen schimmerten Tränen. Ich konnte ihre Verzweiflung fast körperlich spüren. Das Post Office war teilweise in sich zusammengefallen, und Lilly befand sich in Lebensgefahr.

Sie starrte mich an, als wäre ich ein Geist.

Natürlich tat ich so, als hätte ich ihren modernen Fluch überhört. »Du musst von hier weg, Lilly. Das ist zu gefährlich.«

Sie war so fertig, dass ihr nicht mal auffiel, dass ich die altmodische Sprechweise weggelassen hatte.

»Was machst du hier?« Ihre Stimme klang tonlos. »Wie kommst du hierher?« Sie blinzelte. »Woher weißt du, dass ich hier bin?«

Ich kam langsam näher und betrachtete unauffällig das apokalyptische Szenario um uns herum. Irgendetwas Schweres war durch den Boden gebrochen und eine Etage tiefer gelandet, wo bereits Wasser durch die Bodendielen drang.

Noch im Gehen fischte ich den Dietrich hervor. »Adèle gab mir den hier. Du musst ihn bei der Auseinandersetzung mit der Gräfin verloren haben.«

Sie starrte ihr Werkzeug mit offenem Mund an. »Da ist er geblieben«, stieß sie dann hervor. Im nächsten Moment riss sie die Augen auf. »Und Adèle hat dir den Dietrich gegeben? Wie …? Sie ist einfach unglaublich.«

Jetzt hatte ich sie erreicht und hielt ihn ihr hin.

»Aber woher wusstest du dann, dass ich hier bin?« Lilly wog den Dietrich nervös in der Hand.

»Angeblich hast du versucht, den Fortunes etwas zu stehlen«, sagte ich. »Da man die Türen zu den Zimmern praktisch mit einem Stück Papier öffnen kann, war ich mir sicher, du hast etwas Größeres im Sinn. Mit einem Dietrich knackt man echte Schlösser, und das einzige richtige Schloss findet sich an dem Tresor, der im Post Office steht. Das stand sogar in der Reisebroschüre.«

Sie runzelte die Stirn und sah mich immer noch so perplex an. »Aber wieso bringst *du* mir mein Werkzeug?« Sie machte eine diffuse Geste mit der Hand, ihre Stimme war kontinuierlich lauter geworden und überschlug sich jetzt fast. »Wieso bist du nicht schockiert? Oder wenigstens überrascht?« Sie betrachtete mich, als wüsste sie nicht, ob sie mich anschreien oder in Tränen ausbrechen sollte. »Ich verstehe das hier gerade nicht.«

Ich konnte all ihre Gefühle spüren, die Verwirrung, die Resignation, die Angst. »Es ist mir egal, was du hier tust«, erwiderte ich betont ruhig und kämpfte gegen den übermächtigen Beschützerinstinkt. Ich würde ihr jetzt diese verdammte Kette besorgen. Sie hatte wirklich bewiesen, dass sie hart im Nehmen war, und genug war genug.

Langsam machte ich zwei Schritte auf sie zu. »Ich habe mir Sorgen um dich gemacht. Und wenn du Hilfe brauchst, dann will ich für dich da sein, egal, worum es geht.«

»Nein.« Sie klang plötzlich sehr bestimmt. »Dieses Schiff wird untergehen. Ich will, dass du dich in Sicherheit bringst. Such dir eine Schwimmweste und ein Rettungsboot.« Sie hob einen Finger, als wäre ich ein Kind, dem sie Anweisungen gab. »Zuerst gehst du in deine Kabine. Zieh dir einen warmen Mantel an, nimm einen Schal, setz dir einen Hut auf. Es ist bitterkalt draußen. Und dann lässt du dir eine Rettungsweste geben und bringst dich in einem Boot in Sicherheit.«

»Nein.«

»Bitte?«, gab sie zurück und ließ den Finger sinken.

»Nein.« Ihre Sorge rührte mich, und es fiel mir schwer, in meiner Rolle zu bleiben. »Ich helfe dir, und danach suchen wir uns gemeinsam ein Rettungsboot. Ich gehe nicht ohne dich von Bord.«

Lillys Augen wurden noch feuchter. »Du bist unglaublich, Ray.« Sie gab eine Mischung aus Schniefen und Schluchzen von sich. Es klang erleichtert und traurig zugleich. »Ich danke dir. Aber es hat keinen Sinn mehr. Ich sollte einfach aufgeben.« Mit resigniertem Blick sah sie zu dem Loch im Boden.

Ich wollte sie in den Arm nehmen, ihr über das Haar streicheln und sie beruhigen. Sie schien überfordert und wirkte so abgekämpft. Ein schmerzhafter Stich jagte durch meine Brust. Ich ertrug es nicht, wenn sie so verzweifelt war.

Und jetzt?

Zeit für die Wahrheit?

In diesem Moment erschien es mir unmöglich, ihr alles zu erzählen.

Ach Lilly, bevor wir uns dem Tresor widmen … Ich kann übrigens auch durch die Zeit reisen, und ich bin hier, weil mein Psychopath von Vater mich erpresst. Ich soll dich anbaggern, dir dein Zahnrad klauen und dich dann in der Vergangenheit zurücklassen. Aber ich stehe total auf dich, und jetzt weiß ich nicht, was ich tun soll, weil ich gleichzeitig meine Schwester retten will. Hättest du spontan eine Idee?

Ich biss frustriert die Zähne zusammen. *Wahnsinn, Belmont. Du bist echt ein Genie.*

So fertig, wie Lilly wirkte, rechnete ich damit, dass sie mich entweder wegjagen oder erschlagen würde.

Immerhin würde ihr ganzes Weltbild auseinanderreißen. Sie war der Meinung, dass ihre Familie die einzigen Reisenden waren. Sie war der festen Überzeugung, dass wir uns hier aus Zufall kennengelernt hatten und …

»Ray?« Lilly sah mich eindringlich an. »Mir läuft die Zeit davon. Wenn du mir wirklich helfen willst …« Sie brach ab, schien sich bei ihren Worten überwinden zu müssen. »Ich muss diesen Tresor da unten knacken, weil ich eine Kette stehlen will, die sich darin befindet.«

»Verstehe«, erwiderte ich so gelassen, als würde ich jeden Tag Tresore gewaltsam öffnen. Ich sah nach unten durch das Loch. »Das Ding da unten?«

Sie betrachtete mich erst ungläubig, denn vermutlich hatte sie mit Protest gerechnet, dann nickte sie hastig. »Ich weiß nicht, wie schnell das Wasser steigt und wie lange all das hier noch steht, wir müssen uns beeilen.«

Lillys Zähne schlugen klappernd aufeinander. Ihre Lippen waren schon ganz blau. Dennoch hielt sie den Dietrich fest in der Hand.

Skepsis durchflutete mich, als ich den filigranen Dietrich betrachtete. Damit wollte sie dieses Monster knacken? »Das klappt niemals.«

Das Wasser gurgelte erneut bedrohlich.

»Das klappt«, erwiderte sie zitternd. »Ich werde den Dietrich als Stab benutzen. Aber dann brauche ich noch einen zweiten, einen robusten Sperrhaken. Nur habe ich leider nichts dergleichen, und wie du siehst, geht dieses Schiff zügig unter.«

Ich dachte an den filigranen Dietrich, den ich für gewöhnlich in meinem Gürtel versteckte. Nur der befand sich immer noch in der Tasche einer Hose, die ich in diesem Moment nicht trug. Egal, er wäre diesem Monstrum sowieso nicht gewachsen gewesen.

Wir sahen uns in dem verwüsteten Post Office um. Die Sortierstationen waren mit aufwendigen Beschlägen verziert. Wenn ich es schaffte, einen von ihnen abzureißen … Aber dann fehlte mir immer noch das passende Werkzeug, um ihn in die richtige Form zu bringen.

Ich zerrte mit bloßen Händen an dem Beschlag einer gebrochenen Ecke, der sich ein gutes Stück aus dem Holz gelöst hatte. Endlich bewegte er sich, und ich konnte ihn abreißen.

»Großartig! Die Kasse ist sicher schwer genug, um das Metall zu biegen!«, rief Lilly in diesem Moment. Sie eilte durch den Teil des Zimmers, der noch heil war. Ganz rechts an der Wand musste sich mal ein Waschbecken befunden haben. Und dort lag eine Kasse.

Lilly kämpfte damit, sie hochzuheben, und ich eilte zu

ihr, um ihr zu helfen. Wir schleppten sie zu dem sicheren Teil der Etage und platzierten den Beschlag darunter auf dem Boden. Lilly keuchte vor Anstrengung, als sie versuchte, das fixierte Stück Metall zu verbiegen. Ich bewunderte erneut, mit welch einer Hartnäckigkeit sie all dem hier trotzte. Sie war wirklich eine Kämpferin und hätte jede Zeitreise-Familie stolz gemacht.

Wir versuchten es mit vereinten Kräften. Leider hob sich irgendwann nur die schwere Kasse. Der Beschlag jedoch ließ sich keinen Zentimeter verbiegen.

»Es klappt nicht.« Lilly holte keuchend Luft, ließ die Kasse auf dem Metall liegen und sah zu mir. »Es klappt einfach nicht.« Sie kam hoch, strich sich das wirre Haar aus der Stirn, und ihre Stimme war ganz rau. »Das war's.«

Kapitel 34
Lilly

»Nein.« Ray schüttelte energisch den Kopf. »Wir geben nicht auf. Wir müssen uns ein anderes Werkzeug besorgen.« Er kam auf die Füße, nahm meine Hand und drückte sie sanft. »Das hier ist ein Schiff, ein Koloss aus Stahl und Nieten. Sie werden doch irgendwo eine Kammer mit Werkzeug haben. Unten im Bereich der Heizer sollte es auf jeden Fall …« Er brach ab. Sämtliche Decks unter uns waren bereits mit Wasser geflutet. Ray gab ein genervtes Geräusch von sich und sah sich dann in dem zerstörten Raum um, ohne meine Hand loszulassen. »Wir finden etwas, das verspreche ich dir.«

Ich musterte ihn kurz, während in meinem Kopf weiterhin alle Zahnräder ratterten. Ich konnte immer noch nicht glauben, dass er mir zu Hilfe geeilt war. Er war so ein aufrechter, ehrlicher Mann, und ich hatte damit gerechnet, dass meine Offenbarung ihn schockieren und vielleicht sogar abstoßen würde. Doch stattdessen hatte er die Ärmel hochgekrempelt und mir geholfen.

Als ich ihn jetzt betrachtete, waren meine Gefühle für ihn wie eine warme Decke, die mich einhüllte.

Ich will dich nicht verlieren, Ray. Als Mom starb, habe ich an dem Kodex gezweifelt. Jetzt wünsche ich, es gäbe ihn nicht.

Ray lächelte, als habe er meine Gedanken gehört. Er zog mich stürmisch an sich, und in seinem schnellen Kuss spürte ich Entschlossenheit und Kampfgeist. Als er zurückwich, verengte er die Augen zu Schlitzen, ließ meine Hand los und stiefelte zu den geborstenen Überresten einer umgefallenen Sortierstation. »Gibt es hier nicht mal eine Schere?« Er ging in die Hocke, wühlte in Papieren und warf dann ein paar Stifte hinter sich.

Ich hingegen dachte immer noch fieberhaft nach. Irgendwo in meinem Hinterkopf klingelte es, aber ich kam einfach nicht drauf. Da war eine Idee, doch sie lag noch im Dunkeln meiner Gedanken verborgen. Mein Blick fiel auf die Stifte, die Ray hinter sich geworfen hatte. Genau so eine Breite sollte das Metall haben. Es musste gar nicht so kompakt sein, denn um den Mechanismus innerhalb des Tresors zu knacken, brauchte man zwar eine gewisse Stabilität, aber nicht unbedingt die Härte von Stahl.

Eine Erinnerung tauchte vor meinem inneren Auge auf. Der Tag, an dem die Gräfin sich mit Madeleine Astor und Julia Cavendish an Deck getroffen hatte. Aufregung kribbelte in meinem Bauch. Ich war auf der richtigen Spur. Da war irgendetwas, doch noch sah ich es nicht. Die Frauen unterhielten sich, und wir Dienstboten folgten ihnen. Dann ließen sie sich an einem der kleinen Tische nieder. Ich erinnerte mich an das Kratzen der Stühle über die Holzplanken, an die Bestellung von Tee und Scones. Dann waren da Molly Brown, die Andrews-Männer und

Airedaleterrier Kitty, die begeistert an ihrer Leine zerrte. Die Leine war unten am Tisch festgemacht gewesen. Ich ließ den Blick in meiner Erinnerung schweifen, als wäre ich dort. Der Tisch stand nur auf einem Fuß, seine Platte getragen von drei filigranen Streben. Ich holte scharf Luft. Die Streben. Das war es. Der Tisch war nicht massiv gefertigt, sondern aus einem leichten Metall, das hatte ich deutlich gemerkt, als die Damen ihn verrückt hatten. Vermutlich, damit das Personal die Tische abends mit nur wenig Mühe aufeinanderstapeln konnte. Und ganz gewiss waren die Streben innen hohl, sie würden sich also gut verbiegen lassen. Alles passte. Der Durchmesser, das Metall, die Form. Noch mal durchströmte mich eine Welle von Adrenalin. Mit schnellen Schritten ging ich zu Ray hinüber.

»Ich habe eine Idee. Aber dafür müssen wir hinauf an Deck.«

Ray zog eine Braue hoch und war im nächsten Moment auf den Füßen. Ich spürte genau, was er zuerst sagen wollte. *An Deck? Was glaubst du, was dort im Moment los ist?* Doch stattdessen nickte er nur knapp. »Dann los.«

Es gefiel mir, dass Ray nicht an mir zweifelte. Er hatte nicht mal nach meinem Plan gefragt, und das, obwohl die Situation wirklich ausweglos schien.

Als wir den Ausgang des Post Office erreichten, neigte sich das Schiff wie aus dem Nichts um mehrere Grad. Wir wankten beide, und Ray legte schnell einen Arm um meine Taille. Irgendwo weit entfernt hörte ich einen gellenden Schrei. Und dann gingen mit einem Schlag alle Lichter aus. Jede Niete unter uns schien zu ächzen. Ray und ich klammerten uns aneinander.

»Ganz ruhig«, wisperte er nah an meinem Ohr.

Das Herz schlug mir bis zum Hals, denn der Todeskampf des Schiffs klang in der absoluten Dunkelheit überlaut.

Ray drückte mich an sich, da flackerte das Licht, und alle Lampen sprangen wieder an.

Ray war ganz blass, und ich erkannte die Sorge in seinem Blick und auch dass er sich Mühe gab, sich nichts davon anmerken zu lassen. Er räusperte sich energisch, als wollte er sich selbst zur Ruhe zwingen. Ich schob meine Hand in seine, und gemeinsam traten wir auf den Gang.

Hier entdeckte ich noch kein Wasser, doch das bedeutete nicht, dass wir uns Zeit lassen konnten. Wenn wir nicht nach dem Tresor tauchen wollten, mussten wir rechtzeitig zurück sein.

Bei dem Gedanken daran jagte eine Gänsehaut über meinen Körper. Ich war so vollgepumpt mit Adrenalin, dass ich meine feuchte Kleidung kaum wahrnahm, doch in diesem kurzen Moment war mir eiskalt.

Wir passierten die Lagerräume, und ich ließ Rays Hand los und blieb abrupt stehen. Der Postbeamte. Was sollte ich mit ihm machen? Ich konnte ihn unmöglich in der Kammer zurücklassen. Ich hatte ihn eingesperrt, also musste ich jetzt dafür sorgen, dass er sich retten konnte. In all dem Trubel erkannte ich die Tür nicht sofort.

»Was ist los?« Ray war zwei Schritte weitergegangen und kam nun zurück.

»Der Beamte aus dem Post Office hat mich mit einer Waffe bedroht, und ich habe ihn hier eingesperrt.« Ich deutete diffus auf die Türen der Lagerräume.

Ray holte erschrocken Luft. »Mit einer Waffe? Und du

hast ihn …« Er blinzelte, als zweifelte er daran, meine Worte richtig verstanden zu haben.

Doch ich hatte keine Zeit für Erklärungen. Wo war der Beamte? Ich hatte ihm gegenüber eine Verantwortung.

Mit schnellen Schritten ging ich zurück und sah in jeden Lagerraum. Dann erkannte ich den wieder, in den ich den Beamten gesperrt hatte. Als ich mir das Schloss der Tür ansah, wurde mir alles klar. Es war eindeutig von innen manipuliert worden. Also hatte der Beamte sich aus eigener Kraft befreien können. Ich hoffte, dass er sich jetzt nur noch um seine eigene Rettung kümmerte und mich meinem Schicksal überlassen hatte.

»Er ist weg«, sagte ich zu Ray, der neben mir stand. »So, wie es aussieht, hat er sich selbst befreien können.«

Ray schien immer noch ungläubig, doch er stellte keine weiteren Fragen, als wir zurück auf den Gang traten. Zum Glück kam uns hier niemand entgegen.

Irgendwann öffnete Ray eine Tür, hinter der sich ein schmales Treppenhaus für das Personal verbarg. Es wunderte mich nicht, dass er davon wusste, denn schließlich war sein Vater der Architekt des Schiffs. Stewards, Offiziere, Ober, ja sogar Küchenpersonal drängten sich in dem schmalen Treppenhaus.

Nochmals flackerte das Licht, und ich schrak zusammen. Ich wollte mir nicht vorstellen, wie schnell Panik ausbrach, wenn wir auf so engem Raum mit so vielen Menschen in völliger Dunkelheit gefangen waren.

Ich atmete auf, als wir das A-Deck erreichten. Die Tür zum Flur stand offen, und wir näherten uns der großen Freitreppe. Hier war es ruhig, nur ein Paar stand in einer Ecke, beide trugen Rettungswesten. Auf dem Boden nahe der Treppe lag ein fallen gelassenes Tablett, und winzige Häppchen waren durch viele Sohlen in den Teppich getreten worden. Von draußen jedoch hörte ich Geräusche. Es war ein dumpfes Brummen, was nicht allzu bedrohlich klang.

Als wir jedoch das Deck betraten, bot sich uns ein Bild des Grauens.

Kapitel 35
Lilly

Matrosen prügelten sich mit männlichen Passagieren, die versuchten, sich mit den Frauen und Kindern in die Rettungsboote zu drängen. Von überall erklang Geschrei, gemischt mit der seltsam fröhlichen Musik einer Kapelle. Ray umgriff meine Hand noch fester, während wir uns umsahen. Es befand sich tatsächlich eine Kapelle an Deck. Die acht Musiker gaben alles und ignorierten das Chaos, das um sie herum herrschte. Sie saßen ganz schief auf ihren Stühlen, und erst da erkannte ich, wie sehr das Schiff bereits auf einer Seite im Meer versunken war.

Ich entdeckte die Teenagerin Lucile Carter, die sich zusammen mit ihrem kleinen Bruder vor einem der Rettungsboote aufgebaut hatte. Die Mutter streckte immer wieder die Hände nach ihnen aus, doch die beiden weigerten sich, das Boot zu betreten. Lucile rief, dass sie nicht ohne ihren Hund in das Boot steigen würde, und es brach mir fast das Herz. Eindringlich redete Mr Carter auf sie ein, und schließlich gaben die Carter-Sprösslinge nach.

Nur wenige Passagiere später wurde ihr Rettungsboot zu Wasser gelassen.

Ich zuckte zusammen, als von der anderen Seite des Schiffs ein Schuss erklang. Auch hier war eine Prügelei im Gange. Ein Matrose hatte eine Waffe in die Luft abgefeuert, um den Mob von Männern von einem Rettungsboot fernzuhalten. Im Boot selbst klammerten sich Frauen und Kinder ängstlich aneinander. Die Kleinen weinten, und die Frauen versuchten, sie zu beruhigen, während ihnen selbst die Panik ins Gesicht geschrieben stand.

»Sieh nicht hin«, flüsterte Ray mir ins Ohr.

Ich nickte knapp, obwohl es mir schwerfiel, und versuchte, mich zu orientieren. Jetzt, da das Deck voller Menschen war, war das gar nicht so einfach. Die meisten Liegen waren zur Seite geschoben worden, Stühle lagen quer im Weg herum. Hoffentlich fanden wir noch einen der Tische.

»Ich bezahle Ihnen, was Sie wollen!«, erklang eine erboste Stimme in unserer Nähe. John Astor wedelte mit einem Bündel Pfundnoten vor dem Gesicht eines jungen Offiziers herum. »Das alles könnte Ihnen gehören.«

»Tut mir leid, Sir«, erwiderte der Mann ruhig, aber bestimmt. »Frauen und Kinder zuerst. Es gibt noch mehr Boote, bitte haben Sie Geduld.«

»Das ist doch wohl nicht wahr! Wissen Sie eigentlich, wer ich bin? Mein Name ist …«

Ich konnte ihn nicht mehr hören, doch ich wusste, dass jegliche Bemühung vergebens gewesen war. John Astor war zusammen mit der Titanic untergegangen.

Ich sah mich weiter fieberhaft um. Wir mussten einen der kleinen Tische finden!

Wir näherten uns dem Heck des Schiffs, und schlagartig wurde mir klar, wie ernst unsere Situation war.

Eine Gruppe junger Männer, ihrer feinen Kleidung nach zu urteilen der Ersten Klasse zugehörig, randalierten an Deck und warfen Stühle und Tische nach den Matrosen, um sie von einem Rettungsboot zu vertreiben. Die meisten Möbel gingen über Bord oder landeten in dem Rettungsboot, das bereits über der Reling hing.

»Ich sehe nur noch den einen Tisch«, rief ich alarmiert und deutete auf einen großen blonden Mann, der den Tisch gerade hochnahm. »Halt!«, rief ich, doch meine Stimme ging im allgemeinen Lärm unter.

Der Mann warf den Tisch. Zwei Matrosen wichen aus, das Möbelstück prallte gegen die Reling, kippelte einen Moment lang von rechts nach links und ging dann über Bord.

»Oh nein.« Ich presste geschockt eine Hand vor meinen Mund. Unsere letzte Chance auf ein Werkzeug versank gerade im Atlantik.

Plötzlich lief ein lautes Knirschen durch das Schiff, und es neigte sich noch mehr Richtung Meer. Einige der Liegen an Deck begannen zu rutschen. Schreie brandeten auf, und die früher so hübsche Außenbeleuchtung des Schiffs flackerte erneut.

Wie alle anderen war ich im Schock wie versteinert, doch dann entdeckte ich etwas. Da war noch ein kleiner Tisch, er hatte versteckt zwischen zwei Liegen gelegen.

Ich umfasste Rays Unterarm, und als er mich ansah, deutete ich unauffällig in Richtung des Tisches.

Ray nickte anerkennend. »Schnappen wir ihn uns.«

Niemand nahm Notiz von uns. Und ich hatte mich

richtig erinnert. Die drei schmalen Streben, die die Tischplatte trugen, hatten genau den richtigen Durchmesser. Sie würden auf jeden Fall in das Schlüsselloch passen.

Ray lächelte mir triumphierend zu. »Geniale Idee. Das passt bestimmt.« Schnell drehte er den Tisch und hakte den Fuß in die erste Strebe. Er stieß den Fuß nach unten und dann gleich noch mal. Die Strebe löste sich mit einem leisen Knirschen.

»Und jetzt zurück«, sagte er und gab sie mir.

»Nein, wir brauchen Ersatz«, erwiderte ich schnell. Noch mal wäre ich nicht so dumm, zu wenig Ersatzwerkzeug dabei zu haben.

»Du hast recht.« Ray nahm sich den Rest des Tisches vor. Die letzte Strebe war hartnäckig, doch schließlich schaffte er es, sie zu lösen.

Jetzt hielt ich zwar die drei Streben sicher in der Hand, doch die Szenen, die sich an Deck abspielten, ließen das kleine Gefühl von Triumph sofort wieder verschwinden. Mittlerweile waren auch Passagiere der zweiten Klasse eingetroffen. Männer der ersten Klasse protestierten lautstark. Einer behauptete sogar, dass er sich mit dem horrenden Preis für sein Ticket einen Platz im Rettungsboot erkauft hatte.

Hier zeigten sich die wahren Charaktere vieler Menschen, und die allermeisten stießen mich zutiefst ab.

Ray hatte wieder meine Hand genommen, und gemeinsam traten wir durch den Durchgang auf das A-Deck der ersten Klasse. Im Bereich der großen Treppe war es ruhig. Ich gestattete mir, einen Moment lang aufzuatmen, und warf einen kurzen Blick hinauf zu der beeindruckenden Kuppel, die die Treppe überdachte. Wie lange hatte die Titanic noch? Eine Viertelstunde? Eine halbe?

Plötzlich durchschnitt eine Stimme meine Gedanken.

»Da ist ja die kleine Diebin.«

Ich drehte mich um und erstarrte, als ich den Postbeamten erkannte. Er hatte zwei Matrosen dabei, die mich mit grimmigem Blick musterten. Die Männer kamen mit schnellen Schritten auf uns zu.

»Ich habe mit dem Ersten Offizier gesprochen und dich beschrieben«, rief der Postbeamte höhnisch. »Und sieh mal einer an, du bist schon bekannt dafür, dass du es mit fremder Leute Eigentum nicht so genau nimmst. Und jetzt darf ich dich verhaften und dich in ein Boot setzen, damit du in New York einem Richter vorgeführt wirst.«

Ich war immer noch wie erstarrt, doch Ray zog mich energisch mit sich. »Verschwinden wir, schnell!«

»Hiergeblieben!«, erklang die Stimme hinter uns. »Dieses Mal entkommst du mir nicht.«

Ray und ich flohen nicht über die Treppen für das Personal, denn dort war es viel zu voll. Stattdessen nahmen wir die Freitreppe. Aber wie würden wir uns im Post Office vor unseren Verfolgern schützen können?

Kapitel 36
Damien

Als wir endlich das Post Office erreichten, hatten wir unsere Verfolger ein gutes Stück hinter uns gelassen.

Ich warf die Tür zu, aber jetzt hatten wir ein Problem: Es steckte kein Schlüssel. Wie sollte ich verhindern, dass uns unsere Verfolger doch noch stellten? Ich konnte unmöglich drei Männer ausbremsen, wenn sie sich mit all ihrem Körpergewicht gegen die Tür warfen. Ob wir die Tür mit einem Dietrich verschließen konnten?

»Der Postbeamte hat einen Schlüssel.« Lilly musste meine Gedanken gelesen haben. Jetzt wirkte sie panisch. »Wie sichern wir die Tür?« Sie sah sich hektisch um, als hoffte sie, es würde sich aus dem Nichts ein Querbalken manifestieren.

Ich dachte fieberhaft nach. Was war die einfachste Möglichkeit, eine Tür zu sichern, wenn das Gegenüber einen Schüssel besaß? Genau wie Lilly sah ich mich nervös um, in der Hoffnung, mir würde eine Idee kommen.

Draußen auf dem Gang näherten sich Schritte.

Verdammt!

Ich stemmte mich gegen die Tür. Leider nur boten die glatten Ledersohlen meiner Schuhe auf dem Holzboden kaum Halt.

Von draußen erklang Gehämmer an der Tür. Die Klinke wurde im Sekundentakt hinuntergedrückt, während wütende Stimmen hinter dem Holz aufbrandeten. Die Erschütterungen, als die Männer sich gegen die Tür warfen, waren so heftig, dass ich meine Taktik änderte. Jetzt konzentrierte ich mich darauf, die Klinke mit aller Kraft waagerecht zu halten. Das Metall schnitt mir unangenehm in die Hand. Lange würde ich nicht durchhalten.

Denk nach, Belmont, denk nach! Mein Blick fiel auf Lilly, die sich immer noch suchend umsah. Jetzt hob sie den Kopf, und als sie merkte, wie sehr ich mich abmühte, wollte sie auf mich zueilen.

Plötzlich hatte ich eine Idee. »Ein Keil!«, rief ich. »Such etwas, das wir als Keil nutzen können.«

Lilly blieb abrupt stehen.

»Holz oder Metall, völlig egal.« Ich verzog das Gesicht, denn ich brauchte alle Kraft, um zu verhindern, dass die Türklinke heruntergedrückt wurde.

Sekunden dehnten sich zu Minuten, bis endlich ihre Stimme erklang.

»Ich habe etwas!« Schon war sie neben mir. Es war ein Stück geborstenes Holz, das vermutlich zu einer der Sortierstationen gehörte. Es war in einem spitzen Winkel abgebrochen und vorne schmal genug, dass man es ein gutes Stück in den schmalen Spalt zwischen Türblatt und Boden schieben konnte.

Es musste einfach klappen. Wenn uns die Gesetze der Physik nicht retten konnten, dann wusste ich auch nicht weiter. Lilly hatte den Holzkeil vor der Tür auf den Boden fallen lassen und trat nun mit dem Fuß dagegen.

»Lass mich mal.« Ich behielt die Türklinke in der Hand und schwang mein rechtes Bein nach hinten. Dann trat ich mit voller Wucht gegen den Holzkeil. Es knirschte, als er fast mit dem Türblatt zu verschmelzen schien.

Ich war nicht gläubig, aber in diesem Moment betete ich. *Bitte lass das hier funktionieren.*

Ganz langsam lockerte ich meine Hand. Sofort wurde die Klinke brutal nach unten gedrückt. Jemand warf sich gegen das Türblatt.

Doch der Keil … hielt. Erleichterung durchflutete mich mit voller Macht. Lilly und ich sahen uns an. Ihr Gesicht war vor Aufregung gerötet, dennoch lächelte sie jetzt.

»Es funktioniert.« Sie umarmte mich kurz.

Dann erklang wieder das Gurgeln von Wasser. Sofort wich sie zurück, und ihr Gesicht wurde ernst. »Beeilen wir uns.«

Wir gingen zurück zu der schweren Kasse. Lilly platzierte den ersten Metallstab darunter, damit wir ihn vorne abknicken konnten. Ich half ihr, aber noch wehrte sich der Stab.

Lilly strich sich entnervt durchs Haar, und etwas fiel heraus.

Alles in mir wurde ganz still, als ich erkannte, was es war. Die Haarspange mit dem Zahnrad darin.

Lilly hatte es nicht bemerkt. Ich könnte die Spange einfach an mich nehmen. Ich hatte die Chance meines Lebens, meinen Auftrag doch noch zu erfüllen.

Während Lilly ganz konzentriert auf ihr neues Werkzeug war, schob ich die Hand nach vorne und legte sie über die Spange. Es könnte so einfach sein. Die Spange nehmen, unter einem Vorwand ein paar Schritte aus ihrem Sichtfeld machen und verschwinden.

Ich könnte meine Schwester Ruby retten und meinen Vater zufriedenstellen.

Ich hatte mich dagegen entschieden, Lilly einzuweihen. Noch hatte ich jede Chance, unerkannt davonzukommen.

Es könnte so einfach sein.

Jedoch war »einfach« weder mein Karma noch meine Grundeinstellung.

Ich schloss die Finger um die Haarspange. Der Stein fühlte sich glatt an an meiner Haut. »Du hast deine Haarspange verloren.«

Lilly riss den Kopf hoch und sah mich mit großen Augen an. »Was?«

Ich hielt ihr die Spange hin. »Die hier ist eben aus deinem Haar gefallen.«

Ein Zittern lief durch ihren Körper, so groß war der Schock. »Danke«, wisperte sie dann. Sie nahm mir die Spange aus der Hand, strich einmal prüfend darüber und steckte sie zurück in ihr Haar. Einen ewigen Moment lang musterte sie mich, als wollte sie mir etwas sagen. Sie öffnete die Lippen, murmelte lautlose Worte und ihre Augen wirkten verzweifelt.

Sie überlegt, mich mitzunehmen, schoss es mir durch den Kopf.

Durch meinen Vater wusste ich, dass ihre Familie einen Kodex fürs Zeitreisen besaß. Ich hatte davon erfahren, als er sich darüber lustig gemacht hatte. Und der Kodex beinhaltete eigentlich überall auf der Welt immer die eine

Regel: Nimm niemals jemanden aus der Vergangenheit mit in deine Zeit.

Und doch waren ihre Gefühle für mich groß genug, dass sie ernsthaft darüber nachdachte. Es berührte mich zutiefst.

Lilly bewegte wieder die Lippen, doch kein Wort kam heraus. Dann schloss sie den Mund und senkte den Blick. Ihre Lippen zitterten, als müsste sie gleich anfangen zu weinen.

Ich wollte sie aus dieser Situation erlösen. Sie sollte wegen mir nicht leiden. »Hey …«, wisperte ich. »Wir schaffen das.«

Sobald wir zurück waren in der Gegenwart, würde ich Lilly einen Besuch abstatten und ihr alles in Ruhe und ohne Todesangst im Nacken erklären. Sie vertraute mir, ich vertraute ihr. Sie würde alles von mir erfahren, jede schreckliche Wahrheit, jede knifflige Idee, jeden noch so verrückten Plan. Gemeinsam würden wir uns gegen alles und jeden stellen können.

»Danke.« Lilly warf mir einen liebevollen Blick zu. »Probieren wir es noch mal.«

Endlich ließ sich das Metall in die gewünschte Form eines Sperrhakens biegen.

Lilly gab einen kleinen jubelnden Laut von sich. Draußen vor der Tür versuchten die Männer immer noch, mit Gewalt in den Raum zu kommen. Flüche hallten durch die Tür bis zu uns herüber.

Ich ignorierte sie und zog Lilly mit mir hoch. »Gut gemacht.«

Lilly hielt meine Hand und führte mich die Stufen hinunter in das Lager mit den vielen Postsäcken und dem durch den Boden gebrochenen Tresor. Das Wasser stand jetzt in großen Pfützen auf dem Boden, während ununterbrochen noch mehr dunkles Nass durch die Ritzen drang. Ein Wunder, dass die Elektrizität hier noch nicht ausgefallen war.

Lillys Rocksaum sog sich voll Wasser, als wir zum Tresor gingen, und erschwerte ihr das Gehen. Hier unten war es noch weit gefährlicher als oben. Die eine Hälfte der Decke war praktisch nicht mehr existent, die andere wurde nur noch gestützt von einem Balken, der sich bereits gefährlich bog.

Das Hämmern an der Tür hatte endlich aufgehört. Vermutlich hatten die Männer Vernunft angenommen und versuchten nun, sich selbst zu retten.

Die Titanic knirschte, und jede einzelne Niete ihrer Außenwand schien zu stöhnen. Der Wasserspiegel stieg mit einem Ruck ein gutes Stück an. Das Wasser war so kalt, dass mir ein beißender Stich durch den Körper jagte, als es in meine Schuhe drang. Wir mussten uns in der Tat sehr beeilen, wenn wir nicht nach dem Tresor tauchen wollten.

Gemeinsam beugten wir uns über das Ungetüm. Lilly hatte ihre Werkzeuge schon im Anschlag. Ich beobachtete fasziniert, wie professionell sie in dieser gefährlichen Situation vorging.

Ihre Hand zitterte nicht, obwohl ihr schrecklich kalt sein musste. Und dann brach der filigrane Stab ab, mit dem sie die Kernstifte nach oben hielt. Jetzt war er ein gutes Drittel kürzer und leicht verbogen. Lilly fluchte lautlos. Sie zog eine der zwei Ersatzstreben aus der Tasche und versuchte es damit. Doch zusammen waren beide Werkzeuge zu groß für das Schlüsselloch.

»Vielleicht funktioniert der Stab trotz der abgebrochenen Spitze. Probiere es mal«, schlug ich vor.

Lilly nickte mit vor Konzentration zusammengepressten Lippen und versuchte es erneut.

Plötzlich schoss das Meerwasser mit großem Druck zwischen den Bodendielen empor. Die metallenen Balken ächzten. Ein paar Dielen hielten dem Druck nicht mehr stand und wurden durch die Luft geschleudert.

Im nächsten Moment ging uns das Wasser plötzlich bis zu den Knien. Und es drohte den Tresor in seinen dunklen Fluten zu begraben. Lilly machte verbissen weiter, während Wasser seitlich in den Tresor drang.

»Soll ich dich ablösen?« Ihre Hände waren vor Nässe und Kälte schon ganz rot.

Lilly schüttelte einfach nur den Kopf. Und dann endlich hatte sie es geschafft. Ihr triumphierendes Lächeln, als sie den Griff betätigte, wärmte meinen unterkühlten Körper.

Ich half ihr mit der schweren Tür. Sofort schwappte Wasser ins Innere. Papiergeld stieg tanzend auf, und zwischen den dunklen Strudeln erkannte ich noch die Umrisse eines kleineren Tresors. Dann hatte das Wasser alles verschluckt, und das Innere war vollgelaufen.

Doch Lilly hatte wohl das Gleiche gesehen. Sie schüttelte sich das eiskalte Nass von den Händen und rieb sie dann an ihrem Rock.

»Ich fasse es nicht. Ich meine, Big John hat es zwar genau so erzählt, aber …« Ihre Stimme klang verzweifelt, als wir uns ansahen. »... wer schließt denn einen Tresor in einen Tresor ein?«

Kapitel 37
Lilly

»Eindeutig jemand mit Verfolgungswahn«, erwiderte Ray. »Bist du sicher, dass es der Tresor der Fortunes ist?«

Ich stemmte die Hände in die Hüften und nickte geistesabwesend. »Sie hatten einen Tresor in ihrem Zimmer, der so aussah wie dieser hier. Er muss es sein.« Ich seufzte. »Hoffentlich passt der Sperrhaken. Ich kann unmöglich das gesamte Ding …« Ich brach ab, als das Wasser nochmals höher stieg. Es war ein Wunder, dass die Treppe in die obere Etage noch nicht zerstört worden war. Lange würde die Metallkonstruktion nicht mehr halten.

»Ich hole ihn.« Bevor ich etwas sagen konnte, hatte Ray sich über den Tresor gebeugt. Das Wasser war jetzt so hoch, dass seine Arme bis zu den Schultern in dem eiskalten Nass verschwanden, als er sich hinunterbückte.

»Jetzt komm schon.« Er stöhnte auf, dann kam er wieder hoch. »Verdammt, ist das kleine Ding schwer.«

»Wir machen es zusammen.« Ich watete durch das Wasser zur gegenüberliegenden Seite.

»Es ist eiskalt.« Ray wirkte nicht überzeugt. »Ich schaffe das schon.«

»Nein.« Schon tauchte ich meine Hände in den vollgelaufenen Tresor. Ich zuckte zusammen, denn das Wasser fühlte sich an wie tausend Nadelstiche. »Zusammen schaffen wir es schneller.«

Ray hatte nicht übertrieben. Der Tresor war zwar deutlich kleiner, aber er war trotzdem sehr schwer. Mein Rücken protestierte, doch ich hörte nicht auf. Gemeinsam konnten wir den Tresor anheben.

Noch mal stieg das Wasser an, jetzt ging es uns bis zu den Oberschenkeln, was das Gehen zusätzlich erschwerte. Mir tat alles weh. Meine Hände, meine Gelenke, mein Rücken.

Dann erloschen die Lichter auf der unteren Etage mit einem Zischen.

Panik brandete erneut in mir auf.

Jetzt kam noch die Treppe, und das alles im Halbdunkeln. Ich betete, dass die Elektrik eine Etage höher noch ein wenig länger durchhalten würde.

Die ersten drei Stufen lagen bereits unter Wasser. Ich wäre fast über meinen Rock gestolpert, und meine Hände brannten jetzt wie Feuer. Das scharfkantige Metall bohrte sich in meine Haut.

»Schaffst du das?« Im schemenhaften Licht sah ich, wie Ray trotz der Kälte rot im Gesicht geworden war.

Ich nickte nur verbissen.

Und jetzt einen Fuß vor den anderen setzen.

Das Wasser war so kalt, ich spürte meinen Puls trotz der Anstrengung kaum noch.

Endlich hatten wir den Tresor die Treppe hinaufgeschleppt und abgestellt, da brach ein weiterer Teil der oberen Etage zusammen. Uns lief so was von die Zeit davon.

»Geschafft.« Ray zog mich überschwänglich in seine Arme und hielt mich für eine ewige Sekunde ganz fest, bevor er sich von mir löste. »Und jetzt holen wir deine Kette.«

Ich rieb meine schmerzenden Arme, dann knetete ich meine Hände, bevor ich mein Werkzeug aus den tiefen Taschen meines Rocks holte. Mit klopfendem Herzen ließ ich mich neben dem Tresor nieder. *Bitte nicht noch mehr Komplikationen …*

»Das funktioniert.« Ich war erleichtert, als Sperrhaken und Stab ins Schloss passten. Im Nu hatte ich das Schloss bezwungen.

Ich öffnete die Tür und war erneut geblendet von all der Pracht, die sich darin befand. Und da war die Kette.

Wie immer stach sie hervor unter all diesem wertvollen Geschmeide.

Ich hob sie hoch, Wasser rann an ihr hinab und ließ das Gold und die Saphire glänzen. Sie war einfach wunderschön.

»Ist sie das?«, hörte ich Ray neben mir.

»Ja …« Meine Stimme klang aufgekratzt, so sehr freute ich mich. Hastig nestelte ich an dem Verschluss, doch meine Fingerspitzen waren schon so taub, dass es nicht auf Anhieb klappte.

»Warte, ich helfe dir.« Er nahm mir die Kette aus der Hand.

Noch mal neigte sich das Schiff Richtung Bug. Der Tresor begann leicht zu rutschen.

Ich dachte an mein Zahnrad. Viel Zeit würde uns nicht

mehr bleiben. Ich tat so, als würde ich meine Haare anheben. Und während Ray mir die Kette umlegte, griff ich nach meiner Haarspange und löste das Zahnrad daraus. Dann schob ich die Spange zurück in meine Haare, als würde ich meine Frisur richten. Das Zahnrad war meine Lebensversicherung, und ich wollte es jetzt sofort einsatzbereit haben.

Eine schwere Erschütterung lief durch das Schiff und ließ uns beide aufspringen. Das Wasser drang durch das große Loch in der oberen Etage und flutete den verbliebenen Boden.

Wieder neigte sich das Schiff ein Stückchen, der Tresor der Fortunes rutschte in das Loch und das Wasser verschluckte ihn mit all seinen Schätzen.

Ich nahm Rays Hand, in der anderen hielt ich das Zahnrad fest umklammert. »Raus hier, bevor alles zusammenbricht.«

Als sich unsere Haut berührte, atmete er keuchend aus. Ich sah ihn fragend an, doch das steigende Wasser trieb uns vorwärts.

Ray trat den Keil unter der Tür weg, und wir spähten in den Gang. Wasser drang auch unter den anderen Türen hervor, aber noch verlief es sich auf dem langen Gang.

Dennoch mussten wir schleunigst die breiten Treppen erreichen, die zu den höheren Decks führten. Ich musste Ray in ein Rettungsboot setzen, bevor ich verschwand. Es war mir egal, ob ich die Zukunft änderte, Ray durfte einfach nicht sterben. »Zu den Treppen!«, rief ich.

Das Schiff ächzte. Ich hörte ein Rauschen, doch ich erkannte die nahende Gefahr nicht. Ein Zittern lief durch den Schiffsbauch, und einen Moment lang hatten wir Schwierigkeiten, auf den Beinen zu bleiben.

Von rechts näherte sich eine Wasserwalze durch den Gang. Sie war so hoch, dass ihre Schaumkronen die Decke berührten. Ray und ich warfen uns einen alarmierten Blick zu, als sich ein ähnliches Geräusch von links erhob.

»Lauf!«, schrie ich, als sich eine ähnliche Wasserwalze von links auf uns zubewegte.

Ray war schneller als ich, und er zog mich mit sich, doch das Wasser raste mit all seiner Naturgewalt auf uns zu. Das letzte Licht erlosch. Wir würden die Treppe nicht mehr erreichen.

»Ray!«, rief ich. Ich hatte eine Entscheidung getroffen. Er durfte nicht sterben. Also würde ich jetzt dazu stehen. »Halte meine Hand fest. Lass sie auf gar keinen Fall los.«

In der anderen Hand spürte ich die Magie des Zahnrades wie ein leises warmes Summen. Es war bereit. Ich musste es nur noch aktivieren.

»Nein, Lilly, kümmere dich um dich, ich kann mit meinem …«

»Lass mich nicht los! Verstanden?«, unterbrach ich ihn energisch.

»Lilly, ich komme klar. Kümmere dich …«

Dann hatte das Wasser uns erreicht. Es überrollte uns nicht, es glitt unter uns, packte unsere Körper und warf uns nach oben. Ich knallte gegen die Decke, keuchte auf und umklammerte verzweifelt Rays Finger, doch die Kraft des Wassers war einfach übermächtig. Es riss unsere Hände auseinander.

»Wir sehen uns wieder, Lilly deGray … Wir sehen uns wieder.«

Ich hörte seine Stimme noch, dann verschlang mich das Meer. Als das Wasser mich vollständig umhüllte, war es so eisig kalt, dass ein Schock durch meinen Körper lief. Es fühlte sich an, als würde jemand Hunderte Messer in meine Haut bohren. Es wirbelte mich umher, bevor es mich wieder mit voller Wucht gegen eine harte Oberfläche drückte. Ich sah Sternchen, und der Aufprall hätte fast dafür gesorgt, dass ich Luft holte. Schnell presste ich mir die freie Hand vor den Mund, um diesen Reflex abzuwehren. Erst da wurde mir wirklich bewusst, dass ich nicht mehr Rays Hand hielt.

Wir hatten uns verloren. Ich würde fliehen können, er würde ertrinken.

Ich wollte schreien, wollte es einfach nicht akzeptieren. Doch das Wasser wirbelte mich umher, und ich wusste schon nicht mehr, wo oben und unten war. Ich hatte Ray verloren.

Ich hatte ihn für immer verloren.

Mein Kopf meldete, dass er dringend Sauerstoff brauchte. Jetzt musste ich mich selbst retten. Ich betete, dass das Zahnrad immer noch an der richtigen Stelle in meiner Hand lag. Ich hatte sie so fest zusammengeballt, dass ich die Nägel auf meiner Haut spürte.

Dann dachte ich an den Ort, an den ich reisen wollte. Die Gegenwart, unsere Kleiderkammer. Ich visualisierte mein Ziel, während meine Luft knapp wurde.

Die Magie begann sich aufzubauen. Ich spürte den Wirbel und wie er das Wasser durchschnitt.

Nicht mehr lange. Nicht mehr lange.

Die Magie tat ihr Bestes, um sich aufzubauen. Doch im Wasser ging es nicht so schnell wie in der Luft.

Meine Hand wurde von meinem Mund gerissen, als ich eine Oberfläche streifte. Etwas knallte dumpf gegen meine Brust. Salziges Wasser drang in meinen Mund, und ich schluckte reflexartig. Dann begann alles um mich herum zu vibrieren.

Der Wirbel der Magie riss mich mit sich.

Ich drehte mich um mich selbst, schneller und immer schneller. Ich löste mich auf, wurde zu einem Strudel aus Farben, zu winzig kleinen Partikeln, zu Atomen, fühlte nichts mehr und doch alles, sah nichts, und gleichzeitig war die Welt um mich herum bunt, bevor ich mich wieder zusammensetzte. Die Kälte war wieder da, die Schmerzen und dieses unendlich brutale Gefühl eines Verlusts.

Ich landete auf den Füßen, doch ich verlor den Halt. Hart knallte ich auf den Boden, umgeben von Dunkelheit und den sich schemenhaft abzeichnenden Silhouetten der Kleiderständer.

Ich spuckte Wasser und hustete. Im nächsten Moment hatten die Bewegungsmelder mich bemerkt, und es wurde hell. Ich strich mir mit einer Hand das Wasser aus den Augen. Ich war zurück in unserer Kleiderkammer.

Erleichterung durchflutete mich.

Ich schluckte, dann hustete ich noch mal. Mir war eiskalt. Ich sah auf die Hand, deren Finger noch vor Kurzem mit denen von Ray verschlungen waren. Ich hatte mich im letzten Moment dafür entschieden, ihn mitzunehmen. Und die Titanic, das Schicksal, vielleicht sogar mein Karma hatten ihn mir entrissen. Ich spürte immer noch die Wärme seiner Berührung. Ich hatte sein Gesicht so deutlich vor Augen, als würde ich ihn ansehen. Er hatte mir helfen, mich retten wollen. Er war bis zum Schluss nicht von meiner Seite gewichen.

Und ich hatte es einfach nicht geschafft, seine Hand festzuhalten.

Ich schloss die Augen und presste die Lippen aufeinander. Die Kette lag kühl und schwer auf meiner Haut. Ich war erfolgreich gewesen. Ich sollte Freude empfinden und Stolz. Aber da war nichts.

Die Traurigkeit überwältigte mich, und ich war machtlos dagegen. Ich barg den Kopf in meinen Händen und begann hemmungslos zu weinen.

*

Irgendwann fand mich Dad. Ich hörte seinen erschrockenen Laut, noch bevor er auf mich zueilte. Er kniete neben mir und zog mich fest in seine Arme.

»Mein Gott, Lilly, ich war krank vor Sorge und …« Erst da bemerkte er die Feuchtigkeit. »Warst du im Wasser? Du bist eiskalt und …« Er sprang auf und suchte nach einer Decke, während ich schon wieder mit den Tränen kämpfte. Ich war so unendlich erleichtert, diese schwarzen Fluten überlebt zu haben.

Schon war Dad wieder da. »Wir müssen dich aufwärmen.« Er wickelte mich in die Decke und wollte mich vom Boden hochziehen. Doch ich wehrte mich, schob eine Hand unter dem wärmenden Stoff hervor und umgriff seinen Arm. »Ich habe die Kette, Dad. Ich habe sie.« Meine Zähne klapperten, so sehr fror ich. Ich ließ seinen Arm los und tastete nach dem Schmuckstück, das schwer und kühl auf meiner Haut lag.

»Das ist mir gerade so was von egal.« In Dads Augen standen Tränen. Schon zog er mich wieder an sich und strich mir rhythmisch über den Rücken. »Hauptsache, dir geht es gut.«

Aber es ging mir nicht gut.

Dads liebevolle Worte ließen meine mühsam errichteten Dämme brechen. Mein Zittern wurde stärker, ein Schluchzen stieg in meiner Kehle auf.

»ScccHhhh…«, flüsterte Dad. Wir saßen gemeinsam auf dem Boden, und er wiegte mich sanft hin und her.

Ich begann wieder zu weinen. Es erschreckte mich selbst, wie abgrundtief schmerzerfüllt und verloren ich klang.

Dad hielt inne, wich zurück und sah mich alarmiert an. »Bist du verletzt?« Er wollte die Decke anheben, doch ich wehrte mich. Stattdessen zog ich sie enger um mich und bebte am ganzen Körper.

Ray … Ich hatte es nicht geschafft, seine Hand festzuhalten.

Meine Tränen nahmen mir die Sicht, mein Schmerz schnürte mir den Hals zu. »Es tut so weh«, würgte ich hervor. »Es tut so schrecklich weh.« Wieder schüttelte mich ein Weinkrampf.

»Lilly, was ist passiert?« Dad betrachtete mich mit gerunzelter Stirn, er wirkte verwirrt und besorgt zugleich. »Was ist passiert?« Er wiederholte sich, doch ich konnte nicht antworten.

Noch mal versuchte er, die Decke anzuheben.

»Ich bin nicht verletzt.« Ich klang barsch.

Dad legte den Kopf schief, und so was wie Verstehen blitzte plötzlich in seinen Augen auf. »Ich bringe dich jetzt ins Warme. Ruh dich aus. Ich bin stolz und unendlich erleichtert, dass du wohlbehalten zurückgekehrt bist.« Er half mir hoch und legte dann einen Arm um mich. »Alles andere besprechen wir später. Ja?«

Ich nickte, während immer noch Tränen über meine Wangen rannen. Dad wäre entsetzt, wenn er erfuhr, wie kurz davor ich gewesen war, den Kodex zu brechen.

Ich würde ihm nicht davon erzählen können, entschied ich. Nein, ich war mit meinem Schmerz ganz allein.

Dad rieb wieder über meinen Rücken, er murmelte tröstende Worte, während er mich durchs Archiv führte. Aber in diesem Moment fühlte ich mich unendlich allein.

Kapitel 38
Lilly

Ich hatte den Morgen im Geschäft verbracht, mich aber ab nachmittags in unserem Archiv vergraben. Nachdem ich den gestrigen Tag komplett durchgeschlafen hatte, hatte ich es heute geschafft, aufzustehen.

Zwei Tage waren vergangen, seit ich aus der Vergangenheit zurückgekehrt war, aber komplett war ich noch nicht in der Gegenwart angekommen. Ich fröstelte, denn hier unten war es immer kühl. Geistesabwesend zog ich die Strickjacke enger um meinen Körper. Ich starrte auf den Computerbildschirm vor mir, doch ich sah nicht wirklich hin. Eigentlich sollte ich stolz auf mich sein, ich sollte mich freuen, weil ich meinen Vater und mich aus unserer misslichen finanziellen Lage befreit hatte. Ich sollte platzen vor Selbstbewusstsein, weil ich meinen ersten eigenen Auftrag bewältigt hatte. Ich hatte nicht aufgegeben, egal welche Schwierigkeiten sich mir in den Weg gestellt hatten. Mom wäre stolz auf mich. Dad behandelte mich seit meiner Rückkehr anders. Er ging mit mir endlich wie mit einer Erwachsenen um, was ich großartig fand. Er bezog mich noch mehr ins Tagesgeschäft mit ein und wollte meine Meinung wissen. Allerdings hatte er mich nicht auf meine Worte während des Weinkrampfs nach meiner Rückkehr angesprochen, und ich war dankbar dafür. Ich wusste, er wäre enttäuscht, wenn ich ihm von Ray und mir berichtete. Er würde daran zweifeln, ob ich für das Zeitreisen im Alleingang geeignet war. Aber das war ich, denn ich hatte nicht versagt.

Und gerade eben erst hatte ich herausgefunden, dass Adèle und James nach dem Unglück ein Paar geworden waren und sogar geheiratet hatten. Ich hatte mich unglaublich für die beiden gefreut und ihren Stammbaum weiterverfolgt, bis ich eine junge Frau in meinem Alter auf Instagram gefunden hatte. Sie war Adèles Ururenkelin, und sie besaß Adèles dunkle Locken und ihre blitzenden Augen.

Danach hatte ich begonnen, nach Ray zu suchen. Und ab diesem Moment hatte mich die allumfassende Traurigkeit wieder nach unten gezogen. Er fehlte mir. Er fehlte mir so sehr.

Wir hatten nicht viel Zeit miteinander verbracht, aber mein Herz hatte eine Entscheidung getroffen. Und jetzt fühlte es sich an, als fehlte ein Teil von mir.

Ich dachte an sein Lächeln, die Art, wie er mir immer die Haarsträhne hinters Ohr gestrichen hatte, und dieses Funkeln in seinen Augen, wenn er mich ansah. Ich hatte nach Nachfahren von Thomas Andrews gesucht. Schließlich hatte er mit seiner Frau eine kleine Tochter namens Elba gehabt. Sie war Rays Halbschwester. Ich fand Bilder von ihren Nachfahren, doch ich sah nichts von Ray in ihnen. Und das machte mich noch trauriger.

Ich hatte sämtliche schottischen Internate zu dieser Zeit recherchiert. Hatte versucht, an Namenslisten zu kommen, doch vieles war unvollständig oder bereits lange vernichtet worden. Ich wusste nicht mal, ob er unter seinem richtigen Namen dort angemeldet gewesen war. Ich wusste eigentlich gar nichts.

Und das tat umso mehr weh. Ray war für immer aus der Geschichte verschwunden. Es gab keine Spuren von ihm, fast so, als habe er niemals existiert.

Ich dachte an den Moment, in dem unsere Hände grausam getrennt worden waren. Das Tosen des Wassers war so unfassbar laut gewesen, dennoch war ich mir ganz sicher, diese Worte gehört zu haben. *Wir sehen uns wieder, Lilly deGray. Wir sehen uns wieder.*

Natürlich konnte ich mich geirrt haben. Vielleicht war es auch nur Wunschdenken. Und selbst wenn er es gesagt hatte, vielleicht meinte er den Himmel damit. Wir würden uns im Himmel nach dem Tod wiedersehen.

Ich schloss die Suchmaske am PC und warf einen Blick auf Moms Skizzenbuch, das neben der Tastatur lag. Ich strich darüber, und wie immer hatte ich das Gefühl, dass es mich beruhigte. Dann richtete ich mich auf und zog die dicke Strickjacke enger um meine Schultern.

Wir sehen uns wieder, Lilly deGray.

Ich erstarrte. Dienstmädchen wurden *immer* nur mit Vornamen angesprochen.

Woher also kannte er meinen Nachnamen?

*

Ich hätte gern noch weiter über diese Frage nachgegrübelt,

doch Dad wollte, dass ich dabei war, wenn die Fortunes Ethels Kette abholten.

Ich war spät dran, und sie waren schon im Laden, denn ich hörte Mrs Fortunes Lachen aus Dads Büro. Sonia, unsere neue Aushilfe, drückte sich hinter der Ladentheke herum und schien nicht recht zu wissen, was sie mit sich anfangen sollte. Normalerweise arbeitete ich die neuen Aushilfen ein, doch dieses Mal hatte ich es Dad überlassen, Sonia alles Nötige zu erklären. Ruby war auch in meiner Abwesenheit nicht zu erreichen gewesen, da hatte Dad gehandelt und jemand Neues eingestellt. Auch auf meine Nachrichten hatte sie nicht reagiert, was ich sehr schade fand, da Ruby mir sehr sympathisch gewesen war.

Ich lächelte Sonia ermutigend zu und deutete mit dem Kopf auf den altmodischen Staubwedel mit den Straußenfedern. Immer, wenn es nichts zu tun gab, wurde abgestaubt. Ich hatte diese Bewegung schon so verinnerlicht, dass ich nachts von ihr träumte.

Zu meiner Überraschung hatte Mary Fortune heute einen anderen Mann dabei. Es war der gut aussehende blonde Chauffeur, der die Hand zurückriss, als ich das Büro betrat. Hatte er etwa hinter Dads Rücken Mrs Fortunes Oberschenkel gestreichelt?

Ich tat natürlich so, als habe ich nichts bemerkt, und setzte mein nettestes Lächeln auf. Die beeindruckende Saphirkette lag schon zwischen ihnen auf Dads Schreibtisch. Er hatte sie auf einer Unterlage aus Samt platziert, die sie noch kostbarer wirken ließ.

Ich hatte die Kette bei meiner Flucht um den Hals getragen, und noch immer meinte ich, ihr Gewicht auf meinem Schlüsselbein zu spüren. Ihr Anblick katapultierte mich zurück auf die Titanic. So viel war passiert. So viel Schönes, so viel Schreckliches.

Ich hatte die Besitzerin der Kette persönlich getroffen. Ethel Fortune, eine junge, ernsthafte Frau, die eine schöne Zeit mit ihrer Familie hatte verbringen wollen. Ich hatte so viele andere Menschen dort getroffen. Es war verrückt, aber Adèle fehlte mir. Ihr fröhliches Lachen, ihre Freundschaft. Die Hunde fehlten mir. Und Ray hatte ein Loch in mein Herz gerissen, er hatte einen Teil von mir mitgenommen, dessen Verlust sich immer noch roh und wund anfühlte.

Ich hatte mich mit dieser Mission beweisen wollen. Und ich war erfolgreich gewesen, ich hatte es geschafft. Doch der Preis dafür war verdammt hoch gewesen.

»Sie ist einfach wunderschön«, rief Mrs Fortune verzückt. »Ach, da sind Sie ja, Miss deGray. Ich freue mich so sehr, dass Sie und Ihr Vater erfolgreich waren. Er hat gerade schon die Geschichte erzählt, wie Sie sie gefunden haben. Nein, wie spannend. Das war ja wirklich fast wie in einem Indiana-Jones-Film.«

Dad und ich hatten uns eine Geschichte ausgedacht, die uns passend für die Fortunes erschien. In dieser waren wir nach Paris gereist, wo eine Nachfahrin von Ethel Fortune die Kette aus Geldnot verkauft hatte und sie in den Besitz einer Familie gelangt war, die nach dem Zweiten Weltkrieg nach Schweden geflohen war. Sie hatten den Schmuck in einer Wand eingemauert, was wir mit alten Tagebucheinträgen rekonstruieren konnten. Und genau dort hatten wir die Kette in der heutigen Zeit wieder aufgetrieben. Dad war sogar so dreist gewesen, den Fortunes eine Rechnung für das professionelle Reparieren der Wand auszustellen.

Doch natürlich schöpfte Mary Fortune keinen Verdacht. Sie tauschte einen glühenden Blick mit ihrem Chauffeur und wandte sich dann wieder zu uns. »Mein Mann lässt sich entschuldigen, er ist beruflich im Ausland. Aber glauben Sie mir, Sie haben mir so eine große Freude gemacht. Die Abende ohne ihn können doch recht einsam sein, und nun habe ich etwas, worüber ich mich freuen kann.«

Sie war eine selten schlechte Lügnerin. Ihr Chauffeur war da schon etwas professioneller, denn er verzog keine Miene.

»Jamie ist mein Fahrer, aber heute ist er auch mein Bodyguard«, erklärte sie jetzt und lachte nervös. »Mit so einer wertvollen Kette möchte ich natürlich nicht quer durch Chelsea marschieren.«

Soweit ich es gesehen hatte, parkte der Bentley wieder direkt vor der Ladentür. Und es ärgerte mich, dass sie so tat, als wäre unser Stadtteil gefährlicher als andere. Doch ich setzte wieder mein professionelles Lächeln auf. »Wie außerordentlich nett von Ihnen, Mr Jamie.«

»Oh nein, Jamie ist sein Vorname«, korrigierte Mrs Fortune.

Das hatte ich natürlich schon geahnt, dennoch hatte ich mir den Spaß erlauben müssen. Dad räusperte sich nervös.

»Können wir dann noch etwas für Sie tun, Mrs Fortune?« Bis jetzt hatte sie nämlich noch keine Anstalten gemacht, uns zu bezahlen.

»Nein, ganz und gar nicht, vielen Dank.« Sie schnippte ihre Fünftausend-Dollar-Handtasche auf und holte einen

Umschlag heraus. »Wie vereinbart der zweite Teil der Bezahlung und der Betrag, um den Schaden an der Wand zu reparieren.« Es waren so viele Scheine, dass Dad und ich uns nicht die Blöße gaben, sie zu zählen.

Dad nahm den Umschlag an sich, bedankte sich, und ich rechnete mit Erleichterung in seiner Miene. Doch die blieb aus. Ich wunderte mich noch, da erklang vorn im Laden die Glocke.

Ich erkannte die Stimmen sofort und runzelte überrascht die Stirn. Hatte ich vielleicht wirklich Halluzinationen? Ich entschuldigte mich bei Mrs Fortune und ihrem Chauffeur und eilte aus dem Büro.

Ich hatte mich nicht geirrt. Brenda, Savannah und Rachel hatten den Laden betreten und sahen sich mit begeisterten Gesichtern um. Dann entdeckte Brenda mich. »Es geht dir gut!«, rief sie.

Sonia flüchtete wieder hinter die Ladentheke, als sie bemerkte, dass die Mädels mich kannten. Sonia war nett, und sie gab sich Mühe, aber sie war sehr schüchtern, und ich war mir noch nicht sicher, ob die Arbeit im Einzelhandel wirklich etwas für sie war. Jetzt umklammerte sie den Stiel des Staubwedels wie einen Rettungsanker.

»Hi«, sagte ich und bemühte mich, mir meine Überraschung nicht anmerken zu lassen. »Was führt euch hierher?«

»Wir waren noch nie hier«, erklärte Savannah und stemmte die Hände in die Hüften. Sie hatte sich das schwarze Haar kunstvoll hochgesteckt, und das orangerote Maxikleid ließ ihre dunkelbraune Haut strahlen. »Wieso waren wir noch nie hier?«

Weil ich eigentlich keine Freundinnen habe, und erst

recht keine, die mich zu Hause besuchen, wollte ich erwidern, doch ich biss mir auf die Zunge. »Keine Ahnung?«

»Das ist unfassbar cool hier.« Rachel hatte schon ihr Smartphone gezückt und filmte irgendwelche ausgestellten Schmuckstücke. »Und du wohnst hier!«

»Na ja, nicht direkt hier, sondern obendrüber«, erwiderte ich etwas unbeholfen.

Rachel tat zum Glück so, als habe sie das nicht gehört.

»Wir haben uns Sorgen gemacht«, sagte Brenda. »Du hast über eine Woche nicht auf Nachrichten geantwortet.«

Genau, da war ich auf der Titanic und bin auch zusammen mit ihr untergegangen. »Ich war krank.«

»An den Augen?«, fragte Savannah jetzt nach. Sie nahm eine blau-weiße Vase hoch und betrachtete die darauf abgebildeten Drachen.

»Nein, ich hatte schlimme Kopfschmerzen und konnte nicht auf den Bildschirm gucken. Es tat alles weh.«

»Oh, das kenne ich«, erwiderte sie und stellte die Vase vorsichtig zurück. »Eine meiner Cousinen hat das auch. Migräne mit Orbit.«

»Du meinst mit Aura?«, erwiderte ich vorsichtig.

»Was auch immer.« Sie winkte ab. »Jedenfalls wollten wir mal sehen, ob du noch lebst, und dann sagte Brenda, dass ihr so einen Laden mit altem Zeug habt, und Vintage ist ja gerade so mega angesagt, und da dachten wir, da wäre vielleicht cooles Material für TikTok dabei, und deshalb …«

Brenda schoss ihr einen eindeutigen Blick zu, und Savannah klappte den Mund zu.

Sie waren also nicht wegen mir hier, sondern weil sie neuen Content für Social Media brauchten.

In diesem Moment trat Mary Fortune aus dem Büro. Jamie und mein Vater wirkten hinter ihrem raumfüllenden Auftritt wie ein Fanclub.

»Noch mal tausend Dank, Lilly.« Sie legte im Vorbeigehen grazil eine Hand an meine Wange und schenkte mir ein Lächeln, das sie vermutlich sehr oft vor dem Spiegel für ihre öffentlichen Auftritte geübt hatte. »Karten für die Ausstellungseröffnung lasse ich durch Jamie herbringen.«

Und schon war sie weg. Jamie riss ihr die hintere Tür des Bentleys auf, setzte die Chauffeursmütze aufs sorgfältig frisierte Haar und manövrierte den Wagen dann in den New Yorker Verkehr.

Brenda, Savannah und Rachel hatten die Augen weit aufgerissen.

»Oh. Mein. Gott«, flüsterte Brenda schließlich. »Das war Mary Constance Fortune. Sie ist ständig überall auf den Titelseiten. Sie ist so reich.« Sie machte eine ausladende Handbewegung, die wohl das Vermögen der Fortunes beschreiben sollte.

»Sie kennt dich?« In Savannahs Stimme schwang eine Mischung aus Ungläubigkeit und Begeisterung mit.

»Natürlich«, erwiderte ich lässig. »Sie geht bei uns ein und aus.«

Dads Blick flog zwischen uns hin und her, aber schließlich beschloss er, dass er nicht verstand, was hier gerade vor sich ging, und trat den Rückzug an. Er murmelte irgendetwas von »Rechnungsbelegen« und verschwand wieder im Büro.

»Das ist so unglaublich.« Rachel sah mich an, als hätte ich gerade erwähnt, dass ich eigentlich Miley Cyrus wäre und das hier nur meine Tarnidentität.

Sie legte den Kopf schief. »Du musst uns mehr erzählen. Was hast du heute vor?«

Ich rekapitulierte kurz. *Im Bett liegen und die Wand anstarren und dabei an Ray denken. Mir überlegen, ob ich den Verstand verliere, weil ich mir einbilde, dass er meinen Nachnamen gesagt hat? Zur Abwechslung dann eine Runde heulen, weil ich es nicht geschafft habe, ihn mitzunehmen. Und dann wieder ins Archiv gehen, um weiter nach ihm zu suchen, um völlig deprimiert irgendwann mitten in der Nacht einzusehen, dass ich absolut keinerlei Spur von ihm finde.*

»Nichts Besonderes.«

Die drei kommunizierten wortlos über Blicke. »Wir wollten nach Coney Island fahren«, sagte Rachel dann. »So eine Art kleiner Ausflug. Wird aber eine Weile dauern. Wenn du den Rest des Tages nichts vorhast, dann komm doch mit. Es gibt viel zu sehen, es macht Spaß und wir essen jede Menge ungesundes Zeug.«

»Und man hat Motive für haufenweise Fotos«, fügte Savannah noch hinzu, als wäre das für mich, die einmal in der Woche auf Instagram vorbeischaute, ein triftiges Argument.

»Das ist eine großartige Idee.«

Wir alle sahen uns überrascht um, als Dads Kopf in der Tür erschien. Er sah zu mir, und sein Blick war eindringlich. »Du wirst hier nicht gebraucht, Lilly. Mach dir einen schönen Tag mit deinen Freundinnen. Du hast es dir verdient.«

Meine Freundinnen … Es klang ungewohnt, und ich wusste noch nicht, was ich von all dem halten sollte.

Rachel wartete meine Zustimmung nicht ab. »Dann ist es abgemacht.« Sie kicherte. »Wir suchen dir was Nettes zum Anziehen raus, während du uns noch mehr über Mary Fortune erzählst.« Ihre Augen strahlten. »Wo ist dein Zimmer?«

Um Himmels willen. Fremde in meinem Zimmer. Sie würden alles anfassen und … *Um Himmels willen.*

Auf was hatte ich mich da bloß eingelassen?

Kapitel 39
Damien

»DeGray Antiques, was kann ich für Sie tun?«

Die Stimme war männlich und klang schon etwas älter. Vermutlich war es Lillys Vater. Mein Herz begann schneller zu klopfen, weil ich Angst hatte, meine Frage zu stellen. Aber ich machte mir Sorgen und musste Gewissheit haben. Ich hatte mit dem Anruf gewartet, bis ich hier am Flughafen war, denn im Silicon Valley hatte mein Vater seine Augen und Ohren überall. Doch jetzt fühlte ich mich sicher.

Lilly hatte mich in die Gegenwart mitnehmen wollen, und das hieß, dass ich ihr genauso viel bedeutete wie sie mir. Jetzt war ich auf dem Weg zu ihr. Aber meine Reise würde noch dauern, und ich musste mich einfach versichern, dass es ihr gut ging. Ich dachte an den Moment, in dem das Wasser unsere Hände auseinandergerissen hatte. Ich hatte ihre Magie gespürt, den mächtigen Wirbel, und war mir sehr sicher gewesen, dass sie es geschafft hatte. Erst dann hatte auch ich mein Zahnrad benutzt, um diesem apokalyptischen Schauplatz zu entkommen. Noch immer spürte ich die beißende Kälte des Wassers auf meiner Haut. Dass Lilly mich hatte retten wollen, hatte mich auch in meinem Plan bestärkt, mich gegen meinen Vater zu stellen. Und als Erstes wollte ich Lilly alles erklären und die deGrays einweihen.

»Ja, hi«, sagte ich betont locker. »Kann ich Lilly sprechen?«

»Und Sie sind wer?« Sofort klang die Stimme etwas bedrohlich.

»Ich bin ein Klassenkamerad von ihr, und mein Handy wurde geklaut, und jetzt habe ich ihre Nummer nicht mehr, und es geht um ein Klassentreffen und so. Auf Instagram ist sie nicht so aktiv, da dachte ich, ich erreiche sie schneller hier.«

Sofort veränderte sich die Stimme wieder. »Ja, natürlich. Wie nett. Einen Moment bitte.« Es knirschte, als der Hörer beiseitegelegt wurde. »Lilly, hier ist ein Anruf für dich. Ja, am Festnetz. Nein, das ist kein Scherz.«

Geraschel erklang und gedämpfte Stimmen.

»Hallo?«

Ich war darauf vorbereitet, dennoch war ich jetzt wie paralysiert. Sie klang leicht außer Atem, aber sie war es. Erleichterung durchflutete mich. Lilly war wohlbehalten zurückgekehrt.

»Hallo? Wer ist denn da?«

Die Versuchung war so unendlich groß. Ich war so kurz davor, »Hi, Lilly, ich bin's« zu sagen, dass ich rasch auflegte. Ich ließ das Telefon sinken, und meine Atmung ging immer noch so schnell, als sei ich einen Marathon gerannt.

Erinnerungen fluteten meinen Kopf. Bilder von ihr, das Gefühl ihrer zarten Haut unter meinen Fingerspitzen, ihr

Lachen, das so einladend war, dieses Blitzen in den Augen, wenn sie mich betrachtete. Ihre Wirkung auf mich war ungebrochen.

Ich atmete lange und tief aus und ließ meinen Blick über das Gelände des Northern Kentucky International Airports gleiten. Auf der Titanic hatte ich mich im letzten Moment dagegen entschieden, Lilly alles zu erzählen. Jetzt bereute ich es. Ich brauchte Verbündete. Und Lilly war eine Reisende wie ich. Sie war zudem mutig, klug und stark. Sie hatte ihr Zahnrad so lange verteidigt, und vielleicht hatte sie Mittel und Wege, mir beim Kampf gegen meinen Vater zu helfen.

Außerdem war ich nach wie vor verrückt nach ihr. Ich sehnte mich nach ihr. Ich wollte sie zurück. Und jetzt wollte ich Nägel mit Köpfen machen.

Es war mein zweiter Stopp, doch der dritte würde mich endlich nach New York bringen. Ich hatte meine Route absichtlich auf kleine Maschinen verteilt und keinen Direktflug gewählt. Ich wollte einfach nicht so leicht zu finden sein.

Mein Vater befand sich auf einer längeren Geschäftsreise, und ich wollte die Zeit seiner Abwesenheit nutzen. Wenn ich Glück hatte, war ich zurück, bevor er es war. Ich hatte Pläne geschmiedet, um ihn zu täuschen und seine Pläne für immer zu vereiteln.

Mein Blick fiel auf das Sandwich, das ich mir gekauft hatte, doch ich hatte keinen Hunger. Zwar hatte ich noch eine Stunde Aufenthalt, aber ich war mit meinen Gedanken ganz woanders.

Ich hatte sämtliche Schubladen im Büro meines Vaters geknackt. Und ich hatte absolut nichts gefunden. Weder einen Hinweis zu Rubys Verbleib noch irgendetwas zu der geheimnisvollen Taschenuhr.

Es ärgerte mich, dass er mir scheinbar immer einen Schritt voraus war, und es verstärkte meine Sorge um Ruby. Wie würde er reagieren, wenn er erfuhr, dass ich das Zahnrad der deGrays nicht gestohlen hatte?

Ich wusste, er würde es nicht selbst übernehmen. Mein Vater war ein verdammter Hypochonder. Er hatte mittlerweile Angst vor dem Zeitreisen, vor den körperlichen Symptomen. Dem Herzstechen, der Atemnot und der Übelkeit, die einen mitunter stundenlang plagen konnten. Nein, dafür hatte er Ruby und mich angeschafft. Richtig. Nicht der Wunsch, ein Vater zu sein, hatte ihn Kinder bekommen lassen. Er brauchte zwei Werkzeuge. Das war der Grund, warum Ruby und ich existierten.

In seiner Familie war das Wissen um die Zeitreisen schon vor Jahrzehnten verloren gegangen. Dad hatte mal erzählt, dass er es durch Zufall wiederentdeckt hatte. Bis vor Kurzem hatte ich geglaubt, dass er die anderen Zahnräder nur sammelte, weil er der Einzige mit dieser Macht sein wollte. Doch jetzt musste es einen anderen, einen größeren Plan hinter all dem geben. Diese seltsame Taschenuhr, die ich im Arbeitszimmer meines Vaters in Form eines Hologramms gesehen hatte, sie war genauso ein Werkzeug wie Ruby und ich, dessen war ich mir ganz sicher. Nur wofür?

Mein Handy brummte, und ich schreckte zusammen. Es war mein Kumpel Brantley.

»Alter, kommst du nachher mit ins Kino?«

Im Hintergrund erklang Neils Stimme. »Krieg mal deinen verdammten Hintern hoch, Belmont.«

»Sorry, Leute«, erwiderte ich. »Bin nicht in der Stadt.«

Simultanes Stöhnen am anderen Ende der Leitung. Es war nicht das erste Mal, dass ich plötzlich untertauchte, und zuletzt hatte ich ihnen die Geschichte eines spontanen Vater-Sohn-Angelausflugs in die Wildnis aufgetischt, um zu erklären, warum ich über eine Woche nicht erreichbar gewesen war.

»Okay.« Brantley klang sichtlich enttäuscht. Eine Flughafendurchsage störte die weitere Konversation. »Und wo bist du jetzt?«

»Ich will Ruby in New York besuchen. Sie hat diese Woche wieder Unterricht.« Meine Stimme klang belegt bei dieser Lüge.

»Grüße sie von mir.« Brantley klang verlegen. Sofort tat er mir wieder leid, denn ich war mir absolut sicher, dass Ruby seine Gefühle nicht erwiderte.

»Klar.« Ich wollte noch etwas sagen, da tippte mir jemand auf die Schulter. Ich drehte mich um. Zwei Typen der Flughafen-Security musterten mich finster.

»Wir müssen kurz mit Ihnen reden.«

»Jungs, ich muss Schluss machen. Melde mich später.« Dann sah ich die zwei Männer an. »Was kann ich für Sie tun?«

»Kommen Sie bitte mit uns.«

»Nein.« Ich musterte beide. »Ich habe hier einfach nur gesessen und telefoniert. Das ist nicht verboten.«

Der eine verschränkte die Arme vor der massigen Brust. »Kommen Sie mit uns. Wir wollen das nicht diskutieren und auch keine anderen Mittel anwenden müssen.«

Sie drohten mir. Keine Ahnung, was ich verbrochen

hatte, aber das würde sich vermutlich in einem kurzen Gespräch klären.

Die Männer brachten mich in einen Raum, der ganz in Grau gehalten war. Darin befand sind nur ein Tisch mit vier Stühlen. »Setzen Sie sich.«

»Können Sie mir verraten, was das Problem ist?«

»Setzen Sie sich«, insistierte der eine.

Ich seufzte genervt auf, nahm aber Platz. Im nächsten Moment verließen die beiden den Raum.

Durch eine andere Tür trat mein Vater.

Heilige Scheiße.

Ich war schon immer schlecht darin gewesen, meine Gefühle zu verbergen. Und ich wusste, dass er den Schock in meinem Gesicht gesehen hatte, so, wie er jetzt lächelte.

»Mein Sohn. So sehen wir uns also wieder.« Er nahm mir gegenüber an dem Tisch Platz. »Wie war die Reise?«

Mein Herz zog sich zusammen vor Frust und Resignation.

»Welche Reise meinst du?«, erwiderte ich kühl.

Er streckte die Hand über den Tisch aus. »Gib mir das Zahnrad. Oder besser gesagt …« Er grinste. »Gib mir beide Zahnräder. Ich weiß, du hast sie noch.«

Er hatte recht. Normalerweise schlossen wir das Familienzahnrad in einen Safe, der im Keller eingemauert war. Und natürlich besaß dieser Kameras und Sensoren, die meinem Vater verrieten, wenn sich dort jemand zu schaffen machte.

Ich holte die Taschenuhr hervor, die ich aus Sentimentalität und Wehmut immer noch mit mir herumtrug, löste das Zahnrad heraus und schnippte es ihm über den Tisch zu. »Wie hast du mich gefunden?«

Er schien sich keiner Schuld bewusst, im Gegenteil, er wirkte amüsiert über meine Naivität. »In deinem Handy ist ein Tracker.«

Shit. Ich hatte das Ding selbst gekauft und nicht eine Minute aus der Hand gegeben. *Wie und wo und wann? Wie verdammt noch mal schafft er es, dass er mir immer einen Schritt voraus ist?*

Ich griff nach einer der Flaschen auf dem Tisch und goss etwas Wasser in ein hohes Glas, das danebenstand. Dann holte ich mein Handy hervor und versenkte es darin.

Mein Vater schnaubte, dann biss er sich auf die Unterlippe, als müsse er sich ein Lachen verkneifen.

»Was hat es mit dem Hologramm dieser Taschenuhr mit den vielen Zahnrädern auf sich, das ich in deinem Büro gesehen habe?«

Mein Vater schüttelte den Kopf und streckte mir dann erneut die Hand über den Tisch entgegen. »Zuerst das Zahnrad der Familie deGray, wenn ich bitten darf.«

Jetzt kommt der Moment der Wahrheit. Ich hatte keine Angst um mich selbst. Ich sorgte mich um Ruby und um Lilly.

»Ich habe es nicht.«

Mein Vater zog seine Hand ganz langsam wieder zurück, den Blick unablässig auf mich gerichtet. »Du hast es nicht?« Er klang tatsächlich ein wenig überrascht. Als wäre er sich seiner Sache so absolut sicher gewesen. Zugegeben, Ruby war ein gutes Druckmittel, aber nicht alles im Leben war berechenbar. Und mit Lilly hatte keiner von uns beiden gerechnet.

»Du hast es nicht«, sagte er erneut. »Warum?« Er klang neugierig. Eigentlich hatte ich gedacht, dass er mich anschreien würde, mir drohen und komplett durchdrehen. Aber er saß einfach nur da.

»Lilly hatte auf der Titanic eine Position angenommen, in der sie praktisch niemals allein war. Du hast recht, die deGrays schützen ihr Zahnrad sehr gut. Ich konnte nicht herausfinden, wo sie es versteckt. Ich habe ihr Zimmer auf den Kopf gestellt, aber da war es nicht. Sie muss es am Körper getragen haben.«

Plötzlich war das Temperament meines Vaters zurück. Er schlug mit der geballten Faust auf den Tisch. »Ich habe dir doch aufgetragen, dich an sie ranzumachen. Wo war das Problem?«

»Ich war nicht ihr Typ.«

Mein Vater schüttelte den Kopf, er glaubte mir kein Wort. »Diese graue Maus? Sie hat keine Freunde, sie geht kaum aus dem Haus, jeden Tag sitzt sie auf ihrer Feuertreppe und heult wegen ihrer Mami. Jeder Kerl, der sie mehr als zweimal ansieht, müsste sie rumkriegen können.«

Du Widerling. Du kennst sie gar nicht. Zum Glück hatte ich meine Hände unter dem Tisch. Ich krallte sie rechts und links in das Sitzpolster.

Ich konnte es kaum ertragen, dass er so über Lilly sprach, doch für den Moment war es klüger, zu schweigen.

»Sie war ein Dienstmädchen an Bord. Die haben nachmittags keine Zeit, ein Eis essen zu gehen. Und wenn ihre Herrschaften sich amüsieren, haben sie genug Arbeit in den Kabinen.«

Mein Vater starrte mich eine volle Minute lang an. Dann begann er zu lachen. Erst war es ein Kichern, dann lachte er lauthals und schlug dabei mit der flachen Hand auf die Tischplatte. Er musste sich die Tränen fortwischen und husten, bevor er sprechen konnte. »Ich fasse es nicht. Du liebe Zeit, das ist ja besser als in jeder Liebeskomödie. *Du* solltest *ihr* den Kopf verdrehen, und es war genau andersherum. *Du* hast Gefühle für *sie.*« Er hob triumphierend die Brauen. »Stimmt's, Champ?«

»Habe ich nicht.« Meine Stimme klang ruhig, obwohl innerlich alles in mir tobte.

»Oh doch, das hast du«, sagte mein Vater im Plauderton. »Da ist dieses Leuchten in deinen Augen, wenn du von ihr sprichst. Die Art, wie du sie verteidigst und wie wütend du wirst, wenn ich etwas Falsches sage. Und zuletzt …« Er deutete mit dem Zeigefinger auf mich. »Die Taschenuhr. In Zeiten von Handys und Smartwatches absolut überflüssig. Sie ist zu schwer und zu unhandlich. Und außerdem ein Erbstück, für das ich dir den Kopf abreißen würde, solltest du es verlieren. Du aber schleppst die Uhr trotzdem mit dir herum …« Er beugte sich ein Stückchen vor. »… weil sie dich an sie erinnert. An eure gemeinsame Zeit. Sie hat dir den Kopf verdreht, Champ, und das ist der einzige Grund, warum du mir das Zahnrad heute nicht bringen kannst.« Er schnaubte. »Und jetzt? Bist du auf dem Weg nach New York, um mit ihr in den Sonnenuntergang zu reiten?«

Wieder starrten wir einander an. Er hatte mich durchschaut. Aber das nützte ihm wenig, denn meine Entscheidung stand fest. Ich würde das Zahnrad nicht stehlen. Also zuckte ich die Schultern. »Vielleicht solltest du dich damit abfinden, nicht alle Zahnräder zu besitzen. Die de-Grays haben es bis jetzt geschafft, ihr Zahnrad zu behalten. Du hast deinen Meister gefunden.« Jetzt war ich es, der sich ein Stück über den Tisch zu ihm beugte. »Vielleicht verdienen sie es, ihr Zahnrad zu behalten.«

Die Augen meines Vaters loderten gefährlich auf. »Du bist mein Sohn«, wisperte er tonlos. »Was glaubst du, wie du mit mir sprechen kannst.«

Ich schüttelte den Kopf. »Ich war nie dein Sohn.« Ich wollte aufstehen und dieses unsägliche Gespräch beenden.

»Hinsetzen.« Mein Vater zückte sein Handy und drückte nur eine Zahl. Dann warf er es mir über den Tisch hinweg zu.

»Hallo?«, meldete sich eine verschlafen klingende Stimme.

Es war Ruby. Wieso ließ er mich mit Ruby sprechen? Das war ein Risiko. »Hey«, sagte ich überrascht. »Wie geht es dir? Wo bist du? Sag mir, wo du bist, dann kann ich dich holen kommen.«

»Wer ist da?« Ruby klang, als sei ihre Zunge ganz schwer, so, als habe sie Beruhigungsmittel genommen. Ich musste sie finden. »Ich bin's, Damien. Ruby, wo bist du? Bitte sag es mir. Schnell!«

»Wer ist da?«, fragte sie erneut.

Ich ließ das Telefon sinken und sah zu meinem Vater. »Was hast du ihr angetan?«

Er tat unbekümmert. »Es handelt sich um ein Beruhigungsmittel, das noch in der Testphase ist. Da Ruby nie die Ergebnisse gebracht hat, die ich mir von meinem Kind erhofft hatte, dachte ich mir, sie kann noch für etwas nützlich sein. Als eine Nebenwirkung des Medikaments wurde eine Degeneration der Hirnleistung festgestellt. Es ist möglich, dass ihr Gehirn geschädigt wird, je länger sie es nimmt. Jetzt ist sie einfach nur träge, aber irgendwann weiß sie tatsächlich deinen Namen nicht mehr.« Er blinzelte und lächelte knapp. »Ticktack, Damien, ticktack.« Er stand auf und nahm mir das Handy aus der Hand. »Mach's gut, Kleines. Daddy ruft bald wieder an.« Dann legte er auf.

Ich war so entsetzt, dass ich keine Worte fand.

Er tat betont bedauernd. »Ich fürchte, du wirst dich entscheiden müssen: Lilly oder Ruby. Was für eine Zwickmühle.« Er wippte hin und her, als würde er überlegen. »Beschaffe mir die letzten beiden Zahnräder, und Ruby bekommt ihr altes Leben zurück, noch ist es früh genug. Wenn nicht …« Er winkte. »Bye-bye, Ruby-Kleines.« Er richtete sich auf und fixierte mich. »Und überlege ja nicht, die kleine deGray einzuweihen, denn dann siehst du Ruby nie wieder. Denk daran: Für mich hat deine Schwester keinen Nutzen mehr. Mir ist es egal, was mit ihr passiert.«

Wie konnte er über einen Menschen sprechen wie über einen Gegenstand? Ekel stieg in mir auf, so übermächtig, dass ich ein Würgen unterdrücken musste. Ich hasste ihn. Ich hasste ihn so abgrundtief, dass ich am liebsten über den Tisch gesprungen wäre und ihm den Kopf abgerissen hätte. »Du hältst Ruby irgendwo gegen ihren Willen gefangen. Ich werde dich wegen Entführung anzeigen.«

»Sie ist in einem offiziellen Sanatorium, unabhängig geprüft und staatlich überwacht.« Er war so siegessicher. »Und natürlich verschafft mir meine großzügige Spende einige Sonderrechte.« Er zwinkerte mir zu. »Je schneller du bist, desto schneller hast du deine Schwester wieder.«

Er ließ mir keine Wahl. Lilly oder Ruby … Lilly oder Ruby. Lilly war stark, Ruby war es nicht.

Ich traf meine Wahl. Und ich hasste nicht nur meinen Vater dafür, sondern auch mich selbst.

*

Es wurde bereits dunkel in New York, als ich mir über die Feuertreppe Zutritt zu Lillys Etage verschaffte. Mein Vater hatte das Haus so ausgiebig beobachtet, dass er wusste, wo im Raum sich welches Möbelstück befand.

Lilly und ihr Vater waren noch unten im Laden, ich hatte sie kurz durch das Schaufenster gesehen. Doch in diesem Moment hatte ich keine Gefühle zugelassen. Nur die Schuld für das, was ich jetzt tun würde, war allgegenwärtig und hatte sich wie ein schwarzer Schleier über mein Herz gelegt.

Es war mir unfassbar unangenehm, jetzt hier in ihrem privaten Bereich herumzuschnüffeln. Ich schloss das Fenster leise und sah mich dann um. Sogar das Zimmer roch nach ihr. Sie besaß nicht viel, ihr Stil war minimalistisch, genau wie meiner. Überall lagen Bücher herum, und ihr Bett war auffallend groß und sehr gemütlich gestaltet mit vielen Kissen und Decken. Ich fasste in eine Tasche meiner Hose und klimperte mit den Werkzeugen, die mein Vater mir mitgegeben hatte. Er schien einfach immer auf alles vorbereitet zu sein.

Es widerstrebte mir, all ihre persönlichen Dinge zu berühren, Schubladen zu öffnen und hinter Kissen nachzusehen. Das hier war ihr Reich, und ich war ein Eindringling. Meine Idee war simpel, und vermutlich war mein Vater deshalb noch nicht darauf gekommen. Für ihn war es nur gut, wenn es möglichst komplex und kompliziert war. Auf

Lillys Kommode stand ein Döschen mit losem Puder. Ich öffnete den Deckel und gab etwas davon auf meine Handinnenfläche.

Wir Menschen hinterließen überall Fingerabdrücke. Eine Mischung aus Hautschuppen, Talg und Schweiß. Wie nicht anders erwartet, blieb der Puder an den Griffen der Kommode haften. Zwar zeichneten sich nicht so perfekte Fingerabdrücke ab wie bei kriminalistischem Material, aber mir ging es auch nur darum, ungewöhnliche Stellen zu finden, die Lilly berührt hatte.

Ich versuchte es zuerst bei den Fensterbänken. Vielleicht war eine anzuheben, wenn man einen geheimen Verschluss öffnete. Doch hier war nichts Auffälliges. Einige Dielen im Boden wirkten etwas locker, doch auch dort waren keine Spuren. Ich kam hoch und ließ den Blick wieder schweifen.

Der Kamin. Er wirkte riesig, selbst für das große Zimmer. Die Feuerstelle war so hoch, dass man aufrecht darin stehen konnte, wenn man nicht gerade wie ich über einen Meter achtzig groß war.

Darin stehen konnte … Der Gedanke hallte in meinem Kopf nach. Im Näherkommen betrachtete ich den Kamin weiter. Die Vögel, als düstere Reliefs dargestellt, wirkten angriffslustig. Sie sollten abschrecken. Noch ein Hinweis. Ich gab Puder auf meine Hand und pustete die Reliefs hintereinander an. Am Kopf eines Vogels blieb der Puder hängen. Welchen Grund sollte Lilly gehabt haben, ihn anzufassen, außer …

Ich berührte ihn, schlang meine Hand so darum, wie Lilly es getan hatte. Und dann drehte sich der Kopf.

Die Rückwand des Kamins glitt zur Seite.

Ich hatte es gefunden. Ich hatte das Geheimnis der Familie deGray gefunden, dem mein Vater schon seit so vielen Jahren hinterherjagte.

Vorsichtig betrat ich die Feuerstelle. Dahinter öffnete sich ein Gang mit einer Wendeltreppe. Ein Licht war angesprungen und wies mir den Weg. Um ja kein Geräusch zu machen, zog ich meine Schuhe aus. Auf Socken schlich ich die Wendeltreppe hinunter. Ich passierte zwei weitere Feuerstellen und vermutete, dass man die Treppe auch von diesen Etagen aus betreten konnte. Dann, ganz unten, stand ich plötzlich vor einer Wand. Es war die Rückwand des Kamins. Ich leuchtete mit meinem neuen Handy, selbst gekauft in einem Laden hier um die Ecke, fand aber keinen Hebel oder Ähnliches.

Ich ließ meine Hände über den rauen Stein gleiten. Wie von selbst fand einer meiner Finger die Vertiefung. Ich drückte sie. Die Tür glitt auf.

Ich lauschte einen Moment, doch es war alles still, also schlüpfte ich wieder in meine Schuhe.

Ich betrat eine Bibliothek, wie ich sie mir immer gewünscht hatte. Ich hatte es schon geahnt, aber die deGrays waren nicht einfach nur Diebe wie wir. Sie waren Antiquare. Sie konservierten das Wissen unserer Welt.

Schon von Weitem sah ich Hunderte Tagebücher, dicke Ordner mit Dokumenten und Prachtbände, die in Leder und Gold gebunden waren. Und ich entdeckte moderne Computer, Scanner und einen Kopierer. Ein Bücherregal schien schräg vor einer Wand zu stehen. Beim Gehen glitt mein Blick wie automatisch hoch zu den Kronleuchtern, die angesprungen waren, kaum dass ich den Raum betreten hatte, und die für ein angenehmes

Licht zwischen den Gängen sorgten. Beim Näherkommen bemerkte ich, dass das Bücherregal eine Tür war. Ich betrat eine Kleiderkammer. So etwas besaßen wir auch, doch bei uns wirkte alles klinisch rein und seelenlos.

Dieser Bereich hingegen sah aus wie ein Secondhandshop, hier konnte ich mir vorstellen, Stunden zu verbringen und immer wieder etwas Neues zu entdecken. Ein niedriger Schminktisch zog meine Aufmerksamkeit auf sich. Lilly hatte das Zahnrad in einer Haarspange verborgen.

Schnell ging ich näher heran.

Die Tischplatte war überladen, so wie alles in diesem Raum. Puderquasten, Kämme und Bürsten, Haarschmuck, sogar ein paar kleine Hüte lagen dort. Doch dann fiel mein Blick auf die Spange mit dem Halbedelstein.

Meine Hand zitterte, als ich sie anhob.

Das war sie. Kein Zweifel.

Ich zog vorsichtig an dem Halbedelstein, und schon hob er sich. Im Innern klemmte in einer winzigen Halterung das Zahnrad.

Ich war überwältigt, als es in meine Hand glitt.

Verzeih mir, Lilly.

Ich ließ es in meiner Tasche verschwinden. Plötzlich erloschen mit einem Knall alle Lichter. Ich war nicht beunruhigt, denn schließlich waren sie auch von allein angegangen. Ich nahm an, dass die Bewegungsmelder dafür sorgten, dass die Lichter nach einer bestimmten Zeit automatisch ausgingen, wenn man sich nicht bewegte.

Im nächsten Moment traf mich etwas Schweres und riss mich gewaltsam nach hinten.

Kapitel 40
Lilly

Nach meiner Rückkehr von Coney Island half ich noch bis Ladenschluss im Geschäft aus. Jonny war bereits da gewesen und hatte Dads Spielschulden kassiert. Ich war froh, dass ich bei seinem Besuch nicht anwesend gewesen war. Er war ein schmieriger, brutaler Geldeintreiber, und ich wollte ihn nie wiedersehen. Seltsamerweise war Dads Nervosität nicht verschwunden. Eigentlich sollte er doch wirklich erleichtert sein, diese Sorgen von den Schultern zu haben. Ob ich mich irrte? Ob mich die Erlebnisse der letzten Tage dünnhäutig gemacht hatten? Das war sicherlich eine normale Reaktion, und vielleicht ging es Dad genauso. Ich wollte es glauben, aber die Zweifel blieben. Und da ich noch gar nicht müde war, beschloss ich, mich nochmals ins Archiv zu begeben.

Jetzt war die Zeit, in der Ray und ich uns bei den Hundezwingern getroffen hätten. Kitty, Frou Frou oder Ciao, wie gern hätte ich sie alle gerettet. Und wie gern hätte ich noch unzählige Stunden in Rays Gesellschaft verbracht.

Meine Gedanken wanderten weiter zu dem heutigen

Nachmittag, während ich die Wendeltreppe hinabging. Der Coney-Island-Besuch mit Savannah, Rachel und Brenda war richtig schön gewesen. Für jemanden wie mich, der nie wirklich Freunde gehabt hatte, war es eine ganz neue Erfahrung gewesen. Mom und Dad hatten mich immer gewarnt, dass unser Geheimnis am besten gehütet blieb, wenn man sich nur mit Menschen umgab, die davon wussten. Als wir noch eine Familie gewesen waren, hatten Mom, Dad und ich immer viel mit meinen Großeltern unternommen. Sie waren Reisende genau wie ich, und untereinander konnten wir uns ganz ungezwungen über die vielen Abenteuer unterhalten, die sie bereits erlebt hatten.

Mit Gleichaltrigen hingegen hatte ich stets wenig Kontakt gehabt. Jetzt musste ich mir eingestehen, dass es Spaß machte. Ich hatte überhaupt nicht das Gefühl gehabt, ein großes Geheimnis zu hüten. Klar hatten wir über die vielen Antiquitäten gesprochen, doch die Geschichten, die wir unseren Kunden auftischten, konnte ich genauso gut den drei Mädels erzählen. Und ihre Gesellschaft hatte überraschenderweise meine Traurigkeit vertrieben. Sie hatten allem, was ich erzählte, atemlos gelauscht und Auszüge davon sogar bei TikTok hochgeladen, was mir etwas peinlich gewesen war. Dennoch musste ich mir eingestehen, dass die Reise in die Vergangenheit mich verändert hatte. Ich war selbstbewusster geworden und zog mich nicht mehr zurück, wenn andere auf mich zukamen.

Seit heute Nachmittag hatte ich fünfzig neue Follower auf Instagram. Ich war immer noch völlig perplex deswegen.

Doch noch perplexer war ich, als ich jetzt einen Einbrecher in unseren geheimsten Räumen entdeckte. Eine große Gestalt, die sich lautlos bewegte. Ich starrte auf seinen breiten Rücken und traute meinen Augen nicht. *Was zur Hölle?*

Die Polizei konnte ich nicht rufen, denn diese Zimmer gab es auf keinem Bauplan. Und niemand, absolut niemand durfte davon erfahren. Hier bewahrten wir Dinge auf, die wertvoller waren als Exponate in Museen.

Der Eindringling ganz in Schwarz hatte mir immer noch den Rücken zugewandt und machte sich an dem Schminktisch zu schaffen. Alarmiert dachte ich an unser Zahnrad. Es befand sich immer noch in der Spange! Ich dachte nicht lange nach. Wir hatten hier überall Waffen versteckt. Ich bewegte mich genauso lautlos wie er, tastete an einer der Kleiderstangen nach der Messerscheide, die zwischen den Mänteln versteckt war. Ich löste sie von der Halterung und steckte sie hinten in den Bund meiner Jeans. Ich wusste, um welche Klinge es sich handelte. Mit ihr hatte ich oft und gern geübt, doch sie war die letzte Alternative.

Der Typ wühlte in dem Modeschmuck, und es klirrte leise.

Ich atmete so flach, wie ich es trainiert hatte, während mein Puls in die Höhe schoss. *Ganz ruhig, du kannst das. Denk an den Titanic-Auftrag. Denke an alles, was du gelernt hast.*

Ich konzentrierte mich, bündelte meine Kraft, nahm all meinen Mut zusammen. Mein Finger berührte einen Schalter, und das Licht erlosch. Ich wollte das Überraschungsmoment und die Dunkelheit zu meinem Vorteil nutzen.

Einen Schritt, zwei Schritte, drei Schritte.

Jetzt!

Ich riss ihn mit meinem ganzen Gewicht nach hinten und wollte ihm die Beine wegtreten. Ich hatte diesen Bewegungsablauf im Kampfunterricht Dutzende Male geübt.

Ich spürte seine Überraschung, trotzdem reagierte er blitzschnell. Mit einer fast lässigen Eleganz kehrte er den Schwung um, rollte mich stattdessen über seinen Rücken und stand dann wieder fest mit beiden Beinen auf dem Boden. Ich hingegen saß auf dem Hintern, wobei ich schwören konnte, dass er meinen Fall absichtlich sanft hatte ausfallen lassen.

Jetzt, da meine Augen sich an die Dunkelheit gewöhnt hatten, wirkte seine schemenhafte Gestalt riesig. Es war absolut leichtsinnig, sich mit ihm anzulegen. Aber ich konnte nicht zulassen, dass er mit seiner Beute entkam. Denn noch wusste ich nicht, ob er die Spange mit dem Zahnrad eingesteckt hatte. *Du zögerst nicht. Du schlägst zuerst zu. Und du schlägst so hart zu, wie du kannst.*

Ich sprang flink wie eine Katze zurück auf die Füße und griff ihn erneut an. Meine Faust traf mit voller Wucht seinen Solarplexus. Schmerz explodierte in meiner Hand, der sich bis hinauf in meine Schulter ausbreitete.

Er keuchte und würgte, doch die Art, wie er erneut auf meinen Angriff reagierte, zeigte mir, dass auch er Kampfsporttraining gehabt hatte. Keine gute Ausgangsposition für mich. Er war einen Kopf größer, und ich wog ungefähr die Hälfte von ihm. Noch mal vollführte ich eine kurze Abfolge von Schlägen. Solarplexus, Nieren, dann schwang ich in einem Roundhouse-Kick herum und trat ihm die Beine weg. Das hatte bis jetzt jeden Mann zu Fall gebracht. Er fiel auch, fing sich aber elegant wie ein Raubtier und war plötzlich sehr nah vor mir, bevor ich verstand, was geschehen war. Er griff nach mir, drehte mich, um und ich schrie vor Wut auf.

Die Art, wie er mich festhielt, war seltsam. Fast so, als wollte er mir nicht wehtun. Er drückte mich mit meinem Rücken eng an seine Brust und hielt meine beiden Handgelenke fest. Sein Kopf lag nah an meinem, und ich hörte seinen schnellen Atem.

Etwas an ihm war vertraut. Sein Geruch? Die Art, wie er sich bewegte? Oder war es bloß das Adrenalin in meinen Adern?

»Bitte, hör …« Seine Stimme klang rau und gepresst. Offenbar hatte ich ihn schon ziemlich fertiggemacht. *Sehr gut.*

Das wollte ich ausnutzen. Ich wollte nicht mit ihm reden, ich wollte ihn kampfunfähig machen.

Mit aller Kraft riss ich meine Arme nach unten und hebelte mich frei. Mit einem Judogriff rollte ich ihn über meinen Rücken, und er schlug hart auf dem Boden auf. Sofort war ich über ihm. Meine Oberschenkel pressten sich um seinen Brustkorb, während er nach Luft rang. Im nächsten Moment zog ich das Messer aus der Scheide und beugte mich vor. Ich drückte ihm die Klinge an seinen Kehlkopf. Es war so dunkel, dass ich sein Gesicht nicht erkennen konnte, aber ich hörte seinen keuchenden Atem.

»Bleib liegen, oder ich schneide dir deinen verdammten Hals auf«, zischte ich. Mit der anderen Hand versuchte ich, mein Telefon aus der Tasche zu fischen. Ich würde Dad oben im Laden anrufen, damit er mir mit etwas zum Fesseln zu Hilfe kam.

Der Typ hustete, und ich drückte die Klinge noch etwas fester an seinen Hals. »Nicht bewegen.«

»Lilly.«

»Halt den Mund. Ich rufe die Polizei.« Ich fand, dass ich ganz gut bluffte.

Moment mal.

»Lilly …«

Er flüsterte meinen Namen. *Er flüstert meinen Namen?*

Diese Stimme …

Im nächsten Moment flog mein Messer durch die Dunkelheit. Dann hob er mich von sich herunter, als hätte ich das Gewicht einer Feder. Ich rechnete damit, dass er mich angreifen würde. Doch er setzte mich einfach nur neben sich und richtete sich dann langsam auf.

Alle Sinneseindrücke prasselten geballt auf mich ein.

Diese Stimme. Der Geruch seiner Haut. Die Art, wie er mich berührt …

Ich war wie paralysiert. Ich träumte. Das hier passierte nicht wirklich.

Plötzlich flammte ein Feuerzeug auf. Der Mann hielt es sich nah an sein Gesicht.

Und je mehr die Dunkelheit zurückwich, desto stiller wurde alles in mir.

Bitte sag mir, dass ich träume. Nein, bitte lass es keinen Traum sein. Oder doch?

»Hallo, Lilly.« Seine Stimme war nur ein heiseres Flüstern, seine Augen wirkten seltsam feucht.

»Ray?« Ich war mir immer noch sicher, einem Trugbild erlegen zu sein. Oder hatte die Magie des Zahnrads mir das Hirn verdreht? Hatte mein Verstand die Hufe hochgerissen, und ich litt an Halluzinationen?

Ich starrte ihn immer noch an. Er war es wirklich.

Als er die andere Hand in seine Tasche schob, wich ich zurück. Ganz langsam öffnete er sie wieder.

Alles in mir schrie auf vor Schock.

In seiner Hand lag das Zahnrad meiner Familie.

Wir sehen uns wieder, Lilly deGray.

Die Erkenntnis traf mich wie ein Faustschlag in die Magengrube. Er wusste, wer ich war. Er wusste, wo ich wohnte. Er kannte all meine Geheimnisse.

Ich gab einen entsetzten Laut von mir und presste eine Hand auf den Mund. Er hat sich mir also nur aus einem bestimmten Grund genähert. Und diesen Grund hielt er jetzt in seiner Hand. Er hatte mich nur benutzt.

Mein Herz zerbrach in tausend Einzelteile.

Ray war hier, aber nicht wegen mir.

Eine Träne quoll mir aus dem Auge und rann warm über meine Wange. Trauer, Wut und Enttäuschung mischten sich mit dem völlig irrationalen Wunsch, noch einmal von ihm in den Arm genommen zu werden. Ich wollte … ich wollte … Was wollte ich?

Mein Kopf war wie leergefegt, nur drei Worte formten sich in meinen Gedanken. Eine Frage, die mein ganzes Weltbild ins Wanken brachte.

Eine Antwort, die mich zerstören konnte.

Ich ließ meinen Blick über sein Gesicht gleiten. Die ernsten grauen Augen, der angespannte Mund, das schwarze Haar, das mit der Dunkelheit um ihn herum verschmolz.

Ich wollte den Kodex für dich brechen, Ray. Und du? Du brichst mir mein Herz.

Der Schmerz nahm mir die Luft zum Atmen. Meine

Stimme zitterte, dennoch schaffte ich es, die drei Worte hervorzustoßen.

»Wer bist du?«

Ende

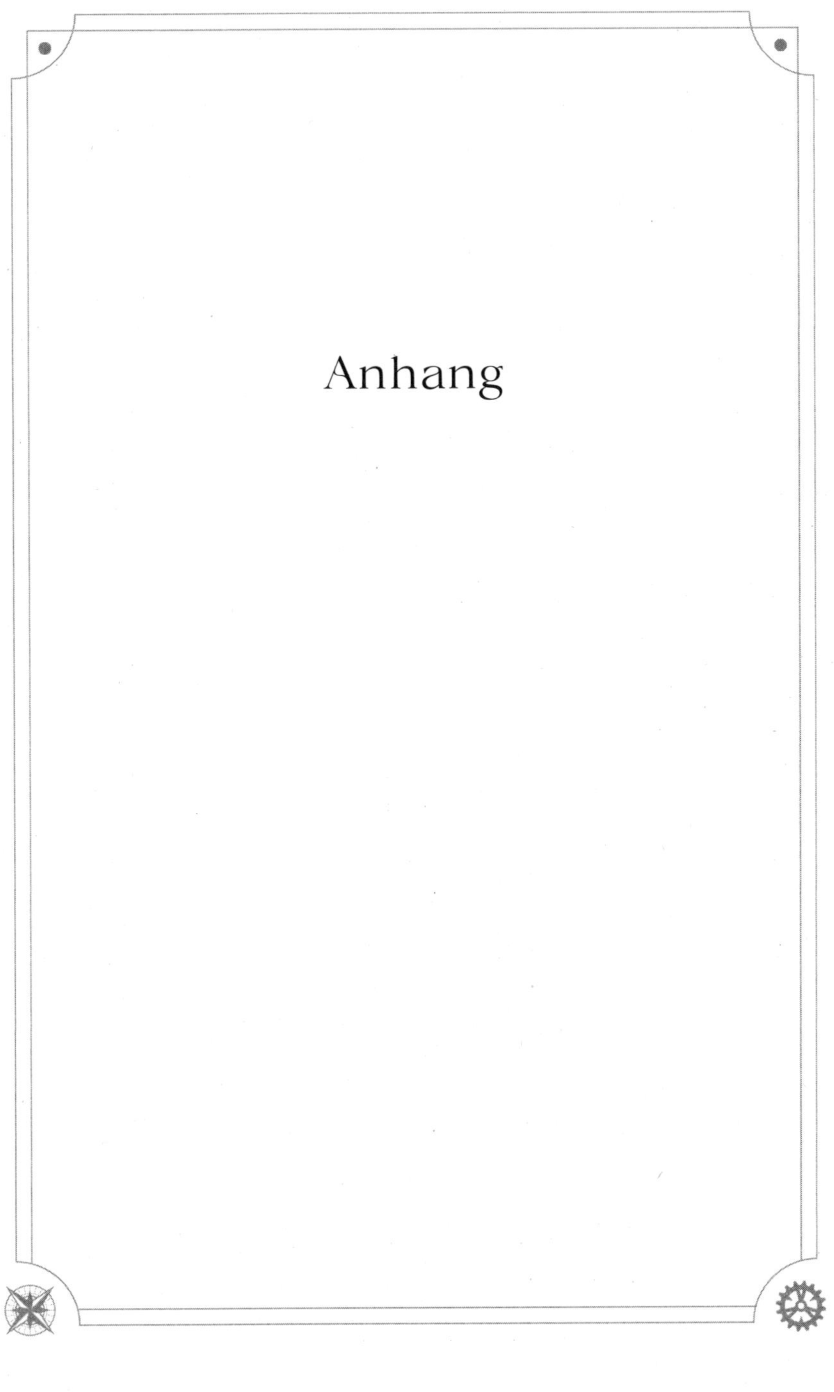

Anhang

Reale Personen an Bord der RMS Titanic

Die Familie Fortune:
Die Familie Fortune hatte eine Weltreise hinter sich, in der sie mehrere europäische Länder besuchte, bevor sie ihre Rückreise nach Kanada mit der Fahrt auf der Titanic begann. Die Eltern Mark und Mary reisten mit ihren erwachsenen Töchtern Ethel, Mabel und Alice sowie ihrem gerade volljährig gewordenen Sohn Charles. Ethel hatte sich kurz zuvor mit dem Banker Crawford Gordon verlobt und wollte vor der Hochzeit noch mal Zeit mit ihrer Familie verbringen. Die Familie bewohnte die Erste-Klasse-Kabinen C 23, 25 und 27. Die Frauen überlebten das Unglück, Mark und sein Sohn Charles nicht.

Francis Browne:
Francis Patrick Mary Browne war ein irischer Jesuit und Militärkaplan, der auf der Titanic eine Kurzreise von Southampton bis Queenstown gebucht hatte. Er bezog die Erste-Klasse-Kabine 37 auf dem A-Deck. Francis Browne nutzte seine kurze Zeit auf dem Schiff, um zahlreiche Fotos der Passagiere aller Klassen aufzunehmen. Nach dem Sinken der Titanic entstand ein großes Interesse an seinen Aufnahmen, deren Abzüge in Zeitungen und Büchern auf der ganzen Welt erschienen.

Countess of Rothes:
Noël Leslie, Countess of Rothes, galt als bekannte Persönlichkeit der Londoner Gesellschaft. Auf der Titanic bezog sie zuerst die Kabine C 37, wechselte dann aber in die Kabine C 77. Sie reiste in Begleitung ihrer Eltern Thomas und Clementina Dyer-Edwardes, die jedoch das Schiff in Cherbourg wieder verließen, Gladys Cherry, der Cousine ihres Mannes, und einer Zofe. Die Countess, ihr Dienstmädchen und Gladys Cherry überlebten das Unglück.

Thomas Andrews:
Thomas Andrews war ein irischer Schiffskonstrukteur, der maßgeblich am Bau der Titanic beteiligt war. Er war verheiratet mit Helen Reilly Barbour, der Tochter eines der Direktoren der Schiffbauwerft Harland & Wolff. Das Paar hatte eine Tochter Elisabeth Law Barbour Andrews, genannt Elba. Auf seiner Reise bewohnte Thomas Andrews die Kabine 36 auf dem A-Deck. Die daran angrenzende Kabine 35 blieb laut offiziellen Papieren leer, weshalb ich Ray dort einquartiert habe. Nach Aussagen von Überlebenden unterstützte Thomas Andrews die Evakuierung der Titanic und wurde zuletzt kurz vor dem Untergang in einem Salon der ersten Klasse gesehen, wo er auf ein dort hängendes Gemälde blickte. Thomas Andrews überlebte das Unglück nicht.

Molly Brown:
Margaret »Molly« Brown war eine amerikanische Frauenrechtsaktivistin, die als »unsinkbare Molly Brown« in die Geschichte einging. Sie befand sich auf einer Weltreise, wollte aber in die USA zurückkehren, weil ihr Enkelsohn Lawrence erkrankt war. Sie ging im nordfranzösischen Cherbourg an Bord. In der Nacht des Unglücks überzeugte Brown viele zweifelnde Gäste, sich in die Rettungsboote zu begeben, und rettete so vermutlich viele Leben. Sie und ihr Dienstmädchen überlebten das Unglück.

Die Familie Carter:
Die Familie Carter trat auf der Titanic ihre Rückreise nach Amerika an. Die Eltern William und Lucile hatten mit ihren zwei Kindern Lucile und William jr. samt deren beiden Hunden fast acht Monate in England verbracht. William Carter war der einzige Mann an Bord, der mit seinem eigenen Auto reiste, einem Renault Type CB Coupé de Ville. Die Familie überlebte das Unglück, die beiden Hunde, die den Kindern gehörten und deren Namen unbekannt sind, nicht.

Captain Smith:
Edward John Smith war der Kapitän der Titanic und ein sehr erfahrener Seemann. Captain Smith gab den Befehl zum Klarmachen der Rettungsboote sehr früh und beaufsichtigte zu Anfang auch deren Besetzung. Augenzeugenberichte sagen aus, dass man ihn zuletzt auf der Brücke gesehen hat. Er überlebte das Unglück nicht.

William Murdoch:

William Murdoch war der Erste Offizier der Titanic und auf der Brücke, als diese um 23:39 Uhr mit dem Eisberg kollidierte. Nach der Meldung aus dem Krähennest »Eisberg direkt voraus!« reagierte er sofort und ließ die Maschinen volle Kraft zurücklaufen. Dann zog er den Hebel, um die Schotten der wasserdichten Abteilungen im Schiffsbauch zu schließen. Die Kollision ließ sich jedoch nicht mehr verhindern. William Murdoch starb bei dem Untergang.

Die Astors:

John Jacob Astor und seine knapp dreißig Jahre jüngere Ehefrau Madeleine Astor befanden sich auf der Rückreise ihrer Flitterwochen zusammen mit ihrer Airedaleterrier-Hündin Kitty. Zu diesem Zeitpunkt war Madeleine bereits im fünften Monat schwanger und befand sich deshalb in ständiger Begleitung ihres Dienstmädchens Rosalie Bidois und ihrer Krankenschwester Caroline Endres. Die Astors galten als das reichste Paar an Bord und bewohnten eine der Parlo-Suiten, nämlich C 62–64. In der Nacht des Unglücks brachte John seine Frau mitsamt ihrer Begleiterinnen zu einem Rettungsboot. Laut Augenzeugen versuchte er daraufhin, den Matrosen zu bestechen, ihn ebenfalls an Bord zu lassen, was dieser ablehnte. Madeleine und ihre Dienstbotinnen überlebten das Unglück, John und Hündin Kitty nicht.

Die Cavendishs:
Julia und Tyrell Cavendish waren ein junges wohlhabendes Paar aus London, das enge Verbindungen zur Königsfamilie pflegte. Julia war schwanger und wurde von ihrer Dienstbotin Ellen Mary »Nellie« Barber begleitet. Die Frauen überlebten das Unglück, Tyrell nicht.

Die Strausens:
Der deutsch-amerikanische Unternehmer Isidor Straus, Teilhaber des Warenhauses *Macy's* in New York, trat die Reise mit seiner Frau Ida an. Sie bewohnten eine der Deluxe Parlor Suiten, die C 55–57. Als Ida erfuhr, dass Isidor nicht mit ihr gemeinsam das Rettungsboot betreten durfte, entschied sie sich dazu, gemeinsam mit ihrem Mann auf der Titanic zu bleiben. Sie gingen zurück in ihre Kabine und warteten dort auf ihren Tod.

Die Rothschilds:
Der Textilfabrikant Martin Rothschild reiste mit seiner Frau Elizabeth und ihrem Zwergspitz. In der Nacht des Unglücks schmuggelte Elizabeth ihren Hund versteckt unter ihrem Mantel an Bord eines Rettungsboots. Die beiden überlebten, Martin nicht.

Die Musikkapelle:
Die Musikkapelle der Titanic unter Leitung von Violinist Wallace Hartley spielte in der Nacht des Unglücks an Deck, um die Passagiere zu beruhigen. Sie spielten bis unmittelbar vor dem Untergang. Keiner der acht Musiker überlebte. Wallaces Geige, die 2012 geborgen wurde, wurde ein Jahr später für über eine Million Pfund versteigert.

Reale Örtlichkeiten an Bord der RMS Titanic

Die Freitreppe mit dem Kuppeldach:
Die große Freitreppe wurde von einer Glaskuppel mit einem Durchmesser von knapp sechs Metern überdacht. Sie reichte vom A-Deck bis hinab zum F-Deck und galt als das Herzstück der ersten Klasse.

Der Speisesaal der ersten Klasse:
Der Speisesaal lag auf dem D-Deck und bot Platz für 532 Passagiere. Er war in dem opulenten Stil des 17. Jahrhunderts eingerichtet. In der Mitte befand sich außerdem eine Tanzfläche.

Die Hundezwinger:
Die Hunde wurden in Zwingern in einem Bereich der dritten Klasse untergebracht und vom Schiffspersonal betreut. Die genaue Anzahl der Hunde an Bord ist nicht bekannt.

Das türkische Bad:
Das türkische Bad befand sich auf dem F-Deck und war über die große Freitreppe bequem zu erreichen. Es bestand aus verschiedenen warmen und heißen Dampfbädern. Es war in Rot und Blau gestrichen und mit Bronzelampen im arabischen Stil dekoriert.

Das Café Parisien:
Das Café lag in der Nähe der großen Freitreppe und war besonders bei den jüngeren Passagieren beliebt. Mit seinen hellen Korbmöbeln war es ganz im französischen Stil eingerichtet und bot Platz für knapp siebzig Gäste.

Der Squash Court:
Der Squash Court lag auf dem G-Deck und kostete zwei Schilling Gebühr pro halbe Stunde. Man konnte auch einen Trainer, Frederick Wright, für Unterricht buchen.

Die Bibliothek der ersten Klasse:
Die Bibliothek lag auf dem A-Deck und war im georgianischen Stil eingerichtet. Es gab Leseecken, in denen sich Sessel oder Chaiselongues befanden. Seidenvorhänge schirmten das Tageslicht ab, und Palmen in großen Übertöpfen sorgten für farbige Akzente.

Der Sportraum der ersten Klasse:
Der Sportraum war mit seinen bodentiefen Fenstern lichtdurchflutet. Alle Sportgeräte der neuesten Technik stammten von einem Hersteller aus Wiesbaden. Trainer T.W. McCawley assistierte den Passagieren.

Die Krankenstation & das Gefängnis:
Die Krankenstation war mit zwei Ärzten und drei Gesundheits- und Krankenpflegern besetzt. Sie war Passagieren der ersten und zweiten Klasse vorbehalten. Es gab einen Wartebereich, einen OP, vier Behandlungs-/Krankenzimmer und eine sogenannte »brig«, eine Gefängniszelle.

Das Post Office:
Die RMS Titanic war als Royal Mail Ship eine schwimmende Postfiliale. Der Sortierbereich befand sich auf dem G-Deck, das Lager für die Postsäcke ein halbes Deck tiefer, das über eine Treppe erreicht werden konnte.

Das Krähennest:
Der Begriff Krähennest ist in der Seemannssprache ein Ausdruck für einen Ausguck, der sich nahe der Mastspitze hoch über dem Deck des Schiffs befindet. Hier hielten Matrosen Wache, um zum Beispiel Land oder die Sichtung anderer Schiffe zu melden. Mit dem Aufkommen der Radartechnik verschwanden die Krähennester von den Schiffen.

In der Nacht des Unglücks hatten die Matrosen Reginald Lee und Frederick Fleet Dienst im Krähennest. Sie meldeten den Eisberg mit den Worten »Eisberg direkt voraus«. Beide Matrosen wurden kurz darauf abkommandiert, Passagiere in den Rettungsbooten zu begleiten und an Bord für Sicherheit zu sorgen. So überlebten beide das Unglück.

Die Hunde an Bord der RMS Titanic

Sun Yat Sen:
Der Pekinese Sun Yat Sen gehörte Henry S. Harper, dem Erben von New Yorks *Harper & Row*-Verlag, der zusammen mit seiner Frau Myra reiste. Das Ehepaar bestieg Rettungsboot 3 samt ihrem Hund, und sie alle überlebten das Unglück.

Gamin de Pycombe:
Die französische Bulldogge Gamin de Pycombe gehörte Robert Daniel, einem Banker und Politiker. Er brachte seinen Hund in der Nacht des Unglücks mit an Deck, doch es wurde ihm verboten, seine Bulldogge mit an Bord eines Rettungsboots zu nehmen. Robert Daniel überlebte, die Bulldogge nicht.

Frou Frou:
Der Toypudel Frou Frou gehörte Helen Bishop, Ehefrau eines wohlhabenden Geschäftsmannes aus Michigan. Das Ehepaar holte Frou Frou nach der Kollision aus dem Zwinger, ließen sie dann aber auf Anweisung des Personals schweren Herzens in ihrer Kabine zurück. Die Bishops überlebten das Unglück, Frou Frou nicht.

Kitty:
Airedaleterrier Kitty gehörte dem Ehepaar Madeleine und John Astor. John und Hündin Kitty begleiteten Madeleine und ihre zwei Dienstbotinnen nach der Kollision an Deck. Doch nur die Frauen bekamen Plätze in einem Rettungsboot. John und Kitty überlebten das Unglück nicht.

Ciao:
Der Chow-Chow gehörte dem Börsenmakler Harry Anderson. Der Name des Hundes ist nicht überliefert, deshalb habe ich ihn *Ciao* genannt. Harry Anderson überlebte das Unglück, sein Hund nicht.

Weitere Hunde:
Die zwei Kinder Lucile (vierzehn) und William jr. (zwölf) des Kohlemagnaten William Ernest Carter und seiner Frau Lucile reisten ebenfalls mit ihren Hunden. Es gibt Augenzeugenberichte, die besagen, dass die weinenden Kinder sich weigern wollten, die Boote ohne ihre Hunde zu betreten, woraufhin ihr Vater ihnen versicherte, dass die Tiere in Sicherheit seien. Die Familie überlebte, die Hunde nicht.

Die Textilfabrikanten-Gattin Elizabeth Rothschild hatte ebenfalls einen Hund dabei, vermutlich einen Zwergspitz. Sie schmuggelte ihren Hund versteckt unter ihrem Mantel an Bord von Rettungsboot 6, und so überlebten die beiden das Unglück.

Reale Orte in Southampton im Jahr 1912

Das Polygon Hotel:
Das Polygon Hotel in Southampton wurde 1768 erbaut. Dort stiegen viele der Titanic-Passagiere vor ihrer Abreise ab. 1999 wurde das Hotel zu einem Gebäudekomplex mit Mietwohnungen umgebaut.

Die High Street:
Berichte über die High Street in Southampton reichen bis in das Jahr 1500 zurück. In mittelalterlichen Zeiten hieß sie English Street. Sie war schon immer eine Einkaufsstraße mit vielen unterschiedlichen Geschäften.

Inhaltsinformation

(Achtung: Spoiler!)
A Spark of Time enthält Elemente, die unter Umständen triggern können.
Explizit beschrieben werden die Anwendung von Gewalt, Erpressung, sexuelle Belästigung, das Unglück um den Untergang der RMS Titanic.
Erwähnt werden Spielsucht, Tod, Krebserkrankungen.